文春文庫

台北プライベートアイ

紀　蔚然
船山むつみ訳

文藝春秋

わが母、何玉香（ホーユーシアン）女士に捧げる

「乾いたところでは、霊魂は耐えられないからな」
——フランソワ・ラブレー『ガルガンチュワとパンタグリュエル』

台北プライベートアイ　目次

第一章　こうしておれは大学教授を辞めて私立探偵になった　15
第二章　はじめての尾行　26
第三章　絶縁体のような男　58
第四章　精神潔癖症　75
第五章　ある種の隠花植物　97
第六章　逆巻く大波に逆らって　142
第七章　ほんの微かな、しかし、無視することのできない変化　178
第八章　三日間、ふたりは海を忘れた　214
第九章　連続殺人と行列の文化　228

第十章　今日を耐え抜いても、明日は生き延びられない　255
第十一章　顕微鏡の下で丸裸にされる　292
第十二章　厄落としの猪脚麺線大盛りを一日に二回も食べた　331
第十三章　警察と家を往復する日々　356
第十四章　樹を観(み)て、林を見るも、林中に一株の樹の増えたるを知らず　379
第十五章　自称仏教徒だらけの美しい新世界　414
第十六章　王部長の首を切り落としておれの椅子にしろ　455
第十七章　いわゆる地獄とは、瞋恚(しんに)の覚受に過ぎないという概念　502
第十八章　あとで喉が渇くに決まってるから、未来のために今飲むんだ　544
訳者あとがき　舩山むつみ　553

登場人物

呉誠（ウー・チェン）……………私立探偵　もとは大学の演劇学部教授で脚本家

呉誠の母……………………………マージャンの達人

阿玫（アウェン）…………………呉誠の妹

阿鑫（アシン）……………………臥龍街の自動車修理工場の主

阿鑫の妻……………………………実家の火鍋店を切り盛りしている

小慧（シャオフイ）………………阿鑫夫婦の娘・小学校五年生

阿哲（アジャー）…………………阿鑫夫婦の息子・小学校二年生

小胖（シャオパン）………………臥龍街派出所の警察官　本名・陳耀宗（チェン・ヤオゾン）

王添来（ワン・ティエンライ）…タクシーの運転手　探偵助手志願

小徳（シャオダー）………………添来の妻　ベトナム出身

陳婕如（チェン・ジエルー）……林夫人　最初の依頼人

林（リン）氏……………………中央健康保険局台北支局会計監査課副課長　盆栽が趣味
林家の娘……………………………中学生
陳（チェン）教授……………………健康保険制度の専門家　呉誠の母の知人
邱宜君（チウ・イージュン）…………病院の会計主任
周（チョウ）医師……………………内科小児科医院を経営する医師
李永泉（リー・ヨンチュエン）………台北市刑事局捜査四部三課の刑事
王（ワン）刑事部長…………………信義署の取り調べ責任者
小趙（シャオチャオ）………………信義署の刑事
張（チャン）主任……………………信義署公安局広報部主任
翟妍均（チャイ・イエンジュン）……信義署の捜査担当刑事　巡査部長
涂耀明（トゥー・ヤオミン）…………テレビ出演の好きなタレント弁護士
李維雯（リー・ウェイウェン）………演劇学部の教授
小張（シャオチャン）…………………演出家
蘇宏志（スー・ホンジー）……………若手脚本家

台北市地図

松山空港
民権東路
民生東路
三民路
南京東路
復興南路
忠孝東路
敦化南路
台北101
新生南路
大安
通化街夜市
信義路
安和路
通化街
信義署
和平東路
基隆路
象山
六張犁
辛亥路
深坑
臥龍街派出所
臥龍街
麟光
台湾大学
富陽街
長興街
富陽自然
生態公園
福州山公園
辛亥トンネル
↓新店

←林口
士林↑
三重
淡水河
忠孝西路
台北駅
館前路
西門
健保庁舎
襄陽路
公園路
龍山寺
中正紀念堂
華江大橋
中山南路
和平西路
板橋
三峡

台北プライベートアイ

第一章　こうしておれは大学教授を辞めて私立探偵になった

1

おれは教職を辞めた。とっくに形だけのものになっていた結婚生活もフェイドアウトで終わりつつあるし、新店（シンディエン）のマンションも売って金に換えた。いちおうは自分の名前を知られていた演劇界とも縁を切り、女好きの悪友たちには、絶交とまでは言わないが、酒やマージャンには誘うなと言っておいた。軽トラックに積めるだけの家財道具を運んで、暗く不気味な辛亥（シンハイ）トンネルをくぐり、裏手が無縁墓地になっていて、鳥も小便をひっかけないほどうらぶれた臥龍街（ウォロンジェ）に引っ越した。こうして、おれは私立探偵になった。

　看板を掲げて、名刺を印刷した。片面は楷書体の浮き出し印刷で「私立探偵呉誠（ウーチェン）」とし、裏面は英語で「Private Eye Chen Wu」とした。見れば見るほど気分がよくて、飽きずに眺めた。二箱印刷したが、数日でほとんどなくなった。欲しがる人が多かったからではない。あちこちの交差点で信号待ちのドライバーにばらまいたわけでもない。依頼人がやってくるのを待ちながら、名刺を二つの山にしてギャンブラーのようにカードを切る練習をしたり、人差し指と中指にはさんで手裏剣を投げる練習をしたりしたからだが、消耗率が最も高かったのは、爪楊枝がわりの使用法だ。

私立探偵になろうと突然思いついてから、脱獄する囚人のようにこっそり計画を練って、実行に移すまでに半年かかった。家族や友人には機が熟してから宣言した。予想通り、蜂の巣をつついたように、反対、反対の大合唱だ。おれは必死に反対の声を振り払ったが、満身創痍になった。まあ、それも当たり前だし、おれは後ろ指をさされることには慣れている。

月は高く煌々と照り、草むらには卑怯者どもが刀を手に待ち伏せしている。おれは一人、雪白の衣を疾風になびかせ、荒野に屹立していたが、ついに時はきて何本もの矢がおれに向かって放たれた。血の海に倒れたおれの手には武器もない、あるのは一個の懐中電灯だけ……。

ちょっと大げさだったな。おれは演劇を仕事にしてきたせいか、頭の中で勝手に映画の撮影を始めるのが大好きだ。凄絶な場面、泣かせる場面を好きなようにでっちあげる。背景はいつも荒野と決まっている。ストーリーはいつも三枚目の道化役が英雄として死んでいく話だ。

だが、今度は本気だ。おれはこの役に徹しようと決めた。しょせんは滄海に浮かぶ穴だらけの小舟のようなもの、汲み出す水より浸み込む水の方が多い。嵐に向かって吠え、世間を驚かせんとするか、それとも、雑然とした場末の路地にひっそりと隠棲するか。おれはあえて後者を選ぼうと思う。行くべき道を見つけられず、胸のつまる思いをするのはもうやめだ。まわりにいろいろ期待して結局思うようにならず、がっかりするのも、もうやめだ。ぐずぐずしているときではない。浮世のしがらみから自分を解き放とう。ただ一人、自分の人生を生きる。実に痛快ではないか。

世間を笑い飛ばして、世捨て人になる。おれは頭がおかしいのだろうか？

八十近い母親には最後に知らせたが、いちばん大騒ぎした。大学を辞めるって？　早期退職だって？　なにを馬鹿なこと言ってるの？　おれはなんとか説明しようとしたが、おふくろは声をかぎりにわめいたかと思えば、胸を叩きながら地団太を踏む。その演技の迫力といったら、たいしたものだ。おれの演劇の方面の才能はきっとおふくろのお腹の中にいるときにすでに伝えられていたに違いない。おふくろはしまいには泣きながら、おれを大学に連れ戻すと言いだした。学長室に行って、退職を取り消すようにお願いしよう、なんならひざまずいて頼んでもいい、というのだ。

行っても無駄だとおれは言った。学科主任も、学部長も、学長も、おれが提出した辞表をまるで天から授かったありがたい贈り物のように両手で捧げ持って、その日のうちに三段階の事務処理がてきぱきとすんだ。十数年あの大学で教えてきたが、官僚組織があれほど効率的に働いたのを見るのは初めてだ。三人とも口ではおざなりな慰留の言葉をかけながら、うれしくてしかたがない様子は隠せなかった。今にも爆竹を鳴らし、花火を上げ、鼓笛隊に演奏させておれを見送ってくれそうだった。いや、今のは嘘だ。確かにおれは嫌われているが、いくらなんでも、片足が大学構内から出たとたんに背後でシャンパンの瓶を開ける音が聞こえるほどの悪人ではない。おれがまったく予告もなしに辞職したことを、学科主任と学部長と学長がどう思ったかなんて、知るよしもない。そんなでたらめを言ったのも、おふくろをあきらめさせるためだ。

おふくろは突然だまりこんだ。痩せてか弱げな体がぐらぐらと、今にも倒れそうになったかと思うと、ドアの枠につかまって、長年自慢にしているイタリア製の床のタイルを見つめたり、リビングの壁に掛けてある父親の肖像画を見上げたりしはじめた。なんだか急に年をとったように見えた。今にも発作を起こしそうだ。おれは「生活費はちゃんとこれまでどおり送るよ」と捨て台詞(ぜりふ)を言って、さっさと逃げ出した。

確かにおれは親不孝だ。それも今度が初めてってわけじゃない。前科がたくさんある。おふくろが毅然とした人で本当によかった。あの超人的な意志の強さがなかったら、どうして一人で屋根が落っこちてこないように家を支え、何度となく襲う荒波を無事に耐え忍ぶことができただろう。おれのような、四六時中バカをやってはシラを切る不肖の息子がいて、どうして血を吐いて倒れずにいられただろう。今では思うように体も動かなくなり、話し方も少しもごもごと不明瞭になったが、それでも頭はしっかりしていて、声もまるで町内放送のように朗々とよく響くし、怒ったときの決まり文句はますます流ちょうで、言いよどんだり、どもったりすることもない。おふくろの決まり文句は台湾語も取り混ぜて実にたくさんあって、まさしく育児の実戦のたまものといえる。「死団仔賊(シーイナチエ)」(このろくでなし)、「飼児罔罔(チーギャーモンモン)」(無駄飯食い)、「気死有影(キーシーウーニャー)」(まったく頭に来た)、「気到血冒湧而出(チィタオシュエマオヨンアチュー)」(あんまり頭に来て血が噴き出しそうだ)などなど、この調子でいけば、おれはいつか自費出版でおふくろの名言集を出して、育ててくれた恩に報いることができるだろう。

家を出て、三民路（サンミンルー）に曲がったが、「シーイナチェーー」という声がまだかすかに聞こえて、おれの心を温めてくれた。

ついさっき、親孝行のつもりで持っていった一品香（イーピンシアン）のおいしい海老雲呑（わんたん）も、すでにゴミ箱に放り込まれただろう。今頃、おふくろは職場にいる妹に電話をしているに違いない。妹はきっとなにも知らなかったふりをして、びっくり仰天したように、「阿誠（アチエン）ったら、気でも狂ったの！」と叫んでいるだろう（名前に「阿」をつけるのは親しみをこめた呼び方）。

四つ下の妹はおれのことを「兄さん」とか、「お兄ちゃん」とか呼んだことがない。年も近いし、小さいころはいっしょに遊んで仲もよかったが、おれがちっとも兄らしくなく、「兄貴の貫禄」が遺伝子に入っていなかったからだろう。それぞれ結婚してからは、めったに会わなくなった。おれは遊びにいっていっしょに飯を食う気もないし、電話をかけて元気かと聞く気もない。この頃ではすっかり疎遠になった。もちろん正月などはおふくろのところに行かないわけにはいかないが、それ以外は妹と会う機会もなければ、必要もない。肉親の情など紙のように薄いものだ。べつに消えない恨みやわだかまりがあるわけでもないが、こういうことになったからといって、泣く必要はないだろう。今の台湾では多くの家族がこんなもんだ。

おれは携帯で妹に「お知らせ」した。これまでのことをいちいち話さなくてすむように、わざと固定電話は使わなかった。とても静かというわけではないが、騒がしいというほどでもない場所を選び、夜中になってから、なにごとでもないように爆弾を落とした。「仕事、辞めたから」。電話の向こうでは長い沈黙が続いた。しばらくは待っているしかない。突然の衝撃を妹が消化するには時間がかかる。「お母さんはどうするの？」ものすごく冷たい声だ。妹はもともと、はっきりものを言うほうだ。おれが詭弁を弄そうとしても、とっくに防御を固めている。「どうして？」とか、「なにがあったの？」などの反応は一切省略した。あきらめほど悲しいものはない。だが、きっとそういうことなんだろう。妹はもうおれのことなんか、どうでもいいと思っているんだ。
「これまでどおり、毎月一万送るよ」（二〇二〇年当時、一台湾元は約三円だった）
「そういう意味じゃないって」。言うなり、電話が切れた。
　家族はまあいいとして、大学以来つるんでいるマージャン仲間はそう簡単にはいかなかった。半年も前から、おれは引退の意思をほのめかしたが、やつらは本気にせず、ただ、周期的に出てくる愚痴にすぎないと思ったらしい。その後、事態はもっと深刻だとわかると、みんながやたらとおれと酒を飲みたがった。おれを説得することを、酒を飲む口実にしていたわけだ。しばらくの間、一人ずつ、かわるがわる、おれに相手をさせるので、おれはビアハウスのべとべとした低い椅子にいつもすわっているはめになった。いつもだったら、友だちと集まるときは脇役に徹して、人の尻馬にも乗らず、かといって先頭に立つこともしないのが、おれの流儀だ。だが、今度ばかりはどうしてもおれが主役ということになってしまう。まるで、数人がかりで「勧世老歌」（人に説教する内容の台湾語の歌謡曲）の混声合唱を聞かされているようだった。それも、やがて、ビールをどんどん飲むうちに、欲求不満の既婚男性の台湾風ブルースになっていく。

「中年の危機ってやつだろ。がんばってアソコを引き締めて、ちょっと頑張るだけの話だよ」

「スランプで脚本を書けなくなったんだな。だからって、創作と人生をごっちゃにしたらダメだ」

「女を見つけて、よろしくやればいいさ。いやいや、辞めるんだったら、いっそ女子学生に手を出して、ばれて首になってからでも遅くはない」

いちばんうるさく聞かれたのは、仕事に疲れたのか、ということだ。教えるのが嫌になったんなら、テキトーに教えればいいじゃないか、というわけだ。そんなことを言われても困る。天地に誓って正直に言うが、おれは今までずっと、テキトーに教えてきたんだ。

そんな簡単な話じゃない。

やつらが口々に勝手なことを言って、危機を乗り切るための心得を熱心に語るのを聞くと（それもまあ、座ってからビールを二本ほど飲んでいる間だけのことで、顔が赤くなる頃には本来の主題であるおれのことなんか忘れてしまうんだが）、どうしても、あの言葉を思い出さずにはいられなかった。友だちの災難を見るときのひねくれた喜びは、敵が壊滅したという知らせを聞いたときより大きい、という言葉だ。おれの人生の大きな変化が、おれと同じくらい身も心も疲れ切った仲間たちの心に、生まれ変わってやり直すほどのエネルギーを与えていると思えば、まったく光栄の至りだ。それがたとえ、どんよりと酒臭く煙草臭い、この一晩しかもたないものであったとしてもだ。

だが、おれは偏屈な人間だから、友だちだろうが、家族だろうが、同僚だろうが、人の意見なんか聞く気はない。妻が実家の家族と同居するという資格でカナダに行って戻ってこなくなって以来、お先真っ暗な気分になったり、すっきり楽しい気分になったりして、気持ちが時計の振り子のように両極端に揺れ動いている。鬱々として苦しんだかと思えば、英気が満ちてきたり、絶体絶命と思い込んだ後には、はればれと心が開けたりする。「もうお終いだ」と絶望した後に、「思い切り大きいことをやってやるぞ」と考えたりするうちに、しまいには発条が伸び切って、振り子が真ん中で止まってしまった。まるで人生で初めて深呼吸のしかたをおぼえたみたいに、息を吸って——息を吐いて——ゆっくりと体内の古い気を吐き出して、新しい気を取り入れているうちに、おれはついに安らかな境地に至った。そして、安らかさのなかで先のことを考えてみた。すると、日を追うごとに心の底に沈んでいって、すっかり根付いていた隠居の願望が、まず、水の滴りのように浸み出してきて、次に勢いよく噴き出して止められなくなった。だから、とうとう家族や友だちに「辞めた！」と宣言したわけだ。なにも、自分を変えてくれる人生の哲理への渇望があったわけではない。

それでも、みんなに一言、別れを言いたかった。元気でな、と言いたかった。

これまでとは違う、新しい人生のステージを築いてみたかった。背水の陣を敷いて、思い切って賭けてみたかったのだ。

すでに賽は投げられた。六のぞろ目が出るか！　それとも、最低の一のぞろ目か！

行き先が天国でないとすれば、地獄に落ちるまでだ。

2

おれは昼も夜もほとんど変わらないコンクリートの洞窟に住まいを借りた。足はしっかり地面についているが、太陽は見えない。

臥龍街一九七巷は、行き止まりの横丁だ。まるで、盲腸から内壁が伸びてはみ出した虫垂のようだ。この横丁には五十戸ほどの人家がある。狭いが、お互い親しくしているわけではなく、隣人と関わりあうことはまずない。この行き止まりの横丁は、上の方に小さく見える空から少しの光が射すだけで、昼間も静まりかえって薄暗い。夜ともなれば、街灯がないので真っ暗で、もし、家々の窓から漏れるかすかな灯りがなかったら、自分の手の指さえ見分けられないだろう。ここに住むことにしたのは、家賃が安いという以外に、プライバシーを守れるからだ。看板を出して商売を始めるにあたって、おれはわざわざ独立した入り口のある一階を選んだ。大家は泥棒が入らないように、雨よけのひさしと鉄柵を取り付けて、家の前の小さな庭をすっかり囲ってしまっており、日の光が入らなくなっている。部屋を見にいったとき、ひさしを取り外してもいいかと大家に聞いたら、外すなら貸さないとけんもほろろに言われた。

格好つけた看板を中古四階建てマンション一階の門のわきの石材の柱に掛けた。長方形の木製の看板にちゃんと彫った「私立探偵」の文字がある。

小さな看板だが、近所の人が集まってきた。それほど小声でもないひそひそ話を漏れ聞いたところによると、異分子の侵入によって、失われて久しい地域住民の相互監視の習慣が復活したものと思われ、昼寝から起きたばかりの爺さん婆さん、オヤジにオバサン、バイクにまたがった若いのや、足の指を出したサンダルでカタカタ音を立てて歩くかわい子ちゃん、小生意気なガキなど、近所のほとんど全員がまるでシフトを組んででもいるように、代わりばんこに看板のまわりをウロウロして、顔を寄せあってひそひそ言っている。おれがドアから出ていっても、視線をそらすくらいの礼儀正しさも、もちあわせていないらしい。

ある日、お巡りがやってきた。私立探偵たるもの、それくらいは予測していた。

「これはなに？」。この辺の受け持ちのお巡りが木の看板を指さして聞いた。

「看板です」。おれは名刺を出した。名刺の隅に食べかすがついていたが、拭き取る暇もなかった。

「そんな職業があるの？」

「ないですね。だから、台湾で唯一の、つまり、台湾で最高の私立探偵と言っていいでしょう」

冗談を言ったのに反応がない。もっとも、勤務中にユーモアのセンスを発揮する警察官を一人でも見つけてきてくれたら、牢屋に十日入ってやったっていい。

「許可証は？」

「ありません。興信所組合に登録にいったら、入会申込書といっしょに、代表の身分証明証のコピー、会社の営業許可証のコピー、それに営利事業登記書のコピーを出せっていうんでね。入会もしたくないし、会社も設立したくないんで、申し込む資格がないわけだ」

「それでいいのか?」

ビール腹のお巡りは、両手の親指を腹の下のピストルを提げたベルトにかけて、小型のジョン・ウェインのつもりらしい。

「法律には違反してない」

「いったい、なにをするつもりなんだ?」

「人助けだ」

第二章　はじめての尾行

1

実をいえば、おれが助けたいのはおれ自身だ。ここに引っ越してきたのは、どんづまりまで来たということで、もう逃げ道はない。

一人で隠れ住むのは、おれにとっては新鮮でもあり、恐ろしくもある。医者の言いつけにまったく背(そむ)くことだからだ。人に囲まれていることがどんなに嫌でも、孤独でいることは避けるように、と医者は言った。わざわざ医者の言いつけに逆らうのは、人生最大の弱点を克服しようと決心したからだ。これ以上、不安におびえて生きていくのは嫌だ。まずは形から入って、自分の病気と正面からぶつかろうと思う。やり方は過激に見えるかもしれないが、謙虚な考えからやっていることだ。

2

おれは基隆（キールン）（北部の港町）の八堵（バードゥ）で生まれた。家のそばに鉄工所があったが、名前は忘れた。なんとか鉄工所という名前だったが、実際には村で一番の金持ちの造船所だった。

小さい頃はよく、妹や、社長の子どもたちといっしょに造船所で遊んだ。どんな遊びをしたかは全然おぼえていない。ただ、写真が一枚残っている。妹、社長の二人の息子、それに紺色の半ズボンを穿いて、白い半袖シャツに蝶ネクタイという、堅苦しい小さな紳士のようなおれが船の前に立っている。父親はインテリで、おれにお坊ちゃんらしい格好をさせたがった。その頃がおれの人生で唯一、ジェントルマンらしくみえた時期だといえる。父親が病気で死んでから、母親は家屋敷を売って、七歳だったおれと妹をつれて台北に引っ越した。だから、八堵の記憶は本当に少ない。一番よくおぼえているのがあの鉄工所だ。

自分ではまったくおぼえていなかったのだが、家族の話すのを聞いて、その後、自分の想像も付け加えて、永遠に忘れられなくなった事件がある。ある日、遊び疲れて鉄工所の木のベンチの上で眠ってしまった。そのとき、夜盗が入り込んで、銅や鉄の廃材を盗んでいった。ぐっすり眠っていたおれはまったく気づかず、誰かが「泥棒！　泥棒！」と叫び出して、やっと目が覚めた。その後、大人たちは、どんなに恐ろしい泥棒だったか、見てきたように語り、「よかったね。おまえは売っても金にならないから、それで盗まれないですんだんだよ」などといって、おれを怖がらせた。それ以来、午後に暗く静まりかえった鉄工所の廃材のあいだでひとり眠りこけている自分のそばに悪意をもった泥棒が立っていて、子どもを盗もうか、工具を盗もうか、思案している場面が記憶の深いところに沈みこんでしまった。疲れたときにまどろんだりすると、その場面が浮かび上がって錯乱しそうになる。おそらく、あの事件が、おれが夜ひとりで眠るのが嫌になった原因だ。なにか怖いものが現れるのではないか、怖いことが起きるのではないか、自分のよく知る世界を誰かが盗もうとしているのではないか、あるいは、おれを盗もうとしているのではないか、と無意識のうちに考えてしまうのだ。

だが、それも、おれがひとりきりの家で夜眠るのが怖くなった最大の理由ではない。

十九歳の冬、まったく予期せずに、おれの人生を変えてしまう出来事が起きた。その出来事以前には、自分の存在、世界の存在について考えたことなどなかった。小さいときから、おれは特によい子でもなく、悪い子でもなく、目立つ子どもではないが、問題を起こすこともなく、勉強は合格点を取れればいいと思う程度で、自分に自信もないし、未来に野心もなかった。教科書に出てくる模範的な生徒の「小明」（ミンちゃん）とは大違いで、「小誠」（チエンちゃん、つまり、おれ）は、将来になんの志ももっていなかった。おれは自分の心の中の世界に生きていたが、それは実に寂しく貧弱な世界で、「星の王子さま」もいなければ、「クマのプーさん」がいるわけでもなく、天地というより、空間意識のない束縛といったほうがいい世界だった。身体も魂も、まるでアクリル板にはめ込まれた平らで真実味のない画像のようだった。あの頃はただ漠然と、時間は自分の味方だ、自分は大人になり、先生は年をとる、高校を卒業すれば、この教条主義的な世界から脱出することができる、呪文で束縛が解かれるように、平たい画像の自分はひらりと飛び立って立体になり、血肉を備えた人間になれるのだとぼんやり感じていた。

十九歳、大学新入生の生活は文句なしだった。英文学科の授業は a piece of cake（朝飯前）で、同級生は男子より女子が多いし（うれしくて元気が出る）、校風はわりと自由だった。先生方の話すこともまともだし、これ以上望むことはない。それなのに、その年の冬休み、誕生日の二週間ほど前に奇妙なことが起きた。

眠れないのだ。

夜、ベッドに横になっていても、どうしても眠れない。はじめのうちは、一時的な異常現象だろうと思って、理由をいろいろ考えた（運動不足、暇すぎる、学校生活が恋しくなった、家の中の空気がよどんでいる、などなど）。だが、眠れない状態が続いて五日目となり、六日目となり……。太陽が西に沈むと同時におれの心も沈んだ。目つきも不安げになり、顔には暗い影ができ、ああ、また、眠れない長い夜が始まる、羊を何千匹数えてもまったく効果のない夜が始まる、と思う。こんなことはすぐ終わる、すぐに過ぎ去るはずだ、と自分に言い聞かせたが、同時にこうも考えていた。これはいったい、なんの病気なんだろう、どんな心配事がおれにつきまとっているのだろう、と。

今でもはっきりおぼえているが、七日目の夜、おれは引き延ばし作戦に出た。テレビをずっと放送が終わるまで見た。妹をトランプにつきあわせたが、しまいに妹は、もう疲れた、寝る、と言って、もっとやろうと言うと怒りだした。その後、家の中は静まりかえって、なんだか震えがきた。静けさがおれをあざ笑っているようだった。しかたがないから、寝室にいってまず体操をし、それからベッドに横たわって深呼吸をして、それから集中して羊を数えた後、豚を数えて……だんだん意識を失った。

夜中に、自分の叫び声で目が覚めた。目を開けたが、視界が朦朧として、なかなかはっきりしない。まるで手術の後で麻酔がちょっと切れて、少しずつ知覚が回復していく病人のようだ。目の前に三つの頭がある。母親、妹、それに見知らぬ男だ。三つの顔がずっとゆらゆらして見えたが、実際にはおれの体のほうが揺れていた。母親と見知らぬ中年の男がベッドの枕元の両側にいて、力ずくでおれを押さえつけていた。というのも、おれがまるで『エクソシスト』の悪魔にとりつかれた少女のように、腰を反らして体を弓なりにし、「あー、あー、あー」と変な声をあげていたからだ。

朝、目を覚まして寝室から出ていくと、母親と妹がソファーに座って、おれをじっと見ていた。その心配そうな目つきを見て、夜中に起きたことは夢ではなかったとわかった。いまだに耳にまとわりついている、深い古井戸の底から聞こえてくるような、「あー、あー」という声も本当だ。

少しは気分がよくなったか、と母親が言うので、いったいなにが起きたんだ、とおれは聞き返した。

「あたしにもわからないよ。真夜中に突然おまえの部屋から叫び声が聞こえたから、ケガでもしたのかと思って飛んでいったら、おまえが体を持ち上げたり、下ろしたりして、ぐらぐら揺れてるんだもの」

「あのおれを押さえつけてた男の人は誰？」

「張医師だよ。夜中だったけど、電話して来てもらったんだ。先生が鎮静剤の注射を打ったら、やっとおまえは眠ったんだよ」

「先生はなんて言ってた？」

「もしかしたら、プレッシャーが大き過ぎるのかもって。おまえ、なにか心配事でもあるの？　勉強が難しすぎるの？　難しすぎるなら、やめたっていいんだよ。それとも、学校で誰かにいじめられるの？　失恋したの？　どこか体の調子でも悪いの？」。母親は思いつく限りの可能性を全部口に出した。

「そんなことない。ただ、この頃、ずっと眠れないんだ」。おれはそう言ってすわった。

「眠れないんだったら、なんで早くそう言わないの？　お母さんが睡眠薬をもってるのに」

　昼前に張医師のところに行った。マンションから出るときに、一瞬、日光に適応できず、くらくらと眩暈がして、目を半分閉じてしまった。鎮静剤が残っている副作用じゃないだろうかと思った。

「どう、すこしはよくなったかな？」と張医師がたずねた。

「はい」

「なにか困っている問題でもあるのかな？」

　おれは返事をしようとした。この何日かのひどい苦しみを先生に全部話したかった。だが、口を開いても、言葉が出てこない。失語症にでもなったように、「あー」とか「いー」とか声が出るだけだ。おれは崩れ落ちた。同時になんだか、ほっとした気もした。まるでケガをした犬のように、しゃくりあげたり、泣き声をあげたりした。最後にやっと、答えることができた。「なんでもないんです。ほんとになんでもないんですけど、とにかく眠れないんです」

「薬を出してあげよう。寝る前に飲んでいれば、自然とよくなるよ」

しかし、おれの病気は家族や張医師が考えたよりも、はるかに深刻だった。

3

角を曲がって左側、数えて六軒目の「珈比茶(ガービーチャ)カフェ」が自分の臨時オフィスである。毎日午後三時半、一杯の料金で二杯飲めるハッピー・アワーに、おれはベージュ色の椅子にすわって、マイルドセブンを吸いながら、この台北という、人をムカつかせる、だが愛しくて離れがたい都市について考える。

バスが道端に止まって、運転手が檳榔(びんろう)(ビンロウジの実。嚙むと眠気が覚める)を買っている。信号の下に並ぶバイクがひきつけを起こしたようにアクセルを吹かしている。バイクの運転手の一人は、まるで工場の生産ラインの作業員のような熟練の技で、ハンドルの右側に提げたビニール袋からピーナツを出しては、食べた後の殻を左側に掛けたビニール袋に入れている。片手で自転車のハンドルを握り、もう片方の手には携帯を持ち、ゆらゆらふらふら、逆走していくのもいる。爺さんと孫が赤信号を無視して、実にのんびりと車道を散歩している。自分の家の応接間から台所に行くよりも悠々たるものだ。リサイクル物資を積み過ぎた三輪車が斜めに傾いて、つまずきながらも頑固にゆっくり前進している。まわりの騒ぎは気にもしていない。あれはもしかしたら、スピード崇拝の現代生活に対してスローな生活の美学をアピールする行動芸術の一種なのかもしれない。いや、あるいは、死ぬのなんかこわくない、ぶつかれるもんなら、ぶつかってみろ、と叫んでいるのかもしれない。

ここ和平東路（ホーピンドンルー）三段と富陽街（フーヤンジェ）の交わる所は、真ん中に丸い島はないが、環状交差点（ロータリー）で、大蛇がからまりあうように六本の道が結びついている。七組の信号の下、自動車道路も騎楼（チーロウ）（一階前面がアーケード付きの歩道になっている商店街）も区別なく、人と車が先を争って大脱走のモザイク画のようだ。森林火災で逃げ惑う野生動物だって、これほどまでには混乱しないだろう。ここにすわっていると、おれの視神経も耳の鼓膜も極限の刺激を受け続けて、映画館の最前列で生きるか死ぬか命がけの演技を目の当たりにしているみたいだ。生活というエンジンが発動する、目もくらみ、耳をも聾するばかりの勢いと轟音がステレオ音声で体に響いてくる。今にもなにか起きるんじゃないかとおれは思った。車がうまくすれ違えなくて口論になるとか、ブレーキが間にあわなくてぶつかってしまい、車が大破して死人が出るような惨劇とか。だが、意外なことに、そして正直に言えばちょっぴりがっかりもするが、実際にはなんの事故も起きない。少なくとも、おれがこの辺に蟄居（ちっきょ）してからのひと月あまりの間には、一件の事故も見ていない。

台北は呪いでもあり、奇跡でもある。おれは不思議に思わずにはいられない。いったいどんな力が、おれの住むこの混沌の世界を維持しているのか、いかなる魔法の緩衝メカニズムがこの水晶体のような文明を守り、危機一髪のたびに危険をすり抜けさせているのか。

「壊れ物だよ。扱い注意！」

台北の人たちはまるでなにごとにも我関せずの配達員の一団のように情け知らずだ。

楽天的でもあり、もの悲しくもある台湾人は、「状況」に応じて柔軟性を発揮し、角を曲がるときも、道を渡るときも、ルールを破るときも、金を貸すときも、株の売買をするときも、汚職をするときも、とりあえず「安啦（アンラ）」（大丈夫だって）と言っておいてから、いざ危機に直面すると、どんな汚いことをしてでも生き延びる絶技を発揮し、右に左に身をかわして、破滅を相手にギリギリのゲームをやってのける。いざとなれば、なるようになる。米がなければ、サツマイモ汁を作ればいい。頭も顔も血まみれの惨めなありさまになってから、道端であの世のための紙の冥銭を焼き、カメラに向かって父母をしのんでギャーギャー泣き叫ぶという奥の手もある。

台北は文明によって飼い慣らされることを拒否する都市だ。あちこちに「このへんまでやめておこう」という程度の現代化が見受けられるが、無秩序と秩序、原始と文明、エアコンの冷媒のフロンガスと湿気がごちゃまぜになり、後現代（ポストモダン）の「没啥不可（メイシャプーコ）」（どうにかなる）、現代的な「去你媽（チュウニーマー）」（うせやがれ）、それに前近代的でまだ人情味がある「恁娘卡好（リンニャカホウ）」（馬鹿野郎）も混ざり合っている。

巻き上がる埃と排気ガスとなんとも形容しがたい生臭さのなかで、飲み物を飲んでいると、おれは魚が水を得たような居心地のよさを感じる。

「呉誠（ウーチェン）、姓は呉（ウー）、名前は一文字の誠（チェン）だ」。おれは頭の中で繰り返し練習した。

ジェイムズ・ボンドが飲むのは、「マティーニ、ステアせずに、シェイクで」と決まっているが、おれが飲むのはいつも、「紅茶、砂糖少なめ、氷なし」だ。００７のお気に入りのカクテルの成分は複雑で（ゴードン・ジン3、ウオツカ1、リレ・ブラン0・5）、作り方も凝っていて、よくシェイクして氷で冷やしてから、レモンピールを飾った深いシャンパングラスに注ぐ。一方、おれの紅茶の原料は出がらしのお茶っ葉だけ、発泡スチロールのカップに入れて、ちょっと揺すって泡をたたせれば出来上がりだ。

開業して最初の仕事はここで引き受けた。

考えてみれば、恥ずかしい話だ。林（リン）夫人は近所の噂でおれの存在を知ると、おれの行動をすっかり調べあげ、噂で聞いた探偵がヤクザでもなく、女たらしのごろつきでもなく、頭のおかしい男でもないことを確認するため、三日間おれを尾行して観察してから、やっと接触することに決めたという。その三日間、誰かに見張られているなんて、おれはちっとも気づかなかった。

彼女はまるで忍者のようにテーブルに近寄ると、突然、おれを意識の乱気流のなかから現実に引き戻した。すわってから、泡沫紅茶（シェイクティー）をやんわり断った後、事の顛末を話し始めるまでの間に、林夫人は面接試験のように次々に質問した。彼女はおれを観察し、おれも彼女を観察した。面接は双方向だ。お客様が常に正しいとは限らない。いくら商売が暇だからって、えり好みせずにどんな事件でも引き受けるわけにはいかない。頭のおかしい人間は頭のおかしい人間をなにより怖がる。少なくとも、片方がまともでなければ、世界はちゃんと回らない。

薄化粧で、白い肌にほんのりと薄紅色が透き通ってみえる。くっきりした顔立ちだが、線がきつ過ぎるわけではない。控えめな優しさがあって、あまり面倒なことに関わってこなかった人の顔だ。神経質に皮膚がピクピクしたりもしない。落ち着きのない身ぶり手ぶりもしない。合格だ。

彼女の眼差しには憂いの色がある。だが、そんな俗っぽい形容にはなんの意味もない。台北の街を行く人たちは誰でも眼差しに憂いの色がある。小説家は眼差しの描写がうまい。精魂こめた描写で人物の核心に攻め込む。だが、おれに言わせれば、眼差しは眼差しでしかない。せいぜい、その瞬間ごとに移り変わる考えや感情を伝える程度で、心の底まで映し出すわけではない。それどころか、眼差しは魂の忠実な守護者だ。外に対しては、魂を悪意のあるのぞき見から守り、内に対しては、心の奥底に逃げ込んだ思いの露出を厳しく禁じているのだ。

人の心の深みは、永遠に光の射さない深海の底だ。その中を泳ぐ千年の年を経た水の妖怪は、無害な鯨やイルカのようにときおり水面に顔を出して息を吸ったりはしない。おれは自分の、あるいは他人の、暗く、意地の悪い魂を探究することなど、とっくに諦めている。魂、それは存在もしないくせに、かすかに感じることはできる、人類の語彙では表せない「もの」だ。おれは一度ならず絶望の淵に臨んで、丹田の深いところからやっとのことで勇気をふり絞って、下をのぞき込んだ。あるときは静まりかえった真っ黒の闇があるだけで、なにも見えなかった。また、あるときは水鏡をのぞき込むように、ただ深淵をのぞき込むおれ自身の姿が見えただけだった。

人の心を透視するのは、私立探偵の仕事ではない。人のために謎を解いてあげることさえできれば、それで本望だ。探偵とはしょせん、表象を濾過（ろか）する職業に過ぎない。われわれ探偵の推測を助けてくれる動機は、意識のレベルまでに限られている。もっと深いものは、宗教家や、道徳家や、精神分析医にまかせよう。たいていはこの三種類の人たちが言うことは言葉が足りなくて、ちっともわけがわからないものではあるが。

長年の間、おれはわけもわからぬまま、魂と運命の探究にのめり込んでいた。

叫び声をあげたあの夜から、眠れないことが怖いだけでなく、眠っても途中で覚めて叫び出すことが怖くなった。真昼間でもびくびくしていた。それは「今に必ず夜がくる」という憂鬱だけではなく、外見からはわからないが、おれ自身がすっかり変わってしまったことからくるものだ。

おれは別人になった。あるいは、一夜のうちに新しい両目を得たと言うべきかもしれない。

同時に、世界もすっかり変わった。まるで誰かが、これまでのおれを、あるいは、かつてはよく知っていたのにその存在に気づいていなかった世界を、盗んでいってしまったかのようで、すべてがまったく見知らぬものとなった。おれと「おれ」の間に、おれと世界の間に、裂け目ができた。おれはしばしば「おれ」を凝視し、観察したが、世界は新しい姿でおれに襲いかかってきて、その存在を宣言し、こっちを見ろと要求した。おれの意識は完全な睡眠の段階からは目覚めたものの、目覚めた後に眩暈（めまい）がして、どうしたらいいかわからなくなり、事態に対処するすべはなかった。しょっちゅう精神状態が悪くなり、頭がぼうっとして、すぐに緊張し、特にもっとも気持ちを落ち着けなければならない公共の場所にいるときに、不安を感じてしまうのだった。不安になったときは、自分の体をつねったり、頭のてっぺんを叩いたりして、肉体的な痛みで心の不調を帳消しにするようにした。そうしてジタバタした後には、体が青あざだらけになった。

おれはいつも不吉な予感のなかで生きていた。いったん不安になり始めると、癲癇（てんかん）の発作を起こすのではないか、頭が爆発するのではないかと思って、本当に怖かった。自分を制御できなくなってわめき叫ぶうちに、怪獣に姿を変えてしまうかもしれないと思った。しまいには、比較的落ち着いているときでさえも、心配でたまらず、呼吸も不安定になり、次の角を曲がれば危機が待ちかまえているのではないか、なにかが待ち伏せしているのではないかと不安におびえるのだった。

生存本能に突き動かされて、おれは外に救いの道を求めた。たまたま、新聞の生活面の隅っこに、精神病について討論する文章が載っていたのを読んだ。読み終わると、家族には黙って、その文章を寄稿した医師に診てもらうことにした。馬偕（マッケイ）記念病院に行って、初めて精神科の外来の受付をした。診察室で医者はただ、どこが調子悪いの、とだけ聞いた。おれは思いつく限りの症状を全部話した。聞き終わると医者は、それは鬱病ですね、と言った。その医者が処方した薬が正しかったかどうかはわからないが、自分から進んで病院に行って、時間通りにちゃんと薬を飲むという行為によって、ずいぶん気持ちが落ち着いた。それ以後はいくらか楽になったが、それでも、症状がすっかり消えたわけではなかった。

なかでも、眠るべき時に異常に目が冴え、起きているべき時に眠くてたまらないという状況は、まったく改善の兆候がなかった。そこで、おれは臨機応変に対応することにして、生活のスケジュールを調整した。夜、母と妹が寝室に入って眠ろうとするとき、おれは反対に徹夜で勉強しようとして、ベッドの上に本を積み上げた。学校の教科書もあったが、たいていは授業とは関係ない文学や哲学の本だ。考え方を変えることにしたのだ。おれ様は眠れないわけじゃない、眠りたくないだけだ。睡眠薬を飲んだ後、目を閉じて羊を数え、眠りの神の降臨を待つのはやめた。ベッドの上で小説や散文や、読みづらい哲学の翻訳書を読むことにしたのだ。ベッドの上で、白先勇（バイシエンヨン）（台湾の男性作家）を知った。ベッドの上で、張愛玲（チャンアイリン）（中国出身の女性作家）も知った（こういう言い方はなんだか変だな）。あの頃、台湾の主要な作家の作品はほとんど読んだし、外国の翻訳小説もけっこう読んだ。ベッドの上に横になって本を読んでいると、心はすっかり文学の世界に入り込み、存在を忘れ、不眠症の恐怖を忘れた。かすかに不安を感じたときは、また、体をつねりながら、本を読めば大丈夫だった。うまくすると、知らないうちに眠りに落ちた。同時におれは知らないうちに文学の啓蒙の門をくぐっていた。

　精神の苦しみと文学の啓蒙という二重の洗礼を受けて、おれは存在の問題を考え始めた。この世界について考えた。最初に考えずにはいられなかった問題といえば、もちろん、なぜこんな病気になってしまったのかということだ。この病気にはどんな意味があるのか。これは天罰なのか、それとも、たんなる偶然による事故のようなものなのか。最初のうちは天罰説に傾いていた。不安のなかで浮かんだり、沈んだり、何度も溺れそうになったおれは、こう認めそうになった。天罰だ！　どこで読んだのか忘れたが、ある作家があざ笑うような口調でこう書いていた。「天の神がそう意図しなかったら、人は髪の毛一本だって失うことはない」と。おれはこれを読んで、まったくそのとおりだと思った。天の神様の意思がなかったら、こんな死んだほうがましな苦しみを味わうこともなかったはずだ。この苦難によって、神はおれにどんな玄妙なる真理を現そうとしているのか。それがあの頃、おれがもっとも考えなければならない疑問だった。

天罰が下ったからには、原罪があるはずだ。そして、天啓もあるはずだ。ここでいう原罪とは、キリスト教の教義による原罪だともいえるし、仏教でいう前世からの輪廻といってもよい。疲れ果ててわけがわからなくなり、おれは宗教に対して、きわめて狡猾にして、融通のきいた態度をとった。宗教から慰めを得ようと強く望みながら、教義の束縛に耐える気はなかったのだ。だから、おれはずっとどの宗教の側にもつかず、すべての宗教の大連盟である「天の神様」を拝んで、キリスト教でも、お釈迦様でも、アラーの神でもいいから、異端邪説でなさそうなのはどれにもまじめに服従し、とにかく、間違った拝み方をしていないかを気にして、不公平にならないように気をつけていた。いつの日か、天の神様が霊験を現したときに、ハズレだったら困るからだ。もっとも理想的なのは、おれが天国に行くときに、キリスト、釈迦、ムハンマドの三大教主が同時に天国の入り口に立って出迎えてくれ、こう言ってくれることだ。「人類の歴史を通じて、おまえほど察しのよい者はいない。ほかのやつらときたら、わたしたちの名前をかたって殺しあいを続けるばかりで、まったく憎むべき者どもだ。さあ、来なさい、三人だけでは、マージャンをしたくても一人足りなくて困っていたんだ」

まったく幼稚でおかしな話だが、おれが待ち望んでいたのは、まさに、コーヒー、砂糖、粉ミルクの三つが一体となったインスタントコーヒーのような、大同世界だった。そうだ、おれがついに得た天啓とはまさにその幼稚でおかしな大同世界であり、いわゆる原罪とは、そのような境地がまだ人の世に実現していないことから起こるのだ。おれはなにも、道に殉じることによって人の世を変えようと思ったわけではない。そうではない、苦しいほど考えて得たメッセージはそういうことではなかった。おれの任務は単純なものだ。おれの任務は、生きている間に、苦しみのさなかに、理知と狂気の間に、天国を「見る」ことだ。それは、キリスト教のエデンの園かもしれないし、仏教の無我無欲の境地かもしれない。あるいは、イスラム教でいう、善人が生き返る天国かもしれないし、その三つが合体していれば最高だ。とにかく、天国を「見る」ことができさえすれば、自分の病気も自然と治るはずだ。

「どうして、おれが？」という最初の疑問から、「大同世界」の啓示に至るまでは紆余曲折だった。おれは自分を新しく認識しなおし、世界に対して新しい感覚をもった。前にも言ったとおり、新しい目をもつようになったのだ。あきらかにこの新しい目は、修理の必要があった。この目で見る現実は傾き、平衡を失っていたからだ。おれの病気は呪いでもあり、恩寵（おんちょう）でもあった。恩寵というのは、おれの魂がたった一夜のうちに新しい魂に取り換えられたことでもあり、表象を貫通できる「秘密の目」を与えられたことでもある。この目によって、おれは物事の核心を見通せるようになった。本を読むだけでなく、人を読み、世界を読めるようになった。この秘密の目で見ると、どこを見ても二重の映像が見えた。物事の表象が見えると同時に、その本来の姿が見えるのだ。人の外側だけでなく、彼らの内心も「見える」のだ。すべての表象は、その実像を覆い隠すカーテンに過ぎない。だから、どこにでも、真理を暗喩する象徴が見えた。一枚の葉も宇宙の縮図でありえたし、一滴の涙も存在を蒸留したエッセンスかもしれないのだ。

世界は傾き、人々はバランスを失い、両者は手を携えて、もとの姿から離れる方向に疾走していた。おれは他人を敵視するわけでも、世界を憎むわけでもなかったが、自分に見えるものを残念だと思った。人は必ずしもこうある必要はないし、世界もこうでなくたっていいはずだ。

新しい目は物事をはっきりと見せただけでなく、おれを解離の状態のなかでますます解離させ、部外者の目で自分の疎外を見つめさせた。だから、おれは自分の悟ったことに対して、それが人に関するものであれ、物に関するものであれ、表象に関するものであれ、本質に関するものであれ、いつも認定と疑いの二重の思考の状態にあった。ある瞬間には「真理」がみえたと思い、一秒後には自分の精神は錯乱しているのではないかと疑うのだ。

4

「あなたは……。興信所なのですか?」。林夫人はおれの意識が遠くにいってしまったのを感じたらしく、身を乗り出して質問した。

「私立探偵です。興信所ではありません」。おれはやっと我に返って答えた。

「違いがあるんですか？」。彼女はまた短く質問した。

友好的な好奇心から来た質問で、馬鹿にしているわけではないようだ。おれはもう彼女を好きになった。

「興信所は会社であり、ある種の組織ですが、わたしは一匹狼です。はやっている興信所の場合、警察の情報組織にスパイを潜入させて賄賂(わいろ)を贈ったり、案件ごとに報酬を払ったりして、そのルートで情報を得ています。しかし、わたしは『個体戸児(ゴーティーフール)』（個人経営）ですから、スパイなんか使っていません。興信所は最新科学技術を使います。彼らが使っている盗聴や、写真や、ビデオ撮影、GPS位置追跡の器材を見たら、冷戦時代のスパイたちは自分たちは早く生まれ過ぎたと言って嘆くでしょう。しかし、わたしはアンチ科学技術で、録音機も使いません。使うのは自分の目と耳と足だけです」

おれは巧妙に話し方や言葉遣いを変えながら話した。渡世人みたいに「一匹狼」と言ったり、役人と業界の癒着をほのめかしたり、中国で使われている「個体戸児」なんて言葉をいかにも北京風に舌を巻いて発音したり、冷戦時代の話をしたり、英語を使ったり、アンチ科学技術宣言をしたり……。それもみんな、彼女の反応を見て、彼女のことを探るためだ。しかし、彼女はまるで生物学者が今まで見たこともない珍しい生き物を見るような目つきでおれのことを見ていた。うむ、想像したよりずっと、容易に心のうちを明かさないタイプだ。いや、これはよい前兆ではない。おれはますます彼女を好きになったから、客観的な態度を保つべきなのに、客観的でいられなくなる危険がある。

「あなたが提供できるサービスで、興信所が提供できないのは、どんなことです？」

「それは、反対の言い方をした方がいい。興信所が提供できるサービスはどれもわたしにはできない。しかし、わたしの出発点は金儲けではありません。ほとんど、人助けのためです」

「ほとんど、というと、残りはなんです？」

「残りは個人的な理由に関することなので、言わなくてもいいでしょう。興信所の料金がいくらくらいか、ご存知ですか？」

「ネットで調べてみましたが、ずいぶん高いですね」

「合法的な強盗のようなものです。行動調査が一日一万、人探し調査は五万から、浮気の証拠集めが五万から、以下、『から』は省略しますが、浮気の現場をおさえるのが十五万、結婚生活回復プロジェクト二十万、不幸な結婚からの脱出二十万です。つまりですね、貧乏人はただ、太陽の下に干した肌着に昨夜の秘密のあとが残っていないのと同じように自分の人生がきらきらと明るく輝いていることを祈るしかない、ということになる」

「あなたはいつも、そういう話し方をするんですか？」

「なるべくそうしています」

「わたしはただ、興信所は高いなと思っただけなの。それに、わたしの問題はそんなに大問題じゃないんです。もしかしたら、問題でもなんでもないのかもしれない。わたしの考え過ぎなのかも。だから、プロに頼まなくてもいいと思ったんです」

飲みかけた紅茶を吹き出しそうになった。

「プロというのは、汚い肩書きだ。人間味に欠ける。興信所はあなたのことを、お金があまって使い道に困っている、いいカモだと思うだけだ。その点、私立探偵であるわたしは、あなたが秘密を話せる相手です。あなたはわたしを信頼すればいい。言い方を変えれば、わたしはあなたを『お客』とは考えません」

「でも、友だちでもないし」

「友だちではありません。こう言ったら、いいだろうか。わたしが保証できるのは、実直な善意です。もちろん、料金はいただきますが」

「それは、もちろん」

「あなたの問題を話してください」

「……」。眼差しに憂いの色が見えた。

「大丈夫。取り越し苦労だったとしても、かまいませんよ」

「わたしの家庭はごく単純で、夫と娘とわたしの三人です。まあ、普通の、悪くない暮らしをしていると思います。物事には、なんでもないときは本当になんでもないことって、ありますよね。わざわざ考えてもみないし、まして詳しく分析してみたりもしない。でも、いったんなにかあると、いろいろ余計なことを考えてしまう。しまいには、それまで確実だと思っていたものまで疑うようになって……。三、四週間前からなんですが、娘が父親をまるで仇でも見るような目つきで見るようになったんです。軽蔑した目つきで、話もしようとしません。夫が娘と話そうとしても、娘はさっと顔を背けると、自分の部屋に駆け込んで、ドアをバタンと閉めるのです。いったいどうなってるのと夫にたずねても、困った顔で、わからないと言うだけです。娘に聞いてみると、泣き続けてなにも話そうとしないときもあれば、わたしのことを世界一の大馬鹿だと罵って、部屋から出ていけと言うときもあります。もう、心配で心配で。今にもこの家が崩壊してしまいそうな気がしてくるんです。それで、よく考えなおしてみたんですけど、突然、すべてが変わってしまったのは、五月二十三日の夜のことでした。あの日の前はなにもかも正常だったんです。あの日に起きたなにかのせいで、こんなことになってしまったんだと思います」

「ちょっと待って。娘さんは何歳ですか？ それから、娘さんのあなたに対する態度とお父さんに対する態度に明らかな違いがありますか？」

「どうしてそういう質問をされるのか、わかってます。わたしも考えてみました。娘は中三です。勉強のプレッシャーも大きいし、それに思春期ですから、情緒不安定なのは当たり前のことです。明治の小豆アイスさえあれば人生は最高って言ってるかと思えば、お友だちとケンカして世界の終わりみたいに大騒ぎしたり。そういうのはもう、わたしも慣れっこになっています。問題は、娘の態度がすっかり変わったことです。父親と口をきかないだけでなく、父親が家に帰ればすぐに自分の部屋に閉じこもって、ご飯も自分の部屋で食べるんです。わたしに対しては、『そのこと』について聞いたりしなければ、普通におしゃべりする日もあるんです。誰のことが嫌いとか、どの先生がいちばん空気が読めないとか。だけど、変なのは、この頃、家を出る前にわたしに抱きついて、それもいつまでもぎゅっと抱きついていて、『わたしは大丈夫だからね』ってささやいたりするんです。勉強のことではないと思うの。なにか、ほかのことだと思うんです。娘が家を出ていったあとはもう、ろくでもないことをいろいろ考えてしまうんです」

「もっとも恐ろしい可能性についても、考えてみたんですね」

「考えました。もし、本当にそんなことがあったら、わたしは夫を殺してやります！」。やさしげな顔に鋭い線があらわれた。「でも、それはないと思います。夫とは二十年近く前に知りあって、結婚して十六年です。もし、夫が娘に対してそんな汚らわしいことをしたら、わたしがまったく気がつかないなんてありえません。でも、娘が『ママは世界で一番の大馬鹿だ』って叫んだことが忘れられないんです。わたしがなんにも気づいていないという意味ではないでしょうか？　だから、こっそり夫を観察しました。夫の行動からなにか手がかりが見つからないだろうかと思って。家にいないときに、パソコンも開けてみました。小児性愛のサイトを見たりしていないかも調べましたが、なにも見つかりませんでした。メールも変なものは来ていません。ほとんどが植木友だちからです」

「なんですって？」

「夫は植物が好きなんです。しょっちゅう見ているのは、花や木と関係のあるサイトです。ネット上で同好の植木友だちもいるようです」

「お宅には植木がたくさんあるんですか？」

「うちは最上階で、屋上に一部屋、建て増ししているんです。そこで夫がたくさん盆栽を育てています。夫の宝物の鉢植えがぎっしり並んでいて、まるで温室のようになっています」

「わたしは植物キラーで、盆栽を育ててみても一週間ともたなかった。かわいがり過ぎて水をやりすぎるか、ほったらかしにして枯らしてしまうか、どちらかなんだ」

この情報は彼女の話とはまったく関係なかった。林夫人は美しい眉をひそめて、おれを白い目でちらっと見た。おれはなんだか、びくついてしまった。もしかしたら、それは植物に限った話ではないと、彼女はもう見抜いたかもしれない。

「それから、わたしはずっと夫より遅く寝て、早く起きるようにしています。しかも、寝る前に本を一冊、ドアに立てかけておいて、もし、夫が夜中に起きてドアを開けて出ていったら、音がするようにしてあります。それでもまだ安心できなくて、ここ何日かは、娘の部屋に近い、リビングのソファーで半分寝ながら見張りをしています」

「家のなかに監視カメラを設置することは考えましたか？」

「考えました。あらゆることを考えました。でも、ピンホールカメラを使って夫を監視するなんて、そこまで卑劣なことはしたくないんです。それに、なにか問題が起きたとすれば、それは間違いなく家の外で起きたと確信しています。娘は学校に、夫は仕事に、二人とも朝早く出て夕方まで帰りません。二人が帰ってくるとき、わたしはいつも家にいますし」

「五月二十三日に、娘さんの帰りはいつもより遅かったですか？」

「いいえ。娘は放課後にときどき、お友だちとファストフード店に寄って、なにか飲んだりはしますが、そんなに遅くなることはなくて、いつも夕食の時間までに帰ってきます。あの日もいつもの時間に家に戻りました」

「最善の方法はもちろん、ご主人を問いつめて、話してもらうことです」。そんなことはもうとっくにやってみて、うまくいかなかったのだろう。そうでなかったら、彼女がここにすわっているはずはない。しかし、事件の最初の段階でお決まりのくだらない質問をしないわけにはいかない。

「夫はなにか言おうとしてためらうときもあれば、ただ肩をすくめて、反抗期なんだろう、しばらくすれば解決するさ、と言うときもあります。だから、わたしは今日、あなたに会いにきたんです。どうか、真相を突き止めてください」

「ちょっと失礼なことをお聞きしてもいいでしょうか？」

彼女はけげんな顔をしておれを見たが、なにを聞かれるか、予想がついたようだ。

「夫婦生活のほうは、どんな感じですか？」

ちょっと間をおいてから、彼女は答えた。「こういうことになる前は、正常でした」

判断の根拠になることだから、プライバシーに関わることも聞かないわけにはいかない。初めて会った女性の性生活について、こんなに単刀直入に質問したのは人生で初めてだ。おれのような非常に真面目な人間でも、変態的な喜びを感じないわけにはいかない。

「この件、お引き受けしましょう」

「ありがとうございます」

「基本的な事柄をお聞きしておきましょう」

おれはリュックからペンとノートを出した。リュックにはそのほか、毎日必ず買っている四種類の新聞に、外出の際には必ず持っている革の財布、サファリハット、ピルケース、それから懐中電灯が入っている。

懐中電灯なんて役に立つときはないのかもしれないが、必ずしもそうとは言えないだろう。

おれは基本的な事柄を書き記した。躍動する堂々たる筆跡は、ついにビジネスを始める喜びを隠せなかった。

「まだ、料金のことをうかがってませんけど」。林夫人のほうはおれと違って落ち着いている。

「真相を突き止められなかったら、料金はいただきません。任務を達成したら、三万いただきます。その間、状況をみて調査の進捗具合を報告します」

「状況をみて、ってどういうことですか？」

「真相の一部だけ聞くことは、依頼人の不利益になることがあるんです」

「わかりました」

「おっと忘れるところだった。ご主人は車を運転しますか？」

「はい」

「それなら、尾行する際のタクシー代は後で精算していただきます」

「ああ……。車は運転しないんですか？」

「しません」

「バイクは？」

「オートバイには乗れません。あれだけです」。おれは近くに停めてある自転車を指さした。

おれの自転車の左側には、すっかりひね曲がって倒れそうな白千層（はくせんそう）（台湾の街路樹に多い樹木で、樹皮が白く剝離する）が植えてあり、その幹には公園街灯プロジェクト管理局が巻いた鎖に小さなプレートが付いていて、「４３４１ＣＡ００２８」という番号が記されている。その根もとは四角いコンクリートの枠で囲まれているが、枠の一辺は大きくひび割れている。

林夫人は半分立ち上がりかけたまま、決めかねたように途中で止まってしまっていた。なにを考えているか、おれにはわかっている。どうせ、「しまった。自転車にしか乗れない私立探偵を雇ってしまった」と思っているんだろう。

人は去っても、彼女の憂いは留まっているかのごとく、紅茶の味もなんだか苦くなった。急いで通りを渡っていく彼女の姿を見ていて、ほっそりした美しい脚に初めて気づいた。群れからはぐれた白鷺が一羽、流れの速い渓流を急いで渡っていくような……。

おれは急いで自分の太腿をつねり、無駄な感傷を払い捨てた。気を取り直して、ノートにこう書いた。「注意点　依頼人を脅かさないこと」。

5

「168」の魯肉飯(ルーロウファン)と肉羹(ロウゲン)とゆで野菜をかっこんで晩飯をすませてから、自転車をこいで、住処(すみか)に向かった。

ばらばらに並んだいろいろな建物と捷運(ジエユン)（都市高速鉄道「大衆捷運系統」＝MRTの略）の高架が空を切り刻んでいる。もともと狭い富陽街(フーヤンジエ)が、高さを競うたくさんの広告のせいで、ますます窮屈にみえる。のこぎり状に並んだマンション群は、不揃いな歯並びのようだ。高いビルと低いビルが肩を並べて不揃いに並んだ様子は、台湾風ゴシック様式といったところか。ガソリンスタンドを過ぎたところで、臥龍街(ウォロンジエ)に曲がると、空はなんとか半分顔を出すが、残りの半分は長々と寝そべる福州山(フーチョウシャン)に覆われている。

臥龍街と辛亥路(シンハイルー)三段が境を接するあたりは大安区(ダーアン)のはずれの「死の街」で、辛亥路を突っ切れば、第二葬儀場だ。この「死の街」は昔は死人関係の商売で栄え、最盛期には葬儀屋と葬儀用の紙細工店が軒をつらねていたが、火葬が普及し、葬儀屋は企業化して、最近では遺族が楽隊を雇い、チャルメラを吹く音で死者を送ることも少なくなったし、まして紙製の豪邸や庭、ベンツなどを燃やして、骨と灰になった故人があの世で使えるように供えることもあまりなくなった。今では、商売替えのしようもない老舗が十数軒、辛抱して時代遅れの葬儀関係の商売を続けているほかは、ほとんどオートバイや自動車の修理工場に取って代わられている。その一方で、いつのまにやら、葬儀用の紙細工はネット上では芸術品に化けているようだが、同じ職人たちが作っているんだったら、これも見事な転職といえるかもしれない。

おれは子どもの頃から幽霊が怖くてしかたないから、お弔いをする家の人々が布の頭飾りを付け、草履をはいて、輪になって紙細工の金童玉女（仙人に仕える美しい少年少女）を燃やしているのを遠くから見ただけで、ぞっと鳥肌が立って、わざわざ遠回りをしたものだ。ところで今、この「死の街」を住処としているのは、家賃が安いだけでなく、繁華街に静けさを求めようと思ったからで、「大隠は市に隠る」というくらいだから、こういう場所こそがレベルの高い隠者の絶好の隠れ家というものだ。それだけではない。こういう場所に住むことには、死地に赴いてこそ、初めて活路を見出せるという象徴的な意味があると思う。大安区の区役所で戸籍移動の手続きをすませ、和平東路と新生南路の交差点に立ったとき、おれはまるで人の世から姿を消して、死者の世界に入り、解脱でもしたように感じたものだ。

いや、ときどき思うんだが、おれはどうも象徴の奴隷のようなところがあるな。

「鷦鷯にも、なお一枝あり」（三国志演義に出てくる言葉で、「ミソサザイにもとまる枝があるのだから、人にはもちろん住むところがあるはず」という意味）というくらいだから、いくら落ちぶれたといっても、雨風を避け、身を寄せる所が必要だ。たとえ、陽の光も射さない場所だとしてもだ。おれにとっていわゆる家とは、他の人には本を貸さない貸本屋のようなものだ。2Lの間取りで、使える壁面にはすべて、煉瓦とベニヤ板で作った本棚が床から天井までぎっしり並び、この一生で手に入れた本を分類もせずにでたらめに並べてある。本以外の家具はあわれなほど少ない。おれには本が必要だ。たくさんたくさん必要だ。なにも高尚ぶりたいという嫌らしい理由からではない。本があれば、気を紛らわすことができるからだ。自分のことばかり考えないですむから、自分以外のことを考えることができるからだ。眠るためには、睡眠薬だけではなく、本が必要だ。調子のいいときは、カントの『純粋理性批判』を三ページも読めばもう効果がある。だが、調子の悪いときだと、徹夜で十何冊もとっかえひっかえしても、不安を抑えられない。そういうときはただ、寝室の東側の窓が黒から灰色に変わっていくのを見ているしかない。おれは長い夜が怖い。もっと嫌なのは、徹夜の後にゆっくりと訪れる、あざ笑うかのような朝の光だ。

　家に着くと、シャワーを浴びて、しばらくテレビを見た。

「台湾はいったいどうなってしまったんでしょう！　病んでいるんでしょうか？　道徳心はひとかけらもなくなってしまったんでしょうか……」

　マスコミに出ているコメンテーターとかいうやつらは、まったく羨ましい職業だ。公然と屁のようなくだらないことを言って、交通費までもらって帰るんだから。やつらの厚顔なこと、愚鈍なことといったら、まったく、ため息が出るほどだ。「屁のようなくだらないことを言うためだけに交通費をもらう」ことが道徳的に許されるかどうか、考えてみたこともないらしい。

「彼の言ったことは、非常に重要な重点をついてますね……」

　いったい、何語を話しているつもりだろう。そもそも重要でない重点なんてあるのかどうか、それを考えてみるのが重要な点だろう。もし、あるとするなら、それはいったい何グラムくらいの重点なのか？　ちょっと重いけど、すごく重くはない重点なのか？　おれはいまにも知覚を失って、「そんなに重要ではない重点」についての危ない空想の渦に吸い込まれそうになったので、あわてて意識を取り戻した。

テレビを消して、リュックからノートと新聞を出して、書斎に入った。

机の前にすわって、開いたノートをじっと見ながら、林夫人の案件についてよく考えた。それほど時間がかからずに結論が出た。

娘が父親に対して激しい反感をもつというのは、父親から性的暴行を受けたか、偶然、父親の愛人を見かけたかに決まっている。もう一つ可能性があるとすれば、父親が公共の場所でわいせつな行為をしているのを見てしまった場合だ。たとえば、盗撮していたとか、コートで隠しておいて露出狂行為をしていたとか。

それ以外、なんにも思いつかない。

おれの推理力はすばらしいとはいえない。アマチュアの皆さんと同様に、常識と経験則から判断しているだけだ。違うところがあるとすれば、この二点だろう。一、推理小説はずいぶん読んだ。二、台湾についておれほどよく観察し、認識を深めている人間も、台湾はどうしてこうなんだろうかと忸怩たる思いをしている人間も、ほかにいないはずだ。

推理小説を読んでわかったのはこういうことだ。フィクションの推理はストーリーを突飛で奇怪なものにしすぎる。また、犯罪の過程を深遠なものに描き過ぎる。言い方を変えれば、小説に出てくるような、不可思議なものを追求する複雑な心理解析や、哲理の吟味は、単純で、一本気で、胸中に隠すものとてない台湾人にはまったく適用できないということだ。誤解しないでほしい。台湾人だって念入りな計画を立てられないわけではない。だが、その欲望が顔にはっきり表れていたり、書いた文章の行間に見えすいていたりするようでは、念入りな計画とはいえないだろう。事実のデータを見れば、よくわかる。ここ二年間で、台湾では重大な刑事事件は六十七件あった。捜査によって解決した事件が四十四件で、未解決の二十三件も、ほとんどは主犯容疑者の身元が割れている。ただ、海外に逃げられてしまったために逮捕が難しくなっただけだ。だから、この二年間で迷宮入りになっている事件は多くないし、そのうち殺人事件となるとごく少数だ。しかし、これは警察の捜査能力が優れているという意味ではない。台湾の殺人犯のほとんどが衝動型なのだ。愚かで浅はかなのにもほどがあるというか、動機も金、痴情、恨みのありふれた三種類だけ、つまり、金目当て、情痴殺人、怨恨殺人だ。政治的な謀殺事件以外、台湾には迷宮入りの未解決事件はめったにない。

たとえば、ある日の社会面の記事を例にとってみよう。今週の水曜日、台湾で殺人事件が二件あった。そのうちの一つは、恋人に別れ話をもちかけられた男が、「別れるくらいなら、いっしょに死ぬ」と宣言して、果物ナイフで恋人を刺した後、車を運転してサトウキビ畑に行き、練炭自殺した事件だ。もう一件は、美人局（つつもたせ）にひっかけられて頭にきた男が、友だちをつれて仇の家へ行き、車を破壊してうっぷんを晴らしていたところ、相手が斧で襲いかかってきて、ズタズタにされて殺されたというものだ。どちらもぞっとするような惨劇ではあるが、なんだかドタバタの要素があって、悲劇性が薄まってしまっている。同じ日の日本を見れば、連続殺人事件が決着したという記事がある。容疑者は二人を刺殺し、一人にケガをさせた後、自首した。動機は、三十四年前に保健所が自分のペットを殺処分し、そのうえ、今に至るまで毎年、なんの罪もない五十万匹の動物を殺していることに憤慨したというものだった。どちらも同じ殺人事件であり、同じくでたらめきわまる動機によるものだが、動機の抽象性のレベルには、はっきりした違いがある。この日本の殺人事件にはまったく驚き、恐ろしくなった。その余韻は東シナ海の波にたゆたってここまで達し、おれの心の底にねばついている異質な運動エネルギーを引き寄せようとする。この事件の記事を読んでわかった。殺人事件は流行や芸術、文化とそれほど違わない。国際的に報道される資格があるのは、奇想天外で予測しがたい構造を備えたものだけなのだ。

林夫人の事件についていくつかのステップを書き記してから、ノートをしまい、新聞を見たり、運動をしたりした。転職して私立探偵になって以来、新聞の社会面を丁寧に読んで、殺人事件の展開を追うのが毎晩の必修科目になっている。

これまでのところ、解決する事件はすべて解決し、予想外のことも起きていない。ただ、一件の新しい殺人事件に好奇心を引き寄せられた。一人の男性が自宅で死体となっており、二日後に親族によって発見されたという。事件の現場はおれの家からたった二十分ほどの場所だ。

第三章　絶縁体のような男

1

六月九日の夕暮れ、おれは林家の方へゆっくり歩いていった。すぐ近くだった。林家は通化街(トンホアジエ)のごちゃごちゃした横丁にあった。出発前に、林夫人がメールで送って寄こした写真をよく見て、目標の建物の様子を確認しておいた。道端の屋台で、蚵仔麵線(オアミースア)（牡蠣入り煮込み素麺）を一杯食べてから、張り込みを開始した。

夫は夕飯の後で散歩をする習慣があると林夫人が言ったとき、おれの鋭い勘は、まるで汽車が駅に到着したようにガンガンと鳴り響いた。もしや、散歩がすべての間違いの原因なのではないだろうか。そう思いついたのにはわけがある。新店(シンディエン)にこういう不思議な実話が伝わっている。ある既婚の男が毎朝早起きして山登りをしていた。五年の後には、なんと、別の通りに住む女との間に子どもが二人生まれていた。どうやら、この御仁が登っていたのは別の山だったらしい。

七時三十分ぴったり、一分一秒も違えずに、林氏がカジュアルな服装に運動靴でマンションから出てきた。

人の往来が多くにぎやかな夜市は避け、暗く狭い通りばかり歩いている。散歩の経路はきちんと決められているようで、左に曲がるにも右に曲がるにも行きあたりばったりではない。落ち着いた足どりで一定のリズムを保ち、きょろきょろ見まわしたりもせず、まわりの物を無視して歩いている。途中まで尾行して、おれにもわかった。これは夕飯後の腹ごなしに、げっぷをしながら歩いているわけではない。運動のために歩いているのだ。いや、彼のまったく集中した様子から分析してみるに、自分を鍛えるための行軍というべきだろう。なにを考えているのか、どんな気分でいるのか、つゆほども表に現わさないまま、林氏はまるで絶縁体のような態度で、暗い細道を早足に歩き続け、三十分で一周すると、家に入っていった。

折につけ思い出す、忘れられない話がある。おれが忘れられないというのは、尋常なことではない。おれは本を読んでも、読んだとたんに忘れてしまうし、ひどいときには作者の名前も、本のタイトルも覚えていないくらいだから。その話というのは、ひとりの隠者が池のそばに住んでいたという話だ。夜中に外でなにやら、ピタン、ポタンという雫の音がする。どうしても気になって眠れない。なんの音か突き止めようと、家を出て池の端まで行った。あたりはすっかり闇だから、音だけを頼りに場所を探すしかなく、何度もつまずいて転びながら、よろめき歩いていった。やっとのことで音の正体を突き止めたが、それはただ、泉の水が割り竹の上に滴り落ちている音にすぎなかった。翌日の早朝、目を覚まして窓から外を見た隠者は、はっとした。夜中に足元もおぼつかなく歩きまわった跡が柔らかい湿地の上に白鶴の形を残しているではないか！

暗闇のなかででたらめに歩きまわって、かくも明らかな模様を描くことができるというなら、林氏がわざわざ卑しい街の喧騒を避けて歩く道筋にも、もしや、なにか人に知られたくない深遠な動機が隠されているのではあるまいか。おれはそういう疑いをもたずにはいられない。

それなら、おれの人生はどうだろう。病と闘いながら、ふらふらさまよい、よろよろつまずきながら歩いてきた、おれの人生もなにか驚くべき図形を描き出しているのだろうか。社会的地位のある大学教授から、職業欄の選択肢として載ってもいない私立探偵に落ちぶれるまでの紆余曲折について、どういう言いわけができるのだろう？

2

おれの状態はずっと、よくなったり、悪くなったりだった。しばらくの間、病気がまったく姿を現さないこともあった。正常な人と同じ生活を取り戻し、精神安定剤も睡眠薬も飲まなくていい日々が続いた。その後、病状が完全に消滅して、鬱病のことなどすっかり忘れるところまでいかなかったら、アメリカに留学しようなんて考えは起こさなかっただろう。アメリカに行ってはじめの一、二年はなにごともなく、まじめに勉強し、レポートを書き、恋愛もした。自分と同じく台湾から来た女の子を好きになったのだ。結婚話がもちあがったとき、これはいいかげんにしておいていい問題ではないから、病気のことを彼女に正直に話すべきだと思った。だいたいのところを話すと、彼女はただ肩をすくめて、そんなのたいしたことじゃないわよ、と言った。彼女がそう思ったのは、きっとその頃のおれがまったく正常で、おかしいところがなかったからだろう。しかし、留学して三年目、病状が続けざまに出てきた。おれは再び、病魔と闘う定めとなった。

妻はおれを教会に連れていって、聖書を読めと言った。もちろん、妻だって、信仰をもたないことが病気の原因だと思うほど単純だったわけではない。だが、信仰があれば、この苦しみを乗り越える助けになると考えたのだ。それで助かるならと思って、おれは言うとおりにした。新約聖書を読んだら、すっかり感化されて、しばらくの間は真剣に信者になろうかと考えたが、最後の一歩が踏み出せなかった。結局、身も心もすべてを神にゆだねるという境地までいかなかったのだ。妻は言った。あなたは意固地すぎる、せっかく光が見えたのに、光の方に進もうとしないなんて。だが、問題は光が見えていないことだった。すると、妻は、目に見える光のことを言ってるんじゃない、神が懐中電灯を持ってあなたのために光を当ててくれるわけじゃない、永遠の光はあなたの心のなかにあるの、と言った。ああ、そうか、ほんとに目に見える光が射してくるのかと思ってた、とおれは言った。そこで牧師に教えを乞うと、彼の答えはこの上なく教義にかなっていた。「信仰することが目的で信仰してはいけません。そんなことをすると、自分を追いつめることになりますよ。来るべきものは、自然に訪れます。信仰は無理強いできるものではありません。自分に時間と余裕を与えなさい。そんなに頑張ってはいけません」。この言葉を聞いておれは悟りに至った。それ以来、おれは頑張ったことがない。

同時に、おれは医者にも救いを求めて、ある親切な若い医師に出会った。台湾の精神科の医者は、患者とおしゃべりする暇なんかない。ただ、「調子はどうですか？」と聞いただけで、すぐに処方箋を書く。しかし、その若い医師はおれの病歴に興味をもってくれて、何度も診察を受けるうちに、たくさん質問してきたから、おれも隠し事をせずに答えた。一か月が過ぎて、診断を聞かせてくれた。まず、あなたの病気は鬱病ではなくて、パニック障害です、落ち込んだり、不安を感じたりするのは、パニックになるのを恐れることによる副作用です、と言われた（なんだって？　今までおれは心のなかで憂鬱な王子を演じてきたのに、それは大間違いだったのか。おれの正体はパニック小僧だったのか！）。医者はさらに言った。それから、あなたはいつも自分を責めるような言い方をしますが、自分を責める必要なんてないんですよ。結局のところ、あなたの症状は遺伝生物学上の偶然に過ぎないんですから。

「天罰とは関係ないんですか？」。おれは大きな赦(ゆる)しを得たように感じて聞いた。

「神様とはまったく関係ありません」

「それじゃ、これは罰ではないんですね？」

「とんでもない(ヘル、ノー)！」

「ずっと、自分はヨブ（旧約聖書の人物）なのだと思ってたんです」

「なんですって(オー、マイ・ガッ)!!　ヨブはね、信仰を試された人のモデルなんですよ。なんでわざわざ自分をヨブと比べたりするんです？　あなたはキリスト教徒なんですか？　え？　違う？　それなのに、そんなふうに考えるなんて、頭がおかしいんじゃないですか？　あっ、すみません。そういう意味で言ったんじゃないです」

「いえ、大丈夫です」

「説明してあげましょう。もともとヘブライ語で『ヨブ』とは、『恨みを受け、責めたてられる』という意味なのです。はっきり言っておきますが、あなたは責めたてられたこともなければ、恨みを受けたこともない。ですから、自分からわざわざそんなことに頭を悩ます必要はないでしょう。『ヨブ』から派生した意味には剛毅、忍耐というのがあります。自分をヨブと比べたいのだったら、いっそ、自分はこの上なく剛毅で、病気なんかに簡単に打ちのめされない強い人間だと思ってみたらいいでしょう」

「その言葉に二つの意味があるんだったら、そのうちの一つだけ受け入れて、もう一つは受け入れないなんて、許されるんですか？」

「そうすることがわたしたちの役に立つんだったら、それでいいじゃありませんか。いいですか、わたしたちは宗教について議論しているわけじゃない。そうでしょう？　わたしたちが今話しあっているのは、どうすれば、あなたが自分の状況と平和に共存できるかです。もう一度言いますよ。あなたの今の状況は偶然がもたらしたものでしかないのです。鬱状態について言えば、鬱状態は神経伝達と関係があります。人体に不飽和脂肪酸が不足していると、神経伝達物質の機能に不調をきたして、情緒不安定になることがあるんです。人は誰でも挫折を経験し、誰でも恐怖を感じることがあります。それでも、まったく平気でぐっすり眠れる人もいる。それなのに、あなたは挫折など経験したことがないのに不安でしかたなく、今にも天地が崩れてしまいそうに感じている。それはどうしてだと思いますか？　あなたの生理学的構造に先天的な問題があるからです。それある人があなたより強い人間なのかどうかとか、その人の子ども時代はあなたの子ども時代より楽しいものだったかなどということは、まったく関係ないのです。わたしはなにも、フロイトなんか地獄に落ちてしまえと言ってるわけじゃないですよ。そうではなくて、パニック障害や不安障害の治療のためには、精神分析は実にもどかしいもので、急場を救う役には立たないと言っているんです。神経伝達機能に問題のある人は、たとえ、エデンの園に住んでいたとしても、たとえ、アダムという名前だったとしても、やっぱり鬱状態になっていたでしょう。憂鬱なアダムはきっと、こう言います。ああ、この理想の世界にいると窒息してしまいそうだ。リンゴを食べようよ！　いやいや、違った、それはイヴが提案したことでしたね。とにかく、わたしはなにも、育った環境や社会的要因は関係ないと言ってるわけじゃないんです。まして、精神病が気持ちの状態に影響を及ぼすことがないなんて言ってるわけじゃない。とんでもない。もちろん、それは影響しますよ。ただね、原因について言うなら、それはまったく生物学的な領域の現象です。いわゆる鬱、不安障害、パニック状態はどれも、体内の化学的分泌によって起きるものなんです」

「化学的分泌？」

「正確には、化学的分泌の不均衡です。ですから、今日からはパニック障害を病気の一種だとは思わないようにしてください。病気ではない。ただの現象なんです」

「現象？」

「現象です。頭痛が生理的現象であり、胃痛が生理的現象であるのと同じことです。あなたは、頭の痛い人や、胃の痛い人が、自分を責めるのを見たことがありますか？　もちろんない、ありませんよね。そういう人たちは、ああ、神様(オーマイガッ)、頭が痛くて割れそうだ、胃が痛くて我慢できない、などと大騒ぎしますね。それなのに、あなたはなぜ、パニック障害をそんなに恥ずべきことだと思っているんですか？　いや、もちろん、そのことをみんなに宣伝して歩けとは言いませんよ。『知ってる？　おれ、パニック障害なんだぞ』って大声で言って歩けとは言いません。そんなことをするのはそれこそ、頭のおかしい人です。あっ、失礼、そういう意味じゃないです。わたしが言いたいのはですね、この現象についてネガティブな連想はやめるべきだっていうことなんです」

カチャッと音がしたような気がした。あの若い医師はおれのために大きなドアを開けてくれた。彼のおかげで、おれは気持ちを立て直すことができたし、後ろめたい気持ちも減った。彼のおかげで、その後何年もたってからだが、その頃の自分の状態を仲のいい友だちに話すこともできた。ただし、核心まではいたらず、軽く話したに過ぎないが。彼のおかげで、おれは天罰論を頭の中のリサイクルゴミ箱に捨て去ることができた。

台湾に帰ってくると、空気も、湿気も、悪いにおいも、すべて体に合っている気がした。細菌さえも正しいと思った。病気も自然とよくなった。大学で教える生活は忙しく充実していたし、次々に文章や戯曲を発表して、虚名も得た。自分に自信がもて、未来に期待をもて、おれはついにパニック障害と平和に共存できるようになった。病気が永遠に消え去ってほしいとも思わなくなった。そうだ、こんなの偶然でしかない、と絶えず自分を洗脳し続けていたのだ。神の意思などない。運命は自分のものであり、髪の毛は勝手に落ちるのだ。状態がよくなるにつれ、だんだん薬を飲むのを忘れるようになり、飲み終わると病院に行って薬をもらうのも面倒になった。

おれは再び全快した。

しかし、「偶然説」はおれを別の道に迷い込ませた。劣等感がうぬぼれに変わったのだ。その頃のおれは闘士だった。自分を強者だと思い、強者のつもりで好き勝手なことをまくしたてた。うわべだけの好意を示す者を憎み、権勢におもねる弱者には容赦しなかった。まして、利益ばかりを追い求める者などは蔑んで一瞥もしなかった。もともと自意識が強かったが、ますますひどくなり、「我が道を行く」を標榜していた。時局を恨み、学術界を軽んじ、演劇界を馬鹿にした。世の人々の物質をあがめ、流行を追い、ポルトガル風エッグタルトだの、日本風ドーナツだの、デパートの百周年セールだのに長い行列を作る愚かさをよしとせず、ただただ糊口をしのぐために汲々とする大衆を憐れんだ。なんという嘘偽りだったことか。あのとき、おれは本当に、世間のやつらはみな迷い、自分だけが覚醒していると思い込んでいたのだ。

十数年が過ぎて、いくらか友だちもできたが、その多くを怒らせた。妻はおれが変わったと言った。以前にもまして、世の不合理に憤り、悪しき風習を憎むようになったというのだ。しかし、妻がなににも増して耐えられなかったのは、おれが人の温かさを拒否することだった。家にいる時間はどんどん減った。時間を浪費して友だちと酒を飲んでは、きりなくおしゃべりし、人の悪口を言い続けた。劇場でだらだらしているだけのときも多かった。妻は再三、最後通牒を突きつけ、何度となく、子どもがいないのはせめてもの幸いだ、と言った。

知らないうちに、おれは矛盾に満ちた怪獣になっていた。淡泊で冷たい態度をとるときもあれば、激高して騒ぐこともあった。妻に申し訳ないことをしても謝りもせず、ほかの物事については、特に文化や文学、演劇について、あるいは通りに落ちている犬の糞についてでさえも、いつも偉そうな意見を言い、義憤を爆発させると、止まるところを知らなかった。敵を嘲り、友を傷つけたので、友人のなかには今ではまったく他人になって、つき合いがなくなったのもいる。後になって気づいたことだが、人間の崩壊は一日のうちに起きるわけではない。それはちょうど酸化によって錆が生じるように、木の葉がだんだん黄色くなるように、ゆっくりとした過程なのだ。おれの魂はどこかおかしくなっていた。だが、そのときには愚かにも、なにもわかっていなかった。

あの頃のことを反省してみると、おれは自分に鞭打とうとして、かえって嘘偽りにはまり込んでいたと思う。実際、変わったのはおれだけではなかったのだ。まわりの人たちや、物事も変わっていった。時代のせいだったのだろうか、それとも、年齢のせいだったのだろうか。台湾の状況が然らしめたものだったのか、それとも、グローバル化の悪影響だったのだろうか。おれの知っている人たちもどんどん利益を追いかけるようになり、世慣れてきて、見かけの篤実さとは違う偽善者になり、そのくせ、口では優しさだの愛だのと言っていた。おれの過激に偏った目から見ると、そういうやつらはすでに理想を失っており、みんなが「刺し通すことのできない嘘の鎧」をまとって、みずからを欺き、世の人々を騙しているのだった。もしかすると、以前に主張していた理想はただの掛け声に過ぎず、やつらが本当に求めていたのは最初から、名を成すこと、利益を得ることだったのかもしれないと思った。

おれが教職を辞して、今のありさまになるきっかけというのは、去年の冬に起きたことだ。そうだ、そういえば、あれも冬だった。おれはそのことになかなか気づかなかったが。

去年の十一月、妻はカナダにいる高齢の両親といっしょに暮らすことになり、おれは一人残された。出発の前の晩、妻とリビングで話をした。もう長い間、あんなふうに心の底をさらけ出して妻と話しあったことはなかったし、それがとうとう最後の一回になった。二人はすごく離れてすわっていた。妻はダイニングセットの椅子に、おれはソファーにすわっていた。二人の声は客間にこだまし、窓の外に流れていき、闇のなかに消えていった。

「あなたは自分がどんなふうになってしまったか、わかってるの？」と妻が言った。

「わかってる」

「どうして、こんなことになったの？」

「わからない。中年の危機ってやつかもしれないし、更年期かもしれない」

「この期に及んで、よくそんな冗談言う気になるわね。まったく。あなたはどうして家庭にはそんなに冷たくて、世界には敵意をもってるの？」

「おれの心のなかには悪魔がいるんだ」

「その悪魔をやっつけてしまうことはできないの？　悪魔がいるって言うけど、昔はいなかったじゃない？　どうして、追い払うことができないの？」

「昔もいたのかもしれない。きっとずっとおれの心のなかに隠れていたんだ」

「そんなの、ただの言いわけよ。自分では認める気がないようだけど、あなたは失敗が自分に与える感覚を気に入ってるのよ。破滅させることが好きなの。自分を破滅させ、人を破滅させることがね。あなたには愛がないのよ」

「そうだね。おれには愛がないんだ」

「愛がない人間は、愛が必要ではないはずね」

　妻が出発した直後には、一種の解放感があった。毎日、外で飲んでは楽しく騒いだ。すっかり酒飲みになって、心のなかは荒れ狂っていた。あるとき、劇団の飲み会で、酒の勢いを借りて、すさまじく人を罵り始め、そこにいた友だちのほとんど全員に恨まれることになった。場所が安和路（アンホールー）の「亀山島（グイシャンダオ）海鮮料理店」だったので、演劇業界の人々は、その事件を「亀山島事件」と呼んでいる。次の日、目を覚ますと、二日酔いも当然のことながら、酔いが醒めて最初に感じたのは後悔の念だった。ああ、おしまいだ、本当にあんなことを言ってしまったのか、長年いっしょに仕事してきた仲間たちを傷つけてしまった……。天気もおれの気持ちに合わせたのか、土砂降りになった。外にも出られず、負のエネルギーを発散しようもなかった。気分が落ち込み、不安で、一日中パニックに陥っていた。

ここ数年の自分の行いを反省してみると、怒りも、冷酷さも、抑えるすべのない破滅への欲望だったとしか、いいようがない。おれは不純物を我慢することができない。なにがなんでも、純粋さを、純粋な芸術を、純粋な意図を、純粋な心を追求したいのだ。それもすべて自分の妄執のもたらした報いだ。妻の「愛がない」という診断に至っては、おれをこの上なく怯えさせた。おれに愛がないなんて、そんなことがあるだろうか！おれはときには自己弁護を試みた。おれのすることも、思うことも、すべてが愛から発しているんだ、表面上は、そして実際の結果から見れば、憎しみから発しているように見えるのかもしれないが。ときには、これまでおれが気取ってきた悲壮感はとうに違うものに変わってしまった、変質してしまったのだ、と認めざるをえないときもあった。簡単に言ってしまえば、「自分もみんなも苦難のなかで生きている」という認識から、「みんなを率いて苦難から抜け出したい」という認識に変わったのだ。

いつも目的もなく散歩するうちに、山の遊歩道のそばに置いてある箱から仏教の布教用の無料の入門書をもらってきたが、気の向くままにひもといていたら、仏教の世界にのめり込んだ。おれのごく浅い知識によれば、仏教の真諦はキリスト教よりももっと理解しがたい。信仰とは、理解しなければできないものではないという人も多い。それに、大勢の信者がまったく無知なままで、死ぬか生きるかというほど、あるいは死ぬにも死ねず、生きるにも生きられないほど信仰していることは、おれも知っている。だが、おれは頑なに過ぎるのか、理性的すぎるのか、それとも自我が強すぎるのか、まったく理解できない物事を心からありがたがることなど絶対にできない。宗教に対しては、かつては日和見主義的に近づいただけで、本当に忠実な気持ちではなかった。それが、今、廃人になってしまう寸前というところまできて、おれは仏教のなかに脱出の口実を見つけた。無我、無常、空、寂静、涅槃、そういう文字におれは夢中になった。仏教の教義のなかには、自分とか自我なんてない。そういうものは、「無明」の産物だ。万物皆空、世事無常だ。

「しかし、たとえわたしたちが理解したとしても、それでもまだ、予測の難しい物事に対しては怖れを感じるでしょう。怖れと不安は、人類の智慧のなかでも重要な心理状態です。怖れの裏側には、確定性に対するあくなき渇望があります。わたしたちは未知のものに対して怖れを感じます。人の心の確実性への渇望は、わたしたちの無常に対する怖れに根ざしています。あなたが不確定性を察することができたとき、これらの関連しあう事柄の各成分が恒常と不変を保つことができないと確信できたときにこそ、怖れを知らない『無畏の心』が生じるのです。そのときには、最悪の状況に直面する心がまえが本当にできており、同時に、最も望ましいことが起きるのも受け入れられることに気づくでしょう。そのとき、あなたは高貴で、厳かな存在になっているはずです」

　この一節はまさに、おれのこれまでの苦しみについて書かれた文章にほかならず、おれを深く感動させ、おれの心のなかに和合の種をまいた。それ以後、おれは物事の核心を見抜いたなどと虚しくも思い込むことはなくなったし、無駄な力を使ってパニック障害のことを考えるのもやめた。天罰説も、偶然説も、現象説も、どれもでたらめな話だ。

おれも、「高貴で、厳か」に生きたい。同時に最悪の状況に直面する準備がいつもできているようになりたい。

半年ほど考えて、ついに、ジタバタするのをやめ、これまで学んだことを捨て去り、臥龍街（ウォロンジェ）の袋小路にやって来たわけだが、この行動によって、自分が大変ありがたく静かな境地に至ったのか、それとも、魂も騒ぐ煉獄の都市に引きずり込まれたのか、どちらかわからない。今後の成り行きに賭けてみるしかない。

どうして、「私立探偵」という稼業を選んだのか、正直に言うと、自分でもよくわからない。もしかしたら、クレイジーな直感によるクレイジーな行動だったかもしれない。おれは直感を信じるから、衝動的で無鉄砲な、理屈では説明できない行動はすべて直感によるものだと思うことにしている。その直感がどこから来ているのか、なにから発したものかと言われると、どうにも説明のしようがない。若い頃には、「探偵」という肩書きに憧れた。映画のなかの探偵や刑事に対して、いろいろロマンチックな幻想を抱いた。それに、大量の推理小説を読んでからは、なんでも神様のように見通してしまう名探偵を限りなく崇拝した。だが、誰がそんなものを本当だと思うだろう？　消防隊員に憧れ、消火活動を行い、人を助ける仕事をしたいと夢みる子どもたちのうち、大きくなってから本当に消防隊員になる子が何人いるだろう？　おれは「私立探偵」の看板を掲げ、名刺を印刷したものの、自分でもまだ、なにかのドタバタ劇をやっているような気がしていたし、なんだか遊びのような、自分を笑いものにしているような気分だった。それでも、まじめな理由もあったと思う。たぶん、こういうことだったんじゃないだろうか。おれはもう定職につく気はなかったが、心身の健康を考えれば、ただぶらぶらしているわけにもいかない。そんなことをしていると、本当に病気になってしまう。節約をこころがければ、まあ、五、六年は経済的に困ることもないだろう。だから、仕事は金儲けとは関係なしでよかった。おれは、これまでのでたらめな行動の罪滅ぼしをする気持ちから、私立探偵になることを選んだ。それで、他人を助けると同時に、自分を救いたかった。私立探偵になったら、自分の状態についてあれこれ推理するのはやめて、他人のさまざまな困難について推理する。あるいは、こう言ってもいいかもしれない。長年、演劇の脚本を解読する仕事をしてきて、プロットとか、布石とか、サスペンスとか、動機などというものに浸りきってきたから、でたらめな想像ど「とにかくやってみるか」という精神状態で、この専門知識をもつ人材（つまり、おれ）に「プライベートアイ」をやらせてみて、現実生活において実力を発揮させてみてはどうだろう、と思ったようなわけだ。

以上のように目くらましの理性的分析をやってみせたところで、自分の非理性的な行動を説明できてはいないことはわかっている。ある推理小説に、こう書いてあった。

「人間の行動には本当に理由があるのか？　彼らは本当に理由を必要としているのか？　生命とは、結局のところ、論理でわかる問題ではない。それに、たとえ答えを見つけたって、賞品をもらえるわけでもない」

そんなことはともかく、林夫人からの依頼が証明しているではないか。おれはついに名実ともに私立探偵になったのだ。

おれは腕を振るいたくて、うずうずした。同時に、馬脚をあらわすのが怖しくもあった。

第四章 精神潔癖症

1

尾行という仕事は、時間を無駄に費やすことだ。面白くないし、バカバカしい。尾行の対象が九時から五時までの勤め人ともなれば、ますます疲れる。対象は一カ所に留まって動かないから、おれも動けない。ずっと同じ場所で、案山子(かかし)のように固まって、やつが入っていったガラスの自動ドアをじっと睨んでいなければならない。もう一度出てくるときまで、ずっとだ。その間、ほとんど三、四時間だが、まったくなんにもできない。本も読めないし、新聞も読めないし、あたりをキョロキョロもできない。それに、ここ数年の習慣になっている、この都市を読み解き、川の流れのように次々に目の前を通り過ぎていく人間たちを読み解くという気晴らしをすることさえ許されない。ギリシャ神話のシーシュポスでさえ、大きな岩で遊ぶことができたのに、おれにはなんの玩具もない。おれは自分が本当にこの職業に向いているのか、ちょっと疑問に思い始めた。

ハリウッド映画の刑事ものの張り込みのシーンだったら、ちょっとはロマンチックなこともある。真夜中に、男女二人の警察官が車のなかで待機している。男性警官はマルボロを吸い、女性警官はスターバックス・コーヒーを飲んでいる。ちょっとおしゃべりを始めて、仕事上の倫理のことなんかを話し、それから、私生活のことを少し語りあって、いつのまにか、どんどん親密になり、肝心の瞬間になると、画面はストップモーションになって、互いに見つめあい、電光石火の早業で二つの口がタコの吸盤のように吸いつきあい、唇がからみあい、唾液が混ざりあい、固く抱き合いながら、体を撫でまわし、手がタコのように八本ではなく、合計四本しかないのももどかしげに男は女のTシャツをめくり上げ、女は男のジッパーを下ろし、今にも車を振動させようという、まさにその時、なんてこった、非常識にも容疑者のやつが動き始めた……。空想しているうちに、生理的な反応が起きてしまった。

おそらく、おれは尾行史上唯一の妄想がたくましすぎて街角で淫(みだ)らな考えを起こした私立探偵だろう。

2

六月十日朝八時五十分、ターゲットは公園路(ゴンユエンルー)にある健保庁舎に入っていった。

林氏は中央健康保険局台北支局総合サービスセンターで働いている。役職は特に偉くもなく、偉くなくもなく、会計監査課副課長だ。会計監査課は八階にあって、一般市民は上がっていけない。おれは健康保険局についてはまったく無知だが、その財務体質が脆弱で数百億という損失を出しているにもかかわらず、職員には月給三、四か月分の年末ボーナスを出していることは知っている。貧血なのに輸血を続ける怪獣のようなものだ。

林氏はちょっと見にはあまり目立たない男だ。身長は一メートル七十以上で、細めの筋肉質の体をしているが、惜しいことに四角く小さい顔が青白いせいでバランスが取れなくなっており、灰色のズボンに半袖の白いワイシャツという服装のせいでますます格好悪くなっている。林氏はどうやら「公務員服装ハンドブック」を順守しているらしい。

しかし、彼にはどこか、ほんの少しだが、かといって見過ごすことのできない、普通の人とは違うところがあった。おれの注意を引いたのは、彼のごく普通の価格の服装でもなければ、露店で売ってるのとブランド物のちょうど中間くらいの黒い革靴でもなく、彼が道を歩く時の姿勢だ。そうだ、まわりにいるみっともない有象無象の通行人たちとは違って、林氏の歩き方には確かに品がある。無駄に両腕を振り回すこともなく、軽薄にキョロキョロすることもなく、足音を立てて踵を引きずったりもしない。両脚を静かに着実に一歩一歩運んでおり、まるで一羽の隼が正確に滑空しては着地しているかのようだ。そして、その優雅さには、どこか自然のままではない、わざとそれを隠しているような自制心が感じられた。いや、人に見せるためにわざと優雅な振りをしているという意味ではない。その反対で、優雅さをわざと隠している感じなのだ。

誇り高い孤高の公務員？　おれのターゲットは、なんとも分類しがたい人間だった。

真昼間の人混みのなかにいるのに、「絶縁体」というのが彼を形容するのに一番ぴったりくる言葉だと思えた。植木を愛する人なのに、なぜ猛禽を連想させるのか、おれにはちょっと説明できないのだが。

これだけのことが直感でわかったということは、おれがなんとか私立探偵のはしくれになった証明といえるかもしれない。おれには専門知識もなければ、緻密な推理力もない。物理、化学、機械の知識は中学生程度、武器や格闘、武術はずぶの素人、唯一頼みにしているのは生まれついての禍福相半ばする神経質だけだ。それは呪いでもあるが、宝くじに当たったのと同じことでもある。小さい頃から、壁の隅に隠れているヤモリのように、世間が混乱しようと、周囲が騒がしくなろうと、声も出さずに静かに眺めていて、次は一体なにが起きるだろうと心のなかで考えていた。こんなふうに、世の中の人に対してはもちろんのこと、神秘的ぶっている創造主に対しても、あくびをして相手にしない態度をとってきた。言ってみれば、一生、木の枝に逆さまにぶら下がって相手を盗み見ながら、一度も手を出したことのない忍者のようなものだ。十九歳で病気になって以来、神経質はますますひどくなって、人には見えないものを見る「秘密の目」はますます鋭くなった。私立探偵のことを英語では、「private eye」というが、それに「s」を付けて複数形にしたのが、この「秘密の目」のことではないだろうか。

それに、おれは生まれつきのギャンブラーだ。小さいときからずっと筋金入りの博打好きで、おはじきでも、泥団子でも、トランプでも、輪ゴムでも、マージャンでも、ファイブスタッド・ポーカーでも、さいころでも、知らない遊びはない。学業も、将来も、感情も、人生も賭けてしまう。ゲームをしているときだけは、好きなように大声を出したり、ゲームの組み立てに専念したりして、しばらくは自分やまわりの存在を忘れることができた。怖れや不安も感じなくなって、瞬間的に勝ち負けの決まるゼロサムゲームに没頭することができるのだ。そういうとき、おれは「有我」と「無我」、「非我」と「即我」の中間地帯にいる。

高校の同級生の張(チャン)のお父さんの生々しい実体験を聞いても、賭け事をやってはいけないという教訓だとは考えず、むしろ、どうせ賭け事をするなら、これくらいのことをしたいものだという大きな野心を抱いた。一九四九年以前、張のお父さんは上海でレストランをやっていた。毎晩、閉店後にその日の売り上げの現金を取り出して、闇の賭場に行き、牌九(バイゴウ)をやった。勝っても負けても、必ず適当なところで手を引いて、ちゃんと家に帰っていた。ところがある晩、夜が明けても帰ってこなかった。さらにまた次の日の朝になって、痩せこけた張おじさんは手押し車に載せられて、家まで送られてきた。身に着けていたものは下着のシャツとパンツだけだった。実は、おじさんは前の晩には大勝ちしていた。どうやら運がついてきたらしく、よい牌ばかりだ。だが、幸運は長続きせず、次はどんどん負け始め、最後はとうとう大負けして、着ていた背広の上下まで巻き上げられた。このような教訓を経て、張おじさんは国民党とともに台湾に移ってきてからは、二度と賭場に足を踏み入れなかった。おれはその話を聞いて、たいしたもんだと感心した。上海の博打場は、実に人道的だ。負けたやつからすべてを取り上げ、恥ずかしい目に遭わせても、ちゃんと家まで送ってくれるんだ。おじさんのズボンまで脱がされる見事な負けっぷりには、もっと感心した。張おじさんの教訓はおれを鼓舞し、啓示を与えてくれた。おれが今、決然として過去を断ち切り、この「死の街」に隠遁することにしたのは、まさにこの「ズボンまで脱がされる」見事な負けっぷりを見習ったものだ。とはいえ、いくら強がりを言っても、本当は、完膚なきまでにやっつけられて、永遠に回復できないのは、おれだって怖い。

いつも傍観者でいることで、おれは冷静でいられたし、人の世を厳しく監視できるようになった。それだけでなく、賭け事から相手の弱点を読み取る能力を身につけた。マージャンを例にとれば、そのプレーヤーの運のよしあしや、聴牌（テンパイ）になっているかどうか、どれに賭けるつもりかなどは全部、その人の目つきや呼吸のリズム、ツモってくるときや盲牌（モーパイ）するときの態度、人の気をそらせるための余計なおしゃべりなどに表れている。自分では利口なつもりで、絶対に手を明かさない気でいるやつもいる。嵌張（カンチャン）待ちの牌が入ったのにわざと悲しそうにため息をついたり、もう聴牌なのに必死で考えているふりをしたり、そんなことをすればするほど、手の内はバレバレで、詳しい帳簿を目の前に広げて見せているようなものだ。すべてのギャンブラーに弱点があるのと同様、人は誰でも弱点をさらけ出す。たいていの人間の弱点は、裏返しに着たシャツの縫い目のように一目瞭然だ。

しかし、林氏はたいていの人間とは違うようだ。

駐車場からずっと尾行しながら、おれはなるべく彼と歩調を合わせ、彼のリズムに溶け込もうとした。もうすぐ健保庁舎に着こうというとき、あることに気づいた。林氏はサラリーマンらの往来の激しい歩道上を歩いていても、絶対に他人と体を接触させないでいられる。袖がほんのちょっと擦れ合うことさえ避けている。まるで、一艘の高貴な船が、ぶつかれば船体を粉々にしてしまうであろう大きな岩を見事に避けて波間を進んでいるかのようだ。そのとき、おれの体にかすかな震えが走った。彼の恐れがおれに伝わってきたのだ。いったい、なにを恐れているんだろう？　道を行く顔も知らない人々が、彼の眼には、恐ろしい茨の棘をまとっているようにでも見えるのだろうか？

おれにはよくわかった。こいつは精神的な潔癖症に違いない。

3

一日がどんどん過ぎていくが、なんの収穫もない。背中がこわばって、腰が痛くなっただけだ。

四十歳くらいから、すわっているときの姿勢が悪いせいで、脊柱側彎症にかかってしまい、長い間立ちっぱなしだったり、すわりっぱなしだったり、それどころか、長時間寝ていても、背中と腰が痛くなる。最近は、毎日、長時間散歩ばかりしているせいで、左の膝の関節も悪くなり、病院で五回もヒアルロン酸の注射をしてもらったが、ちっともよくならない。おれも年をとったもんだ、まったく。別に年をとるのが怖いわけではないが、五十近くにもなって私立探偵を開業するっていうのは、老化の進む自分の体に冗談を言ってるようなもんだ。

昼休み、林氏は新聞を抱え、一人で日本風の珈琲店に入っていった。「鶏のもも肉のオレンジソース」を注文し、食べ終わると健保庁舎に戻って、終業時刻に出てきて、車で帰宅するまでずっと職場にいた。

張り込み中、なんの変化もなかった。退屈を慰めてくれたのは、母親からの電話だけだ。おれが退職した後、母親の怒りは二週間でおさまり、その後はほとんどなんともなくなった。母親があんなさっぱりした性格で本当によかった。

「後悔してるでしょ?」。この頃、母親との会話はいつもこの一言で始まる。

「少しね」。おれは正直に返事をする。

「死好(シーホウ)(いい気味だね)!」

それから、今日マージャンに行ったときのおかしかった話を聞かせる。母親は毎週三度、マージャンをする。認知症予防のためではない。そもそも、マージャンが認知症予防に効くという話を信じていない。母親がマージャンにいくのは、他人がポケットから金を出すのを見るのが大好きだからだ。マージャンをするのは月水金と決まっていて、雨が降ろうが、槍が降ろうが、必ずでかける。不吉な兆候に出くわさない限りは、の話だが。おれの母親はギャンブラーのなかでは最も迷信を信じない方だ。それでも、どうしても我慢できないことがある。タクシーに乗って雀荘に向かう途中で、葬式の行列が正面から来たら、その日は絶対に勝つ。だが、霊柩車が自分と同じ方向に進んでいたら、必ず負ける。だから、すぐに運転手に引き返せと命じ、家に帰って寝てしまう。これは絶対に当たる、と言っている。

マージャンをする時間も決まっているが、マージャン仲間もだいたい同じ顔触れだ。

そのなかに銀行の重役がいて、自慢話ばかりしている。今日もそいつは偉そうに、「苗栗(ミャオリー)に土地を買ったので、退職後はそこでのんびり暮らすつもりだ。ものすごく広い土地なんだ」と言い出したそうだ。「そうそう、すごく広いのよね」と母親は冷ややかに言った。「広すぎて死んだ鳥も飛び越せないくらい」。重役はそれを聞いて大喜び。「死鳥(スーニャオ)」を「四鳥(スーニャオ)」と聞き間違えたのだ。四羽の鳥がリレーで飛び続けても、端まで行くことができないくらい広い土地なら、それは確かに広いだろう。ほかの人たちは冗談を理解して笑い転げたが、ただ一人、三十代の若奥さんはなんの反応もしなかった。三分ほどたって、ほかの人たちがとっくに笑い終わってから、彼女は突然、爆笑した。

「ハハハハハ、やだ、呉(ウー)おばさんたら！　死んだ鳥が飛ぶはずないじゃない！」

「あんなバカな人、いないわよ！」。母親が笑いながら話して聞かせるので、おれもゲラゲラ大笑い、通行人にじろじろ見られてしまった。

　母親はおれの心のなかの勇者だ。日本統治時代、基隆(キールン)高等女学校は日本人しか入学できず、台湾人は入れなかった。そこで、母親は宜蘭(イーラン)の蘭陽(ランヤン)高等女学校を受験しようと決めたが、両親に反対された。「女の子はそんなに勉強しなくてもいい」というのだ。幸いなことに、もっと偉い人が賛成してくれた。おばあさん、つまり、おれの曾祖母だ。

　しかし、おばあさんは内心では、この孫娘は「毎日二十四時間営業で」遊んでばっかりいて全然勉強しないから、合格するはずはないと思っていた。試験の前の日、母親はひとりで宜蘭行きの汽車に乗った。家を出るとき、おばあさんは笑いながら言った。「まあ頑張りなさい。もし受かったら、おばあちゃんが耳を両方切り落とすから、おまえはそれを博筊（道教の寺院で神託を伺うために使う半月型の赤い木片）にしてご先祖様にお供えするといいよ」。二週間後、合格通知が送られてきた。母親は合格通知を振りまわし、大喜びで台所に駆け込んだ。「おばあちゃん、はやく、お耳を切り落として！　ポエにするから！」

おれが七歳のとき、父親が心臓病で急逝したので、母はひとりで家計を支え、マージャンで勝った金を不動産に投資した。「マージャン博士」と呼ばれるのも伊達ではない。母はおれと妹を私立大学に通わせただけでなく、互助会でかなりの金額を手に入れて、おれをアメリカに留学させてくれた。母が六十なん歳かのとき、マージャンの約束があってでかける途中で、地面のへこみにはまって右足を痛めてしまった。それでも気にもしないで、片足を引きずりながら友だちの家に行き、雀卓についた。四局終わって席を替えるときになって、右足が裂けるように痛み、その場にひっくり返った。マージャン仲間が病院に連れていくと、救急の医師がレントゲンを見ながら言った。「たいしたもんだ。右足の骨が折れてるのに、四局も打てるとはね」。それからしばらく、右足のすねにギプスをした母親は一日中、ベッドの上でテレビを見ているしかなく、マージャンにも行けなかった。親孝行なおれは見舞いにいくとき、わざわざ大人用の紙オムツを買っていって、逆鱗に触れた。「このろくでなし！　あたしをなんだと思ってるの！　あたしは這ってでも、自分でトイレに行くよ！　その紙オムツは持ってかえって、自分で使いな！」

4

夕方、林氏が帰宅するとはっきりわかってから、おれは疲れた足を引きずってふらふらと六張犁（リョウチャンリ）に向かい、富陽街（フーヤンジェ）に曲がったところで、今晩は阿鑫（アシン）の家に行くことになっていたのを思い出した。

臥龍街にある鑫盛（シンション）自動車修理工場はまだ明るかった。主人の阿鑫とその家族はこの辺で唯一、おれとつきあう気のあるご近所さんだ。引っ越してきたばかりの頃、誰よりも敵意をむき出しにしておれを睨んでいたのが、真っ黒に日焼けした阿鑫だった。近所のほかの人たちはおれを無害な怪人とでも思っているらしく、おれを空気のように扱い、視線が合ったりしないように、道で会っても安全な距離を保っていた。ただ、阿鑫だけは、おれが自動車修理工場の前を通るたびに、お巡りのような態度でおれの動きを追って睨み続け、敵意を隠そうともしなかった。後になって、阿鑫はおれにこう打ち明けた。

「うちには子どもが二人いるだろ。商売柄、いつも開けっ放しになってるから、怪しい人物を見たら、用心のために睨みつけておくことにしてるんだ。『なにかしやがったら、ただじゃおかねえぞ』ってね」

「見た感じ、教育のある流れ者ってとこだな」というのが彼のおれに対する見立てだったそうだが、まあ、ハズレでもないだろう。「ああいうやつは、頭の病気か、変態か、どっちかだ」と阿鑫はかみさんに言ったそうだ。阿鑫のかみさんというのは、痩せて小柄で、ほっぺたがちょっとくぼんだ感じで、髪の毛が仕事のじゃまにならないように、いつも頭にヘアバンドをしている。

引っ越してきてから、おれは新しい生活のプランを実践していた。晴れてさえいれば、朝起きて一番重要なことは山登りである。医者の勧めをよく聞くことにしたのだ。「運動しましょう！　あなたのような場合は、じっとしているより、動くのが一番です」。

ある朝、一九七巷から一歩踏み出したとたんに、路上で口汚く罵る阿鑫の声が聞こえた。

「どこのゴミ野郎だ！　×××！　こんなことをして、黙ってずらかりやがって！」。

阿鑫が汚い言葉を並べて罵るのを聞くと、どうやら、通りの向かいに停めてあった彼のサファイアブルーの中古のトヨタに誰かが車をぶつけて、傷を付けていったらしい。横目で盗み見ると、やっぱり前の左側のライトが壊れて、ボンネットの前の方にも大きなへこみがある。

内心、ざまあみろと思ったが、顔に出さないようにして、そのまま、富陽（フーヤン）自然生態公園の方向に歩き続け、コンビニ萊爾富（ハイライフ）に入ると、新聞四紙とミネラルウォーターを一本買った。店から出てもまだ、阿鑫の罵り声が天地を揺るがしている。きっと台北市民全員が目を覚ましたことだろう。

そのとき、臥龍街派出所の警察官が阿鑫の方に大急ぎで歩いていった。そして、まったくその瞬間に、おれは警官と阿鑫のちょうど後ろの方にある臥龍街と辛亥路（シンハイルー）の交差点にセブンイレブンがあるのに気がついた。

おれは二人の方に歩いていった。

阿鑫は激怒のあまり我を忘れ、警官に向かって、公徳心や教育問題、治安の悪化を告発し、最後にそれもすべて政府が無能だからだと罵った。民主主義を誇りとする台湾人は、このように、ごく小さな事件からでも大局を見通す知恵を備えているのである。

「被害届を出しますか？」と警官は聞いた。明らかに阿鑫が被害届を出さないでくれた方がいいと思っている言い方だ。

「被害届なんか出したって、なんの役に立つんだ？　この前、うちに泥棒が入ったときも被害届を出したが、それで結局どうなった？」

「出すんですか？　出さないんですか？」

「もちろん、出しますよ」

おれが突然口を挟んだので、二人ともびっくりした。

警官がこっちを向いた。ほかでもない、先月うちに戸籍調査にきた小型版ジョン・ウェインだ。

「なんだって？」。お巡りは両手を腰に当て、目を細くして、ゴロツキのような態度でおれを睨んだ。

「被害届を出した方がいいって言ってるんだ」

「あんたには関係ないだろう」

「ちょっと待て」。阿鑫はおれを疑わし気な目で見ながらも言った。「この人の話を聞こう」

「写真を撮るだけじゃなく、鑑識が必要だ」

「カンシキー?」。二人は同時に目を細め、声をそろえて言った。

「鑑識課の人に来てもらって、指紋がないかどうか調べてもらうんだ。おそらく、ないと思うけどね。おっと、これは……」。おれは身をかがめてその場所を指さしてみせ、ライトの取れた痕とへこんだ部分をよく調べた。「へこんでる部分にきっと相手の車の塗料が残ってるはずだ。取り出せば、物的証拠になる」

「余計なことをしないでくれ。ぶつけた車が見つかるはずはないんだから、物的証拠なんかあったって、なんの役にも立たないだろ」。お巡りが恨めし気に言った。

「役に立たないって、なんでわかる?」。おれは振り返って阿鑫にたずねた。

「車はだいたい何時頃にぶつけられた?」

「夜中の一時から朝の六時の間だ」

阿鑫のかみさんは実家に用事があって、夜中になってから車で帰ってきたのだ。

「時間がわかってるなら簡単だ」。おれは警官の方を向いて聞いた。「派出所の監視カメラは、一台は辛亥路の方を向いていて、もう一台は一九一巷の方を向いてる。そうだろ?」

お巡りがうなずくのも待たず、おれはどんどん続けた。

「台湾は監視カメラ天国だ。派出所にも監視カメラがある。斜め向かいのセブンイレブンにも監視カメラがある。富陽街寄りのハイライフにも監視カメラがある。その斜め向かいのマクドナルドにも監視カメラがある。一番重要なのは、臥龍街と富陽街の角にもきっとあるってことだ。すべての監視カメラの一時から六時の映像を比べて見れば、スピードを出して臥龍街を通り過ぎていく車と途中で一九一巷に入っていく車以外は、ほとんどが夜に帰ってきて停める場所を探す車だ。へこんだ部分から判断するに、外側ではなく内側からぶつかられている。おそらく、車を停めるときに勢いが余っていたんだろう。ぶつけたと気づいて、そこに停めるのはやめて、慌てて逃げていった。だから、われわれが探すべきは一見、通り過ぎていくだけのように見えて、実は来てから去っていくまでの間に五分か十分たっている車だ」

かくも迅速にして徹底的な分析を彼ら二人が理解するには時間がかかるだろうと思って、おれはちょっと待ってやった。

だいぶたって、阿鑫はまだ霧に包まれた面持ちだったが、お巡りの目には啓蒙の光が宿り始めた。

「わかったよ。だけど、どれほど時間がかかると思う？　どれだけ人手がいると思う？」

それを聞いたおれと阿鑫は、示しあわせたわけでもないが、同時に手を腰に当て、生きるのが嫌になったオケラをガマ蛙が睨みつけるかのように、ギロリとお巡りを睨みつけた。

五日後、おれと阿鑫が催促してからのことだが、警察は映像のなかから二輛の車を特定した。片方は暗い色のマツダ３・２０Ｓで、もう片方は明るい色のフォードのニュー・モンデオだ。光線不足でナンバーは一部しか識別できなかった。だが、おれは阿鑫に請け合った。夜中にこの辺に停めにくるんだから、きっと近くに住んでるやつだ。

今に必ず、そのゴミ野郎をつかまえることができる。

だいたい一週間くらいたって、自転車に乗っていたとき、おれはたまたま、信安街(シンアンジエ)に停めてある、ナンバーの一部も一致するシルバーグレーのフォードを見つけた。車の左側がへこんでいるのを確認してから、全速力で阿鑫の家まで走って報告した。

それから、阿鑫とおれは警官といっしょに車の持ち主を探しにいった。

阿鑫と友だちになったのは、それからだ。おれには、「チャリンコ名探偵」という称号が与えられた。おれはときどき、阿鑫のところに行って、お茶を飲んでおしゃべりする。自動車修理工場が閉店してから、いっしょに酒を飲むこともある。

5

阿鑫はほんとにいいやつなんだが、すぐに政治の話を始めるのが玉に瑕(きず)だ。なにか、面白くないことがあれば、すぐに政治のここが悪い、あそこが悪いと言い出す。彼はよく、車を一台持ち上げている1柱リフトの下に立ち、腰を曲げて車体の裏を叩きながら、でたらめを言いまくる。それを見ていると、おれはゾッとする。1柱リフトが今にもガチャッと折れて、阿鑫を肉団子にしてしまうんじゃないかと思うからだ。彼ががらがら声を張り上げて、著名な政治家たちを罵りまくるとき、おれはたいてい、目を細め、眉根を寄せて、骨が砕ける幻聴を聞いている。

おれにはとっくにわかっている。政治というものは、理屈で説明できるものではない。

だいたい同じような理念の人に時事問題について指摘したとしても、自慰と同じで一瞬気分がすっきりするだけで、自分を成長させるエネルギーが湧いてくるわけでもない。逆に、意見のまったく異なる者と大声で怒鳴りあうのは、神経がすり減るだけでなく、命の無駄遣いだ。まったく違う方向を向いてる人間と、顔を真っ赤にして、額に青筋を立てて、かんしゃくを起こしあうくらいなら、いっそ、西瓜包丁を持ってきて、殺しあいをする方がさっぱりするというもんだ。以上の結論に普遍性があるかどうか、他の国にも適用できるかどうかはわからないが、少なくとも、白黒の両極端に走りがちな台湾では、だいたいこんなもんだろう。

阿鑫の不平不満に対して、おれは一つの原則を守ることにしている。阿鑫の政治論議はまったく偏っていて、視野が狭くて、ただただ怒りをぶちまけるばかりで、彼の大嫌いな政治家やテレビのコメンテーターとなんの違いもないが、おれはそばから水をかけたりはしないし、中庸の道を説いたり、当たり前の理屈を言って聞かせたりもしない。とにかく、阿鑫が誰かをくそみそに言ったら、火に油を注いで、もっとくそみそに言ってやるだけだ。

「なんの役にも立たねえ。×××！　だから、言ってんだよ……」。今日は商売がよっぽど暇らしく、阿鑫の悪口雑言はいつにもましてすさまじく、連発銃のように罵り続けた後、一息入れて、こう嘆息した。「あんなゴミ野郎ども、なんの役にも立たねえ。片っぽはヤクザみたいな顔しやがって、もう片っぽはまるで宦官（かんがん）みてえだ。あんなやつらに頼っていたら、台湾はどうなっちまうんだ？」

「それだったら」とおれは言った。「刑務所を作って、ヤクザと宦官一人ずつでペアにして、閉じ込めておいたらいいんじゃないか？　三日もたたないうちに愛しあっているかもな」

阿鑫が首をかしげて、ヤクザが宦官を抱き寄せている、ほのぼのとした画面を思い浮かべていたとき、阿鑫のかみさんが二人の子どもを連れて、寝室に続く廊下から出てきた。小学校五年生の上の女の子の小慧（シャオフイ）と二年生の下の男の子の阿哲（アジャー）だ。

今晩、おれはこの二人のお子さんたちに授業をすることになっている。

二週間くらい前、仕事を終えた阿鑫と、修理工場の入り口で酒を飲んでだべっていると、かみさんが子どもたちといっしょにバイクで帰ってきた。小慧と阿哲の顔は未来への憧れに輝き、手には黄色と白のストライプのカバンを持っている。カバンには英語でこう書いてあった。「Big Bird English」、「大鳥（おおとり）英語」だ。おれは一目見てすぐわかった。ああ、おしまいだ、阿鑫のかみさんは無駄に大金を払って、子どもたちを英語の塾に行かせるつもりだ。おれはよく考えもせずに、すぐに口に出してしまった。「もったいない、もったいない。苦労して稼いだ金を無駄にすることはないよ」。おれがそう言うと、かみさんはちょっと気分を害したようで、怒ったような顔をした。余計なことを言ってしまったなと気づいたときには、もう次の言葉が口から出てしまっていた。「そんなものはさっさと塾に返して、金を払い戻してもらったらいい。おれがただで英語を教えてやるから」

「本当だな？」。カネの話になると、阿鑫は誰よりも反応が速い。

「教えられるの？」。かみさんの方は不信感まる出しだ。

「もちろんだよ。英語を教えるのが仕事だったんだから」

かみさんがまだ決断できないでいるうちに、阿鑫はもう子どもたちの手からカバンをひったくり、一人でバイクに乗って、塾の方角に走り去った。というわけで、それ以来、おれは小慧と阿哲の英語の家庭教師になったわけだ。

まったく、余計なことを言ってしまったもんだ。だが、不景気なこのご時世、阿鑫は汗水たらして車の修理をし、かみさんは今にもつぶれそうな実家の火鍋屋をなんとか切り盛りしているっていうのに、三万も払って、どうせペルーあたりから来たやつが英語を教えている「大鳥」とやらに行かせるなんて、おれは見るに忍びなかったのだ。

初級レベルの英語を教えたことはないが、子どもに「ＡＢＣ」を教えるのにはなんの資格もいらないはずだ。プロの学習塾がどうせたいしたことを教えられないなら、ボランティア教師のおれがうまく教えられなくたって、取り返しのつかない害になることもないだろう。それでも、おれは一応、どんなふうに始めたらいいか、いろいろ考えた。

そうして結局、ちょっと変わった新しい方法を取り入れることにした。本はbook、犬はdog、机はdesk、鉛筆はpencilというように、絵を見せながら単語を教えるのではなく、また、一生使うはずのない「How do you do?」みたいなバカみたいな文、あるいはもっとバカみたいな「I'm fine, thank you.」なんかを教えるのはやめた。

音声記号から教えることにしたのだ。それぞれの音声記号の発音を正確に覚えさせ、長音と短音の区別をわからせて、母音から子音、簡単なものから難しいものへと教える。

英語の発音に合ってもいない台湾の音声記号ボポモフォを助けにして覚えることは絶対に禁止だ。授業中は、細い鉄パイプを教鞭のかわりにして、自動車修理のメモ用のホワイトボードの上に書いた音声記号を指し示し、生徒たちに「Repeat after me.」と言って復唱させ、「i」は長音、「I」は短音、「u」は長音、「U」は短音と教えた（阿鑫は一度、「日本語を教えてるのか？」と言った）。こんなふうに繰り返して練習するうちに、生徒たちは半月後にはすべての音声記号をほぼ完全に身につけていた。

初めのうち、小慧と阿哲は文句たらたらだった。「英語の単語を教えてくれない」というのだ。おれは二人に、まあ、慌てるな、音声記号と強弱アクセントがわかるようになってから、きっと普通の人が知りもしないような単語を教えてやるから、と言っていた。

そして、いよいよ今夜、わがクラスの授業は音声記号の段階から、単語を習う段階に到達した。

ものすごく難しくて、偉そうで、しかも長い単語を十個教えてやった。そのうちの一つに阿鑫が興味を示した。ヤンキースの捕手のホルヘ・ポサダが左右両打ちであるのを例にとって、「ambidextrous」の意味を説明したが、阿鑫が真似しようとすると、どうしても日本語にしか聞こえなかった。おれは授業を終える前に、子どもたちに言った。次の授業では、試験をやるから、それぞれの単語の意味、発音、綴りをしっかり覚えてくるように、と。おれの作戦はごく単純だ。難しいものを先に教え、だんだん簡単にする。めったに見ることもない難しい単語を先に丸呑みさせておいて、それからごく簡単な日常用語を教えれば、きっと朝飯前だと感じるだろう。十の単語は即興で思いついたものだ。たとえば、ホワイトボードに「gobbledygook」と書いて、音声記号、音節、ストレス、アクセントの強弱を示し、二人に読ませてみた。しばらく、でたらめに読んでみた後、二人はコツをつかんでいった。最後におれがお手本として正確に読んで聞かせ、あとについて何度か発音させた。

「この言葉、どんな意味？」と小慧が質問した。

「『gobbledygook』とは……」。おれは、忠実な番犬が家を守るように低い腰掛けにすわり、煙草を吸いながら、夜の街を眺めている阿鑫の方を指さした。「小慧のパパが怒って政治の話をしているときの様子を表す言葉だ」

「わかんない」と阿哲が言った。

「パパは政治の話をするとき、どんなことを言ってるかな？」

「でたらめばっかり！」。それまで忙しく後片付けをしていて、店を看板にしようとしていた阿鑫のかみさんが適当に言った。

「そのとおり。『gobbledygook』とは、『でたらめばっかり』という意味だ」

「おい」。番犬が振り返って警告した。「子どもらに変なこと教えるなよ」

阿鑫の抗議などどこ吹く風で、子どもらは熱心に阿鑫を指さし、「gobbledygook!」、「gobbledygook!」と繰り返し始めた。おれは横から二人に注意した。「最後の字を省略しちゃダメだ。軽声のkだよ」

それから、ほかの単語も教えた。

「『idiosyncrasy』。『つむじ曲がり、変人』という意味だ」

「それは、呉おじさんだ！」。阿哲はすぐに意味を悟った。

「ママは？」と小慧が質問した。

「ママは『perseverance』だな。『我慢づよさ』という意味だよ」。おれはその単語をホワイトボードに書き記した。

この三つの単語を覚えて、小慧と阿哲は大喜び、三人の大人の間をかけまわり、英語の名前でおれたちを呼んだ。ふざけながら、歌うようにはやしたてる様子は、まるで天使が三人の凡人にそれぞれの特性を授けてでもいるようだった。

第五章　ある種の隠花植物

1

マクドナルドの店内にすわって、公園路(ゴンユエンルー)の角の方を向き、窓から外を見ていたが、健保庁舎の自動ドアにはなにもあらわれなかった。数時間のうちにコーラを三杯もがぶ飲みしているので、胃酸がせり上がってきた。げっぷをしようとしたら、朝飯を吐き出しそうになった。

信陽街(シンヤンジエ)、南陽街(ナンヤンジエ)の一帯はどこもかしこも商売の熱気にあふれている。一九六〇年代に建国予備校が開校してから今に至るまで、予備校街はほとんど変わっていない。百はあろうかという予備校、学習塾が市場のシェアを奪いあっている。超高層ビルの新光大楼(シングアンダーロウ)が建ったり、捷運(ジエユン)や、迷宮のような地下道はできたものの、予備校街はあいかわらず予備校街だ。

時の流れはたいした変化をもたらしていない。あいかわらず騒々しくて、呼吸がせわしなくなる感じだが、それもいくらか落ち着いてくれれば、だんだん気にならなくなる。

この辺のことなら、おれは以前よく知っていた。大学浪人中だったあの一年、ほとんど毎日この辺に出没していたからだ。結局、二回も学校を変わったから、あちこちの予備校に金を儲けさせた。あの頃は、ぼうっとしてなにもわからず、空を見上げる気にもならない生活だった。まるで時間が凝固して切り刻まれ、外の世界を流れ続ける本物の人生とは関係なくなってしまった感じだった。時間が一時的に棚上げにされ、命が質に入れられているみたいだった。

あの頃のことはほとんど思い出さないし、覚えておく価値があるとも思わない。だが、たった三週間しか続かなかった初恋とその後の恥ずかしい日々のことは記憶に残っている。その女の子の名前も、どんな顔だったかも覚えていない。ただ、まだキスをする段階までもいかないうちに、一足飛びに別れ話の儀式に突入していたことは覚えている。喫茶店で向かいあってすわって、あっちが別れたいと言い出した。理由は、授業中におれがいつもほかの女の子の方を盗み見ているからということだった。おれはもともとさっぱりした性格なので、弁解はしなかった（まして、むこうの非難は事実だったから）。ただ、「志望大学に合格するよう祈ってるよ」とだけ言うと、立ち上がって会計をすませ、ふり返りもせずに立ち去った。家に帰ると、でたらめな理由を言って（「教師の質がよくないんだ」）、母親から金をだまし取ると、翌日、別の予備校に移った。その後、もう一度、学校を変わることになったのだが、そのときの理由は髪型規則（教育省の定めた規則で、一九八七年に廃止された）と関係がある。

予備校というのは、おれたちのような中途半端な身分の浪人生にとっては、高校のような厳しい管理の及ばない化外（けがい）の地といっていい。くどくどうるさいことを言う教師も、くだらない校則も少ないから、裾が長くて広がったジーパンを穿いたり、髪を伸ばしたりして、ヒッピーみたいな格好をしていた。未来がどうなるか、まったくわからない身分であるにもかかわらず、大学生よりも偉そうに肩で風を切って歩いていた。ところが、考えてもみなかったことだが、おれが次に入学した予備校は、親たちの機嫌をとるためもあるのだろう、退廃的な気風を撲滅しようという教育省の呼びかけに賛同して、なんと正規の高校と同じ髪型規則があった。しかたがないから、おれはまた口実を作って（「教師の質がすごく悪い」）、また母親から金をだまし取ると、今度は本当に教師の質が最悪で、統一試験の合格率もおそろしく低い落ちこぼれ予備校に転校した。

　それなのに、おれは結局、髪型規則の魔手から逃れることはできなかった。ある日、同級生と道を歩いていたら、たった今までいっしょにしゃべったり笑ったりしていたのに、なぜか瞬間的にみんながさっと放射状に逃げ去った。反応の鈍いおれはわけもわからぬまま補導隊に捕まっており、まるで豚のように軍用トラックに押し込まれ、ほかの十数人の運の悪いやつらといっしょにまもなく到着したところは理髪店だった。その床屋ときたら、まったく一騎当千のすご腕で、電気バリカンを手に、豚をなぶり殺しにするようにあっという間におれたちの長髪をやっつけ、全員の頭を平らにしてしまった。

　おれは今でも、予備校街が大嫌いだ。

2

それからの三日間、なにも変わったことがなく、まるで同じ映画が何度も繰り返し放映されているみたいだった。おれはまるでロボットになったみたいに、もう一人のロボットの尾行を続け、すべてがスケジュールどおりに繰り返された。

林（リン）氏は同じ時間に出勤、退勤し、同じ時間に同じ日本風珈琲店で昼食をとった。公務員というものは型にはまった生活をしているのだろうと思ってはいたが、それがちゃんと証明されたわけだ。単調で面白いこともなく、同じ一日が繰り返され、尾行を始めて四日目にはすでに彼と一生をともにしてきたような気分だった。

「お会いしたいのですが」。おれは尾行の合間に林夫人に電話した。

「なにか、わかりましたか？」。林夫人は緊張した声で言った。

「まったく、その反対です。ご主人は発光しない天体のように、いつもどおり軌道を回っています」

「なにを言ってるんですか？」

「おたくのご主人はほんのちょっと自閉気味の傾向がある以外、まったく正常で、なにかやらかしそうにはみえません」

「それは一応、いい知らせってことですよね？」。そう言いながらも、彼女はなんだか、ちょっとがっかりしているようだった。

五日目、やっぱり商売替えした方がいいだろうかという考えが心のなかに芽生え、広がってきて、そもそもすべては林夫人の妄想とか、病的な冗談なのではないだろうかと疑い始めたとき、惑星が突然、軌道からはずれた。

その日の昼、林氏はいつものとおり新聞を持って、信陽街の騎楼を歩いていった。右に曲がって館前路(グァンチェンルー)に入るかと思った瞬間、突然、こっちに振り返った。それはほんの一、二秒のことだったが、おれはびっくり仰天して、心臓が口から飛び出しそうになり、血がすーっと引いて、足がグニャッとなり、ちょうど踏み出した右足がまるで砂地に突っ込んだみたいになって、そのままよろめき、つんのめって、前にひっくり返りそうになった。まあ、人から見れば平気なように見えたかもしれないが、心のなかでは恥ずかしくて恥ずかしくて、自分を罵った。

彼はいったいなにを見ていたんだろう？　おれのことを見ていたのか？　まさか、尾行されてるってとっくに気づいていたのか？　次々に疑問が浮かんだが、考えている暇もなく、彼が角を曲がって姿が見えなくなるのを待って、足を速めると、騎楼から通りの真ん中に出て、館前路の角まで行って、急いで右に曲がるのではなく、車道を渡ってから曲がって、館前路の左側の騎楼に入った。

一瞬、彼の姿が見つからず、しまった、見失ったと思った。おれは騎楼の柱の陰に隠れて、向かい側の騎楼をすばやく見渡した。いた！　林氏は向こうの騎楼の柱のそばに立っていて、鷹のように鋭い目で左右を見た。おれは一瞬、鏡のなかの自分の姿を見ているような錯覚を起こした。

まもなく、バスがやって来た。バスが去った後、そこには林氏の姿はなかった。おれは騎楼から飛び出して、道の向かい側に走り、手を振ってタクシーを停めた。乗り込むと、運転手に言った。「前だ！　前を走ってるバスを追ってくれ！」

「バスって、どのバス？」と運転手が聞いた。

「２３６番のバスだ。速く！　右に曲がるぞ！」

「あいよ、まかしとけ！」

　意外なことに、たった二つめの停留所で、林氏はもうバスから降りた。「スピードを落として。そこで停めてくれ」とおれは運転手に言った。

「どうした？」

　林氏が降りてほどなく、スカイブルーのＢＭＷがバス停の方に寄って停まった。林氏はＢＭＷの方に歩き、すばやく左右を見ると、助手席のドアを開けて乗り込んだ。

「あのＢＭＷをつけてくれ」

「ＯＫ！」。運ちゃんもおれと同じくらい興奮している。

「しっかり、ついてってくれよ。でも、近づき過ぎてはダメだ」。おれはＢＭＷのナンバーを書き留めながら、繰り返し言った。

「大丈夫だ。おれは尾行のプロだからな。あ、しまった！　緊張して、メーターを押すの忘れた」

「安心しろ。その分もちゃんと払うよ」

　おれたちはずっとＢＭＷを追いかけ、忠孝西路（チョンシャオシールー）から右に曲がって、中山南路（チョンシャンナンルー）を進んだ。

「見えるか？　運転してるのは男か、女か？」

「女だ」。運ちゃんは言った。

「なんでわかる？」

「後ろの座席にかわいい熊ちゃんが二個あるのが見えないか？　ああいうのが好きなのは若い女の子だ」

この運ちゃんは尾行の経験が豊富なだけでなく、推理力もなかなかだが、ちょっと考え方は古いようだ。とはいえ、この肝心な時に、いまどき、かわいい物が好きなのは女とは限らないと説明してやってる暇はない。

「そうだ。あんた、なんであいつらを尾行してるんだ？　まさか、殺すとかなんか悪いことするんじゃないだろうね？　言っとくけど、おれはそういうのはお断りだよ」

「殺そうなんて思ってないよ」

「それとも、浮気の現場をおさえるの？」。バックミラーを通して、運ちゃんの目がキラキラ輝いているのがわかった。

「おれは私立探偵なんだ」

「シリツ……なんだって？　あ、あんた、興信所の人？」

「まあ、似たようなもんだ」。説明している暇はない。

運ちゃんは確かに尾行のなんたるかをよくわかっていて、ずっとBMWから安全な距離を保っていた。助手席の後ろに掲示してある営業許可証によると、運ちゃんの名前は王添来（ワンティエンライ）で、年は三十五か六。小柄な体が運転席にすっかりめり込んでいて、ちゃんと前が見えているのか心配になる。それでも、運転技術は一流で、追い越しも車線変更も実になめらかで、すばやく正確だ。車はビデオゲームのカーレースよりもすいすい進んでいた。

ちょっと前に、米国商工会議所がある報告を出した。台湾の運転免許制度はめちゃくちゃで、現実離れしているというのだ。そんなことをいうアメリカ人はまったくのど素人に違いない。彼らには永遠にわからないだろうが、台湾では赤信号は「突っ込む準備をしろ」という意味で、緑は「そら、突っ込め」、黄色は「まだ突っ込まないのか、この馬鹿たれ！」という意味なのだ。それに、台湾の交通秩序を支えているのは信号でもないし、まして、ビービーと必死に笛を吹く交通警官でもない。クラクションだ。台湾人は研究開発を重ねて、クラクションの強さと長さでさまざまな情報を伝える手段を編み出してきた。礼儀正しい「多謝（ドーシャ）（ありがとう）」、「歹勢（パイセ）（すみませんね）」から、警告のための「気をつけろ」、「目を覚ませ」、挑発を意味する「度胸があるなら、やってみやがれ」、「絶対無理」、「道路はおまえのもんじゃねえ」、驚きを表す「おいおい」、「こんちくしょう」、「ふざけんな」、それから、もちろん、怒髪天を衝く「×××！さっさと行きやがれ！」がある。

台湾ではあらゆる制度や規則は参考程度のものに過ぎない。禁止の「×」のついた看板が至る所にあるにもかかわらず、通常はその看板のすぐそばで、看板が明らかに禁止しているあらゆる活動がおこなわれている。屋台を出して商売する、赤いラインの所に停車する、道をふさぐ路上駐車、ペットを連れ歩く、猿に餌をやる、鰐（わに）を飼う、あとはなにか、言い忘れたことがあっただろうか。政府が明らかに禁止していることなら、みんなは自信をもってやる。おれはつくづく思うのだが、これこそが台湾を人間が住むのに最も適した所にしている最も重要な要素だろう。そういえば、パリも、法律の細かいことを気にしない人々の天国だ。地下鉄に乗るときに運賃を払いたくなければ、ひらりと飛び上がって改札の回転バーを飛び越える。車を停める場所が見つからなければ、すでに停めてある車に並べて停めてしまう。煙草の吸殻をどこにでも投げ捨てる。歩道を占領してワインを飲む。行列に割り込む。この点、台湾人はフランス人に勝るとも劣らないが、明らかな違いは、パリジャンは美を重視するが、台湾人は美のなんたるかを知らないということだ。あくまでも実用的な台湾人は、そもそも美しいか、美しくないかを理解する気もない。どんな物であれ、暮らしを立てるための論理で有機的に繁殖させてしまうので、台湾の風景はなんともいわれぬ独特の情緒を醸(かも)し出し、その醜さには親しみをともなう一種特殊な美が生まれている。しかし、残念なことに、一部の人々の頭に美化という概念が入り込んでしまい、台湾は本当に醜くなった。政治家や、独りよがりなヤッピーたち、三流芸術家たちが、都市の美化に責任を負っているからだ。

悪い芸術は、芸術がないのよりずっと悪いというのは、まさしくこのことだ。

3

ＢＭＷは和平西路(ホーピンシールー)に曲がった。

「やつらは板橋（バンチャオ）に行くな」と添来が言った。

「なんでわかる?」

「板橋に『ご休憩』に行くんだ」。添来はご高説を展開するべく、居ずまいを正した。

「BMWは高い車だ。ベンツほどではないにしてもね。前のあの車は中古の型だが、それでも百万か二百万はする。カネがあって、いい車に乗ってるのに、なんで都心の高級ホテルに行かないのか? それは、あの二人は事情がよくわかってる通（つう）だからだよ。薇閣（ウェゴ）みたいな有名ホテルに行って、パパラッチやゆすり集団に盗撮されたら困るだろう? 逢引きするのに、今さら気取る必要もない。ベッドが一つあって、二人で寝るだけだ。郊外のモーテルだったら、値段も安いし、振動チェアもあるから、ベッドも使わなくてすむくらいだ」

まったく添来の言うとおりだ。BMWは彼の話を聞いてでもいたかのように、華江橋（ホアジアン）を渡り始めた。

「行ったことあるの?」。おれはこの種の事柄には特に興味がある。

「行ったことあるかって? 一度や二度じゃないぞ。おれのこと、チビ猿みたいだと思ってなめてるだろう? おれはものすごく女にモテるんだぞ。タクシーに乗った女の客からホテルに誘われることもしょっちゅうあった。一度なんか……」

彼の話は実に色っぽくて刺激的で、生き生きとイメージが浮かんできた。都会の行きずりの恋のアダルトビデオのようだ。おれはすっかり夢中になって、物語のなかにのめり込み、なんのためにタクシーに乗っているのか、忘れかけた。

思ったとおり、ＢＭＷは板橋区に入り、新しい高速鉄道（ＴＨＳＲ）の駅を過ぎると、右に曲がって、中心街の外縁地帯を走り、十数分で一部屋一部屋が独立しているモーテルに到着した。

たいていの郊外のホテルと同様、この静かな場所にあるホテルも、入り口に柵がしてあって、警備と会計を兼ねた小さなボックスがあり、利用客は車の窓から手を出して金を払い、ガレージのシャッターを開け閉めするリモコンを受け取れば、取引は完了だ。つまり、恥ずかしい時間は一分を超えないということになる。人類の逢引き技術史に記載しておく価値がある親切な発明だ。

待つ以外、なにもすることはない。

車を降りて、千元を出して添来に渡し、おつりと領収書を頼むと、帰りはどうするつもりか、この後も車が必要なんじゃないか、と聞かれた。別のタクシーをつかまえるからいいよ、待たせるのは悪いから、とおれは言った。すると彼は、かまわないよ、景気の悪いときにこういう長距離は助かるし、これもなにかの縁だから、待っててもいいよ、と言う。そこで、おれたち二人はホテルの向かいの檳榔売りの屋台の隣にしゃがみ込んで、飲み物を飲んだり、煙草を吸ったりしながら、無駄話をした。

「もうかってるな」。添来はホテルの方を指さして言った。「もう、次の客が来た」

深緑色のトヨタがホテルの入り口にちょっと停まってから、両側に垣根のある小道に入っていって、角を曲がって消えた。道に敷かれた砕石をタイヤがゆっくりと踏みしめる音がかすかに聞こえてきた。

「ずいぶん待つことになるね」と添来が言った。「休憩は九十分だし、早くても一時間は出てこないだろう」

「尾行の経験は豊富だって言ってたけど、どうして?」とおれは聞いた。

「こんな話をすると、笑われちゃうかもしれないけど……」。添来は一瞬考えてから、話し始めた。「おれは今年三十七だ。そうは見えないだろ。体が小さいと若く見えるからね。三年前に結婚した女房がベトナム人で、十五歳年下なんだ。おれはしょっちゅう女房を尾行してる。誤解しちゃ困るよ。おれはあっちの方はすごく元気で、自信満々だ。だけど、なにしろ女房はすごく若くて、すごい美人なんだ。いっしょにいるときは二人でよくしゃべるし、よく笑う。でも、ときどき、こっそり様子を見てみると、話をしていないときにはなんだかちょっと悲しそうな様子なんだ。なにか、考え込んでいるような……」

「バカらしい。誰だって、話をしてないときは悲しそうに見えるもんじゃないのか?ほんとはなんにも考えてないんだよ」

「そんなことはわかってるよ。だけど、毎日車を運転してて、お客がいないときはつい余計なことを考えちゃうんだ。なんだか変な感じがするときは、すぐにUターンして、土城(トゥーチョン)に引き返して、女房がおれのいないときになにをしているか、見にいく。一人で家のなかで泣いていないだろうか、それとも、外に出て遊んであるいているんだろうかってね。家にいるとわかればすごく嬉しくて、そのまま女房と一回しちゃったりしてね。いないと、なんだか不安になって、車を運転してその辺を探してみる。女房がバイクで走ってるのを見つけると、そのまま後ろをつけて行くんだ」

「それで？」

「別になんでもなかった。暇なときはバイクに乗ってその辺を走りまわるのが好きなんだ。一度は、樹林（シューリン）の柑城（ガンチョン）橋の下に行って、今おれたちがこうしてるみたいに、ひとりで坂にすわって三峡（サンシア）渓を見てた。なにを見てたんだか、わからないけど」

「故郷のことを考えてたんじゃないか」

「たぶんね。でも、おれはほんとに女房にはやさしくしてるんだよ」

それから、おれがどうしたかはわかるだろう、まるで経験豊富な人間のような口ぶりで、こういう状況でおれの年齢に達した人間が言うべきだと思われる、つまらん話をいろいろ言って聞かせた。夫婦のあり方などについて偉そうに語りながら、おれはびくびくして、掌にはだんだん汗をかいていた。今度は添来の方がおれの結婚について聞いてきたので、おれはただ、こう言った。「ああ。向こうがおれのこと、いらないって言うんだから、もう終わりだろう」。すると今度は、添来の方が道理を語って聞かせ始め、まるで婚姻の真諦を悟ってでもいるように、いろいろ助言し始めた。会ったばかりの人間と雑談しているうちにこういう立ち入ったプライベートな話を始めてしまうのは、台湾ではよくあることだ。

そこへ、さっきのトヨタがホテルから出てきて、右に曲がり、おれたちのいる方に走ってきた。

「早いな」。添来はさっと時計を見て言った。「たったの四十分かよ。まったくスタミナのないやつだな！」

「カネの無駄だな！」。おれもいっしょにふざけて言いながら、運転している人間に目を走らせた。年は三十ちょっとだろうか、はやりの銀縁眼鏡をかけ、インテリぶった感じだが、どういうわけか、その表情はすごく暗かった。

さっきの話題に戻って、おれたちはまるで若者に戻ったように、男らしさとスタミナについての心得を教えあった。添来の秘訣は頭のなかで算数の計算をすることだそうだ。「1987足す26774は……」などというように。おれはアルファベットを後ろから逆に暗唱することにしている。「zyxw……」とやって、間違えたらやり直しだ。どっちのやり方が効果があるか、二人でほらを吹きあっていると、突然、出口の柵のところに、まだ予期していなかったBMWが出てきた。

おれと添来はばねのように飛び上がって、停めてあるタクシーに走った。慌てふためきながら、腕時計をちらっと見ると、四十七分だ。この二人もずいぶんやることが速い。

BMWが視界に入ってきたときに初めて、おれは二つのことに気づいた。その一、添来はまたメーターを押すのを忘れていて、おれの方は無意識のうちに前のドアを開けて、助手席にすわっている。その二、おれの記憶では、さっきのトヨタには心配顔のドライバー以外、誰も乗っていなかった気がする。

おれは無意識のうちに、ふり返って後ろを見た。ふつう、一人でホテルに行くやつなんているだろうか？

BMWは予備校街に戻り、林氏は降りた。おれは添来に引き続きBMWをつけてくれと言った。ヘアスタイルから判断するに、運転しているのは、添来が言ったとおり、女のようだ。

BMWはまっすぐ三重（サンチョン）まで走り、にぎやかな大通りに入って、中くらいの大きさの医院の駐車場に停まった。

女は降りて、通用口から医院に入った。おれも降りて、女について入ってみることにした。金を払うとき、添来は名刺を寄こして言った。「いつでも呼んでくれよ。おれは役に立つよ。大同（ダートン）電気鍋みたいにね」。おれも名刺を渡し、去る前にふざけて言った。

「もう、嫁さんを尾行するのはやめるんだな」

それは小さな医院と大病院の中間くらいの規模の病院だった。診療科目も少なくない。外科以外はなんでもある。習慣になっているので気がついたが、精神科もない。

正面入り口から入っていくと、さっきの女が一人の医師と談笑しているのが見えた。その後、彼女は一つのドアから入っていった。おれはあまり考えずについていった。目に入ってきたのは、まるでテトリスみたいな感じに区切られたオフィスだった。さっきの女の姿を見つけられないでいるうちに、別の女性職員があわてて走ってきた。

「ちょっと！　ここは事務室ですから、入ったらいけませんよ」。「間違えました。失礼しました」。女性職員はおれを出口までつれていき、ドアを閉める前に追い打ちをかけるようにまた言った。「ドアの上に書いてあるでしょ。『事務室、立ち入り禁止』って」

「はい、はい。気がつかなくて。どうもすみませんでした」

病院の入り口ホールに戻って、次の手を考えた。ホールのなかで、おれのいる所から見て右側にあるのが胃腸科の診察室だ。左側には長いカウンターがあり、正面入り口寄りの方が受付だ。おれに近い方には窓口が二つあって、それぞれ、会計と薬を受け取る所になっている。ホールの中央には明るい緑のプラスチック椅子がつながったものが八列並んでいる。半数は胃腸科の方向、残りはカウンターの方向を向いていて、間は通路になっている。

おれはカウンターに向いた方の空いた椅子を見つけてすわり、静かに待ちながら、こうも考えた。相手の職場を特定できたのだから、もう逃げられる心配もない。なにがなんでも今日のうちにあの女のことを詳しく調べる必要はないんじゃないか？　いや、ダメだ。たとえ、なにも収穫がなくとも、もう一度あの女を見て、彼女を感じなければならない。

まもなく、まるでおれの期待に応えるかのように、女はときどき左側のカウンターの後ろに現れるようになったが、たいていは右端にある受付を忙しそうに出たり入ったりしていた。着ている物から判断するに（白衣は着ていない）、事務方の職員だろう。同僚たちに対する話し方からすると、下っ端ではないようだ。おれはこの年齢が三十ほどと思われる謎の女を細かく観察した。カールした髪の毛が顔を引き立たせているが、その顔はやや幅が広すぎるかもしれない。やや太めだが、デブと言うほどではない体を、真っ白なシャツブラウスと赤褐色のタイトスカートが締め付けているので、出る所がしっかり出ている。特に、胸のあたりは、小さなボタンが今にも吹き飛んでしまいそうな不安を、あるいは期待を、抱かせる。

この女が林氏の浮気相手なのだろうか？　おれは林夫人に会ったことがあるから、そんなはずはないと思ってしまう。が、そんな疑問をもってもしかたがない。おれが世間知らずだということになる。どんな相手と浮気をするかは多くの不可思議な要素に関わることであり、誰にも説明できるものではない。

女が同僚となにか話しているときに、太った老婦人が杖を突いて、自動ドアから受付の方に一人とぼとぼと歩いて来た。

「お婆さん、こんにちは。少しはよくなりましたか？」と女は親切に声をかけた。

「少しはいいんだけど、あたしは食いしん坊だから。つい甘い物を食べてしまうのよ。そうすると、胃酸が増えて痛くなるの」

「すぐに先生に診てもらいましょう。そちらでお待ちくださいね」

お婆さんは受付をすませて、通路を抜け、胃腸科の側にすわった。

三分後、おれはさり気なく、その隣にすわった。

「お婆さんも胃腸の病気ですか？」。おれは声をかけた。

「そうなのよ。前に胃潰瘍になってね。もう治ったんだけど、今でも、なにかよくない物を食べると痛みだすの」

「わたしもなんですよ。でも、この病院は初めてでね。どの先生がいいんでしょうかね？」

そういう話題になると、お婆さんはすっかり元気になった。この病院の胃腸科なら、どの医師もよく知っていて、一人ひとりについて、すらすら話してくれた。こうして、おれとお婆さんはいろいろおしゃべりを始めた。

「カウンターにいた、さっきの女性は本当に親切ですね」。おれは突然言った。

「親切なだけじゃないよ。仕事のできる人なのよ……」

お婆さんから聞いたところによると、ターゲットは邱（チウ）という姓で、会計部門の責任者であり、院長の姪だとわかった。

4

すでに事件の突破口が見えた。真相はすぐそこにある。

ここ数日というもの、ずっと憂鬱で自己不信に陥っていたが、これですっかり気分が晴れた。足どりも軽く、臥龍街（ウォロンジエ）まで戻ったときには、口笛を吹くだけでは足りず、歌でも歌い出しそうになった。おれはきっと空も飛べる。きっと青空にタッチすることもできる！　おれに解決できない事件などないぞ！　さあ、なんでも来い！

家に帰る横丁に入ってすぐ、おれは突然気が変わって、くるりと向きを変えると、臥龍街派出所に向かった。

台湾の各地にある派出所はどれもすっかり同じにできている。長方形の巨大なカウンターの向こうに、警察組織の末端がすわっている。彼の任務は奉仕であり、相談にのることであるはずなのだが、あの重々しい褐色のカウンターと、なんだか薄暗い電灯のせいで、どこの交番も時代劇の衙門（がもん）（昔の役所）の陰鬱なお裁きの場を思わせる。すこぶる脅しがきいていて、まるで、「用もないのに煩わせるんじゃないぞ。用があるなら、自分でなんとかしろ。でないと、行きはよいよい、帰りは怖い、一度入ったら、二度と出られねえぞ!」とでも言ってるみたいだ。

「なにか、ご用でしょうか?」。当番の警察官が言葉だけは丁寧に言ったが、言い方はまた別で、裏のセリフを翻訳してみると、心の底ではこう言っている。「この無頼の民め。また、どんなくだらんことで面倒を起こしに来やがった?」

「陳耀宗(チエンヤオゾン)さん、いますか?　陳巡査は?」

陳耀宗というのは、前に戸籍調査に来たあの若造だ。阿鑫(アシン)の愛車がぶつけられた事件以来、すっかり親しくなって、お互いにキツイことを言ってもかまわない間柄になっている。

「呉(ウー)先生!」。陳巡査が中から出てきて、おれを見ると、ちょっといぶかしげな顔をしたが、「入って、お茶でもどう?」と言った。「何時だと思ってるんだ。お茶飲む時間じゃないだろう」。おれは不機嫌に言った。

「なにを言ってるんだか。お茶は体にいいんだから、何時だっていいだろう」

アメリカの警察官はドーナツが大好きだが、台湾の警官はお茶を飲むのが好きだ。おれが警察に入ったことは数えるほどしかないが、いつ行っても三、四人の警察官が細長くて低いベンチにすわって輪を作り、お茶を飲んでおしゃべりしていた。

「行こう。冷たい物でもおごるよ」とおれは言った。

近くの冷たい飲み物やおやつの屋台に行って、愛玉氷(アイユーピン)(植物の果実から作る伝統的なゼリーに氷を加えたもの）を買った。

「何日か前に辛亥路で起きた殺人事件は、手がかりがあったのか？」とおれは質問した。

「なんだって？」。陳耀宗がしらばくれる様子は本当にバカみたいだ。

「しらばくれるなよ。あれっきり、なにも報道されてないのはどういうわけだ？　警察が箝口令を敷いてるのか？」

「それは……」

「しらばっくれるなって！　中年の男の死体が自宅で二日もたってから見つかった事件だよ」

「あんたになんの関係があるの？」

「興味があるんだよ」

「呉先生……」

「呉先生って呼ぶのはやめろ。おれは先生じゃないぞ」

「じゃ、兄貴？」

「黒道じゃあるまいし！　兄貴って呼ばれるのも嫌いだ。おれのことを兄貴なんて呼んだら、こっちは陳上官殿って呼ぶぞ」

「あーあ、今日は変なやつにからまれる日かよ」

短く刈り上げた頭にちょっと太めの体の陳耀宗は警察に入ってそろそろ十年になるが、階級はいまだに一番下っ端で、「一本線に星三つ」の巡査のままだ。本人の言うところによると、べつに大志を抱いているわけでもないので、なにごとも目立たないようにして、戸籍調査のような仕事は率先してやることにしている。暴力のからんだ任務に出くわしたら、逃げられるときは逃げる。プレッシャーが強すぎて自分を死に追いやるようなことはしたくないのだそうだ。彼が最も幸いとするのは、今まで一度も発砲していないことで、退職するまでずっとこのまま、発砲せずにすむといいと願っている。彼のこういう「亀の子哲学」（人と競争せず、危険に近づかない生き方）は、司馬遼太郎の「兵（武器）は兇器なれば」という文を思い出させる。「――一生用ふることなきは大幸というべし」（短編「逃げの小五郎」の一文）というやつだ。一生まわりの人間から下っ端とあざ笑われても彼は気にもしないだろうが、おれのような無頼の徒から、「陳上官殿」とからかわれると、顔を赤くして、頼むから、あだ名の「小胖（シャオパン）」（太めの若い男性によくつけられるあだ名）で呼んでくれと言い出した。

「これから言うことは、絶対に人に言ったらダメだよ」。小胖は厳粛な面持ちで言った。

「大丈夫だ。おれは耳だけあって、口はない」

「あの殺人事件の捜査は目下のところ、膠着状態だ。おれたちは、いや、つまり、彼ら、刑事たちはね、家族や親戚、友人、近所の人たちを調べて、監視カメラの映像を調べた。だけど、残念なことに監視カメラは少ないんだ。細い横丁にあるから。ちょうど、おたくの横丁みたいなね。街灯もないし、監視カメラもない。だから、いまだに容疑者を特定できないでいるんだ」

「被害者の身元は？」

「離婚して一人暮らし、五十代の中年男だ。退職する前は小学校の教師だった。友だちは少ない。つまり、社会関係から調べても、なにも疑わしいところが出てこないんだ」

　事件の状況を話し始めると、小胖の話しぶりはだんだんプロらしくなってきた。しかし、おれは彼の口の右端がほんのちょっと引きつっているのに気がついた。なにか、話すべきか、話すのをやめようか、考えていることがあるのだ。

「もったいぶるなよ。まだ、話すことがあるだろ」

「実は……。もう一つ、殺人事件が起きたんだ」

「台北でか？　それとも？」

「六張犁(リョウチャンリ)地区だよ。犁弘(リーホン)公園だ」

「捷運(ジェユン)の駅のそばのあの公園か？」。この地区には「犁(リー)」の字のついた小さな公園がいくつかある。どれも、おれが散歩の途中で休憩場所にしている公園だ。

「なんで、新聞に載らないんだ？」

「警察が漏らさないようにしているからだよ」

　もっと聞き出そうとしても、小胖はそれ以上のことは絶対に言わなかった。彼が秘密を守ろうとすればするほど、事態は深刻だという気がしてきた。だが、そのときは、この二件の殺人事件がどういうつながりをもっているかはわかりもしなかった。

5

　三日あけて、林氏はまた、情婦のＢＭＷに乗った。

その日、二人は集合場所を変えて、まっすぐ三峡まで走った。さらに妙なのは、待ちあわせの路線さえも変えていたことだ。今回、林氏は公園路から襄陽路（シアンヤンルー）まで歩き、台湾博物館の前のバス停から２４９番のバスに乗って、三つ目の停留所で降りて、ＢＭＷが迎えにきた。おれはずっと尾行していたが、急なことだったので、添来を呼ぶ暇もなく、適当にタクシーを停めて乗った。今回の尾行は一回目ほど興奮もしなかったし、運転手がまるで唇を糸で縫い合わされたみたいに最初から最後まで一言もしゃべらないので、ますます面白みがなかった。そのうえ、最初から最後までずっと、運ちゃんがバックミラー越しに猜疑心（さいぎしん）に満ちた視線を投げてくるのも我慢しなければならなかった。

林氏と邱嬢は、よほど熱々（あつあつ）なのに違いない。四日以内に二度も、昼休みを利用して郊外まで行って逢引きするとは、頻度が少ないとは言えないだろう。ただ、なんだか不思議な気がするのは、二人の待ちあわせの方法がまるでスパイ映画みたいで、普通の男女が密会するように簡単ではないことだ。きっと、なにか特別な事情があるはずだ。

依頼人に初回の調査報告をする時期が来た。

電話に出た林夫人ははじめ、なんだか疑わし気で、おれの訪問の目的を理解できない様子だった。おれは言った。「報告することがあります。それから、徹底的に調査するために、ご主人の生活環境を見せていただく必要があります。特に、本人が使っている空間を見なければなりません」

林夫人がドアを開けたとき、おれは一瞬錯乱して、彼女と密会するために来たような気がしてしまった。化粧もしていない素顔で、軽やかな淡い黄色のワンピースが均整の取れた体つきを優雅に引き立てている。しかし、おれがなにより感服したのは、一本にきつく縛って揺れているポニーテールだ。おれはもともと女性のパーマをかけた髪には好感をもっていないし、眉のところでまっすぐ切った前髪も好きではないが、耳の上の高さで縛った中くらいの長さのポニーテールは大好きだ。なぜかと言われても、その理由はフロイトにでも聞いてみるしかないが、多分、瓊瑤（恋愛小説を多く書いている人気作家）のせいだと思う。若いときにこの作家の『窓の外』を読んで、二度とこんなゴミのような小説は読まないぞと誓ったが、それから後、どんなにたくさん本を読んでも、どんなに正しい政治思想の洗礼を受けても無駄だったようで、あの小説で描かれていた美男美女の基準は、おれの幼く柔軟な魂にまるで蛭のごとくに吸い付いてしまったようだ。ごく普通の中産階級らしいしつらえのリビングで、おれと林夫人はアクリルの天板のコーヒーテーブルを挟んで、向かい合わせのソファーにすわっていた。これまでにわかったことを、待ちあわせの方法から、郊外のモーテルのこと、情婦の身分に至るまで、すっかり報告した。

ただ、邱嬢の年齢、容姿、服装などは言わなかった。林夫人の方から質問するのを待ったのだ。しかし、意外なことに、林夫人は邱嬢にまったく興味を示さなかった。本当は興味があったのだとしたら、完ぺきな演技力だと言わざるをえない。予想に反して、彼女は単刀直入に、肝心な点を突いてきた。「今おっしゃったことは、予想できたことです。でも、それが娘とどんな関係があるんでしょう？」

「おそらく、娘さんは偶然見かけたのではないでしょうか」とおれは言った。

「どうやって？　二人は昼休みに密会しているんでしょう？　娘は一日中学校にいるのですから、偶然会うはずはないでしょう？」

「その点はこれから調査します。目下のところはご主人の方に調査の重点をおいています」

「外に女がいるとわかったのですから、これ以上なにを調査するっていうんですか？」。林夫人の眼差しに初めて夫に裏切られた妻の苦しみが見て取れた。だが、それもほんの一瞬のことだった。

「聞いてください。これはわたしの直感に過ぎないかもしれませんが、どうもご主人の状況にはまだよくわからないところがあるんです。わたしの考え過ぎかもしれません。でも、すべてがはっきりするまでは、自分の直感を信じたいんです」

「直感って、どんな……？」

「第一点、お宅のご主人はどこか変です。どこが変なのか、今のところ、はっきりした答えは見つかっていません。だから、直感だと言ってるんです。第二点、ご主人と邱嬢の待ちあわせの方法はあまりにも複雑です。ただの男女の密会ではなく、なんだか行き過ぎで、スパイ映画みたいです。芸能人や政治家、セレブなら別ですが、一般人が浮気をするのに、これほどまでに慎重になるでしょうか？　もちろん、それもご主人の変わった性格と関係しているのかもしれません。第三点、邱さんという人は、あなたのご主人が浮気の対象に選びそうな人ではありません」

「でも、ほら、俗に、なんとかかって言うじゃありませんか」

「『家の花より、野原の花の方がいい香りがする』っていう、あれですか？　いや、わたしが言いたいのは、彼女があなたほど美人じゃない、あなたほど魅力的ではないという、そのことではありません」。この家に入ってきてからずっと、おれはなんとかきっかけをつかんで、報告の途中でこの話をしたくてしょうがなかった。今やっとそのチャンスをつかまえたわけだが、残念なことに、林夫人はまったく反応を示さなかった。

「それに、ご主人と邱嬢はどう見ても、火花が散るような動物的な激情にかられている間柄にはみえません。もちろん、これも直感に過ぎないわけですが」

「ああ……」。林夫人はため息をついたが、おれにあきれ返っているのか、あれやこれやにすっかり耐えられなくなったのか、どちらかわからない。「それでは、どうしたら、いいんでしょう？」

「ご主人が家で仕事をするときの場所を見せてください」

「書斎がありますが、わたしといっしょに使っています。秘密などありえないと思います」

「パソコンは？」

「各自一台あります」

「そこにつれていってください」

きちんと片づいた書斎にはデスクが二つ、それから、車輪（キャスター）がついていて移動できるパソコン用椅子が二脚あり、本棚も二つあった。ここで正直に告白しておくが、おれはインテリならではの差別的な見方をするときがある。初めて誰かの家に行ったとき、おれの目を引くのは、ソファーが高級な輸入品か、それとも安物家具屋の多い通化街（トンホアジエ）で買ったものか、牛革か、それともスエードかということではないし、床のタイルが一枚いくらするかということでもない。実際、タイルが舶来品か、台湾製か、拡大鏡を使って見てもおれにはどうせ全然わからない。いや、なんの話をしていたんだっけ？　そうだ、おれはその家の主人の本棚にしか興味がないという話だ。

自分たちはなかなかたいしたものだと思っている中産家庭ではどこでも（そもそも、中産家庭の定義の第一が「自分たちはなかなかたいしたものだと思っている」ということであり、定義の第二は、彼らが実際に自分たちが属している社会階級より、もうちょっと高級だと想像していることだ）、家のインテリアを考えるとき、なんとか場所を作っていくつか本棚を置く。うちは無教養ではないぞと宣言しておくためだ。したがって、容易に推察できることだが、本棚というものは、台湾の中産家庭においては多くの場合、たんなる装飾の役割しかない。古い本が何冊か、ばらばらに本棚の片方に並べてあり、残った空間はたいてい、いろいろなガラクタによって占領されている（額に入った写真や、旅先で買ったお土産などだ）。本のタイトルと出版された年を見るだけで、本棚の持ち主の読書習慣がいつ頃終了したかも簡単にわかる。それはたいてい、主人が中産階級の仲間入りをして間もない頃だ。それ以来、本棚とそれが体現しているところの意義は記憶へと退化してしまい、かつてはロマンチックだった青春の屍（しかばね）として埃にまみれることになる。

二つの本棚は明らかに「彼女の」と「彼の」に分かれており、違いは一目瞭然だった。

彼女の本棚には、おれも親しみを感じる人文関係の書籍、小説、散文、旅行記、伝記が並び、それから、料理の本も何冊かあった。振り返って、彼の本棚を見ると、壁にぶつかったように眩暈を感じた。一瞬で、柔らかな世界から、カチカチに硬い国に入ったみたいなのだ。「彼の」本棚には明らかに持ち主の専心と執着が見て取れた。すべてが植物や盆栽に関する本で、一冊の例外もない。

「パソコンを立ち上げました」。林氏のパソコン用椅子にすわった林夫人が、こっちを見上げて言った。「なにを調べるんですか?」

「メールボックスに入るのに、パスワードは必要ですか?」

「必要です。でも、わたしたち二人とも、自動的にパスワードを入れてログインするように設定してありますから、必要ないのと同じことです」

「見せてください」

おれは片方の手を椅子の背にかけ、もう片方の手をデスクのふちに置き、体をかがめてスクリーンを見た。おれと林夫人の距離が近くなり過ぎて、集中して読むのが難しい。彼女もおそらく気まずく感じたのだろう。立ち上がって、椅子をおれに譲った。

「ご主人はメールをすぐに消去する習慣ですか? ジャンクメール以外のメールの場合ですが」

「わかりません。以前はまったく、彼のメールボックスを開けてみたことなんてなかったんです。娘の様子がおかしくなってから、初めて彼のメールを盗み読みしました。でも、なんの秘密もないと思います」

「そうかもしれませんが。こうしましょう。最近二週間に送信したメール、受信したメールをプリントアウトしましょう。わたしはそれを持って帰って、よく調べてみます」

電子メールだけから判断したところでは、林氏の人づきあいは複雑なものではなかった。印刷したデータも五、六十ページしかない。それにざっと見たところでは、そのほとんどが「植木友だち」の間で欲しい物を融通しあう話だ。この線はもう袋小路かもしれない。

「メールの数はかわいそうなほど少ないですね」。おれは同様に商売の引き合いもなくて寂しい自分のメールボックスを思った。

「友だちが少ないんです。あまり、人と行き来もしなくて。仕事関係のメールは全部、職場のパソコンでやり取りしていますし」

そのとき、おれは窓のそばの腰ほどの高さの四角い木の台の上に盆栽が一つ置いてあるのに気がついた。

「きれいですね！」。思わず、感嘆の声が出た。

「それは鵝鑾鼻（がらんび）（台湾最南端の岬）に生えているイチジクの仲間フィカスです」

「もともとこういう形なんですか？　まず上に伸びて、それから突然下に向かって急降下している。滝みたいだ」

「それは栽培のしかたでそうなるんです。人工的に葉を落としたり、まばらにしたりするだけでなく、針金でしばって枝ぶりを調整して、やっと自分の作りたい形に育てることができるんです」

「でも、それは自然に反することじゃないんですか？」

「だから、一種の芸術なんでしょう」

「なるほど」

　短い沈黙があった。

「鵝鑾鼻フィカスは、花軸がふくらんで壺状になり、内部にたくさんの花をつける隠頭花序なんですよ」

「なんですって？」。前にも言ったが、おれは植物のことはなんにも知らない。

「隠頭花序、つまり、クワやイチジクと同じです。鵝鑾鼻フィカスの花はとても小さくて、肉眼では見えません。見つかった頃にはもう実を付けているんです」

「ああ、『開花結果、花が咲いて実を結ぶ』とは、そもそも『順番どおりに物事が起きる』という意味ですね」。なんだか、バカみたいなことを言ってしまった。

　しかし、無意識によるバカみたいな反応が思いもよらぬ効果をもたらすこともあるようだ。林夫人は笑った。おれも笑った。そのまま彼女を見ていたら、おれの笑顔がそれほど天真爛漫ではなくなる前に、林夫人は話題を変えた。

「それは彼の宝物の一つです。まだまだ、たくさんあります。高級なものは屋上の作業部屋に置いてるんです」

「見せてもらえますか」

　外から見ただけでは、屋上の三分の一を占める十五坪近い面積の「作業部屋」は特別なものには見えない。たんなる普通の違法な建て増し部分にしか見えない。だが、一歩入れば、内部が密閉された空中庭園に改造されていることがわかる。珍しい草花だけでなく、値段がどれほどするか見当もつかない舶来の花器もあるが、もっとすごいのは、天井に長い人工照明器が取り付けてあり、壁の一面には温度・湿度調節器が設置してあることだ。

このフィトンチッド（植物が発する殺菌作用のある化学物質）が満ち満ちた合法的違法建て増し建築こそがまさに林氏の秘密の花園なのだ。

そよ風が吹いてきて、少し涼しく感じられた。

「風はどこから？」。言い終わった途端、それが歌のタイトルで、歌手の萬沙浪（ワンシャーラン）がこの歌で有名になったことを思い出した。

「あの冷却扇風装置です」

「ああ。お宅の電気代はずいぶん高いでしょうね」。驚いたおれはなんとかそれだけ言った。

「それが夫の作業机です」

林夫人は室内にある原木でできた長方形の机を指さした。その両端にはぎっしりと、さまざまな盆栽と切り落とされた枝葉が並んでいたが、真ん中の部分が空いていて、広々とした作業空間になっていた。鶴の首みたいに長くて曲げられるアームのついた照明器具の前に、本革のような感触の、非常に細かい繊維でできたダークブルーのデスクマットが敷いてあり、その右端にはペンチ、ピンセット、電気彫刻刀、シャベル、それから、刃に凹凸があったり、のこぎり状になっていたりする各種のハサミなどが、二列に分かれて、淡い紫色の布の敷かれた上にきちんと並べられていて、まるで外科医がそれぞれのタイプに分類整理した手術用具のように見えた。

夜が更けて人が寝静まる頃にただ一人、この作業部屋で、柔らかい照明の灯りに顔をうつむけて、外科医のように集中し、心を込めて盆栽の形を整えている林氏の姿が目に浮かぶ。外の世界はフェイドアウトしていって、彼の思いの外に締め出されていく……。林夫人が卓上の電気スタンドのスイッチを入れた。すると、たちまち、デスクマットの上の古風で恐ろしげに見えた盆栽たちが青く光り出した。見事に葉の茂った細やかな枝が上に向かって一斉に伸び、まさに禅の世界だ。

言葉が足りないのは許してほしい。前にも言ったが、おれは高尚な盆栽の趣味にはまったく縁のない人間だ。

「これはなんなんです?」

「こんなもの!」。林夫人は吐き出すように怒りをこめて言った。

林夫人がこんなふうに感情を露わにするのは初めてだ。おれは無意識のうちに左手で彼女の肩にそっと触れていた。彼女を見ながら、おれは伝えたかったのだ。人や植物に呪いの言葉をかけなければいけないほど状況が悪くなることは永遠にありえない、と。おれは仏教徒ではないから、口業(くごう)(仏教でいう三業のひとつ。「口は災いを招く」の意味)などということは信じないが、他人を呪うことは自分の失敗を認めることにほかならない気がするのだ。

「ごめんなさい」。林夫人はおれの無言の慰めを完全に理解してくれたようだった。

「この作業部屋、いろいろな設備や機材、電気代、それに維持費、ずいぶんお金がかかるんじゃないですか？」。おれは直接的な質問を出した。つまりは、ごく普通の地位の公務員になんでそんな余計なカネがあるんだ、という意味だ。

「かかります。彼の両親が亡くなったときに、お金を残してくれたんです。このマンションも夫の両親から相続したものです」

「お金を残したというと、いくらくらいですか？」

「わかりません。わたしにはお金の観念がないし、夫もはっきり言ったことがありません。夫の両親は二人とも公務員で、とても倹約家でした。たぶん、すごく多くはないけど、少なくもないんだと思います。夫はひとりっ子ですし」

公務員の夫婦が育てた息子が公務員になる。まったくなんの不思議もない。

その後、林夫人がおれを送り出して、まず外側の鉄格子のドアを閉め、それから内側のドアを閉めようとしたとき、おれは突然、階段から振り返って聞いた。「忘れるところでした。ご主人は週末には外出しますか？」

「運動するのも外出に入りますか？」

「ええ」

「土曜はいつも外に出て運動します。いつもより少し長く散歩するんです」

「何時間ぐらい？」

「二、三時間のときもあれば、もっと長いときもあります。花卉(かき)展が開催されれば見にいきますし」

「ご主人くらいのレベルだと、建国花市（建国南路の高架下で週末に開かれる花市）なんかはつまらないんでしょうね」

「わたしにはわかりません。とにかく、ときどき鉢植えを買って帰ってきますが、どこで買っているのか、わたしも知りません」

おれは帰ろうとしたが、今度は彼女の方から呼び止められた。ふたりで鉄格子を挟んで話していると、なんだか刑務所の面会のシーンのようだ。

「呉さん」

「はい？」

「どうか、はやく調査してくださるようお願いします。わたし、もう、家のなかの雰囲気に耐えられなくなってきたんです。今日のお話を聞いて、もういつまで我慢できるか、わかりません。ときどき、あの人にどんな秘密があるかなんて、もうどうでもいいから、今すぐ、娘を連れて出ていこうかと思うこともあります」

「わかりました。あと一週間ください。でも、これだけは言っておきます。もし、本当に出ていかなければならない事態になったとしても、家の所有権が誰のものであれ、出ていかなければならないのは、あなたと娘さんではないはずです」

二人の会話は狭く閉ざされた階段でのことだったから、なんだか超現実的で荒唐無稽な感じがした。マンションの建物を出て、道を歩き始めてからも、車の音や人の声は耳に入らず、会話がまだ耳元でこだまして消えない感じがした。

家に帰って、サブウェイの六インチの全麦のハムサンドイッチを食べ、コカ・コーラを飲みながら、プリントアウトしてきた林氏のメールを研究した。おれはまず、データを二つの束に分けた。左側の束は彼が送信したメール、右側の束は受信したものだ。次には、なるべく発信時間と順序によって重ねておいてみた。最後に、全部重ねてから、一通一通読んだ。目的はただひとつ、林氏と邱嬢の秘密の通信手段を見つけることだ。

いくら考えてもわからない。なぜ、わざわざ、バスに乗るというひと手間をかけるのだろう。しかも、バスの停留所、路線ナンバー、いくつめで降りるかも、一回目と二回目では違っていた。極端に慎重だということなのか、それとも、なにかほかに隠れた理由があるのか。もちろん、あの二人はたんになにかの役を演じて遊ぶのが好きなだけかもしれない。だが、それにしたって、わざわざバスに乗って、いったいなんの役を演じるというのか。そもそも、そういうことをして遊ぶのなら、二人ともバスに乗ってこそ、面白さがあるのではないか？　とにかく、電子メールが重要なパズルのかけらであることには間違いない。ちゃんと調べてみる価値がある。

一時間ほど努力したが、失望に終わった。

林氏のやり取りしたメールにはなにも特別なことはなかった。ほとんどが「最高級」盆栽の広告だ。輸入品のなかには驚くほど高価なものもある。なかには、鉢だけで一、二万するものもあるし、日本から輸入した盆栽の三万四千というのもあった。そのほかのメールは、盆栽友だちの間の流通に関する情報や、交換による収穫などについてで、プライバシーに関するものはほとんどない。そのなかに二通、大学の同級生からの非常に熱心な便りがあった。一通はグループメールで、林氏ら全員に対して、もうすぐ今年度のクラス会だ、みんなで誠心誠意、心を一つにして成功させようというものだった。もう一通は、林氏ひとりにあてたもので、集まりのたびに君は姿を見せないが、この頃どうしているのか、今回は時間を作って必ず参加してほしい、昔の仲間と旧交を温めようではないか、などと書いてあった。どちらのメールにも、林氏は返信していなかった。

背中を後ろに反らせて、両足を伸ばし、だらっとソファーにすわった。これらのメールは林氏が人づきあいの嫌いな、偏屈な人間だというおれの直感を証明するものではあるが、新しい手がかりは提供してくれない。それから、どれくらい時間がたっただろう、おれは完全に降参の姿勢のままで、まったく動かず、ソファーにうつぶせに倒れていた。体のわきに伸ばした両手をもう少し上に伸ばして背もたれにのせれば、キリストの受難みたいなポーズになりそうだ。

おれはもしかしたら、なんの根拠もない直感にもとづいて、相手を実際以上に偏執的な人間だと考えているのではないだろうか。あるいは、自分の虚栄心のせいで、人生で最初の事件を実際より複雑なものだと偏執的に考えているのではないだろうか。たぶん、おれは人生を小説にしてしまっているのだ。

突然、おれはパシっと音を立てて右手で額を叩いた。ほかの可能性もある！　まずは腕時計を見て時間を確認してから、携帯で林夫人に電話をかけた。かなりたってから、彼女がやっと電話に出た。

「もしもし？」

「わたしです。呉誠です」

「なにごとですか？　こんな時間に」。迷惑そうな口ぶりに緊張がにじんでいる。

「彼は散歩に出ていますね？」

「いったい、なんですか？」

「ご主人の携帯は調べてみたんですよね？」

「はい。調べてみましたけど、変な通話はありませんでした。主人はつきあいも少ないし、携帯も滅多に使わないんです」

「ＭＳＮは使いますか？」

「いいえ。ＭＳＮって若い人が遊ぶものじゃないんですか？」

「パソコンにはスカイプを入れていますか？」

「はい。わたしがよく使います。オーストラリアの姉と話すときに。それから、同級生が何人か、外国に住んでいるので」

「彼のパソコンでは？」

「使っています。通信相手は一人だけで、『Bonsai』というハンドルネームです」

「バンザイ？」

「いいえ、Bonsai、盆栽です」

「ああ。住所は？」

「日本です」

「日本？」

「はい」

「その人が画面に映っているのを見ましたか?」

「いいえ。その人と通信するときは画像は出ません。メッセージを打つだけです」

「画像なしですか? それじゃあ、まるでズボンを脱いで屁をするみたいだ」

沈黙があった。

「たぶん、なんでもないと思います。彼には盆栽友だちが多いんです。『Bonsai』は台湾盆栽クラブの英語名称で、日本と台湾の盆栽の世界では有名です」

「ソウカ」。おれは実は日本語もできる。

電話を切ってから、しばらく考えた。電子情報通信のことは、おれはまったくわからない。専門家に聞いてみる必要がある。おれはかつて指導した学生に電話をかけた。彼女は今、おれが勤めていた職場で助教になっている。自分ではパソコンの達人だと言っていた。

「教えてくれ。どんな通信方法が一番秘密を守れるんだ?」。おれは単刀直入に質問した。

「あ、先生? なんで、なんにも言わないで辞めちゃったんですか? みんな会いたがってますよー」

「メロドラマはやめてくれ。どんな通信方法が一番秘密を守れるんだ? 絶対に他人に盗み聞きされる心配がないのは?」

「絶対に盗み聞きされないなんて、ありえないですよ。国家機構がその気になって調査すれば、どんな通信も安全ではありません」

「国家機構とか、フーコーの権力論とかの話をしてるんじゃない。どんな方法が比較的安全なのか知りたいだけだ」

「携帯電話より固定電話の方が安全ですよ、もちろん」

「そりゃ、もちろん」。実は、彼女から聞くまでは知らなかったが。「それなら、ＭＳＮとスカイプだったら？」

「基本的には、ＩＭソフトのなかでは、スカイプはＭＳＮより安全です。盗み聞きされる危険は比較的少ないです。なぜかというと、スカイプは通信時にＡＥＳを使って暗号化しているからです」

「ＡＥＳってなんだ？」

「Advanced Encryption Standard」

「いいから、先を続けろ」。説明してもらっても、どうせわかるはずがない。

「ＭＳＮが使っているWindows Live Messengerは暗号化しないんです。通信する双方がコンピューターに暗号化ソフトをインストールしていれば別ですけどね。でも、もし、使用者のコンピューターのバックドアにトラップドアを開けられて、ロギング・プログラムがインストールされてしまえば、あるいは、盗聴者が適切なルーターを使って記録していれば、暗号化してたって、してなくたって同じことです。スカイプだって逃げ道はありません。こっちが防御を固めても、その分、敵も攻撃力を増すというわけで……」

「解釈はいらない」

の分安全だってことです」

「つまりですね、暗号化のレベルからすれば、スカイプの方がMSNより上なので、その分安全だってことです」

「最後の質問だ」

「なんでもどうぞ」。コンピューターの達人というやつらは、挑戦を受けるときにアドレナリンが急速に高まるのが気持ちよくてしょうがないらしい。どいつもみな、自分に解けない難題なんてないと思っているんだ。

「もし、スカイプの通信記録に書いてあるアドレスがどこか、たとえば、日本だったとしたら、相手は本当に日本にいるってことになるのか？」

「ハッハッハッハ……」。彼女は狂ったように笑い出した。笑いすぎて脳卒中でも起こすんじゃないかと思った。「先生ってば、バカですね一。ハンドルネームもアドレスも、いい加減に作れるもんですよ。いつだったか、わたしもある若造を騙そうと思って、カナダに住んでるふりをして、スカイプで半年もつきあいましたけど、わたしがほんとうは台北にいるって、とうとうばれませんでしたよ」

「それで、結局、どうなったんだ？」。卒業してから、彼女はなにがなんでも結婚したいと言い出して、まったく見込みがないのに、おれまで焦らされたもんだ。

「ああ、そんなの、どうでもいいです。あっちも嘘ついてたから」

「なんだ。ひどいやつだな！」

「でしょ！」

「なんの話だったっけ？」

「だからー、スカイプのアドレスなんて、でたらめに作れるってことですよ。誰か、能力も根気もある人がわざわざ調べれば別ですけど、ふつうはまずばれません」

「わかった」

「先生、ほんとに戻ってくる気はないんですか？　知ってます？　最近、学科内ではね……」

「どうも！」。相手が最新のゴシップを話し出す前に、おれは電話を切った。

どの探偵が言ったんだったか忘れたが、こんな名言があった。捜査が壁にぶち当たったら、ノートに戻れ。

おれは林氏と邱嬢の連絡方法を、考えつく限り、もっともありえないものから、いかにもありそうなものまで、順序よく列記してみた。

1. 家の固定電話
2. 職場の固定電話
3. 職場の電子メール
4. 自分の電子メール
5. スカイプ
6. 林夫人の知らないもう一つのメールアドレス
7. 携帯電話
8. いいかげんにしろ！

1から3まではどれも不可能ではないが、あれほど用心深い林氏がそんなあからさまな手段を使うだろうか。4はというと、調べても収穫はなかったが、林氏はメールを一通やり取りするごとにすぐに消去しているかもしれないから、この可能性も排除できない。5だとすると、スカイプを使っているBonsaiが邱嬢なのかもしれない。6についてはこれから調査しなければならないが、複数のメールアドレスを使っている人は多い。7は「あり」だろう。携帯は最も可能性が大きい。携帯で、数秒内で密会の場所と時間を決めるのが、最も手っ取り早い方法だ。しかも、林氏がすぐに通話記録を削除しているなら、誰かが携帯を調べてもわからない。8は……「いいかげんにしろ！」だ。これは自分に警告するために書いた。こんなに疑い深くて、どうでもいいことまで考えるのは、推理小説の読み過ぎだぞ。

こうしてみると、携帯を使うのが一番便利なはずだが、あの二人の間の対話はなんだか、想像し難い気がする。

「会いたい」。林氏が言う。

「わたしも」。邱嬢が言う。

「明日会おう。いつもの時間、新しい場所で。館前路で249番バスに乗って、三つ目の停留所で降りる」

「わかった。迎えにいく」

こういう電報文のような会話は、人目を欺くためのバスの利用とは明らかに矛盾している。もしも、二人ともスパイ映画のファンだとしたら、彼らの会話はこんなふうになるかもしれない。

「こちら、〇〇九」と林氏が言う。

「こちら、〇〇六」と邱嬢。

「明日。館前路２４９番バス。三番目」

「ラジャー」

「通信終わり」

馬鹿げた話のようだが、こういう会話の方が理屈に合っている。次に、おれは林氏が宮崎駿のファンだったら……と空想した。公共バスを猫バスだと想像してみる。彼が猫バスに乗り、彼女はＢＭＷを運転し、トトロの主題歌が軽やかに始まり……。おれはいつのまにか、ほのぼのとした臨終状態に突入し……。突然、感電したように、かっと両目を開いた。

推理の方向が間違っている！

二度の密会の日付と場所（六月十五日板橋、十九日三峡）という答えがすでにあるのだから、答えから遡って考えるべきであり、一通一通のメールを漫然とあちこち見ていてもしかたがないではないか。

おれは低いテーブルの上に散らばったメールを整理して、その中から、六月十五日の前の三日間、それに十五日から十九日の間の往復メールを抜き出し、一通一通あらためて丁寧に読んだ。文面はすべて盆栽友だちとの交流だったが、前に読んだときはざっとチェックしただけだったのとは違い、今回はどんな細かいこともおろそかにせず、最後の一行まできちんと読んだ。ついに、おれはBonsaiからのメール二通を見つけた！　一通は十三日、もう一通は十七日のものだ。

　その二通のメールの内容はほとんど同じで、どちらも盆栽販売の広告だった。美しい写真のほか、短い紹介文と価格が記されていた。おれは一通目のメールを徹底的に調べた。

日本クロマツ

「絶壁上の樹」という別称もある日本クロマツは、日本文化を自然の姿で象徴するばかりではありません。昔から、日本の詩歌にはクロマツの姿を称える言葉が出てきます。また、四、五千年にも及ぶその寿命が吉祥の象徴と考えられていることも、クロマツの盆栽界における地位を確かなものにしています。しかし、クロマツの雄々しい自然の特徴を盆栽で表現するためには、園芸専門家の巧みな剪定と定期的な施肥、整理移植も必要です。そうしてこそ初めて、清らかで典雅な樹形となります。また、根も適切に世話をしてこそ、ますます強く盛んに、形も優雅な、力強いものとなり、断崖に根を張る気迫を表現するようになります。

高さ　六〇センチ

価格　四〇〇〇元

商品番号　０６１５ＧＱ２３６・２

最初は怪しいところは見つからなかった。だが、はっと閃いて、おれは飛び上がり、二通のメールの紙を持って書斎に入った。パソコンを立ち上げ、メールの文字を一字も違えずタイプして、グーグルで検索すると、数秒で日本のクロマツを紹介するサイトが表示された。クリックすると、同じ写真と同じ文字が目に入った。

もう一通も同様に検索すると、結果も同じだった。答えは明白だ。Bonsaiはこの文面をコピー・ペーストして、メールに移植したのだ。

おれは二種類の資料をプリントアウトして、客間に戻り、広告の原文とそれを複製したメールの文章を丁寧に比較して、ついに真相を見破った。

違いは商品番号にあった。一通めのメールのBonsaiバージョンの商品番号は、０６１５ＧＱ２３６・２だ（しかし、ネット上の元の広告文の商品番号は、ＡＨＳ０９００５５３８だ）。二通めのメールの商品番号は、０６１９ＸＹ２４９・３だ（一方、元の広告文では、Ｄ２９１１３７９９となっている）。おれは自分の記録ノートを手に取り、そのページを開いた。間違いない。二人が六月十五日に会ったとき、林氏は２３６号のバスに乗り、二つ目の停留所で降りた。十九日に会ったときは、２４９号のバスに乗って、三つ目の停留所で降りている。ＧＱは館前路（中国のピンイン表記では、Guan Qian Lu）の暗号で、ＸＹは襄陽路（Xiang Yang Lu）のことだ。

やった、ついに尻尾を捕まえた！

第六章　逆巻く大波に逆らって

1

今日はちゃんと備えをしてきた。リュックにはノートのほかに、スマートフォン、懐中電灯、それに自費を投資して買ったキヤノンのデジカメも入っている。そのうえ、今日、つまり、六月二十三日、おれは林（リン）、邱（チウ）の二人の行動予定や、合流の方法も十分に把握しているのだ。

林夫人がコピーして送ってきたBonsaiのメールから、すでに二日前に暗号を入手してある。「０６２３ＺＨＷ２１２・２」だ。健保庁舎の位置から判断するに、「ＺＨＷ」は忠孝西路（チョンシャオシールー）（Zhongxiao West Road）に違いない。あの通りなら、２１２番のバス停は二つある。林氏が忠孝西路に着いたところで、右に曲がって新光ビルの方に行くか、それとも左に曲がって北門の方に行くか、それは予測が不可能だ。だから、暗号の「二つ目のバス停で降りる」はどこを起点にしているのかわからないが、これはそれほど大きな問題ではないだろう。

「そろそろ時間だ。どこにいる？」

「この辺をぐるぐる回ってるよ」。電話の向こう側から、添来（ティエンライ）の声が返ってきた。

「連絡を待て」

「ＯＫ！」。添来の声は実に力に満ちていて、まるで精力剤のＣＭみたいだ。

おれは確信をもっていたが、それでも、心のなかに忍び込んでくる憂いを無視することができなかった。今回の尾行に成功したとして、証拠写真を撮影して、ホテルの外で待つ以外にいったいなにができるだろう？　私立探偵としてのおれの技量はただそれだけか？　これまでのところ、やったことも限られている。クリエーティブなところはなにもない。袖の中にも手品の仕掛けはなにもない。尾行以外には尾行あるのみ。ちくしょう、限界を超える突破口が必要だ。

林氏が庁舎の階段を降りてきて、右に曲がり、忠孝西路の方向に向かった。予想通りだ。

「添来！　やつは北門の方に向かってる」

「了解！　バスを待つ停留所は郵便局のそばだ。あんたはそのまま後をつけて。おれはぐるっと一周して、すぐに着くから」

それから、約三十分後、おれたちはＢＭＷを尾行して、林口（リンコウ）のあるホテルに着いた。道中、おれは買ったばかりのキヤノンのデジカメをまるでおもちゃのようにいじって、写真をたくさん撮りまくった。林氏がバスを待ち、バスに乗り、バスを降り、ＢＭＷが出現し、林氏がＢＭＷに飛び乗り、ＢＭＷがホテルまで走るという、すべてのステップで、万が一にも撮影しそこねるものがないように、おれはやたらとシャッターを切った。すべてが予想どおりだった。興奮は次第に冷め、ＢＭＷがホテルに入るのを見たときには、おれはむしろ気落ちしていた。

「添来、万勢（バイセ）（ごめん）。おれは今、おしゃべりしてられない。静かに心を落ち着けて、次の一歩をどうするか、考えてみる必要がある」

「了解」。添来はそう言うと、気をきかせてちょっと離れ、愛する妻に電話をかけ始めた。

まさにその瞬間、おれは右側から走ってくる白いニッサンに気づいた。その車はホテルの前で減速すると、曲がってホテルの方に入っていった。今回ばかりはおれは目を皿のようにして、本当に注意してみた。ほぼ、間違いない。運転している人間以外は誰も乗っていない！

これが偶然だろうか？　今回も、一回目も、二回とも同じことが起きている。ＢＭＷがホテルに入ってまもなく、別の車が続いて入る。そして、その車には二回とも一人しか乗っていない。おれが神経過敏なんだろうか、それとも、最近では一人でホテルに行って楽しむことが流行しているのか？　二回目の六月十九日の三峡（サンシア）に行ったときも、おれが見過ごしてしまっただけで、同じことが起きていたのかもしれない。もし、ニッサンとＢＭＷが関係あるとしたら……。おいおい、あいつら、３Ｐをやってやがる！

「これはすごい！」。おれは思わず声をあげていた。

「蝦米（シャミ）（なんだい）？」添来が走ってきた。

おれは添来に、たった今彼が見損ねた場面とおれの推論を説明した。

「げっ、そいつはすげえや！」。添来の表情には軽蔑よりもむしろ崇拝の念が表れていた。「で、これからどうする？」

「ＢＭＷはもういい。ニッサンをつけよう」

2

ニッサンの先導で、おれたちは林口区の中心部の周(チョウ)内科小児科医院に到着した。ニッサンの主はリモコンを使ってシャッターを上げた。重そうなシャッターがガタガタ音を立てて、ゆっくり上がっていった。まだ三分の一しか上がっていないうちに、苛立った顔つきの車の主が腰を屈めて鍵でガラスのドアを開け、医院に入っていった。間違いない。車の持ち主はすなわち周医師に違いない。医院の斜め向かいに停めたタクシーのなかで、おれと添来は顔を見あわせて、無言のままだった。

なんだか、おかしな話になってきた。林氏、邱嬢、ニッサンの男は三人とも医療関係だが、おそらく偶然ということはないだろう。もしかして、「医療業界淫蕩(いんとう)クラブ」を設立したんだろうか？　そのうえ、林と邱の欲望にはまったく限りがないようだ。３Ｐをやるのに、毎回、相手を替えなきゃ気がすまないんだろうか？

「賭けてみようと思う」とおれは言った。

「元手もないのに、どうやって賭けるんだ？」

「元手がないからこそ、賭けるんだ。危ない賭けだってことはわかってる。おれの直感が間違ってなければ、この賭けはきっと当たりのはずだ。万が一、間違っていても、せいぜい精神病院に入れられるか、警察に捕まるか、そのどっちかだ。待ってる気はあるか？」

「もちろん。必要となれば、あんたを保釈してもらうときの保証人になるよ」

「ありがとう。なるべく警察の方がいいな。おれは精神病院は怖いんだ」

おれはリュックサックをつかみ、ドアを開けて車を降りた。クリント・イーストウッドが落ち着き払って馬を降り、敵と対決するときのように、格好よく。『荒野の用心棒』の主題歌が高く低く響き始めたが、すぐにレコードの針が跳んでずっこけた。というのも、おれが突然立ち止まって、添来の方に駆け戻ったからだ。

「これ、おれのスマホだ。チャンスがあったら、代わりに撮影してくれ。使い方わかるか？」

「冗談言うなよ。おれはしょっちゅうスマホで嫁さんのことを盗撮してるんだ」

「おまえねえ。救いようのないやつだな。今度ゆっくり話をしないとな」

通りを渡りながら、ふと昔のことを思い出した。

大学院に行っていたとき、親しかった後輩が泣きついてきた。彼は生活費をかせぐため、ある零細出版社のために参考書を翻訳した。担当した部分を翻訳し終わって出版社に提出したが、何か月もたって、出版社はまだ金を払わないだけでなく、そもそも払う気がなさそうだという。後輩は出版社の社長に何度も会いにいって支払いを要求したが、社長はあれこれ言い逃れをする。話を聞いたおれは後輩に言った。「社長に会わせろ」。翌日、本当に会いにいった。「払わなけりゃ、どうするって言うんだ？」。社長はおれを脅しにかかった。「本はまだ出てないんだ。ほかの部分の翻訳がすまないと出せないだろ。本が出てから、やっと金が入るんだ。それまで翻訳料なんてあるわけないだろ」。おれは両手を腰にあてて言った。「本が永遠に出なかったら、どうする気だ？」。「そりゃ、おれだってどうしようもないな」と社長は肩をすくめて言った。「そんなことを言って、騙そうったって無駄だぞ。売る方が物を納めたら、買う方は金を払う。それが取引ってもんだろう！」。おれは後ろで震えている後輩を指さして言った。「いいか、おれはこいつの従兄だ。こいつのことはおれのことと同じだ。おれのこととなったら、父方の三人の叔父、母方の二人の伯叔父たちも黙っちゃいねえ。一日だけやる。遅くとも明日中に払え。でないと、兄弟たちと一緒に来て、この店先をめちゃくちゃにしてやる。警察に知らせる度胸があるなら、今すぐ警察を呼べ。新聞に洗いざらいしゃべってやる。それでも、出版界でやっていけると思ってるのか？」。次の日、後輩は金を受け取ることができた。彼が出版社を去るとき、社長は憎々しげにこう言い放ったそうだ。「あのヤクザ者がこの店に一歩でも入ったら、すぐに警察を呼んでやる！」。後から振り返ってみると、おれは頭にくるとかなり衝動的で無鉄砲になり、後の結果など考えられなくなる方らしい。

「すみません。午後の診察は三時からですよ」。医院に入ったとたんに、受付の後ろにいる看護師に制止された。

「診察してもらいに来たんじゃないんです」。おれは左側の壁に掛けてある医師免許をちらっと見て、やっぱり十分前に医院に入っていった男が周医師だと確認しながら言った。「周先生に会いにきたんです」

「どういうご用ですか？」

「これがわたしの名刺です」。おれは名刺を出した。

看護師はいかにも胡散臭げに、うつむいて名刺を見ていたが、やがて顔を上げておれの顔を見た。

「その名刺を周先生に渡していただけますか？　会うとおっしゃるかもしれませんから」

「お待ちください」

数分後、看護師は受付に戻ってきた。同時に、診察室のドアが開いて、周医師が出てくると、名刺を見たり、おれを見たりしてから、質問した。「いったい、どういうご用ですか？」

「用があるかもしれないし、ないかもしれません。安心してください。悪意はありませんから。ほんの何分か、時間をいただければいいんです」

「ミス陳(チェン)」。医師は看護師に向かって合図した。

看護師が電話の受話器を取った。

「警察は呼ばないでください。ほんのいくつか、質問したいだけです。最初の質問はこうです。先ほど、一人でホテルに行って部屋を取ったのはなぜですか?」

一瞬のうちに、看護師は凍りつき、周医師の顔は蒼白になり、体が震えて、今にも立っていられなくなりそうだった。彼の額に瞬間的に汗の粒がうっすらと浮かんだのが見えた。

「本当に、質問させていただきたいだけなんです。ご面倒はかけません。わたしは私立探偵で、ゆすり屋ではありませんから」

だいぶたってから、弱りきった周医師はやっと口をきけるようになったらしく、ぶつぶつぶやくように言った。「ここではなんですから、どこか場所を見つけて話しましょう」

おれと周医師は医院を出て、さびれた喫茶店に行った。途中で、おれは添来をちらっと見た。添来はおれよりももっと撮影マニアになっており、ずっとめちゃくちゃにシャッターを押し続けていた。

タクシーの前を通り過ぎてから間もなく、ドアの閉まる音がした。添来がおれと周医師をつけてくる。

「なにが知りたいんです?」。椅子にすわってから、周医師が言った。

店のなかには、おれたち二人以外の客はいなかった。

「これです。あなたとこの二人は関係がありますか?」。おれはデジカメを出すと、画面を林氏がBMWに乗っている一枚まで動かした。「この人は林さんといいます。車を運転してきて、林氏を乗せた人は邱さんといいます」

周医師の反応を見て、おれはやっと安心した。

この賭けはおれの勝ちだ。

「あなたは私立探偵だと言ってましたね？」

「はい」

「興信所ですか？」

「似たようなものです」

「身分証明証を見せてもらっていいですか？」

「もちろん」

おれは革のポーチを出して、なかから身分証明証を抜き出して、彼に渡した。

「なんなら、表も裏もコピーしても構いませんよ」

「誰に雇われてるんですか？」。彼はおれの身分証明証を返して寄こした。

「それはあなたの知る必要のないことです。この二人とは、どういう関係ですか？」

「なんの関係もありません。この人たちなど知りません」

「勝手にすればいい」。おれは立ち上がった。席を離れる前に、両肩を少し上げて、警察が取調室で容疑者を脅すような低い声で言ってやった。「嘘を言ってるのはわかってるんだ。最後のチャンスをやるから、今、本当のことを言った方がいい。でないと、すっかりデータがそろってから、なにか言いたくなっても、その機会はないぞ」

「脅してるのか？」

「そうだ」

二人、そのまま微動だにせずに睨みあった。沈黙の闘鶏の儀式だ。かなりの時間。

「いいだろう」。おれは言った。

背を向けて席を離れるとき、わざと足を速めた。行商人と買い物客の値段の駆け引きのようなお遊びをしてるんじゃないとわからせるためだ。三歩、五歩、もうすぐ自動ドアまで行く……。

「待ってくれ」

おれはゆっくり振り向いた。本当に嫌々ながらという演技をしながら。その演技は我ながらあまりにも臭かったので、自分でもうんざりした。

「どう保証してくれる？」

「保証って、なにを？」

「保証と言っただろう？　人に知られないようにするってことだ。大事にならないようにするってことだ」

「保証などできない。おれの仕事は依頼人に対して責任を負うことだ。依頼人が結果を知った後でどうするつもりか、それはおれにはなんとも言えない。だが、おれの理解するところでは、あの人は騒ぎを起こすのが好きな人間ではない。他人に害を与えようとか、破滅させようとか考える人ではない。あの人はただ、いったいなにごとが起きているのか知りたがっているだけだ」。中国語で「あの人」というのは、字に書けば男の「他」と女の「她」で性別の違いが明らかだが、耳で聞けばどちらも同じ「ター」なのはありがたい。今の話を英語でしたら、文法に正確に話したせいで、うっかり依頼人の性別を漏らしてしまうところだ。

周医師はためらい、葛藤している。ちょうどそのとき、二杯のコーヒーが運ばれてきた。ウエイトレスがびくびくしているところを見ると、さっき、おれと周医師の間がひどく緊張していたことに気づいていたんだろう。「どうぞ、ごゆっくり」。彼女はそう言うと、速足で去っていった。

「どうなんです？　周先生」

相手はまだ悩んでいる。

「周先生？」

おれは探偵の基本テクニックを使っていた。ずっと「周先生」と繰り返しているが、一度言うごとに少しずつ語気を強めて、プレッシャーを与えているのだ。

「周先生、あなたが協力してくれても、してくれなくても、わたしはどっちみち、真相をつかむ。たとえ、あんたがたが３Ｐをやってるんだとしても、別にそれほど由々しき問題ってわけでもないだろう？」

「あんたはまさか……」。周医師は最後まで言い終わらぬうちに、思わず吹きだした。だが、その声も表情も実に痛々しかった。

「違うのか？」

はずれか？　だが、男二人、女一人でホテルに入って、ほかになにをしてるっていうんだろうか。

「あの二人は、わたしを強請（ゆす）ってるんだ」

顔色を変えたのは、今度はおれの方だった。しばらくなにも言えなかった。

「強請るって、どうやって？」

「ある日……。そう、だいたい一か月前だ。邱と名乗る女から電話がきた。わたしが健保局に提出した申請書は事実と違うと言うんだ。それから、健保局で働いている友だちがいる、その友だちはわたしの申請書を通してやることもできるし、すっかり暴露することもできる、どちらの結果になるか、それはわたしの考え次第だ、と言うんだ。いったい、どうするつもりだと聞くと、まあ、焦らないで、まずは資料を送るから、それを見れば、わたしの言うのが嘘ではないとよくわかるでしょう、と言う。三日後、データが送られてきた。つまり、わたしが前に提出した申請書だ。水増しして申請しておいた数字はすべて、黄色い蛍光ペンで塗られていた。表面上は、わたしの申請書には問題がないように見えるはずだ。彼女がどうやって調べあげたのか、どうしてもわからなかった。まさか……。後になって、わかった。女の言う、健保局で働いている友だちというのが、かなり位の高い人間であるとすれば、あるいは監査を担当している人間であるとすれば、患者側の資料も手に入れられるから、疑わしい点を突き合わせて、ひそかに患者側と連絡を取ったうえで、誰にも言うなと要求することもできるわけだ。そこまで考えたら、相手は本気だ、もうダメだ、とわかった。二日たって、邱がまた連絡してきて、資料はちゃんと受け取れたかと聞くので、受け取ったと答え、これからいったいどうするつもりかとたずねた。すると、数字を出してきたが、わたしは同意せず、お互いに値段の駆け引きをして、ある数字で合意した」

「いくら?」

「十五万」

「それから?」。頭の中で暗算した。十五割る二だから、林と邱はそれぞれ七万五千ずつ手にしたわけだ。

「それで、時間を決めて、場所はホテルを指定してきた。でも、わたしの方からも二つ要求を出した。一つ、直接二人に会う必要がある。それに、身分証明証も見せてもらう。金を取られるのに、相手が誰だかわからないままでは困る。相手にもリスクを負わせる必要がある。二つ、わたしの申請書をパスさせると同時に、問い合わせをした患者一人ひとりをなだめること。そうしてもらわないと、わたしの損害はますます大きくなるから」

「邱嬢のフルネームはなんというんだ?」

「邱宜君(チウイージュン)、宜(よろ)しいの宜(イー)に、君子(くんし)の君(ジュン)だ」

「いい名前だ」

「だいたい、こんなところだよ」

「最後に一つだけ。ホテルに着いた後、どんなふうに取引をおこなった?」

「携帯だ。わたしがチェックインしたら、邱に電話して、三分後に双方がリモコンで自分の部屋のシャッターを開け、わたしが彼らの部屋に入ったんだ」

「あなたは金を渡し、彼らはあなたに身分証明証を見せる、それだけか?」

「違う。林はパソコンを持ってきていて、彼個人のパスワードで健保局の内部データに入り、わたしの見ている前で、『審査通過』のボタンをクリックし、送信した。それから、邱がうちの患者に電話して、先日はパソコンに問題があったんです、周医師の提出したデータにはまったく問題はありませんでした、と言ったのを聞いて、それから、金を払ったんだ」

「そういうことだったのか。ありがとう」

おれが立ち上がると、彼は突然身を乗り出して、おれの左手をつかんだ。

「わたしはこれから、いったい、どうなるんだ?」

おれは彼をじっと見つめた。冷たい目で。彼は手を放した。

「さあね」

「このまま、怯えているしかないのか?」。彼は自嘲気味に言った。

「そうだな。怯えているしかないだろう」

言い捨てると、おれは周医師に背を向けて、店を出た。

3

ソファーにすわり、ビールを飲みながら、煙草を吸った。ポータブル・ステレオから流れてくる曲は、「Have I told you lately that I love you……」。誰でも必ず、こういうお決まりのちょっと臭い歌を一曲、自分のために選んでおくべきだ。この曲はおれの一番のお気に入りだ。どんな気分のときにも、どんな場合にも聞いていい曲だ。失恋したとき、片思いのとき、愛しあうとき、愛しあい終わったとき、ロマンチックなとき、退廃的なとき、進取の精神があふれるとき、がっかりしたとき、疲れ果てたとき、絶望したとき、世の中が嫌になったとき……。どんなときでも、おれはこの歌を聞く。だが、オリジナルのヴァン・モリスンのでないとダメだ。ロッド・スチュアートのカバーはこの曲を台無しにしている。

なんだか、いい気分だ。ハリウッドの刑事ものの映画で、重大事件を追う刑事が一日中走り回って、黄昏時にがらんとした住処に戻ってくる（彼らはたいてい離婚している）。ひとり、リビングにすわって、安物のウイスキーを飲む。氷が揺れて、グラスに当たる音がする。煙草の煙を深く吸い込む（ずっと禁煙しようと思ってるんだが、どうしてもできない）。ふーっと息を吐くと、白い煙がゆらゆらのぼって部屋にたちこめ、ステレオから聞こえてくるブルースと溶けあっていく。今のおれも十分退廃的なんだが、惜しいことにピストルと肩に掛ける革のガンベルトが足りない。

あれだけ調査して結局、林と邱はオシドリ泥棒だったというわけだ。事件はおれが想像したよりずっと複雑だった。いや、そうとも限らない。その本質は黄色が緑に、つまり、「色」が「財」に変わっただけで（中国語圏では、黄色はエロティックなイメージ、緑は米ドル紙幣を連想させる）、なんの創意工夫もない。林氏の謎はだいたい解けたが、彼の娘の件はさっぱりわからない。こっちの問題はどこから着手したらいいだろう。

突然、携帯が鳴った。

「はい、もしもし？」

「なにが『もしもし』よ。あたしよ！」

「あ、母さん。蝦米代誌（シャミダイジ）（なにか用）？」

「なにか用がなければ、息子に電話しちゃいけないっていうの？」

「そういう意味じゃないよ」

「なんでずっと電話を寄こさないの？　あたしがある日あの世に行っても、おまえは気がつきもしないだろう」

「そのときは、妹から知らせがくるだろ」

「このろくでなし！　この頃、なにか仕事してるの？　お金は稼いでるの？」

「仕事はしてるよ。人のために事件の調査をしてるんだ」

「なんの事件の調査だって？　ふらふらして、悪者とつきあったりするんじゃないよ！」

「安心してよ。おれは悪者を捕まえてるんだ。ところで、母さん、ちょっとおたずねいたしますが、健康保険関係に知りあいはいる？」

「もちろん、いるわよ。あたしはどこにだって知りあいがいるんだから」

「誰か一人、紹介してくれよ。教えてもらいたいことがあるんだ」

「教えてもらいたいことってなに？　あたしが知ってるかもしれないよ」

「けっこう専門的な話なんだ。母さんにはわからないよ」

「このボケナス！　あたしにわかんないことなんてあるもんか！」

「母さん、勘弁してくれよ、お願いだよ」

カチャッと電話が切られた。おふくろは別に怒ったわけではない。これが母特有の電話のマナーなのだ。母がおれに電話するときは、「阿誠、母さんよ」などという挨拶もない。だから、おれの方も「母さん、おれ、阿誠」などという手間は省略し、どちらも単刀直入に、いきなり用件を話し始める。切るときも同様で、「じゃあね」とか、「母さん、じゃあ、元気でね」などとは言わない。このようなコミュニケーション方法は、母に言わせれば、火消しのようなもので、さっさと火を消し、さっさと解散することになっている。

　案の定、十分後にまた母が電話をしてきた。

「一人見つけた。陳（チェン）さん。阿霞（アシア）の義理の弟。阿霞は覚えてるでしょ？」

「覚えてない」。母親の人脈は広く、マージャン友だちも多い。阿霞って言われても、誰のことやら、もちろん覚えていない。

「阿霞はねぇ……」

母親は延々と阿霞さんの数奇な人生について語った。いつ結婚して、いつ互助会でくじを当ててお金をもらい逃げして、いつ外に男ができて、いつ再婚して……。おれはいい加減に聞いていた。手が疲れると電話を肩にのせて、酒を飲んだり、煙草を吸ったりした。

「電話番号は？」。やっとのことで、すきをついて聞いた。

「言っとくけどね」。番号を教えた後、母親は注意するのを忘れなかった。

「礼儀正しくしないとダメよ。行儀よくね」

「わかってるよ」

「お酒の好きな人らしいから。お酒をご馳走すれば、きっとなんでも教えてくれるよ」

「それなら簡単だ。あ……」

おれが「あ……」と言いかけたところで、電話はいきなり切れた。

腕時計を見たら、まだ八時にもなっていない。酒飲みにとって、夜はまだ始まったばかり、といったところだ。今すぐ電話すれば、運がよければ、今晩のうちに会えるかもしれない。

おれはまず自己紹介した。陳さんは「ああ、呉さんの息子さんですか」と言って、急に親切になった。お節介な母親が前もって連絡しておいてくれたのだろう。「いいですよ、いいですよ、いつがいいですか?」。「お酒をご馳走したいのですが、今晩はいかがでしょう?」。先方の声は喜びに輝いて聞こえた。「いいですよ、どこにしますか?」。「一代佳人」（「絶世の美女」という意味）とおれは言った。「え?」。「いや、誤解しないでください」。おれは慌てて説明した。「『一代佳人』はビアガーデンですよ。女性のいる店じゃありません」。陳さんはハッハッハと笑った。「誤解しちゃっただけじゃない。がっかりしちゃったよ！」

台湾で公共の建物の室内での喫煙が全面的に禁止されてから、この「炭焼きビアガーデン一代佳人」はおれが友だちと集まるときの唯一の選択肢になった。お気に入りの場所は、店と隣の教会の間の狭くて半端なスペースだ。友人たちと低い腰かけにすわり、四角いテーブルを囲んで、十字架の下で煙草を吸ったり、酒を飲んだりしていると、昔ながらの屋外宴会を催している気分にもなれるし、なんとなく守ってもらっている気持ちにもなれるからだ。

すわって十分もたたないうちに、陳さんはすでに二本目に取りかかっていた。

この御仁は医学界を引退し、現在は衛生署の顧問をしており、二度にわたる健康保険制度改革の重要な推進者だったと自認している。小柄で、頭のてっぺんがすっかり禿げているが、左耳のそばの髪を禿げている部分の反対側まで引っ張ってきて、折り返し、また折り返して、頭をすっかり覆い隠していた。さっき初めて陳教授の顔を見たとき、布袋劇(ポテヒ)(伝統的な人形劇)の舞台から飛び出してきた人形かと思ったが、話を始めると学者らしくみえるときもあり、時代劇の旅医者のようでもあり、ひっきりなしに手を振り回して話す様子はまるで講談師だ。

「健康保険制度といえば、話せば長い」。陳教授はふーっと息を吐いてから、話し始めた。「一九九四年三月一日、国民健康保険制度は逆巻く大波に逆らいながら、船出した……」

「陳教授、歹勢(パイセ)(すみません)、今は歴史のお話は必要ないんです。わたしがお聞きしたいのは、健康保険の不正事件のことです」

「ああ! 不正事件はあまりにも多い。完全無欠の制度などありえないのだ」

「健保局があんなに赤字が多いのは、もしかして、不正事件と関係があるんじゃないですか?」

「この問題は、三つの面から話す必要がある。第一に、公(おおやけ)の機関がろくでもないからだ。台北市政府だけでも、健保局に対して数百億の滞納がある。恥知らずめ！　それなのに、払う気がないばかりか、衛生署に対して行政訴訟を起こしている。恥知らずめ！　高雄（ガオション）市もそうだ。ほかの市や県もみんなそうだ。恥知らずめ！　もう一つの理由は、不良医院や不良医師がありとあらゆる方法で、健康保険費をだまし取っていることだよ。いいかね、若者よ、それが人間の本質というものなんだよ。三つ目の理由は、健康保険制度が実施されてから、台湾人は病気になるのが大好きになったということだ。ちょっとでも調子が悪いと、すぐに医者に行きたがる。どこも悪くなくても、やっぱり医者に行きたがる。一回の診察でたった二百元しかかからないからな、安いもんだ。薬だってもらえるからな。医者に行くのも、台所に行くのも同じと言われとるのは、そういう意味だよ」

「医者はいったいどんな手でお金をだまし取っているんですか？」

「健康保険のおかげで民は喜んどるが、医者は面白くない。どうしてか？　医者の平均収入は二割も下がったからだ」

「それでも、普通の人よりは多いでしょう」

「ああ、若者よ、それが人間の本質というものなのだ」

「そうなんですね」

「健康保険費をだまし取る方法はたくさんある。数え切れないほどだ。医院と医者がぐるになる、医者と患者がぐるになる、医者が患者にわからないようにズルをする、それから、いもしない患者の頭数だけそろえる、などなど、一つや二つではない。われわれが思いつくような汚い手なら、やつらはなんでもやってのける。費用の水増しだけでも、いくつもやり方がある。たとえば、病例を偽造する、患者の診察券ナンバーをでっちあげる、診察券ナンバーを二重に作る、薬代の虚偽の申請をする、手数料の虚偽の申請をする、などなど、実に多種多様だ。もちろん、制度自体の弊害もある。たとえば、給付制度の設計が適切でなくて、医療行為の困難の度合いやリスクの大小をきちんと反映できていないところもあるんだよ。考えてもごらん、心臓にメスを入れる開心術と盲腸の切除の手術代には区別があってしかるべきだと思わないかね？　外科手術と内科医療にも区別があるべきだろう？　健康保険には、そういう区別はあるにはあるんだが、きちんと内容の違いを反映できていないんだ。そのせいで、ここ何年か、外科を専攻する医師がいなくなった。みんな耳鼻咽喉科や歯科に殺到している。特に、獣医だ。獣医には健康保険がないからね」

「台湾にはそんなにたくさん野獣がいるんでしょうか？」。こんなに飲んだのは久しぶりだ。おれはなんだか、わけのわからないことを言い出した。

「獣医を見くびっちゃいかん。獣医の種類はどんどん増えてるんだ。獣医心理学医師は聞いたことがあるかね？」

「なんですって？」

「時代は進歩したよ。今では、ペットも鬱病になるんだ」

二人でバカ笑いして、また二本注文した。

「陳教授、監視する立場の人間が不正をするってことは考えられないでしょうか？」

「どういう意味だね？」

「健康保険局の内部の人間が不正をする可能性はないですか？」

陳教授はちょっと考えてから、慎重に返答した。「可能性はあるが、しかし、今までのところ、前例はない」

「あるとすれば、どんな方法でしょう？」

「そうだなあ……。二つの可能性がある。まず、内部の人間と外部の人間が結託している場合だ。つまり、健康保険局の人間が外部の医師または医院とつるんで、監査のときに不正があっても片目をつぶってやる、あるいは両目をつぶってやる。この場合、こいつは、かなり上部の人間か、あるいは監査を担当している人間でなければ無理だろう。二番目の可能性は、あんまり可能性のない可能性だが……」

「え？」陳さんが酔っぱらって、舌がもつれているのだろうか？　それとも、おれが酔っぱらって、エコーが聞こえているのだろうか？「つまり、虚偽のデータを見つけても、上に報告せず、相手をゆするわけだよ。しかしねえ、これはあんまり可能性がないだろうね」

「為蝦米（ウイシャミ）（なぜです）？」

「だって、リスクが大きすぎるよ。前にも敵、後ろにも敵だ。上司にばれないようにしなければならないし、ゆすられた相手が警察に通報するかもしれない。いや、口封じに殺そうとするかもしれないよ！」

「でも、もしかしたら、そういう度胸のあるやつがいるかも」

「度胸の問題じゃない。割りがあわないよ！　そういうやつは大病院を脅す度胸はないだろうから、小さい医院を脅すだろうが、小さい医院から脅し取れる金には限度があるだろう。そんなことをするやつがいるかね？　利益は小さくて、リスクは大きい。ばれたときには、二重の汚名を着ることになる。業務上横領に加えて強請りだぞ。わたしだったら、絶対にやらない。そんなの、頭のおかしいやつのやることだ」

「そういう頭のおかしいやつがいるんですよ」。これ以上飲んだら、全部しゃべってしまいそうだ。

「誰だ？」。陳教授は目を細くしておれを見た。「君はいったい、どんな内幕を知ってるんだ？」

4

翌日の十時過ぎ、おれが目を覚ますと、二日酔いも目を覚ました。

シャワーを浴びても、全身に酒の匂いがまとわりつき、薄膜のようにおれを包み込んで、空気から隔てている。これはよい現象とはいえない。今日は重大な行動を起こす日なのだから、頭がぼうっとして、意識と体が同調していないようではダメだ。

昨日の夜中は何時に家にたどり着いたのか覚えていないが、家に入るとリビングから浴室まで、ふらふら上下左右に揺れながら、着ているものを一枚ずつ脱いでいって、最後は素っ裸になって浴室で何度もひどく吐きまくり、右手は便器につかまり、左手はバスタブの縁にかけて、立ち上がろうと試みては、また呆然とすわりこむという、実に情けないありさまだったことはよく覚えている。それから、すっ転んで、少しだけ目を覚まし、冷たいタイルに頭をぶつけた激痛で脳みそも澄みわたり、事件の最大の問題点がはっきりわかった気がした。おれが「重大行動」を起こすことを決意したのは、まさにその瞬間だ。暗い夜道で林氏を襲ってノックアウトし、麻袋に押し込み、殴る蹴るの暴行を加えれば、真相を白状しないはずはない。

今はもう、アルコールが揮発してしまったので、ヤクザのような暴挙に出ようという大いなる志もすっかり動揺しているところだ。

酒の度胸というのには二種類ある。一つは酒を飲む度胸のことであり、もう一つは何度も何度もアルコールに浸されることによって膨れ上がった度胸のことである。おれはその両方に特別に恵まれており、これまで何度となく、酒を飲んでは失言し、他人をめちゃくちゃに攻撃した。後になって後悔してもしきれないような事も言った。そのせいで、長年の友情をぶち壊したこともあれば、反論する力もない、罪のない人を傷つけもした。また、やはりアルコールの触媒によって、これからは心を入れ替えていい人になろうとか、昔のロシアの小説を一とおり読もうなどと密かに誓いを立てたこともあるが、酔いが覚めれば全部忘れてしまう。

「重大行動」については、もう一度よく考えてみる必要がある。おれはノートに戻って、出撃の作戦を新しく考え直した。

肝心なのは林家の娘だ。真相の半分はわかったが、それは比較的重要でない方の半分であり、林夫人が本当に気にかけているのは娘さんのことだ。林家の娘を尾行することもできるが、一日中学校にいて、学校が終われば家に帰るんだから、意外な発見などありうるだろうか？　娘が突然変わった理由が林氏と関係があることは疑いないが、娘に対する性的虐待の可能性はないと林夫人は何度も保証した。もちろん、母親が保証したからといって、完全に信用することはできない。この手の悲劇の場合、配偶者がまったく気づかないうちに起きていることも多い。また、わずかに疑いをもってはいるものの、そんなことがあるはずはないと思い込もうとしている場合もある。それはよくわかっているが、それでも、性的虐待の可能性は極めて低いと思う。林夫人は賢い人だし、追いつめられるとダチョウのように頭を砂に突っ込んでしまうタイプではない。それに、こしばらく林氏を観察しておれにもよくわかったことだが、彼はそういうタイプの野獣ではない。もっと、別のタイプの野獣だ。

おれはノートの左側に「林家の娘」と書き、右側に「林・邱」と書いて、一本の線で二つをつないだ。もう一本線を引いて、それから線を太くし、もう一回、もう一回と繰り返すうちに、線はすっかり太くなって棒のようになり、今にも紙を突き破りそうになった。おれはペンを投げ出してため息をついた。想像力がなさすぎる。いくら脳みそを絞っても、なんの可能性も思いつけない。二本の平行線はどう交わっているんだろう？　それに、物理的に可能かどうか、その人がそもそもどういう人物かを考えてみる必要がある。これはありえない。あっちは頻繁に発生している……。

おれはまた別のページに、「林家の娘」、「林氏」、「邱嬢」と書き記して、それぞれのまわりをぐるっと囲んだ。消去法によって、まず「林家の娘」の上に×印を付け、それから、「林氏」の上に×印を付けた。この二人の口から直接真相を話してもらえる可能性はほぼない。残ったのは「邱嬢」だ。手を下すとすれば、彼女しかいない。よくよく考えたが、「重大行動」をおこなうことには変わりがない。ただ、その目標は変わった。麻袋も必要なくなった。

手はずを書き記してから、計画を開始した。パソコンを立ち上げて、待っている間に例の大学助教に電話を掛けた。

「もしもし?」

「先生!」

「頼みがあるんだ。携帯やデジカメで撮った写真をパソコンに移して、ディスクに焼くにはどうしたらいいか、教えてくれ」

「先生ってば、ほんとになんにも知らないのね。ほんとに二十一世紀に生きてる人なのか疑わしいわ」

「うるさい。君はできるのか、できないのか?」

「馬鹿言わないでください。そんなの、小学生だってできますよ」

彼女が一つひとつ指示して、おれが一つひとつそのとおりに操作し、二時間の試行錯誤の末、ついに一枚のディスクが完成した。林と邱の待ちあわせの過程を撮影した写真ももちろん重要だが、添来が携帯で撮ったおれと周医師の面会の証拠が肝心だ。引き続き、おれはパソコンで匿名の手紙を書いた。

「邱様　ディスク内の写真をご覧ください。あなたがなにをやっているか、知っています。どんな方法でやっているかもわかっています。二十四時間以内に連絡してください。電話番号は、0922……です。電話をくれなかった場合、どんな結果になっても、あなた自身の責任です。注意：林氏と相談してはいけません。少しでも彼に話したなら、もうわたしに電話をくれる必要はありません。まっすぐ警察に行きます」

　最後に、送るものを厚紙の封筒に入れた。ディスクと脅迫状のほか、Bonsaiが林氏に送ったメールのコピーも同封した。あやしい「暗号」はすべて黄色の蛍光ペンで塗って目立つようにしてある。

　基隆路(ジーロンルー)と和平東路(ホーピンドンルー)の交差点の郵便局で、小包を速達で出した。宛先は邱嬢が勤める病院だ。この手はいわば、「その人の道をもって、還りてその人の身を治(おさ)める」（中庸集注）という作戦だ。彼女を思いきり、びびらせてやろう。郵便局を出ると、実に颯爽(さっそう)とした気分になって、二日酔いも消滅した。台湾の詩人瘂弦(ヤーシエン)の詩「アンダンテ・カンタービレ」に「優しさの必要／肯定の必要」と書いてある。それなら、「暗殺の必要」もある。そして、これはおれという野人からの献策だが、「強請りの必要」も付け加えておこう。しかし、快感は突然訪れ、突然去った。溽暑(じょくしょ)の六月の日和だというのに、なんの予感もなく寒気がして、ぶるっと震えがきた。突然、前に見たホラー映画を思い出した。そのタイトルを直訳すると「おまえが去年の夏なにをしたか知っている」だが、主な登場人物のほとんどが死んでしまうのだ（一九九七年のアメリカ映画。日本語タイトルは『ラストサマー』）。

　その夜、興奮もし、焦りもして、携帯がちゃんと充電されているか、スイッチがオンになっているか、何度となく確認した。そればかりか、疑心暗鬼になって、ドアや窓の戸締りを何度も確かめた。邱嬢がおれを亡き者にしようと殺し屋を雇ったのではないかと思って、本気で怖かったのだ。

一晩なにも起こらなかったが、まったく眠れなかった。次の日の朝、十時過ぎに電話が来た。

「もしもし、こちらは邱です」。その声は氷のように冷たかった。

「こんにちは。小包は受け取りましたか?」

「あなた、誰なんです?」

「それは実際にお会いしたときにお話ししましょう」

「いったい、どうするつもりなんですか?」

「……」。おれはわざと答えなかった。

「お金を要求するつもりなら……」

「金を要求するのかどうか、それも、会ってからの話にしましょう」

「いつです?」

「今日の昼、十二時半。もっとも、今日もあなたと林さんがなにかやる予定があるなら、別だがね」

「ありません」。おれのからかうような言い方が、彼女にはどうやらお気に召さないようだ。今このとき、彼女を笑わそうったって、趙本山（チャオベンシャン）師匠（中国東北の有名な漫才師）ご本人が出てきたって絶対に無理だろう。

「指示を守らないで、林さんに知らせたりしてないだろうね？」

「してません」

「ほんとに？　林さんのことは人に見張らせているからね、なにかおかしなことがあったら、すぐに知らせがくる。その場合はもちろん、今日のお約束はなしになるよ」

「ほんとに話してません」

「よし。それでは、忘れないで。八徳路（バーダールー）の台湾テレビのそばの社教館の向かいのＩＳコーヒーで」

「どうやってあなたを見つければいいの？」

「心配いらない。こっちが見つけるから」

5

約束の時間の四十分前に現場に到着した。以前、演劇界にいたころには、この近くの城市舞台（チョンシーウータイ）でおれの書いた芝居が何度も上演されたから、このカフェの造りも雰囲気もよくわかっている。人が多くて、広くて、今日のような場合にはぴったりだ。コーヒーを一杯買って、窓の近くの隅のテーブルを選んですわり、頭の中で繰り返し、これから釣り糸を放って魚を釣る手順を練習した。

外は三十六・五度の暑さだ。騎楼を歩いていく人たちは皆、はあはあ喘（あえ）いでいる。いかにも強請りにぴったりの天気だが、残念ながら、おれの目的は強請りではない。

十二時二十五分、邱嬢が自動ドアから入ってきた。手にはあの小包を持っている。あたりをきょろきょろ見回していたが、おれが手を挙げているのを見つけると、ゆっくり歩み寄ってきた。おれのことをじろじろ見ていたから、わざわざ立ち上がって、いくらでも見えるようにしてやった。

「なにか飲みますか？」

「けっこうです。さっさと話を……」

「いいでしょう。わたしの名刺です」

彼女は手を伸ばして、おれが差し出した名刺を受け取った。

「あなた、興信所の人？」

おれは返事をしなかった。今度、おれ様を興信所とごっちゃにするやつがいたら、すぐにテーブルをひっくり返して、「私立探偵と興信所の違い」について、ゆっくり講義して聞かせてやる。

「あなたを雇ってるのは誰？」

「わたしを雇っているのは……。林夫人だ」

それを聞いて、邱嬢のこわばった表情は瞬間的にやわらいで、顔色もだいぶよくなった。おれが強請り集団の一員でないと知って、よほどうれしかったのだろう。

「彼女はもともと、あなたと林氏が不倫関係にあると考えて非常に怒っていたが、あなたがた二人がたんに不倫の関係にあるだけでなく、手を組んで強請りまでやっているのを知って、当然のことながら、ますます怒っている。激怒のあまり、なにもかも暴露したがったが、わたしがなんとか説得して、思いとどまったところだ」。これはもちろん、大嘘だ。おれはまだ林夫人に調査の最新結果を報告してもいない。

「人聞きの悪いことを言わないでほしいわ。わたしと林さんは男女の関係なんかじゃないわよ」

「すると、犯罪の仲間というだけか」

「彼女はいったい、どうするつもりなの？　いえ、あなたはいったいどうするつもりなの？」

「彼女は金など欲しがってない」

「じゃ、あなたは？」

「わたしも金はいらない。わたしは私立探偵であって……。よく聞けよ。私立探偵なんだから、強請りなんかやらない」

すると、彼女は「それじゃあ、あんた方はいったいなにが望みなの？」という顔をした。

「一つだけ、知りたいことがある。あんたと林さんは、林さんの娘に偶然見られてしまったことがあるんじゃないのか？」

すると、邱は突然顔色を変え、赤くなったり、白くなったり、表情も目まぐるしく変化した。どういうことか、おれにはまったくわからなかった。

6

その日の午後、おれと林夫人は、あいかわらず毒々しく燃え盛る太陽を避けて、梨祥（リーシアン）公園の右側の榕樹（ガジュマル）の木陰の石のベンチにすわっていた。左側の児童遊戯エリアから、ときおり年寄りと孫たちの楽し気な笑い声が聞こえてくる以外、公園内はひっそりと静まり返っていた。おれがこれから話すことは、林夫人にとっては耐え難いことに違いない。閉ざされた空間だと雰囲気がますます重くなるが、ここなら広々として、人よりも木の方が多いから、きっと心を静めてくれるはずだ。「娘さんのことは心配いりませんよ」。おれはまずそう言って安心させてから、事の顚末を話し始めた。

「ご主人は健康保険局で、申告資料の監査を担当している。それはもうご存じでしょう。だが、これはもしかしたら、ご存じないかもしれないが、ご主人の担当地域は台北県（台北市を取り囲む県。現在の新北市）なんです。あるとき、だいたい一年半くらい前のことですが、ご主人は三重（サンチョン）市のある病院の提出した資料に疑わしいところがいくつもあるのに気がつきました。水増し請求の疑いもあるので、念のために、その病院の責任者にさらに補足資料を提出するよう求めました。すると次の日、意外なことに、邱という女性がその病院を代表して電話をかけてきました。邱という女性はこの病院の院長の姪であり、会計主任でもあって、保険料を計算して健康保険局に申請するのは彼女の最も重要な任務の一つです。邱はご主人に面会を求め、ご主人も了解しました。どうして、会うことに同意したのか、わたしにはわかりません。もしかしたら、そのときすでに、賄賂(わいろ)を受け取る気があったのかもしれません。途中経過は省略しますが、とにかく、彼は三十万の賄賂を受け取り、その病院の申請書は通りました。その後、邱はご主人に提案してきました。ふたりで手を組んで、県内のほかの医療機関から同じように賄賂を取ろうというのです。

二人はまったく完ぺきなコンビでした。邱は申請業務に精通しており、制度の抜け穴や、水増し申請の手口もよく知っています。一方、ご主人が取り扱うのは台北県内の各医療機関の申請書です。役所での階級も高いので、内部システムから機密の情報を引き出すこともできます。たとえば、患者の電話番号や住所などです。味をしめたご主人は邱の提案を受け入れ、一年余りの間に六カ所の医療機関を強請りました。六カ所というのは、邱がそう言っているのであって、もしかしたらもっと多いのではないかとわたしは思っていますが。二人は内と外で共謀し、ご主人が問題のある申請書を見つけ出して、邱がその書類をさらに調べ、確信がもてたら、その医院や医師に連絡を取ります。二人はまったくなんの心配もしていませんでした。強請られた医師たちの誰一人として、警察に訴え出る心配はないからです。二人があまり欲張らない限り(十万から十五万にしておいたようです)、すべてはうまくいっていると思っていたのです。唯一気をつけなければならないのは、「節制する」必要があるということです。申請書上で裏工作をする医療機関はあまりにも多い。捕まえようにも、捕まえきれないくらいです。ご主人も見つけるたびに、すべての医療機関を強請るわけにはいきません。ときには、不正を見つけた実績を作らなければなりません。そうしないと、上司から疑われますからね。

強請りの最初の段階では、邱も顔を出しません。まず、公衆電話から電話をかけて相手の様子を探り、相手の医師が引っかかってから、証拠を相手に送ります。相手が尻尾をつかまれたと思ってしまえば、あとはもう、邱の言うなりです。金額、支払いの方法、時間などは電話で決め、金を受け取る当日になって、初めて邱とご主人が顔を見せます。もともとご主人は最初から最後まで陰の黒幕でいて、自分の正体は明かさないようにしようと都合よく考えていたでしょう。しかし、強請られる医師たちだって、それほど馬鹿ではありません。なんといっても、台湾で最も勉強のできる精鋭たちが医者になっているんですから。彼らはご主人の方も実際に顔を見せなければ、金は払えないと言ったわけです。そうすれば、お互いに相手の正体がわかり、お互いに弱みを握り、お互いに保証を得られるというわけです。

人の目を欺くため、二人は取引の場所として、値段の高くない四流ホテルを選びました。ご主人は同僚に見られるのを恐れて、まずバスに乗ってから、車で迎えに来させる方法を考えつきました。邱の方は、そんな手間をかける必要はない、たとえ人に見られたって、せいぜい浮気をしていると思われるだけだと言ったそうですが、ご主人はこの点どうしても譲らなかったので、邱も従うしかありませんでした。二人がパソコンで連絡を取りあうときは、スカイプのBonsaiのアカウントを使って、音声なし、テキストだけの通信で、申請書の怪しいところについて話しあってから、目標を設定しました。ご主人は役所でデータをディスクに焼き、直接会ったときに邱に渡します、つまりですね、彼らは一匹の羊を殺すと同時に、次の羊を捕まえていたんです。ご主人のやることは慎重で、なんでも周到に考えており、毎日昼休みに外に出る際には必ず、新聞を持っていた。ときには、その新聞のなかにディスクが隠されていたわけです。

問題が起きたのは五月二十三日、つまり、それが娘さんの父親に対する態度が激変したきっかけです。その日、二人と強請りの相手は、深坑（シェンカン）のモーテルで会うことになっていました。すべて計画どおりに進み、取引が完了して、相手が先に出ていったことを確認してから、二人も出発しようとしていました。車に乗り込み、リモコンでシャッターを開け、邱が車を出して左に曲がろうとしたとき、叫び声が聞こえると同時に、あなたの娘さんが斜め向かいの半分開いたシャッターから飛び出してきて、ＢＭＷの前に駆け寄り、ボンネットを力いっぱい叩いて、泣きながら、『乗せてください！　お願い、ここから出して！』と叫んだそうです。邱はびっくりしてしまい、もちろんご主人も驚いて、二人できょとんとしていると、娘さんが突然、車のなかにいる男性が自分の父親だと気づいたらしい。ご主人は無意識のうちにドアを開けようとしましたが、娘さんは出口の方に走っていって、二人の車がホテルの門から出たときには、すでに姿が見えなかったそうです。邱の見たところでは、娘さんは、着ているものも乱れていなかったし、なにごともなかっただろうと言っていました。それに、そこを去る前に、ご主人が警備員に聞いてみると、警備員は、娘さんはほんの五分ほど前に男の運転する車で到着したばかりで、まさか、すぐ後に必死になって柵を越えて出ていくとは思わなかった、タクシーに飛び乗っていなくなった、と答えたそうです。

その後、娘さんは父親が母親に隠れて外で浮気していると思ったわけですが、本当のことを言えるはずがない。自分がどうしてホテルになんか行ったのか、それを言わなければならなくなるからです。同様に、ご主人の方も、あなたや娘さんに正直に言えるはずがない。この一年余り、汚職をしていたことをあなた方に知られたいはずはないからです。理解できないのは、そんなことがあってからも、なぜ、ご主人が強請りをやめなかったのか、なぜ、しばらくの間だけでもやめておこうと思わなかったのかです。邸に聞いてみたら、林さんはもう中毒になっている、やめようにもやめられないのだ、と言っていました。中毒ってなんの中毒だ、犯罪の中毒なのかと聞くと、彼女は、林さんの心のなかには植物しかいない、もうすっかり植物にとりつかれているのだ、と答えました。おそらく、彼が最初に邸からの三十万を受け取ったのも、その後、彼女と共謀して犯罪に走ったのも、すべて金のためだと思いますが、本当の目的は金ではない、彼が欲しかったのは別のものです。彼はその金を温室の設備を改善したり、最高級の盆栽を買ったりするのに使ったのではないでしょうか」

探偵として人生で最初の事件は、これで決着した。だが、事件解決の喜びは、林夫人がはらはらと流す涙に流されて、跡形もなく消え去ってしまった。

第七章　ほんの微かな、しかし、無視することのできない変化

1

事件が解決して二日、林夫人からはまったく音沙汰がなかった。どうしているか、気になったが、我慢して、邪魔しないようにした。三日目、携帯にショートメールが来て、「お知らせいただいた口座に費用を振り込みました。ご確認ください」とあった。おれはこう返信した。「ありがとうございます。大丈夫ですか？　助けが必要なことがあったら、いつでも電話をください」。数分後に返事が来た。「なんとかできます。ありがとう」

それから、また数日、連絡がない。

2

この世紀はまだ若いが、世界はすでに老いている。

自分たちがどんな時代に生きているのか、正確に形容できる者はいないだろう。文字にすること自体、本質から隔たってしまうことになるし、おれたちはまさにこの時代の息吹を呼吸していて、この時代とともに腐敗しつつあるからだ。

どこかの変態がおれのこめかみに銃を突き付けて、二十一世紀はどんな時代か説明してみろと脅迫したとしても、おれはただ、ホラー映画の『ソウ』シリーズを例にとって、まだやっと過ぎたばかりのこの十年だが、どう見てもすでに敗色が濃く、偉大な時代にはなりようがないとしか言えないだろう。

おれは映画を見るのが好きだ。特にアクション映画が好きで、ちょっとでもよさそうな刑事ものは見逃さない。あえて言っておくが、おれがいいと思わない映画はどれも見るに値しない、くだらない映画ばかりだ。ミステリー映画、サスペンス映画、スパイ映画、武俠映画、ＳＦ映画、どれも好きだが、あんまり好きじゃないのはホラー映画と怪談映画だ。『ソウ』が発表されて間もない頃、おれはＤＶＤのカバーを見ただけで、どこかの廟に行って収驚（シウキアン）（危険や恐怖のせいで魂が飛んでいってしまった人のためにおこなう霊（たま）鎮（しず）めの儀式）をしてもらいたくなった。だが、ある日、一人の大学院生がこう言った。「先生、『ソウ』見た？　あの映画は必見ですよ！」。演劇専攻の優秀な院生が「必見ですよ」と言うからには、見てみるべきだろうと考えたおれはＤＶＤを借りて帰った。見終わった後は死ぬほど後悔して、あのバカ学生を呪い、罵り、何日も灯りを消して寝ることができなかった。それは二〇〇四年のことだった。六年後には『ソウ』の第七部まで出ていた。七作合計の製作予算は四八〇〇万米ドルだったが、興行収入は七兆二八八三万三六二八ドルに達した。どう考えても、儲けすぎだ。儲けたやつらは、銀行に行くときも、笑いが止まらなかっただろう。

『ソウ』シリーズは虐待と虐殺の限りを尽くす映画で、ストーリーのすべては恐ろしく頭がよくて冷血な「黒幕（マスターマインド）」というべき、犯人によるものだ。この黒幕は精密な殺人手段を計画して、その過程で登場人物を一人ひとりなぶり殺しにする。おれがなんで知ってるかって？　無理やり第一部を見終わった後、このシリーズを蛇蝎（だかつ）のごとくに嫌っていたが、どういうわけか、なかなか忘れることができなかったからだ。誤解してもらっては困る。別に、映画のなかのＳＭシーンに無意識のうちに夢中になったわけではない。あの映画はまったく、意識を洗浄したり、昇華させたりする役割を果たさない悪夢のようなものだ。だが、それにもまして、あの映画には秘密の暗号を隠した末世の予言が隠されていて、おれの解読を待っている気がするのだ。だから、おれはなんとなく、自分がここ数年、心のなかに抱え、育んできた厭世観とこのシリーズとの間に強い関連性があるような気がしている。

五年後のある夕方、おれはまるで悪魔と契約してしまったかのように、亜芸影音（ヤーイーインイン）（貸しＤＶＤ店）から、その後出ていた五作の映画を全部借りてきた（３Ｄ映像でますます血腥（ちなまぐさ）い第七作の『ソウ　ザ・ファイナル３Ｄ』はまだ出ていなかった頃の話だ）。下を向いて、パソコンでおれの受付をしていた店員は目じりを吊り上げてこっちをちらっと見ると、口の端をちょっと上げて嘲笑（あざわら）い、「すげえな！」と言った。そうだ。ソウ・マラソンだ！　今夜はおれとあの邪悪な魂との一対一の対決だ！　しかし、残念ながら、おれは一時間と持ちこたえられず、敗北した。『2』は三分の一ほど見ると、パソコンのスイッチを切って降参した。『3』はたった十分で、「もう、やだ」と叫んだ。『4』、『5』、『6』については言うまでもない。

　多くの学者が心理学の観点から、人はなぜホラー映画を見たがるのか、解釈を試みてきた。これまで提起されてきた理論は例外なく、アドレナリンが急速に疾走する快感とマイナスのエネルギーの解放を理由にしてきた。だが、おれはこう考えずにはいられない。『ソウ』があれほど人気を博したのは、もっと恐ろしい理由によるものではないだろうか、と。今はきっと吸血鬼の時代なのだ。人々はますます血を好むようになって、すでに救いようのないところまで行ってしまっているのではないか。きっと、ハリウッドの映画産業の内部には、あの冷血極まりない犯人のようなやつらがいて、この上なく冷笑的なずる賢さで、残虐な拷問のための暗黒の地底洞窟を一つひとつ作りだし、その道徳の欠如した煉獄のなかで、観客たちに自虐と虐待の変態趣味を思う存分楽しませているのだ。こいつらにも名前はあるのだが（プロデューサー、監督、脚本家……）、たいていの場合、彼らの顔は曖昧模糊として定まりがなく、去っていく者もいれば、新しく来る者もいて、前の者が倒れれば、後の者がそれを乗り越えていく。永遠に変わらないのは、ハリウッドという名前のマシンであるに違いない。このマシンこそが本当の黒幕（マスターマインド）なのであって、神々に代わってベバリーヒルズに君臨しているのだ。『ソウ』の人気から、ハリウッドのやり方がますます悪辣になり、観客の好みがますますひどくなったことがわかるだけでなく（わかっていない人などいないだろう）、かつては地下で流通していた異色の娯楽が今では表に現れて、すでに主流になったことがわかる。それを考えると、おれは恐れおののかずにはいられない。おれたちはきっと魂（たましい）のない時代に生きているのだ。その啓示は弔いの鐘のように響き、おれは愕然として目覚めた。自分はこの年月、まるで映画のなかの間違った振る舞いを繰り返す自分勝手な人物たちのように、魂も精神もない日々を過ごしてきたと悟ったのだ。同時にまた、自分と家族や友だち、世間との間にどうにも乗り越えようのない大きな溝ができてしまっていることにも気づいた。感情は枯渇し、意識は逸脱している。この年月、おれは心を鬼にして強者になり、無欲にして冷淡な態度でもって、感情的で偽善的な世界に反撃し、まったく表情のない眼差しで怒りの火を発射し、その火の及ぶところすべてを焼き尽くしてきた。それが妻であっても、友人であっても、罪のない他人であってもだ。この年月、おれは俗世の汚れに染まらないことこそ勝利なのだと一人で自惚（うぬぼ）れていたのだ。つまり、自分こそがマスターマインドのつもりでいたのだ。

　林某の事件は、不思議な話とか、複雑に絡みあった話とかいうほどのものではないが、彼の妄執はおれに『ソウ』を思い起こさせる。そこにはなにかの道理があるような気がするのだが、自分もその霧のなかに身を置いていると、はっきりその糸口を見出すことはできない。おれの限られた理解では、林氏が植物を彫刻し、自然をコントロールすることによって、自分のものにしたいと思っていたのは抽象的な美意識なのかもしれない。林夫人がこう言ったのを覚えている。鵝鑾鼻（がらんぴ）フィカスは隠頭花序の一種であり、花は深く隠れて姿を現さない。林氏も自分ではその隠頭花序のようなつもりでいたのかもしれない。書斎のあの盆景は、秘密の花園のなかの最高級の盆栽と比べると、みすぼらしくさえ見える。もしかしたら、鵝鑾鼻フィカスは目くらましの役割を果たしていて、林氏は世俗的な目に映る平凡な美によって、もっと深いところにある、名状しがたい優越感を隠していたのかもしれない。

林某の行為は、おれの目下の境遇とあるかなきかの関連があるような気がしてならない。だが、それ以上考えるのは面倒だからやめた。これだけはとっくにわかっている。すべての兆候が考えてみる意味のあるものではないし、すべての召喚がそれに応える価値のあるものでもない。

3

死人の街での暮らしにはほんの微かな、しかし、無視することのできない変化が起きていた。

おれの生活圏は日ごとに外に向かって拡大し、自ら着込んでいた保護膜は一枚一枚脱ぎ捨てられ、俗世との関係を断つという当初の志におおいに背く結果になっていた。深山にでも籠（こも）らない限り、こうなることはわかりきっている。だが、もし深山に隠遁していたら、おれはきっと発狂して死んでいたに違いない。これについては、妻はとっくに看破していた。最後にゆっくり話しあったとき、こう言われた。あなたは人類を憎んでいるくせに、それでも人といっしょにいることが必要な、そういう哀れな人種なのよ、と。

一日中疑心暗鬼になっているのはよくないと添来に言ってやりたかったので、酒を飲もうと誘ったところ、あにはからんや、添来は夜に妻を一人家に残しておきたくないと言って、おれの家の近くのビアホールに嫁さんも連れてきた。なんだか、妙なことになった、おれはなにも婚姻コンサルタントなんかをやりたいわけではないから、気分を変えて、この夜の集まりをおれと添来という完ぺきなコンビの祝賀宴会とすることに決めた。

阿鑫（アシン）にも電話して、来いと言ったら、ダメだ、今日は女房が珍しく早く帰ってくるから、家でおとなしくしていないといけないと言う。それなら、家族全員で来い、おれの奢（おご）りだと言ってやった。阿鑫の所からは通り何本か隔たっているが、阿鑫が大急ぎでシャッターを閉める音が聞こえたような気がした。

まもなく、二組の夫婦、それにおれ、二人の子どもがテーブルを囲んだ。こうなったらもう、心ゆくまで飲み食いしないわけにはいかない。添来と阿鑫は話してみると意気投合していたし、阿鑫のかみさんと添来のベトナム人の嫁さん小徳（シャオダー）も気が合うようだった。おれと小慧（シャオフイ）、阿哲（アジャー）はもとより仲良しだから、三人で無邪気に大騒ぎした。小徳は確かに添来の言ったとおり、「すごく若くて、すごく美人」だった。台湾語も少しはわかるし、標準中国語はもうすっかり覚えていて、日常会話に不便はなかった。

「ねえ、小徳」。阿鑫のかみさんが突然言った。「あなた、働く気はない？　うちの火鍋屋に来て手伝わない？」

おれはわけがわからずに阿鑫のかみさんの方を見て、それから阿鑫の方を見た。阿鑫のかみさんの実家の火鍋店は今にもつぶれそうだと聞いていた。新しく人を雇う余裕なんてあるんだろうか？

「最近、食べ放題にしたら、お客さんがすごく来て、忙しくて大変なんだよ」。阿鑫がおれの疑問を察したらしく、そう説明した。「それに、子どもらも大きくなったから、母親がもっと面倒見てやった方がいいんだ。あんたが手伝ってくれるなら、女房が家にいられる時間も増えるからね」

「どう？　興味ある？」。阿鑫のかみさんが再び聞いた。

「やってもいい？」。小徳がはにかみながら、添来の顔を見た。

添来は微笑んだだけで答えなかったが、嫌がっている様子でもなかったので、おれは成り行きに従って、横から応援してやった。「いい考えだよ！　添来、おまえが出勤するときに小徳を送ってやって、仕事が終わって夜家に帰るときに迎えにいけば、ちょうどいいじゃないか」

「そうかな。どう思う？」。添来が小徳にたずねた。

「やってみたい。うまくできるかどうか、わからないけど」と小徳は答えた。

みんなで小徳の決心に乾杯した。何度も乾杯した。

酒が一巡するたびに、おれは騎楼に立って煙草を吸い、外から中にいる阿鑫たちを見ていた。ときおり、心のなかに、自分では認めたくもないし、受け入れたくもない感動が沸き起こってきた。こういう画面こそ、おれが唾棄（だき）してきた世界の側面ではないのか？　また、ときおり、わけがわからず不安にもなった。家庭の束縛を逃れ、人とのしがらみを断ったのに、それもみな、この場面に感動するためだったというのか？　おれは一体どういう心もちで、これまでの年月、傲慢に人から距離を取って、感動を否定し、心の外に追いやってきたのか？

「騎楼で煙草を吸うのは違法だぞ。知らないのか？」

振り返ってみると、私服に着替えた陳警察官殿だ。

「それじゃあ、逮捕すればいいさ！」

「公金の無駄遣いだ。飯も食わせなきゃならないし、泊めてやらなけりゃならないし」

「おまえが泊めてくれるのか？　気持ち悪い！」

「ほんとに、元教師だって信じられないな」

「そうだ、あの二つの事件……。あれから、どうなった？」

「全面的に箝口令だ」。小胖は人差し指を唇に当てて言った。

「言わないなら、罰として駆けつけ三杯だ。飲んでいけ。嫁さんも呼ぶか？」

「なにが嫁さんだ。おれ様はいまだに独り身だぞ」

「操を守るは誰がため？」

「うるさい。酒を飲もう！」

「みんな、友だちを紹介するよ」

酒が強くて、酒拳も得意な小胖が加わって、座はますます賑やかになった。

4

十日後、林夫人がやっと電話をしてきて、犁祥公園で会いたいと言った。

おれたちはまた、あのガジュマルの木の下の石のベンチにすわった。公園の様子も前と同じで、左側の遊戯エリアからひっきりなしに年寄りと孫の楽しく遊ぶ声が聞こえてきた。

「彼は出ていきました。あなたが真相を話してくれた日の三日後、わたしは娘をわたしの実家に連れていって、それから家に戻って彼の帰りを待ちました。夕方になると部屋の電灯を消して、屋上の作業部屋に上がって、灯りもつけずに暗い所にすわって待ちました。暗闇のなかで、彼が家に入ってくる音が聞こえて、だいたい十分後、屋上に上がってきてドアを開けました。わたしに気づいて彼は本当に驚いていました。わたしは彼を怯えさせようと思ったんです」

「林夫人（さん）、そんなことをするのは危険でしたよ」

「わたしはもう林夫人じゃありません。わたしの名前は陳婕如（チェンジエルー）です」

「陳小姐（シャオジエ）、こんにちは」。言い終わった途端、自分でもバカみたいだと思った。

「彼は真っ青になって言いました。なんでこんな所にいるんだ、って。わたしは黙っていました。彼がいつになったら、娘はどうしているのか聞くだろうかと思ったんです。彼は娘のことは聞きもしませんでした。わたしも長く待たずに、いきなり言ってやりました。あなたが邸さんって人となにをしてるか、わたしは知ってるのよ、って。それから、あなたが調べてくれたことを全部話して、話し終わると証拠の書類を床にぶちまけました。彼はそれを一枚一枚拾って、信じられないという顔で見ていました。最後に、顔を上げて、恨みがましい目つきで言いました。人を雇って調べさせたのか、って。わたしはうなずきました。すると、ほかに誰が知ってるんだ、と聞くので、今のところはほかに知ってる人はいない、今のところはね、と言いました。そのとき、わたしは突然感じたんです。人をいじめるゲームは楽しいけど、自分もすごく疲れるなって。だから、単刀直入にこっちの条件を言いました。全部で四つです。忘れると困ると思ってメモしておいたんですけど、そのときは忘れていなくて、わたしはすごく落ち着いていました。彼に言いました。第一の条件、今すぐ離婚したい。第二、マンションはわたしの名義にして。第三、あんな卑劣なことはいますぐやめて。最後に、娘に嘘をついてほしいと要求しました」

「どんな嘘を?」

「そのことは随分考えたんです。最初は娘にも、なにがあったか、全部知ってほしいと思いました。でも、真相を知ったら、娘にはショックが強すぎると思ったんです。わかっていただけますか? パパにはほかに好きな人ができたということと、パパが犯罪をおこなっていた、しかも、自分の娘より植木の方が大事だと思っていたこととではまったく違います。娘には耐えられないことだと思います。だから、嘘をついてくれと言ったんです。娘に手紙を書いて、愛人がいたことを認め、ママとは別れる、おまえには申し訳ないと言ってほしいって」

「わかります」

「彼がまだぐずぐずしていたので、わたしは……。そう、言うのを忘れてましたが、屋上に上がるとき、証拠の書類のほかに消火器を持っていったんです。安全ピンもはずしておきました。彼がまだ言い逃れをしたり、言い返そうとしているみたいだったので、ますます頭に来て、自分の後ろに隠してあった消火器を持ち上げて、ホースをテーブルの上の盆栽に向けて発射しました。彼は叫び声を上げて、わたしに飛びかかろうとしたので、わたしはホースを彼の方に向けましたが、それでもかかってこようとするんです。しかたがないので、少し後ろに下がって、ホースをほかの盆栽に向けました。そうしたら、彼はやっと立ち止まって、お願いだから、やめてくれって泣きそうになって言いました。そのまま何秒か、二人で固まっていました。消火器の泡の臭いがきつくて吐きそうになりました。わたしは、彼が理性を失ってしまうんじゃないかと怖くなって、あわてて言いました。じたばたしても無駄よ、妥協の余地はない、言うことを聞かないなら、下で待ってるあなたが……」

「え？」

「ええ、あなたが下にいるって、わたし、嘘をついたんです」

「そんな大胆なことを……。知っていたら、本当に下で待っていたのに」

「その必要はないわ。彼に言ったんです。全部の条件をのまなきゃダメ、でないと、あなたが証拠を警察に届けるからって。そうしたら、とうとうあきらめたみたいで、力が抜けたみたいに床にすわりこんでいました」

「まったく、危ないことをしましたね」

「もう大丈夫。彼はもう出ていきました。あの憎らしい植物たちもいっしょに引っ越していったわ。今はやらなければならない手続きをどんどん片づけているところです。でも、彼が本当にもう強請りはやめるかどうか、それはわからないわ」

「証拠を人に握られているんだから、もうやらないと思いますよ」。そうは言ったものの、確信はなかった。

「娘さんは？」

「その話はまた今度にしましょう」

「今話してもいいでしょう？」

「そうね。夫が引っ越していってから、娘に手紙を渡して、自分の部屋でゆっくり読んでと言いました。まもなく、部屋から出てきて、わたしと抱きあいました。ちょっと落ち着いてから、娘に言ったんです。涙を流しながら、ホテルで起きたことをもうパパから聞いたって。そうしたら、娘はますます泣いたので、小さいときと同じように抱いてやって、そっと揺すりながら言いました。大丈夫、どんなことが起きたとしても、もうなにも心配いらないからって。すると、娘は言いました。なにごともなかったんだけど、ただ、自分があんまりバカで恥ずかしいって。それから、あの日一体なにがあったのか、少しずつ、少しずつ、話してくれました。

娘が通っている学校のそばにファストフードの店があるんです。授業が終わって家に帰る前に、よくお友だちとその店に行って、ポテトを食べたり、飲み物を飲んだりしているんですけど、そこに行くたびにほとんどいつも、大学院生みたいな感じの若い男を見かけていたそうです。その男はいつも原書を何冊かテーブルの上に並べて、本を読みながらノートを取っていたり、たまには顔を上げて隣のテーブルにすわっている女の子たちに黙って微笑みかけたりしていたそうです。ときには、その男と同じテーブルにすわって、英語を教えてもらったりしている子もいたそうです。あるとき、娘がたまたま、お友だちといっしょではなくて、一人でいたときに、その男が話しかけてきて、英単語の暗記の秘訣などを教えてくれたそうです。娘はその男のことをまったく怪しいとは思わず、親切なお兄さんだと思って、だんだん好きになったのだそうです。

　あるとき、娘はその男に言ったんです。来週の火曜日、それがちょうど五月二十三日のことなんですけど、学校の創立記念日なので、生徒は午後は休みになって図工の材料を買いにいくことになっているって。すると、その男は、そのときにみんなとは別に遊びに行こう、車で郊外に連れていってあげたいからと言ったそうです。娘は最初はためらっていたけど、だんだん行きたくなって……。それから後はご存じのとおりです。重要なのは、なにごともなかったっていうこと。男があの深坑（シェンカン）のモーテルに車を乗りつけたとき、娘はびっくりして、大変なことになったと思い、シャッターがすっかり閉まる前に外に飛び出したんだそうです」

「娘さんはどこの中学校？」

「いったい、どうするつもり？」

「ちょっと聞いてみただけですよ」

陳婕如は娘の通っている中学校の名前を言った。

別れる前、彼女はおれと握手して、ありがとうと言った。一歩一歩、彼女の姿が遠くなるのを見ながら、心のなかで、なんだか文の終わりにピリオドを付け忘れているような引っ掛かりを感じた。

しばらく考えてから、行動を起こすことに決めた。携帯を出して、添来にかけた。

「明日、暇あるか？」

「おう、何時だ？」

5

午後四時二十分、中学校の授業の終わる三十分前、おれと添来は林家の娘の学校と同じ通りにあるファストフード店の二階にいた。この店で間違いないはずだ。近くにハンバーガーやポテトを売ってる店はほかにない。到着する前に、添来には林家の娘の災難について話した。添来は怒って、その畜生めを取っ捕まえようぜ、と言った。おれはちゃんと調べてきたので、人違いをする心配はない。林夫人を、いや、陳婕如を心配させるのはいやだったから、別の筋から情報を入手したのだ。

「おれを覚えてるかな？　邱宜君（チウイージュン）さん」

「いったい、なんです？」。彼女が検察の次ぐらいに関わりたくないと思っているのが

「あんたたちが林さんの娘さんに見られたとき、彼女を乗せてきた車を見たかね？」

「なんなんですか？」

「教えてもらいたいことがあってね」

おれだろう。

「車種はわからないけど、とにかく、赤い車だったのは確かよ。ラインがくねくねして、車体が低くて、スポーツカーかも」

「…………」。答えたくないのか、それとも、覚えていないのか。

「確かか？」

「少なくとも、色だけは絶対確か」

「ありがとう」

「呉さん、わたしと林さんのことだけど……」

「もう、あんなことは止めたんだろうな？」

「やめたわ。ほんとよ。林さんはもう、わたしとは関わっていないの。絶対に連絡してくるなって言われたわ」

「止めたんなら、それでいい」。おれは半信半疑だったが、そう言った。

実を言うと、おれは二人を告発する気になれなかった。彼らが強請った相手もどうせろくなやつらではないし、悪人が悪人を強請っていたのであって、本物の被害者がいないからだ。それに、おれは証拠の資料を全部、陳婕如に送って保管させてから、自分のパソコン、携帯、カメラからはあらゆる記録をすっかり削除してしまった。

二日間、見張ったが、怪しいやつは見つけられなかった。

「その畜生めはもしかしたら、悪事の拠点をいくつも持っているのかもしれないな」。添来が憂鬱な顔をして言った。

「そうかもしれないが……」。おれは反論した。「こういう変態野郎はたいていは臆病者だ。ちっちゃいアレよりもっと、肝っ玉が小さいんだ。普通の人と比べて安心感がもてないから、習慣を大事にすると思う。毎日違う場所で狩りをするってのは、なさそうな気がするんだ。やつはきっとここにまた来ると思う。いつになるかはわからないが……」

変態野郎を見つけるための張り込みを始めて四日目だった。おれは見つける自信があったから、すぐにそいつが怪しいとわかった。年は二十五前後で、半袖のシャツにジーンズ、髪の毛は長めだがきちんと整えていて、黒縁の眼鏡をかけている。テーブルの上にはノートパソコンを置いて、お膳立ても整っている。だが、そいつが偽大学院生だということはわかりきっている。おれが知っている大学院生はたいてい貧乏だ。車で女の子をひっかけたりできるはずがない。なによりぼろを出していたのは、見せびらかすように置かれていた四冊の英語の原書だ(なにげなくそいつのテーブルの横を歩いて、さっと見てきた)。四冊の本は四つの別々のテーマ、物理、化学、数学、英語の本だった。ルネッサンスの時代はとっくに終わっている。今時の大学院生があんなに広範囲に博学である必要はない。あの本はたんなる餌だ。

五時を過ぎると、男女の中学生の一団がトレーを捧げ持って、ぞろぞろ上がってきた。

ファストフード店は一瞬のうちに農場のようになって、ガーガー、ピーピーいう声でうるさくなった。

台湾はアメリカ発のファストフード文化をすでに根本から変えてしまった。アメリカ人にとっては、ファストフード店は文字どおり、さっさと食べてさっさと帰る場所であり、レジャー活動や打ち明け話、華麗なる文学の構想を練るなどの行為とはまったく関係ない。しかし、台湾ではファストフード店は人々に居心地がよくて去りがたい場所を提供している。本を読む者もいれば、新聞を読む者、居眠りをする者、無駄話をする者、デートする者、白昼夢に耽(ふけ)る者、女の子をひっかける者、援助交際の相手を探す者、あげくの果てには子どもを誘拐する者たちまでいる。十数年前、耳を疑うような誘拐のやり口の噂が広く伝えられて、全台湾の子どもをもつ親たちを震撼させた。人買い集団がファストフード店の幼児向けプレイエリアから小さな子どもを盗んでいくというのだ。そいつらは大人の注意がそれた隙に、麻酔薬を浸み込ませた布で子どもの口を覆い、後ろから抱きかかえて、素早くトイレに連れ込む。仲間に見張りをさせておいて（どちらも家庭の主婦のような服装の女だ）、トイレで子どもの服を着替えさせ、カツラも被らせる。数分もかからずに、作戦は完了だ。それから、誘拐犯は昏睡している子どもを抱きかかえてトイレから出ると、なにも気づかない親の前を通り過ぎ、さっさと店を出て、悠々と去っていくのだという。そんなことができるものか、と初めてその噂を聞いたとき、おれはつぶやいた。だが、話した人がまるで自分で見てきたように話したので、信じないわけにはいかなくなった。

獲物が視界に入ってくると、変態野郎は落ち着きがなくなった。キーボードを叩くふりをしながら、隣のテーブルの三人の女生徒の方をちらちら見て、しばらくその子たちの話を盗み聞きしていたが、突然、微笑を浮かべて話しかけた。あまり賢い手とは言えないが、効果はあったようだ。女子中学生のうちの一人は、やつの意図を見抜いたのだろう、不愉快な顔をして目を背けたが、あとの二人は返事をして、やつとおしゃべりを始めた。まわりがうるさいので、会話の内容は聞こえないが、どうやら、勉強に関することのようだ。野郎は一冊の本を抜き出して、女生徒の一人に手渡した。女の子はページをぱらぱらめくって見てから、本を返した。それから後は、やつの方から女の子たちに話しかけることはなく、ノートパソコンに集中しているふりをしている。その冷静な様子には感心せざるを得ない。三人の女子中学生が去っていくとき、さっき、やつの本を見ていた女の子がわざわざ「さよなら」を言っていった。これで、接触の第一歩は成功したというわけだ。

三十分ほどたつと、生徒たちは次々に帰りはじめ、店のなかは静かになってきた。野郎がテーブルの上を片づけ始めると、おれがまだなにも言わない先から、添来が立ち上がって、すでに階段の方に向かっていた。

やつは自分の車を停めた場所までいくと、ドアを開けて車に乗り込んだ。真っ赤な安物のスポーツカーだ。これで百パーセント間違いない。こいつに決まりだ！　やつの車が駐車スペースから動き出したとき、添来のタクシーがちょうどやって来た。さすがに大同電気鍋みたいに頼りになる。

「さあ、次はどうする？」。尾行しながら、添来が聞いた。

「ちょっと考えさせてくれ」とおれは言った。

赤い車は士林（シーリン）の堤防のそばの古い住宅地に入って、狭い横丁に停まった。まわりはみな、古いマンションばかりだ。

「どうする？」添来がまた聞いてきた。

「見張りをしてくれないか？」

「見張りって、どういうことだ？」

添来の言うのを聞き終わらないうちに、おれはリュックをつかんで車を降り、赤い車の主に近づいていった。添来は十数メートルの距離を保って後についてきた。おれはリュックからサファリハットを出して被ると、帽子の縁を低く引っ張り下ろした。それから、懐中電灯を取り出した。そして、あの野郎が鍵を取り出して、マンションの建物の入り口のドアを開けようとしたとき、飛び出していって、懐中電灯でやつの後頭部を力いっぱい殴り付けた。どうして、懐中電灯をいつも持っている必要があるのか、自分でも今になってわかった。懐中電灯の先の丸い部分が割れて取れ、ガラスの破片が飛び散り、野郎は声を上げて倒れた。混乱のなかで背後から驚く声が聞こえた。おれが突然やつを攻撃したので、添来がびっくりしたのだろう。野郎が頭の後ろをさすりながら、立ち上がろうとしたので、おれは後ろから首を絞め、ずっと、ずっと絞め続け、反撃する力がないと確信できてから、やっと放してやった。

「人殺し！」。女性の鋭い叫び声がして、ドアをバシンと閉める音がした。

「いいか、よく聞け！」。おれは息を切らしながら言った。「おまえはいつもファストフード店に行って、未成年の女の子をかどわかしてはホテルに連れ込んでいただろう？」

「なんだって？」。やつはすでに意識を回復していた。

「そうだろう？」。おれは半分残った懐中電灯を振り上げて、もう一度殴る構えをした。

「もう殴らないで。お願いだ！」

「そうなんだな？」

「はい」

懐中電灯をやつのズボンの股に力を込めて突っ込んでやると、怖がって泣き出した。近所の人たちが何人か集まってきた。そのうちの一人が出てきて、なにか言おうとするのを、添来が押しとどめた。「没代誌（メイダイジ）、没代誌（だいじょうぶ、だいじょうぶ）。わたしがもう警察に知らせました。あとは警察に任せましょう」

なんて頭のいい手だ！

「おまえの住んでる場所はわかったぞ」。やつのリュックから革の財布を出し、身分証明証を見つけ出した。「名前もわかった。これからもずっと監視してるからな、また、あんなことをやろうとしたら、すぐ警察に知らせるぞ！　おまえは親といっしょに暮らしてるんだろう？　今から上に行って、親のいる所で話をしようか？」

「やめてください。お願いです。もう二度としません。誓います！」

車に乗った後も、胸が詰まって酸素が足りない感じがした。吐きそうになるのを無理やり我慢した。

「大丈夫か？ 心臓の音がここまで聞こえるぞ」。添来は車を走らせながら、おれの方を見た。

返事ができなかった。ちょっとでも口を開いたら、酸っぱいものを一気に吐き出してしまいそうだった。全然、大丈夫なんかじゃない。おれは生まれてこの方、一度もケンカをしたこともないし、人に暴力を振るったこともなかったんだから。

そういえば、今でも忘れられない出来事がある。一九九五年、おれは印刷したてのほやほやの博士号の証書を持って、母校に職探しに行った。まず見込みはないという予感はしていた。着任したばかりの学部主任はおれを教えたことのある教師で、おれにあまりいい印象はもっていなかった。おれの方も、彼の授業にいい印象はもっていなかった。それでも、我慢して面接に行った。予想どおり、その教師はおれにかまってくれる気さえなく、ただ、「今は欠員がないから」とだけ言って、おれを追い返した。面接といっても、十分もかかっていなかった。わざわざ屈辱を受けにいったようなものだ。憤懣（ふんまん）やるかたない思いで、あてもなくキャンパス内をさまよい、理学部の食堂から文学部の池（グイツ）まで歩き、大講堂の前を過ぎた。学内巡礼の旅を終えると、裏門から大学を出て、貴子路（ルー）を歩き始めた。

貴子路は大学時代に部屋を借りて住んでいた所だ。あの通りの周辺で勉強し、マージャンをし、恋愛し、失恋した。あの界隈で人生初めての詩を書き、童貞を失った。どんどん歩くうちに、昔の大家のことを思い出した。その人はおれたちが「老芋仔（ラオアア）」と呼ぶ、大陸から来た元兵隊だった。かなりの年なのに、奥さんは若くて美人だった。夫婦は二階の部屋を学生に貸し、一階で食料雑貨店を営んでいて、商売は繁盛していたが、無責任な噂も広まっていた。男子学生がこの店でインスタントラーメンを買うのは、奥さんの顔を一目見たいからだとか、男がこの店で煙草を買うのは奥さんとおしゃべりしたいからだとか、老芋仔が仕入れのために出かけているとき、奥さんはそれをいいことに……などなど、後から考えてみると、そんなのはすべて、おれたち悩める童貞男たちの幻想が作り出したたわごとに過ぎないのだが。

大学のまわりの景色はすっかり変わっていた。店が建ち並び、田圃は消滅し、おれが一度酔っぱらって落っこちた臭いどぶ川も跡形もなかった。いったい自分はどこにいるんだろうと思うほどで、やっとのことであの食料雑貨店を見つけた。奥さんはいたが、旦那の方はいなかったから、おそらくもう極楽に行ってしまったんだろう。奥さんも年を取って、肌も昔のつやを失っていた。店の様子も変わっていて、昔より明るく広い感じになっていたが、左側の窓寄りの壁の前に、以前はなかったゲーム機が一列並んでいた。昼過ぎの学生たちはまだ授業中の時間で、店内はひっそりとしていたが、若い男が一人、真剣にゲームをしていた。おれは奥さんから煙草を買うと、その男の後ろに行ってゲームの様子を見始めた。煙草を吸いながら見ていると、そいつは神技のように次々に襲いかかる敵を倒していく。今まで一度も見たことのない変なゲームだった。「失せろ！」。男は振り返りもせずに、いきなり言った。時間が止まり、おれは動かなかったが、脳みそはひどく動揺していて、こいつをぶちのめして、縁起の悪い今日一日の憂さ晴らしをしたいという衝動を感じた。こいつはおれより若いし、体つきもたくましいから、殴り合いは不利だ。勝つには、後ろから突撃して、首を絞め、動けなくなるまで絞めてやるのが唯一の方法だ。そう思ったら、ぞっとした。なんとおれは頭のなかで人を殺してしまった。

おれはなにも言わずに、背を向けて歩き去った。「失せろ！」から、おれが歩き去るまで、十秒とたっていなかっただろう。貴子路を歩きながら、涙が止まらなかった。尻尾を巻いてすごすご逃げ出したことが悔しかったからでもあるが、その一方で、自分が人を殺そうという考えをもったことに驚き震えてもいた。

ついさっき、あの変態野郎の首を絞めていたとき、おれは頭が混乱して、あのゲームをしていた馬鹿野郎に制裁を加えている気になっていた。もし、あのとき、添来の「もうやめろ！　死ぬぞ！」という声が聞こえなかったら、あれからどうなっていたか、誰にもわからない。

臥龍街（ウォロンジェ）に戻ると、添来にタクシー代を払おうとしたが、添来はいらないと言う。「だめだ、ちゃんと払わないと」とおれが言うと、添来は「次からはもらうから。今日はいらない」と言った。

家に帰っても、食欲がなかったので、ビールを飲んで気を静めた。いくらか落ち着いてから、陳婕如にメッセージを送り、例のやつを捕まえて、たっぷり痛めつけて、警告もしておいたと知らせた。返信が来た。「あなたが娘の学校はどこだと聞いたときに、そうするつもりかもしれないと思いましたが、まさか、その男を見つけられるとは思っていませんでした。ああいう変態はなかなか犯行をやめられないのかもしれないので、また場所を変えて女の子に手を出すかもしれません。でも、あなたのメールを読んで、わたしは本当に慰められました。ありがとう。婕如」

婕如。婕如と書いてあった。陳婕如ではなくて。この二文字のためにおれはすっかり嬉しくなって、一晩中いろいろ空想した。

6

それから半月、新しい仕事の依頼はなく、ただ、変な頼みが来たが、おれは断固として拒絶した。

ある日、若い演出家が電話を寄こして、久しぶりに酒でも飲んで話をしようと言うのだ。

「話をするってなんだよ。おれはもう演劇からは離れたし、見にも行かない。おまえと昔の話をして、なんになるんだよ！」。おれは最初から、相手を罵った。

「まあまあ」。三十ちょっとの演劇界の新鋭は、愛想笑いをして言った。「大学もお辞めになって、私立探偵になったそうじゃないですか」

「誰から聞いた？」

「街の噂ですよ」

「街の噂ってなんだ？　噂には出所があるだろ？」

「ほんとに街の噂なんです。道で名刺を拾った人がいてね。あなたの名前が書いてあったっていうんだ。同姓同名の別人かなとも思ったんだけど、電話番号を見たら、ほんとにあなたの番号だったんで」

「くそ。電話番号を変えないとダメだな」

「実はお願いがあるんですよ」

「なんだ?」

「人を探してほしいんです」

その晩、おれたちは一代佳人(イーダイジアレン)で会うことになった。十字架の下の丸テーブルにはすでに人がいたので、しかたなく二階に上がった。演出家は張(チャン)という姓で、なにが言いたいのかちっともわからない作品ばかり書いているが、文芸青年たちにおおいに受けて、ここ数年ですっかり有名になっている。いつだったか、才能のかけらもない三流演出家に「なんで演劇をやってるんだ」と聞いたことがあるが、その間抜けは真顔になって、「わたしは劇場のためなら喜んで死にます」と言った。「そんなことを言うもんじゃない。劇場のせいで死んだやつはもうたくさんいるんだから」とおれは言った。後になって、小張(シャオチャン)に同じ質問をした。やつは考えもせずにすぐ答えた。「女をひっかけるためです」。それ以来、年齢は離れているが、おれと小張はすっかり仲良しになった。

「お久しぶり。あのとき以来だ」。小張はビールを啜(すす)りながら言った。

「その話はやめろ。あのときは次の日、目を覚まして死ぬほど後悔した。ああいうことを言ってしまったからってだけじゃない。あいつらに言ったって馬の耳に念仏だから、無駄なことを言ったと思ったんだ」。おれはまた痩せ我慢を言った。

「あの後、大学を辞めたって聞きましたが。行方もわからないから、いろんな噂が流れましたよ。精神病院に入院したとか、頭を剃って出家したとか」

「なんで出家なんて話になるんだ?」

「忘れたんですか? 次の日、あの晩いた全員に手紙を送ったじゃないですか。昨夜は酒を飲んで、言ってはならないことを言ってすみませんでした、もう演劇界からは引退します、今後は修行に専念し、自分のやったことを償います、って」

その手紙は二日酔いの産物だろう。あまりよく覚えていない。

「おれはほかのやつらの言うことなんて気にしませんね。確かにあなたは随分キツイことを言ったが、それもよく考えた末のことなんでしょう」と小張は言った。

「じゃ、おまえのことはそれほどひどく言わなかったんだな」

「とんでもない。しかし、あなたが言ったことは、おれはけっこうｆｕ（フー）（フィーリング、いい感じという意味の流行語）があると思いましたね」

「小張、おまえももう三十過ぎてるのに、なんで若いもんみたいにすぐフー、フー言うんだ? 少しは大人になれよ」

「それがおれたちの世代の悲しいところなんだな。自分たちの世代の言葉がない。若いやつらには『フー』がある。あなた方の世代には『幾輪（グィリン）』がある。だけど、おれたちにはなんにもない」

小張がそんなことを言うので、おれは突然、ノスタルジックな気分になり、バリー・

マニロウの名曲「フィーリング」の台湾語版替え歌を大きな声で歌った。「幾輪（グイリン）、到底要旋幾輪（ダオディベセグイリン）（いったい、何回ぐるぐる回ってるんだ）？」山場にさしかかると、小張も声を合わせた。「グイリン。ウオウオウオ、グイリン……」

「ほんとに、劇場が恋しくはないんですか？」

「そんな話はやめよう。そうだ、いったいなんの用なんだ？」

「覚えてますか、蘇宏志（スーホンジー）って若い脚本家？　去年うちの劇団で彼の脚本、演出で、『井戸の中の影』って芝居をやったんですが」

「そんなの見てもいないから、覚えてるはずがない」

「でも、彼は前にあなたに脚本を送ったはずだ。意見を聞かせていただきたいって」

「覚えてない」

「またまたー。おれからあなたに電話してお願いしたじゃないですか」

「ああ、そういえばそうだったかも」。認めるしかないようだ。「あれはタイトルを見ただけで、逃げ出したくなったよ。象徴主義をやりたいのか、それとも、人間を描きたいのか、お経を唱えるつもりか、それとも、脚本を書いてるつもりか。無理やり読み始めたんだが、十ページも読まないうちに嫌になった。返事を出したかどうかも忘れた」

「返事は出したでしょ。蘇からおれに転送してきたから」

「なんて書いてた？」

「ひどいもんでしたね。まったく、ぼこぼこにされてた。たとえば、あまりにも神秘的なものはわからないし、興味もない。次にもっと人間らしいものを書けたら、送ってよこせ、とか。それから……」

「もういい。聞きたくない」

「蘇には言っておきましたよ。呉誠はいつもそうやって不平ばかり言ってる人だから、気にすることはないぞってね」

「それはありがとう。で、おまえは？　なんでその脚本を選んだんだ？」

「逆転志向ですよ。あなたの気に入らない脚本なら、間違いなく、深みのある脚本ってことだから」

「は！　乾杯だ！」

「今日、あなたに会いにきたのは、蘇宏志が失踪したからです」

「え？」

「そろそろ一か月になる。誰も見つけることができないんです。実家に電話して聞いても、どこにいるかわからないと言うし」

「警察には知らせたのか？」

「いいえ。だって、本当に失踪したのかどうかもわからないから」

「じゃ、ほっとけばいいじゃないか」

「でも、あなたにお願いしたいんです。彼を探してくれませんか？　だって、私立探偵なんでしょ？」

「そんな事件は引き受けないよ」。おれは手振りで小張を制して、「なぜ？」の一言も言わせなかった。「おれはもう劇場とは離れて、心静かに暮らしてるんだ。そんなのを引き受けたら、また、劇場の人間と接触しなきゃならなくなる。おれにとっては、すごく辛いことだ。それに、おまえも知らないわけじゃないだろう、演劇界のやつらはみんな、なんでもドラマチックに考えすぎる。やつらがあれほど夜八時の連続ドラマを憎んでるのは、自分たちの人生がメロドラマそのものだからだよ。芝居をやってる人間が失踪するなんて、珍しいことでもなんでもない。それでも、失踪なんていうのはまだ含蓄がある方だ。覚醒剤をやるやつもいれば、自傷行為をするやつもいれば、自殺するやつまでいる。失踪くらい、なんだっていうんだ？　その蘇って若造にしたって、今頃は山奥で座禅を組んでるかもしれないし、じゃなきゃ、墾丁(ケンディン)（台湾南部のリゾート地）あたりで女の子とイチャイチャしてるのかもしれない。そんな深刻な顔して、大袈裟に考える必要はないよ。はっきり言わせてもらおう。おまえが今日わざわざおれに会いにきた本当の理由は、おまえと劇場のほかの何人かが、おれが落ちぶれて惨めなありさまだと思って、慈悲の心を起こしておれを許してやろうということになって、おまえを寄こしてゆっくり話して聞かせて、やけになってめちゃくちゃな暮らしをしているおれを救ってやろうってことなんだろう。この際よく言っておくが、おれは全然惨めでもなんでもないぞ」

　小張はうつむいて酒を飲み、おれは立ち上がって、その場を離れた。

　小張に腹を立てていたわけではない。ただ、恥ずかしさのあまり、腹が立っただけだ。小張は、おれが少しでも早く忘れたいと思っている「亀山島(グイシャンダオ)事件」のことを思い出させたりするべきではなかったのだ。

7

去年の年末の話だ。妻がおれを拒絶して、一万数千キロのかなたに行ってしまったので、気分はどん底に落ち、毎日、浴びるように酒を飲んでいた。ちょうど、おれの脚本による芝居が上演された。人の入りは天気と同じくらい寒々しいものだったが、それでも、千秋楽の後には恒例の打ち上げの宴会をやった。スタッフのほかに、よその劇団の友人たちも加わって、三、四十人が安和路（アンホールー）の海鮮料理店亀山島に集まった。

興行成績は悪いし、脚本はもっとひどい。おれの得意とするところの諧謔（かいぎゃく）趣味と冷酷なウイットはとうに観客に愛想をつかされ、自分でも嫌気がさしていた。もう、これ以上は書けないな、とおれは思った。

にもかかわらず、おれはおおいに語り、笑い、乾杯した。十一時、十二時ともなると、ほかの客はどんどん帰って、亀山島は貸し切り状態になり、雰囲気はますます熱してきた。一人の団員が盃を挙げ、立ち上がると、みんなに向かって言った。皆さん、劇団はまたも赤字です。熱烈にお祝いしましょう。「赤字！　赤字！」。みんなは口々にそう叫んで、大騒ぎした。続いて、もう一人が立ち上がって叫んだ。「解散だ！　解散だ！」。みんなはまた、奇声を発して大騒ぎした。ビールジョッキのぶつかりあう音があっちでもこっちでも響き、どこかで二つのジョッキが乱暴にぶつかってたちまち割れ、ガラスのかけらとビールが床にぶちまけられた。「割れましておめでとう！　割れましておめでとう！」。みんな半狂乱状態になって、終演祝いはブラック新年会のようになってきた。

そのとき、誰かが演出家にスピーチをしてもらおうと言いだしたので、みんなははやしたて、朴訥（ぼくとつ）で口数の少ない演出家が無理して少ししゃべってお茶を濁したが、そのせいで座は一気にしらけ、ひんやりした空気になった。これはまずいと思ったのか、応援に来ていた小張があわてて言った。次は脚本家にスピーチをお願いしましょう。脚本家！　脚本家！　脚本家！

「みんな、ほんとにおれの話を聞きたいか？」。聞きたいとみんなが大声で叫ぶと、おれはもう一度言った。「みんな、ほんとうに、おれの話を聞きたいのか？」

まさにその瞬間、ねじが緩み、弦がブチ切れ、木が倒れ、山が崩れた。どう表現したらいいのかわからないが、とにかく、自分の脳みそからパーンとはっきり音が聞こえて、魂がはみ出してしまったのだ。おれはそれまで、自分がこういう場でコントロールを失うなんて予想もしていなかったし、まして、コントロールを失った自分が極端に理性的かつ論理的に話を進め、それがまた、支離滅裂な叫び声をはるかに超越した殺傷力を発揮するなどとは、想像してみたこともなかった。

「みなさん、お疲れ様です。まず、みなさんに乾杯したいと思います。またまた赤字を出しましたが、しかし、われわれは芸術を勝ち取ったのであります！」

そう言うと、みんなはテーブルを叩いて、はやし立てた。

「われわれのような劇場は、一日でも長く生き延びることができれば、それだけで勝利です。もう一度、乾杯！」

聴衆はまたもがやがや騒いだ。そのとき、鋭い刃が鞘を飛び出してしまい、鉄をも泥のように斬り捨てるように、そこにいる全員を斬って、斬って、斬りまくった。

「しかし、われわれはいったい誰を騙しているのか。結局、自分を騙しているに違いない。台湾全体を騙すことなどできるはずもない。ここ数年の興行成績から明らかだが、台湾はすでにわれわれの存在など気にもしていないからだ。台湾はもはや芸術など必要としていない。台湾が求めているのは、シルク・ドゥ・ソレイユであり、『キャッツ』であり、『オペラ座の怪人』だ。そして、はったりだけで第三世界を騙しまくる、くそったれのロバート・ウィルソン（アメリカの演出家・舞台美術家）だ。台湾人が求めるのは、見かけばかりの華麗さであり、安っぽい感動だ。おれが言っているのは、劇場の観衆のことだけではない。民衆の大部分がそうだ。政治家だって、そうやって同じように有権者を騙しているじゃないか。ここで一つ、質問したい。台湾にはいったい本物の芸術家など残っているのだろうか。それとも、人を騙すことを専門にしているやつらしか、残っていないのか」

おれは続いて、ビジネスを拡大する一方で作風がますますセンチメンタルになっている商業劇団を一つひとつ数え上げてけなした。

誰かが話の腰を折って、茶々を入れた。

「あんただって、観客が大勢入る脚本を書けばいいじゃないか！」。みんなはがやがや騒いだ。

「おれが嫉妬して言ってると思うのか？　そうじゃない。おれは頭にきてるんだ！　おれが本当に言いたいのは、ああいう劇団のことじゃない。安っぽい劇団を批判すること自体、安っぽいことだからな。それより、自分たちのことを反省しようじゃないか。おれたちはこの何年もの間、いったいどんな誤魔化しをやってきた？　自分たちは孤高だとでも言うつもりか？　自分は芸術家だと言う資格があるのか？　あいつらがプロの詐欺師だとすれば、おれたちは武芸を見せて膏薬を売るような、アマチュアの詐欺師ではないのか？　おれたちは芸術を勝ち取っているわけじゃない、実力もないのになんとか業界人の数に入っているだけだ。今回の惨敗にしてみたって、そもそもちゃんと完成していない脚本を舞台に上げたからだ。おれの言ってるのはおれ自身の脚本のことだぞ。その脚本を脚本の良し悪しなんかわかりもしない演出家に任せた。おい、演出家、怒りたければ怒れ、それでも、おれははっきり言わせてもらう。その上、まったく進歩のない、口舌も悪い、めちゃくちゃな演技しかできない俳優にスポットライトを当ててたんだからな！」

××××、××××！　続いて巻き起こった罵声の嵐は予期したとおりだ。おれは変態だから、こういう劇的効果を必要としていたんだ。顔にビールを浴びせられたが、おれは手で軽く拭ったただけで、落ち着き払っていた。

それでもまだ、言い終わったわけじゃない。

「おれが大劇団の悪口を言うのは聞いていて気分がいいが、自分たちのことを言われると、我慢ができなくなったのか？　品格というものはなくなったのか？　腐敗しきって救いようのない商業劇団の悪口を言って時間を無駄にするくらいだったら、自分たちのことを考えてみるべきじゃないのか？　おれたちは芸術家か？　自分たちの専門であるはずの技術もさっぱりわかっていないくせに、自分は芸術家だなんて言う資格があるのか？　おれたちはずっとケチケチした、独りよがりの芝居ばかりやってきたが、芸術的視野はどうなってしまったんだ？　君らのような、いわゆる若き演劇人たちが世の中に媚びを売り、自分というものを忘れ、市場に従って軽いテーマ、軽い語調、軽いリズムを販売し、『気楽にやろう』というゲームで遊んでいる間に、劇場の批判精神はすっかりなくなってしまった。君らに抹殺されてしまったじゃないか」

「芸術というものは、批判するものだとは限らないだろ！」。誰かが反旗をひるがえした。

「批判にだって、いろいろな種類があるはずだ。あんたは芸術の純粋さを追求してるようだが、言ってることはヒットラーだぞ！」。もうひとりがそいつに賛成した。

「そうやって、他人を罵るのが批判だって言うつもりか！」。そうだ、一人言い出すと、三人は言うことになっている。

「そうじゃない。もちろん、そんなこと言ってない。自分も含めて言ってるんだ。ほかのやつらがセンチメンタルな芝居ばかり書いている間に、おれはここ数年、諧謔ばかりやってきた。諧謔というよりは、虐待だ。人を虐め、自分を虐め、とうとう自分を破壊してしまった。さっき誰かが言ってたのは正しい。そうとも、おれはファシストだ。演劇とは芸術であるはずだという信念のなかに自分を失ってしまったんだ。みんなにも、もうよくわかっているだろう。おれは病気だ。頭が変なんだ。だが、皆さん、ここでハムレットのセリフを引用させてもらおう。『言ってることは狂っているが、それでも、いくらか筋が通っている』と。さっき、誰かが冗談で解散だと言ったな。あれはまさにおれの心の声だ。おれからも提案する。これですっかり解散しよう。『今日はここまで』という意味じゃないぞ。『永遠に解散』という意味だ。若いやつらの言い方を借りれば、『もう遊ばないよ』ということだ。ここに宣言いたします。おれはこれで劇団をやめる。演劇の世界から退場する」

話し終わると、気が抜けてすわりこんだ。ほかのみんなはまるで地震でもあったみたいに、次々に席を立って帰っていった。おれはべろべろに酔っていたが、おれが歩いて帰れるかどうかなんて、あの日は気にするやつはいなかった。

かすかに残っていた意識と意思を振り絞って、家に帰りついたことは帰り着いた。だが、その過程はまったく記憶にない。

第八章　三日間、ふたりは海を忘れた

1

ある日の午後三時半、いつもどおりの時間に珈比茶(ガービーチャ)カフェに着いて、お茶を飲み、新聞を読んだ。

この店の客は、次々に来ては去っていく。テイクアウトの客も多い。常連客といえば、おれのほかには、夢中になって武俠小説を読んでいる中年男が一人、ほとんど毎日やって来る。話をしたことはなくて、ただ、お互い流れ者で独り者の中年男どうしだな、という感じで、視線を交わすだけだ。それから、もう一人、ときどき来店する老人がいる。真っ白な髪にサファリハットを被り、顔は皺だらけだ。いつも、紅茶を一杯、と注文して、ゆっくり飲み、表情もなくマイルドセブンを吸いながら、じっと前方を見つめている。おれが年をとったら、きっとあんな感じになるんじゃないだろうか。話しかけてみたことがあるが、頷いて微笑んだだけで、なにも言わなかった。一度、ライターを忘れていったので、火を借りた。少し震える、皺だらけの両手を伸ばして火をつけてくれた。

礼を言っても、やはり、頷いて微笑んだだけだった。きっと、人に邪魔されるのが嫌いな人なのだろうと思ったので、それきり、話しかけてみたことはない。

店長の陳小姐とはすっかり仲良くなったので、店に到着したら、ただ頷くだけで席にすわり、よく冷えて泡の立つ紅茶が出てくるのを待つ。彼女が忙しくないときは、おしゃべりすることもある。周囲のほかの店の様子とか、あのがめつい大家がまた無理難題を言って彼らをいじめているといった話だ。彼女は前にこんな話をしたことがある。「人間ってほんとに変ね。わたしがこれまで出会った大家はみんな同じ。貸すときには貸すのが待ちきれない様子でいい話ばかりして、温和な態度でにこにこしているくせに、いったん貸してしまえば、掌を返して、貸したことを後悔しているみたいな態度なの。まるでテナントのせいで損でもしていると思っているみたいに」。三十ちょっとの陳さんは高校卒業後からすでに随分、世間の荒波を乗り越えてきた。わずかな資本とたくましい肝っ玉で、いくつもの小さな飲食店を経営してきた。つぶれれば、またやりなおし、やりなおせばまたつぶれる、の繰り返しだ。今のところ、この店の商売はうまくいっている。彼女のためにも、おれのためにも、景気がこれ以上悪くならないことを祈るばかりだ。

おれは紅茶を啜りながら、なんとなく、ちょうど目の前にある、見た目のぱっとしない白千層の木をよくよく眺めてみる気になった。

白千層には多くの別名がある。千層皮、脱皮樹、剝皮樹、相思仔、白瓶刷子樹、橡皮擦樹、玉樹があるが、ほかに「不要臉」（恥知らず）というのを付け加えるべきだと思う。松柏は雄勁（ゆうけい）と称えられるが、白千層はどう見ても、散々な目に遭ってきたとしか思えない。虎にかじられ、豹の爪とぎに使われたかのように、全身傷だらけだ。まるで腐って命を失っているように見えるが、それは新しい皮が成長するときに古い皮を押し出していき、古い皮も剝がれ落ちないで、一層一層重なったまま、乾いていくからだ。枯れ衰える姿をもって生命の力を表しているのだから、矛盾と優雅が同居している。触ってみたことのある人なら知っているはずだ。白千層はとても優しくて、弾力性があり、まるで六張犁（リョウチャンリ）一帯の風景と住民たちのようだ。

六張犁は大安（ダーアン）区と信義（シンイー）区の境目にある。南に行けば荘敬（ジュアンジン）トンネルを抜けて木柵（ムーシャン）文京地区に出るし、西に行けば辛亥路を通って台湾大学などのある大安文教地区、北に向かえば基隆路（ジーロンルー）を越えて間もなく安和路（アンホールー）の高級な地域、東は三張犁（サンチャンリ）と隣りあっていて、そのまさらに少し歩けば、一〇一大楼と台湾で最も地価の高い信義商業地区と住宅地がある。大稲埕（ダーダオチェン）と艋舺（モンガ）が旧台北だとすれば、六張犁は古い新台北だ。六張犁には文教地区の雰囲気はないし、高級レストランや有名デパートもない。このあたりの住民は特に貧乏でもなければ、特に金持ちでもないが、着るものにはあまり気を遣わず、だらしないと言ってもいいだろう、家の中で着るような服装で、サンダルを引きずり、だらだら歩いている姿をよく見かける。雑然とした通りや、汚い騎楼は気にならないらしく、すっかり慣れているらしい。

ほとんどの建築は三、四十年の歴史がある。外見はまるで白千層のように灰褐色のぼろぼろの表皮に包まれているが、みすぼらしい姿に騙されてはいけない。六張犁は新しくもなければ、美しくもないが、雑然としたなかに生命力があふれている。人の流れはひっきりなしに続き、通りには商店やレストランが並び、あちこちから屋台の売り声が聞こえてくる。どこも忙しくてにぎやかだ。この辺には、東区のような奇妙な服装の若者も見かけないし、信義のショッピングエリアのような、全身をブランドもので固めた上流の男女もいない。六張犁の住民はあくまでも普通だ。モダンな若者たちでさえも、なんとなく野暮ったい。彼らはしっかり落ち着いて生きている、小さな商売を営み、少しだけ金持ちになり、小さな夢を見ている人たちだ。この辺には、もともとの台湾人もいれば、北上してきた頑張り屋の客家（はっか）の人たちもいる。一九四九年に大陸から移ってきた栄えある老軍人もいれば、外国人労働者や外国籍の人たち、それに外見ではなかなか区別がつかない原住民の人たちもごく少数いるし、まるで台湾の縮図のようだ。この辺にはそういう異なるバックグラウンドの人たちが集まって平和に共存し、懸命に生きているので、まるで市場のような雰囲気になっている。野暮ったいかと思えば、流行最先端の部分もあり、現代的でありながら、よぼよぼで黴（かび）臭い感じもする。

「こんにちは」。その声は耳の後ろから聞こえた。

初対面のときも不意打ちを食らったが、陳婕如（チェンジエルー）にはまたしてもびっくりさせられた。どうぞすわって、と言って、彼女のために紅茶を注文した。

「元気？」と聞くと、「元気です」と答えた。

彼女はゆったりしたシャツにジーンズ、髪はポニーテールにして、紅白のストライプのコンバースを履き、爽やかで気持ちのいい格好だった。

おれは一瞬、見とれてぼんやりしてしまった。

「天気がいいので、出てきて散歩してるんです」

「おお、散歩、散歩はいいですね」。珍しくどもってしまった。

「あなたは毎日散歩してるから、この辺はよくご存じなんでしょ」

「ええ」

「わたしのガイドになってくれませんか？」

「それは光栄だ」

それから何日か続けて、陳婕如といっしょに六張犁や三張犁のあたりを歩きまわった。ときには、信安街（シンアンジェ）から松智路（ソンジールー）まで行って、途中でぐねぐね曲がった呉興街（ウーシンジェ）を通った。

「呉興街は台湾全土で一番複雑な道だ。いったいどこから始まってどこで終わっているのか、さっぱりわからない。一本の道と呼ぶこともできない。漁師の網のように三張犁一帯に散らばっているから。やっと迷路のような呉興街を歩き終わって、そろそろ松智路に着くはずだと思っても、一度角を曲がっただけで、また呉興街の勢力範囲に戻ってしまったりすることもあるんだ」

いつも、松智路と信義路の角まで来ると、おれは引き返そうと提案する。

「どうして？」と陳婕如はたずねた。

「ここから先は観光客と爆買い族専用の道だ。あんまりいっしょに歩きたくはないからね」とおれは答えた。

「あなたは狭くて汚い通りが好きで、広くてきれいな高級住宅地は嫌いなの？」

そこで、おれは説明した。おれの散歩ルートは金持ちを避けるのをルールとしている。それに、おれはモグラではないから、地下道は通らない。高所恐怖症だから、歩道橋も渡らない。

「歩道橋も怖いの？」。彼女はおれが冗談を言っていると思ったらしい。

「歩道橋から飛び降りてしまって、バスに潰されて肉団子になるのが怖いんだ」

「ほかにも、知っていた方がいい弱点があなたにはあるのかしら？」。彼女は笑いながら言った。

「たくさんある！　ありとあらゆる強迫神経症がね。思想は左寄り強迫神経症で、道を歩くときは右寄り強迫神経症で、人が吐いてるのを見ると自分も吐いてしまう強迫神経症だし、それに、対称強迫神経症でもある」

「六張犁のどこで対称を見つけられるっていうの？」

「だから、おれは自虐症でもあるんです」

一度、彼女といっしょに臥龍街（ウォロンジエ）を端から端まで歩いた。

「一匹の龍というよりは、尻尾のちぎれた蛇というべきだろうね。この地域の道はずたずたにちぎれているのが多くて、臥龍街もそうだし、楽業街（ローイエジエ）もそうだ。台北の都市計画はまったく計画性がない。気分次第で、有機的で、まるで、道が自分で生まれてきたみたいだ。でも、そういう道を見くびっちゃいけない。名前を見れば、和平、信安、楽利（ローリー）、楽業、嘉興（ジアシン）、崇徳（チョンダー）、富陽（フーヤン）、安居（アンジュー）なんていうように、幸福感に満ちた名前ばかりだから」

ある日、ふたりは楽安街（ローアンジエ）を通った。

「あれは、なにをしてるのかしら？」

陳婕如は右側の独立した四階建てのマンションを指さした。マンションの外側の前後左右はブルーシートで覆われており、左側には鉄パイプと板でZ型の階段が作られ、工事の作業員たちが壁の修理をしたり、煉瓦を運んだりするための通路になっている。

「中古マンションが外壁のリフォーム工事をするときには、台北市の都市リノベーション計画の補助金を申請することができるんだ。六張犁ではこのマンションだけが申請して、毎日、ガンガン音を立てて、その辺じゅう埃だらけだ。周辺の住民たちから苦情が出て、建物の持ち主とは何度も口論があった。笑えるのは、もともとは外壁のリフォーム工事のはずだったのに、驚いたことに、左側の壁が崩壊寸前になっているのを営繕会社が見つけてしまったんだ。こうなると、もう一大事で、オーナーは一時的に転居して、壁全体の工事をやらなければならなくなった。もう一年も工事してるんだが、まだ終わらない。とうとう金が払えなくなってきて、工事は一日やっては三日休みという状態だ。もともとこのマンションは楽安街で一番立派なマンションだったのに、今ではまるで廃墟みたいだね。特に夜になると、一つも灯りがついていないから、建物全体がまるで死に装束を被った墓石のように見えるんだ」

「そこまで怖いものじゃないでしょ」。陳婕如は眉をひそめて、もう一度、その建物を見た。

おれの住んでいる所はここから通りを二本隔てただけの場所にある。西洋人の「なにか飲み物でも」という言い方をまねて、彼女を家に招待したかったが、拒絶されるのが怖くて、そんな考えもすぐに消滅してしまった。

2

ふたりで一番よく歩いたルートは、富陽（自然生態）公園から福州山に登る道だ。

福州山は四方八方に通じている。同じく南港山系に属する象山と虎山につながり、南の方角では中埔山と軍功山まで延びている。道には草木が茂っていて、陳婕如は人の破壊を免れている植物の生態について説明してくれた。途中で、軍が残したトーチカの傍らを通り過ぎた。このあたりの自然が破壊されていないのは、かつては立ち入り禁止区域だったからだ。国民党はここに弾薬庫を設置していた。二二八事件（一九四七年の国民党政権による民衆弾圧事件）の犠牲者のなかには、ここで亡くなった人も少なくない。

ある日、尾根の稜線を歩いているとき、彼女は珍しく、最近の起伏の激しい胸の内を語り始めた。

「あんなことになると、人は誰でもまず自分を責めてしまうものね。どうして、わたしはもっと早く、なにかの兆候に気づかなかったんだろうって。今振り返ってみれば、実際にはたくさんの兆候があったの。たとえば、彼が家に帰ってきて一番長い時間を過ごしていたのは屋上の温室であって、リビングではなかった。彼とわたしと娘は一日にほんの少ししか会話をしなかった。それに、この何年かの間に、彼の表情はどんどん暗くなっていたの。そういうことすべてに、わたしも責任があるのかしら。大学のときから知っている人が、自分の目の前でだんだん変わっていって、とうとうわたしの全然知らない人になってしまっていた。どうして、こんなことになったのか。どうして、わたしは全然気づかなかったのか。わたしはもしかしてすっかり麻痺してしまっていたのか、それとも、あまりにも鈍いのかしら。知りあった頃にもすでにその兆候があったのだとしたら、わたしはまったく見る目がなかったということになる。でも、そんなふうに考えるべきじゃないと思ったの。そんなふうに考えても、なんの役にも立たないし、ますます悲しくなるばかりだから。彼があんなことになるほど植木にのめり込むなんて、まして、人を強請るようなことをするなんて……。でも、それは誰かほかの人が無理強いしたわけじゃない、彼自身が引き起こしたことなんだから」

おれも彼女にいろいろな話をした。でも、ほとんどは周辺的なことばかりで、自分の境遇についてはあまり話さなかった。

「あなたの名前をネットで検索してみたの」と彼女は言った。「あなたは元大学教授で、劇作家でもあるのね。どうして、なにもかも捨てて、私立探偵になることにしたの?」

彼女は何度もその質問をしたが、おれはそのたびに答えをはぐらかした。だが、ある日、二人で福州山から中埔山の東峰まで歩いて、台北市全体を見下ろせる四阿(あずまや)にすわったとき、おれは初めて自分のことを語った。

彼女と肩を並べて四阿の屋根の下にすわり、山の下の台北盆地とまっすぐに天に伸びる一〇一を見ていると、太陽の熱気で蒸気を出しているように見える。この横暴な一〇一ができてから、かつてはランドマークだった新光ビルはほんの小さな、溶けかかったアイスキャンディーのようになってしまった。

山の風がそよそよ吹いてきて、涼しさに警戒心がほどけた。おれはこれまで人に知られたくないと思っていた自分の成長の記録を物語った。今ほどふさわしい機会はなく、彼女ほどふさわしい聞き手はいない。

彼女に自分のパニック障害のことを話し、自律神経失調のことを話し、自分の苦しみについて、自分の腐敗について話した。

山を下りて別れるとき、陳婕如はおれに言った。「話してくれて、ありがとう」

3

それから数日、陳婕如からはなんの音沙汰もなかった。珈比茶にも姿を現さず、電話してきて散歩の約束をすることもなかった。これまでずっと、彼女の方から電話をくれていたので、習慣を破りたくはなかった。

なにかを失ってしまったかのような気分で、珈比茶で新聞を読んだ。

おれの話を聞いて、なにか差し障りを感じたのではないと思うのだが。今どき、ありとあらゆる精神病があるわけだし、パニック障害くらいでびっくりして逃げ出すこともないはずだ。それとも、おれがあんまり滔々(とうとう)と話をしまくったのに嫌気がさしたんだろうか。シェイクスピアの戯曲のヒロインであるデズデモーナは、オセロの人生の数奇な艱難辛苦の物語を聞いて、辛酸を嘗め尽くしたこの老将軍を愛さずにはいられなくなった。だが、おれの物語には、海難事故もなければ、人食い人種も出てこない。荒涼とした砂漠もなければ、絶壁や険しい高山も登場しないから、オセロと比べると、退屈でかわいそうになるくらいだ。

彼女はおれを避けてるんだ。おれはよけいなことを次々に妄想した。同時に、母親にさえ話していなかった秘密を話してしまったことを後悔した。

携帯が鳴った。

「もしもし?」

「今、どこにいるの?」。彼女の声だ。

「いつも、きみにびっくりさせられる場所にいるよ」

「ちょうどよかった、今そっちに行く途中なの」

電話を切ると、おれは欣喜雀躍として、すぐに新聞をしまった。

十分あまりで、彼女がやって来た。

「こんにちは」。おれは輝くばかりの笑顔になった。

彼女はすわりながら、隣のテーブルの皮膚がたるんだ老人の方をちらっと見た。

「今日から何日か、暇はありますか?」。陳婕如は声を抑えて言った。

「え? 暇です。暇で死にそうなくらい」

「海辺を歩きたいんだけど、いっしょに来てくれるかしら?」

「いいです」。おれは表情は落ち着いていたものの、心の中では船も転覆しそうなほどの大波が沸き返っていた。

「娘さんは？」

「同級生と南部に遊びに行ってるの」

「それはよかった」

「じゃあ、行きましょう」

「え？　ちょっと待って。まだ、どこに行くか、どうやって行くかも決めてないのに？」

「車を運転していくわ。ホテルはもう予約したの」

おれは笑った。きっと人生で一番くらいのあほ面で笑った。

「OKするって、なぜわかったの？」

「直感で」

彼女のために注文した紅茶がまだ来ないうちに、二脚のプラスチックの椅子は空（から）になっていた。

七月六日五時半頃、北部海岸の翡翠湾（フェイツイ）福華（フーホア）ホリデーホテルに到着した。道すがら彼女は、ここ数日連絡しなかったことを詫びた。彼女の両親が、どうしても離婚するという彼女の気持ちをなかなかわかってくれず、林氏がやらかしたことを正直に言うわけにもいかなかったので、なだめるのに苦労していたのだという。それから、最近の出来事について、だいたい話してくれた。マンションの名義の書き換えは済んだが、このまま住み続けたくはないので、売ってしまって、どこか別の場所に住もうと思っている……。

しかし、おれはその話を聞きながら、心のうちは千々に乱れ、これから起きることを考えていた。もう長いこと、女性と愛しあったことがない。もし、うまくできなくて、彼女をがっかりさせたら、どうしよう……。そんなことになったら、すごくかっこ悪いし、彼女もすごく興ざめするだろう。プレッシャーだ。まったく、なんというプレッシャーだ。そこで、おれは密かに決心した。部屋に入ったらすぐ、長いこと、したことがないんだと正直に白状して、彼女に心の準備をしてもらおう……。

しかし、部屋に入った後のおれは、車の中にいたときの馬鹿者とは別人だった。部屋に入るなり、ドアを閉めるのももどかしく、彼女の体の向きを変えさせると、ドアに押しつけ、深く激しいキスをした。彼女は熱く柔らかい舌で応えてくれた。

それからの三日間、ふたりは海に行くことも忘れ、部屋の中で自分たちの波に身をまかせていた。潮が満ち、潮が引き、また潮が満ち……。潮が押し寄せてきたとき、ふたりはますます激しく乱れて、ためらうことなく、相手の体を探求した。皮膚の隅々まで、ほくろの一つひとつまで、そして皺の一本一本に至るまで。潮が引くと、いつまでも絡まりあい、寄り添っていた。体を重ね、汗も蒸発して、やさしい眠りに滑り込むまで。そして、次の潮が満ちてくるまで。体力が尽きると、別の種類の飢えに襲われた。二人はカーペットの上にすわって、まるで何日も食べていなかったかのように、コーヒーテーブルの上の炒飯と焼きそばを最高の美食のように平らげた。

彼女は赤ワインを飲み、おれはビールを飲んでいた。

「ビールを飲むと、男の人はできなくなっちゃうって聞いたような気がするけど」

「それはいい加減な話じゃないよ。本当のことだ」

「それなら、なぜ、まだ飲んでるの？」

「おれは強すぎるから、もっと控えめになる必要があるからだよ」

男どうしでよく言うような、くだらない会話に、彼女は無邪気に声をあげて笑った。

「あなたって、いい人ね」。彼女は突然言った。

「そんなこと言うな。おれはいい人なんかじゃない」。おれは冗談ではなく、言った。

三日目に目を覚ましたとき、彼女はもういなかった。

コーヒーテーブルの上に、メモが残されていた。「いっしょに来て、別々に帰るけど、気を悪くしないでね。ありがとう」

おれは少し、残念ではあったが、気を悪くしてはいなかった。

第九章　連続殺人と行列の文化

1

台北に戻ると、昼を過ぎていた。あとは一日、家から出ずに横になっていて、頭のなかで、陳婕如（チェンジエルー）との、ときには嵐のように激しく、ときには離れがたく抱きしめあう場面を何度も繰り返し、思い起こしていた。

翌日、七月九日、マスコミの報道を独り占めする大事件が勃発していた。

警察が強力な報道管制を敷いていたので、六張犁（リョウチャンリ）で発生した前の二件の殺人事件は、まだマスコミの注意を引いてはいなかった。そして、七月八日、おれが家にいてけだるい雰囲気を楽しんでいたあの晩、六張犁ではまた一人、殺されていたのだ。こうなると、もう隠しても隠し切れない。マスコミは警察の封鎖を突破して、争うように事件を報道した。記事の見出しはどれも非常に人騒がせなものだった。

「六張犁で、三人殺害される。警察はお手上げか？」

「六張犁で、三件の連続殺人事件？」

「冷血な殺人犯、老人だけを狙う？」

警察は、これらの事件が相互に関係があるとか、同一犯人（あるいは犯人グループ）によるものだという兆候は今のところないと繰り返し発言したが、それでもまだ断固として、「六張犁の連続謀殺事件？」と書いている社もあった。

台湾のマスコミはいつもこういう大袈裟な書き方で、読者の目をひこうとするが、見出しの最後にクエスチョンマークを付けるのを忘れない。「台湾に宇宙人の遺跡？」とか、「なんの誰それが同性愛者に襲われる？」とか。後で訴えられるのを避けるためだ。もちろん、どの会社もちゃんとわかっている。読者大衆は、クエスチョンマークがあるかないかなんて気にもしていない、本当か嘘か、半分本当で半分嘘かも気にしていない。とにかく人より先に読みたいだけだ。覚醒剤をやるのと同様に、気分がすっきりすればそれでいい。いわゆる世論だって、たいていはメディアによるでっちあげだ。「世論が騒然としている」というのは、記者本人がノートパソコンの前で奇声を上げているだけの話だ。一匹の犬が吠えれば、百匹の犬が付和雷同して騒ぐ。世論が騒然となるのも、当たり前だ。

三つの殺人事件はおれの好奇心を引きつけ、プロの私立探偵としての嗅覚を刺激した。すべての記事を丁寧に読んだ後、おれはノートに三つの殺人事件の基本的なデータを書き記した。最初の事件については小胖（シャオパン）からほんの少し聞き出していたが、第二、第三の事件のデータは完全にマスコミの報道から得たものだ。

第一の事件

日時　六月十六日　午前一時過ぎ
場所　辛亥路（シンハイルー）　マンションの二階
被害者　鍾崇献（ジョンチョンシエン）　一人暮らし　五十三歳　元小学校教師（退職）
死因　自宅内で侵入者に後頭部を鈍器で殴られた
注　無理やり押し入った形跡はなし

第二の事件

日時　六月二十四日　午前五時半頃
場所　犁弘（リーホン）公園
被害者　張季栄（チャンジーロン）　七十七歳　退役軍人　娘、孫と同居
死因　早朝に公園を散歩中、犯人により後頭部を鈍器で殴られた
注　公園内二カ所の監視カメラは、夜中に顔を隠した人物が壊していた

第三の事件

日時　七月八日　夜十一時頃
場所　楽栄街（ローロンジエ）マンションの三階
被害者　呉張秀娥（ウーチャンシウアー）（一字目が夫の姓、二字目が本人の姓）　七十一歳　脳卒中の後遺症で体に麻痺がある老婦人
死因　自宅内で侵入者に後頭部を鈍器で殴られた

三名の被害者は全員が年齢の高い六張犁の住人だという以外、なんの共通点もない。警察が明らかにしたところでは、三名とも、家の状況からも、遺体の状況からも、盗みの被害に遭った形跡はないので、動機は盗み以外だと思われる。活字メディアは犯行に関する動線をイラストに描き、ネットメディアは演劇のような方法で犯行の過程を模倣していたが、どれも憶測の域を出ず、ほとんどでたらめなので、参考にはならない。

マスコミは、三つの事件の手口を生き生きと描写し、三件には必ず関連があると異口同音に主張していた。台湾は小さいにもかかわらず、大人数のマスコミ突撃決死隊が取材してまわっている。彼らは現場がどんなに遠くてもものともせず、ニュースを発掘する速さはＣＮＮにも劣らない。たとえば、アメリカで大事件が起きたとすると、ＣＮＮがまだ「詳細は不明です」の段階であっても、台湾のメディアはすでに容疑者の情報を

つかんでおり、犯行の動機も推測している。CNNが「死傷者は十数人」と報道するとき、台湾のメディアはすでに「数十人」まで数えている。たいていの場合は、画面上に点滅する死傷者の人数は「数十人」からだんだん修正されて、「十数人」まで減ることになる。これはまさに台湾の作り出した奇跡と言っていいだろう。多くの人が死後に復活するのだ。

マスコミは見てきたように生き生きと語り、きっぱりと断定していたが、本当に連続殺人事件なのか、それはまだわからないとおれは思った。もっと正確で詳細な情報を入手しなければ、これ以上は理解できない。家を出る前に、ノートをリュックサックに突っ込んだ。そのとき、気がついたが、入れておいたはずの新しい懐中電灯がない。

あの日、陳婕如と翡翠湾に出発する前に、おれは家に寄って、着替えや薬を持っていった。そのとき、懐中電灯を一度出したのを覚えているが、その後またリュックに入れたかどうかは覚えていない。だが、真剣に探すことはせずに、ただ、散らかった居間を見回しただけで、あきらめてしまった。おれが物を失くすのはいつものことで、代わりの物を新しく買った後、なくなった物が出てくることも多い。まったく、マーフィーの法則にあるとおりだ。

マンションから出ると、この行き止まりの横丁が一夜のうちにすっかり変わってしまったような気がした。住人たちの様子もいつもと違い、歩き方もそそくさとして、目つきも怯えて神経質な感じだ。いや、本当にそうなのか、それとも、おれが神経過敏なだけか、それはちょっとわからない。

臥龍街(ウォロンジエ)派出所にやって来た。まだ乳臭い感じの若造の記者たちが警察の入り口と道の向かい側にたむろしている。きっと、六張犁派出所や、そこを管轄する信義(シンイー)署のまわりでも、パパラッチの群れが禿鷹のように獲物を待ちかまえているだろう。こういう若い記者たちが喉をからして、カメラの前でハイピッチな声で、どうでもいい、くだらないことをまるで戦争でも始まったみたいに大袈裟にわめき立てているのをテレビで見るたびに、そんなくだらない職業からは足を洗えと説教してやりたくなる。

　禿鷹たちの好奇のまなざしをものともせず、おれはぶらぶらと派出所に入っていって、当直の警察官に、陳耀宗(チエンヤオゾン)に会いたいと言った。

「陳警官は今忙しいです。どういうご用ですか？」

「皆さん、あの事件の捜査で忙しいだろうが、それでも、市民が事件を届け出たら、相手をする時間はあるはずでしょ？」

「なんの事件です？」

「陳警官とは親しいので、彼に話したい」

　しばらくすると、陳耀宗が疲れ切った体を引きずるようにして出てきたが、おれを見ると、どうしようもないなという顔をした。

　今日はお茶に誘ってくれる気もないようだ。

「なにか用？」

「仕事が終わったら、うちに来いよ」

「ダメだ。今日は残業だ」

「どんなに遅くなってもいいから、絶対に来いよ」。おれはわざと秘密めかして、声を低めて言った。「あの三つの殺人事件だけど、おれに考えがあるんだ。なにがなんでも、絶対に来いよ」。きょとんとしている小胖（シャオパン）を横目で睨むと、彼がなんとも返事ができずにいるうちに、さっさと派出所から出てきた。

考えなどあるものか。ただ、小胖の気をひいて、彼から情報を仕入れるのが目的だ。

家に帰る道すがら、犯行現場を回ってみた。派出所から辛亥路まで歩き、それから和平東路（ホーピンドンルー）を抜けて犁弘公園に行き、最後に細い通りに入って、楽栄街に来た。どの現場にも立ち入り禁止の黄色いテープが張られ、一人か二人の警官が見張りに立っている。どの現場にも大勢のもの好きが立ち入り禁止区域のまわりに群がり、ひそひそ言葉を交わしていて、警官がいくら追い払おうとしても、立ち去りそうにない。おれは、魯迅が描写したところの、大勢集まってなにがなんでも同胞が処刑されるところを見たがる「群衆」を思い起こした。

三つの殺人事件の現場になんらかの共通性があるかどうかはわからなかった。第一の事件の現場は、辛亥路のはずれで、小さな横丁に隠れており、街灯もほんのいくつか寂しく道を照らしているだけで、周辺の監視カメラも少なかった。頭を上げて監視カメラがどこにあるか探してみたとき、犯人（たち？）もきっとこうやって頭を上げて周囲を見回したんだろうなと想像した。第二の事件の現場は犁弘公園だから、第一の現場に比べれば広々としている。犯人はなぜ、ここで殺そうと決めたのだろう。そしてなぜ、その日の明け方にわざわざ付近の監視カメラを破壊したのだろう。第三の事件はもっと理解に苦しむ。現場は楽栄街のわりと賑やかな地域だから、監視カメラの映像から疑わしい人物を見つけることができるはずだ。おそらく、警察は情報を極力隠していて、メディアに全部教えたわけではないのだろう。

三つの現場、それぞれに別々の特色がある。もし、一人の犯行なら、その動機はどこにあるのか？　もし、三つの事件の間にまったく関係がないのなら、どうして三人の被害者は全員が鈍器で後頭部を殴られているのか？

臥龍街に戻ったときには、頭のなかはクエスチョンマークだらけで、解答は一つも見つかっていなかった。ドアを開けて部屋に入ったとき、ふと思いついて腕時計で時間を確かめたが、一瞬、なぜ自分が時計を見たのか、わからなかった。ぼんやりとではあるが、直感で、たった今の殺人事件現場巡礼の旅はまったく収穫がなかったわけではないとわかっていた気がする。だが、残念ながら、そのときには、なにが肝心の問題点なのか、把握できないでいた。

家に帰ってから、ノートを開いて、収穫を書き記そうと思ったが、結局、なにも書けなかった。この事件が連続殺人事件だとはまだ信じてはいなかったが、それでも、ネットで連続殺人の資料を探してみた。

2

連続殺人についての基本的な知識はハリウッドの警察サスペンス映画や、探偵小説から得てはいたが、おれは自分の精神状態のこともあって、反社会的な変態のことを研究してみたいという意欲はこれまでまったくなかった。

グーグルで、まず中国語で「連続殺人犯」と検索してみると、三十四万件ヒットした。大部分はアメリカで起きた事件だったが、なかには「連続殺人犯のプロファイリング」というのがあって、それが高校二年の女子生徒の学習報告だったので驚いた。台湾の高校には犯罪学課程があるのだろうか?

次に、英語で「シリアル・キラー」と打ってみたら、三千百五十万件ヒットした。まず、ウィキペディアの総論から始めて、前からよく知っている、いくつかの事件についての解説をクリックして読んでいくと、仮想の世界で足元が崩れていくように、思いは血腥く黒い渦のなかに引きずり込まれていった。体のなかでむずむずとパニックが起きそうで、おれは自分の足や顔をつねりながら、情報を閲覧していった。パソコンをオフにしたときには、すでに深夜だった。

ああ、おれはまったく探偵の名に値しない。専門の素養はまったくなし、資格も経歴も貧弱だ。犯罪心理学の本も一冊も読んだことがないし、本棚には推理小説はたくさんあるものの、犯罪に関する専門書は一冊もない。おれは間違いなく、ウィキペディア依存の私立探偵だ。自分はなんて卑怯なやつなんだろうと思ったところで、小胖が来た。十一時半。あいつがこれほど遅くまで残業するなんて、本当に珍しい。

「頼むから、おれの睡眠時間を浪費しないでくれ」。小胖は入ってくるなり、両眼をこすりながら、そう言った。

「目がどうかしたのか？」

「あんまり長時間、画面を見ていたので、目がガチガチになっちまった」

おれは小胖のためにお湯を注いでやった。

「監視カメラの映像か？」

「おれを騙そうなんて思うなよ。考えがあるって、なんのことだ？　さっさと言え。おれは本当は来たくなかったんだ。あの三つの事件はおれが捜査を担当してるわけじゃない。おれはただ、監視カメラの映像のチェックをやらされてるだけだ。あんたにどんな考えがあるかなんて、おれが知りたがると思うか？」

「ビール、飲まないか？」

「飲む」。朦朧としていた小胖の目が突然、輝いた。「まったく。おれはほんとにビールを飲む必要がある」

小胖は缶の台湾ビールをごくごく飲んだ。

「マスコミの言ってるのは本当か？」

「一社だけが完全に正しい。『警察はお手上げ』っていうやつだ」

「だろうと思ったよ！　ほかの社の言ってる、連続殺人事件とかなんとかっていうのは、全部でたらめなんだろう？」

小胖はなにも言わず、缶ビールを持った右手は宙に浮いたまま、おれの方を横目で見ると、うつむいて考え込んだ。

「小胖、おれに話してまずいことなんかないだろ。マスコミの人間でもないんだし」

「なんで、あんたが知る必要があるんだ？　ただの私立探偵なのに」

「だって、興味があるんだよ。この機会に勉強したいんだ。それに、三件とも、おれの家から歩いてすぐの所だ。おれのような一人暮らしのおじさんにとっては、怖いことじゃないか。おまえの担当は監視カメラの映像をチェックするだけかもしれないが、事件を解決する鍵があるかもしれないぞ。おまえの方がよくわかってるはずだ。台湾の重大事件のほとんどは、監視カメラの映像から解決してるんだろ。監視カメラがなかったら、台湾の警察は事件を解決することなんて全然できないんだから……」。小胖が白い目で睨んだ。「ごめん。そういう意味じゃなかった……」

「そういう意味で言ったんだろ」

二人、沈黙したまま、何秒も過ぎた。

「あーあ、ほんとにあんたはどうしようもないな」。小胖はため息をついて言った。「話してやるよ。話せば、おれの役に立つこともあるかもしれないからな」

小胖は事件の発生の順番に従って、一件ずつ説明した。

「第一の事件については、前にだいたい話したよな」

「もう忘れちゃったし、頼むから、もう一度話してくれよ」

「被害者の鍾崇献（ジョンチョンシエン）は、離婚して一人暮らし、五十三歳の中年男性だ。退職前は小学校の教師だった。五年前に離婚して、三人の息子は母親と板橋（バンチャオ）で暮らしてる。遺体を発見したのは、いちばん下の息子だ。電話をしてもぜんぜん出なくて、二日間何度も電話をしてから、変だと思って、鍵を持って父親の家に行ったそうだ。遺体を見つけて、すぐに警察に届け出た」

「鍵を持ってたのか？」

「それは当たり前だ。両親が離婚するまで、子どものときからずっと住んでた家なんだから。三人の息子は全員鍵を持ってる。母親も持ってる可能性があるが、認めてはいない。肝心なのは、家族の全員に鉄壁のアリバイがあるってことだ。おれたちの調べたところでは、鍾氏は独立独歩の人で、人とかかわりあいにならないたちだ。まして、人に恨まれたりはしていない。住んでいた場所は行き止まりの横丁で、街灯もなく、監視カメラもない」

「犯人はどうやって、家に入ったんだ？」

「無理やり押し入った形跡はない。だから、警察では、犯人は被害者と面識があったと分析している」

「それなら、捜査はしやすいんじゃないのか？」

「問題は、疑わしい人物を見たという証人が一人もいないことだ。それに、被害者の社会関係はまったく白紙のようにきれいときたもんだ」

「第二の事件は？」

「被害者は退役軍人だ。張季栄（チャンジーロン）という名前で、離婚した娘と三人の孫といっしょにマンションに住んでる」

「どこの？」

「臥龍街のトンネル寄りの側だ。張ってお年寄りは、早朝に散歩する習慣で、いつも、夜が明けるとすぐに臥龍街から犁弘公園までゆっくり歩く。家族の話では、いつも五時に出るそうだが、遺体は五時半前後に、やはり早起きして散歩するのが好きなお婆さんに発見された。おそらく、公園に着いてまもなく殺されたんだろう」

「犯人はどうやってその付近の監視カメラを壊したんだ？」

「犁弘公園には監視カメラが二台ある。容疑者は犯行当日の未明の三時過ぎに、石でカメラのレンズを破壊した。特に二つのうちの一つはすっかりめちゃくちゃに壊されている。バイク用のヘルメットを被って、マントのような黒い布で自分の体をすっかり覆っているので、わかっているのは、おそらくは男で、身長はだいたいどのくらいということだけで、それ以外はまったくなにもわかっていない」

「マントだって？　吸血鬼みたいな？」

「怖いだろ。おれ様だって、黒マントと聞いたときには、まったくぞっとしたよ。この台湾で、いったい誰がそんな遊びをするっていうんだ？」

「公園の監視カメラが破壊されていたとしてもだよ」。おれは質問した。「犯人はどちらかの方向から公園まで歩いてきたはずだ。空から降ってきたわけじゃないだろ？」

「言いたいことはわかる。六月二十四日の当日、容疑者は必ずどこかから公園まで歩いてきて、監視カメラを壊し、被害者が来るまでずっと暗い所に隠れていて、人を殺した後、公園を離れたはずだ。それなのに、周辺の監視カメラの映像をすっかり調べたが、明け方の三時過ぎにも、早朝五時半過ぎにも、ちょっとでも怪しい人間はまったく見つからなかった。たいていは、早起きのお年寄りだ」

「それは妙だな……」

「まあ、ゆっくり考えてくれよ。おれたちは脳みそをふり絞って考えたが、まったく見当がつかないんだから」

「第三の事件は？」

「第三の事件、つまり、昨夜の事件の被害者は、七十過ぎの呉張秀娥(ウーチャンシウアー)だ。脳卒中で、もう長年、車椅子を使ってる。インドネシア国籍のヘルパーがいる」

「ヘルパー？　新聞には書いてなかったぞ」

「マスコミには知らせてない。実はこういうことだ。昨晩、犯人は買い物に出たヘルパーのあとをつけ、周囲に人がいないときを狙って、重たい物で殴って気絶させた。鑑識によれば、凶器は金属製の鈍器で、鉄パイプの可能性が高い。ヘルパーは家の鍵を身に付けていなかったし、被害者の住居でも鍵は見つかっていない。だから、犯人がヘルパーを襲ったのは鍵を奪うのが目的だった可能性が高い。その後で、堂々とドアを開けて、マンションに入ったんだ。あとはご存じのとおりだ。被害者は反撃する力もないから、犯人に後頭部を強く殴られて死亡した。被害者の治療記録も調べたが、脳卒中の後遺症で会話も不自由で、ほんの一言、二言、たどたどしくしゃべるのが精一杯だったらしい。それから、これも調べがついたが、被害者の夫は数年前に亡くなり、子どもは三人いるが、一人はオーストラリアに移住している。一人は中国でビジネスをしていて、末っ子は窃盗と薬物使用の罪で刑務所に入ってる」

「ヘルパーは？」

「意識不明で、病院で治療中だ。信義署の署長自らが箝口令を敷いて、管轄区内の警察官がちょっとでも情報を漏らすことを厳しく禁じている。今はひたすら、唯一の証人が意識を取り戻すのを待ってるんだ。突破口が見つかるかもしれないからな」

「三つの事件が関係している可能性は大きいのか？　警察はどう見てるんだ？」

「今のところはまだわからない。あるかもしれないし、ないかもしれない。共通点はある。被害者は三人とも六張犁一帯の住人で、年齢が高い。それから、三人とも金属製の鈍器で殴られて死んでいる。この点は特に重要だ。だが、異なる点もある。たとえば、犯行の方法も違うし、住居内に入る方法も違っている。今度の事件で突破口が見つからないのは、手がかりが少なすぎるからだ。三人の被害者の人間関係はまったくあきれるほど単純だ。めったに他人と交流せず、財産をめぐる紛争もなく、ましてや、恋愛関係のトラブルもない。三人とも、ほとんど家にいて、たまに外に出て散歩する程度だ。まったく、あんたの言うとおり、監視カメラの映像がなかったら、警察はどこから手を付けたらいいかもわからなかったよ」

「三つの事件が関連しているかどうかはひとまず置いておくとして、三つ目の事件はなんだか変だ。被害者はマンションの三階に住んでる。表と裏のベランダにはどちらも鉄格子がはまっている。窓は少なくて、南向きの側に二つあるだけだ。犯人がスパイダーマンか、あるいはロープを使うんなら別だが、よじ登って入るのは困難だ。だから、鍵が必要だったんだ」

「なんで、そんなに詳しいことまで知ってるんだ？」

「現場に行ってみたからだよ」

「ずいぶん積極的だな」

「教えてくれ、被害者のマンションの入り口はドアが何重になってる？」

「二重だ。内側が木製のドアで、外側は鉄格子のドアだ。犯人が窃盗の常習犯である可能性はすでに排除している。室内を荒らした形跡がまったくないからだ。被害者の現金も、ヘルパーの銀行通帳やキャッシュカード、パスポートなども全部ちゃんとあった」

「窃盗の常習犯ではないから、鍵が必要だったんだ。ということはつまり、犯人は行き当たりばったりに犯行をおこなっているわけではない。最初から目標を定めていたからこそ、ヘルパーを先に襲ったんだ」

「そうだな！」。小胖ははっとしたように言ったが、すぐに表情を引き締めた。

「いや、でも、信義署ではそんなことはとっくにわかっているはずだ。言っただろう、おれは事件捜査の経験なんかない下っ端だからな」

「一兵卒だって大手柄を立てることはできるぞ。今はどんな映像をチェックしてるんだ？」

「マンション周辺の映像だよ」

「それじゃ不十分だ。範囲を拡大した方がいいと思うよ」。おれはノートを取り出して、なにも書いていない白いページに三角形を描いた。「三つの事件現場が三つの点だ。ここ、ここ。それから、ここだ。この区域のなかで見つけられる監視カメラの映像は全部チェックするべきだ」

「いい気になるなよ。コロンボにでもなったつもりか？」。まだ四缶しか飲んでいないのに、いつもは酒が強い小胖の目がとろんとして、感情が高ぶっている。やっぱり、疲れ切っているんだろう。

「あんたの言ってることぐらい、おれたちだって、とっくにわかってる。だけど、そうするにはものすごい時間がかかる。すぐに結果が出るわけじゃない。二つの事件がまだ解決していないのに、また、殺しが一件だ。どれほどの映像を見なきゃいけないか、わかるか？」

「おれはただ、ちょっと助言をしてあげられたらと思って……」

「おれに助言なんかして、なんになるんだ？　おれは警察では一個の歯車に過ぎないのに！」

「ごめん」

二人黙ってビールを飲んだ。五本目を飲み終わらないうちに、小胖は帰っていった。帰る前に、かっとなって悪かった、と何度も謝っていた。小胖は疲れているだけじゃない。いくら普段は、楽な仕事をしたいとか、野心はまったくないとか言っていても、あいつもやっぱり警察官なんだ。これほどの大事件にぶち当たってつらい思いをしていないはずはない。まして、自分をただの歯車に例えているくらいだから、よほど無力感にとらわれているのだろう。

小胖が帰ってから、おれはずっとさっき描いた三角形をじっと見ていた。なんだか、不吉な予感が膨らんでくる。マスコミの言ってることは、まぐれ当たりだとしても、とにかく当たっているのではないだろうか。これはおそらく連続殺人事件に違いない。

地図が必要だ。もっと正確な三角形を描いてみる必要がある。前に『大台北地図』を買っておいたはずだ。だが、いくら本棚を探しても、影も形もない。常日頃、物をあちこちに散らかしておくせいで、こんなことになってしまう。本当に必要なときに、どこかに隠れてしまって、いくら探しても出てこない。

3

連続殺人犯（シリアル・キラー）という名詞の定義は単純明快だ。一定の期間に三人またはそれ以上の人数を殺した犯人が、連続殺人犯というレッテルを貼られる。そして、犯行の後、次の犯行までの間、しばらくは「冷却期」がある。連続殺人犯は無差別殺人犯（スプリー・キラー）とは異なる。無差別殺人犯は、短時間のうちに大勢を殺す犯人のことで、手を休める「冷却期」はない。連続殺人犯は、東京の地下鉄サリン事件のような大量殺人犯（マス・マーダラー）とも違う。

連続殺人犯と一般の精神病患者とは大きな違いがある。重度の精神病（サイコシス）の場合、幻覚のせいで現実から乖離し、行動が筋道を失うことがある。連続殺人犯のほとんどは精神病質者（サイコパス）であって、サイコパスの場合は、表面的には正常に見え、人を惹きつけることもでき、自分の個人的な魅力を利用するのが得意な者も多い。しかし、感情移入の機能が欠如しており、他者に共感できず、同情心もなく、冷酷である。彼らの思考モデルは理性的で、幻覚があるとすれば、それは日常生活とは無関係で、自らが構築した形而上の世界にはまり込んでいる。彼らは、正常な世界で重要視されている倫理や道徳、良心はまったく顧みることがない。

アメリカは変態を育む温床で、連続殺人事件は特に多い。FBI（連邦捜査局）で犯罪行動の分析を担当する部署によれば、現在まで知られている連続殺人犯の八十五パーセントはアメリカから出ている。チャールズ・マンソン、テッド・バンディ、「ゾディアック・キラー」、「丘の上の絞殺魔」、「サムの息子」、どれも有名な計画的殺人者だ。だから、アメリカはこの方面の研究がほかの国々より進んでいる。アメリカの犯罪予防捜査制度には、「犯罪者プロファイラー」という専門職があって、次々と起きる連続殺人事件の細部を分担して犯罪学の一端を担っている。

一九六八年から六九年、マンソンはビートルズの「ヘルター・スケルター」（「しっちゃかめっちゃか」という意味）という曲の影響を受け、「天啓」を受けたと称し、人種問題こそが罪悪の吹き溜まりだと考えた。一九六九年、マンソンは「ファミリー」を率いて凶行を開始し、「ヘルター・スケルター計画」を実行して、数人を殺害した後、逮捕された。初めて法廷に姿を現したとき、額にXの字を刻んでおり、自らを体制から削除したことを表す記号だと宣言した。やがて、同じく裁判を受けていたファミリーの女性メンバーたちも、次々に彼にならった。その後、そのぞっとするXの文字は、それぞれの線が右に曲がって延長され、ナチスの邪悪な鉤十字に姿を変えた。判決を待っていた間、マンソンは髪を剃り、メディアに対して、「自分は悪魔であり、悪魔の真の姿は禿頭である」と宣言した。

世界の連続殺人犯ランキングでは、アメリカが第一位で、イギリスが第二位だ。アメリカは人種の坩堝だから、狂人が特別多いのか？　アメリカは排他的な愛国心が強いから、狂人が特別多いのか？　どっちも可能性があると思う。人種の要素が複雑で多元的になればなるほど、排他的な不安症がますますはびこっていく。自由の裏面は束縛だ。アメリカほど、最も自由な国だと自認しながら、束縛の多い国は見たことがない。家の前の芝生をちゃんと定期的に刈らないと、近所の住人たちから文句を言われる。マンションを買うにも審査が必要で、金があればすぐ買えるというものではない。マンションを買った後、人に貸すことができるかどうかも、住民委員会の顔色をうかがわないといけない。マンションでは犬を飼ってはいけない、猫を飼ってはいけない、などど、規則が多すぎて息が詰まりそうになる。アメリカのことを表面的にしか知らない人に限って、アメリカは乱れている、自由すぎる、放任しすぎだ、などと言うが、その自由放任の仮面の下に保守的で、束縛の強い、別の顔が隠れているのだ。実に多くの面で、アメリカはイギリスよりもっと封建的でゴシックなところがある。それはおそらく、清教徒思想（ピューリタニズム）と関係があるのだろう。

清教徒はプロテスタントのなかでも、最も保守的で極端な教派で、勤勉、慎み深さ、積極性、進取、道徳、冷静さ、浄化を重んじる。言い方を変えれば、あらゆる美徳を重んじているわけだが、寛容という美徳を重んじることは忘れている。もしかしたら、清教徒たちは、誰が救われ、誰に天罰が下るか、それは神が選び、決めることなのだと思っているからこそ、全世界でアメリカ人だけが「我が国は世界で最も偉大な国だ」など言って恥ずかしいとも思わないのかもしれない。ピューリタニズムと資本主義は相性がよい面もあれば、悪い面もあり、それがアメリカという国の矛盾した魂を形づくっている。このような国がオバマを大統領に選ぶのも不思議なことではないし、ましてや、ティーパーティー運動のような団体が出現するのは不思議なことではない。ティーパーティーの極端な言論にはぞっとさせられるが、彼らは少なくとも公開の場所で発言している。表立って見えないところの暗い流れや声、怒りの底の低いつぶやきの方が何倍も恐ろしい。ティーパーティーは、口を開けばすぐ、道徳だの、浄化だのと言うが、おれはそういうのを聞くと、旧約聖書を思い出すし、すごくゴシックだと感じる。自分たちは聖戦を戦っているなどというのを聞くと、どういうわけか、チャールズ・マンソンのようなやつらを思い出してしまう。両者の間には、もしかしたら、かすかながらも、脈々と続いてきたつながりがあるのではないだろうか。

イギリスの天候は変わりやすく、予想がつかない。ほんの数秒のうちに晴れから雨に変わることもある。北に行けば行くほど、高地に行けば行くほど、湿度が高く、冷え冷えとして暗くなり、秋冬ともなれば実に寒々しく、もの寂しい。観光客にとっては、ロマンチックに感じられるだろうが。『フランス軍中尉の女』から、あのどんよりと暗い天気と冷たい海風を取ったら、なんにもなくなってしまうだろう。あの天気がその地の幾世代にもわたる住人たちにどんな暗い影響を与えてきたか、観光客が思い至るはずもなく、想像すらできないだろう。それは、紫外線の効能と関係があるのだろうか。なるべく長く太陽に当たれば、殺人の衝動は減るのだろうか？ なるほど、熱帯や亜熱帯の地域では、殺人鬼はずっと少ないわけだ。以上のような、おれのでたらめな緯度論は、さらに論証を進めれば、まったくはずれだとわかるかもしれない。ロシアはずいぶん北にあるが、この方面での成績は平凡だ。もしかして、ロシアにはＫＧＢがあるから、連続殺人犯が実力を発揮できる余地がないのかもしれない。あるいは、彼らは全員、ＫＧＢのメンバーになっているのかもしれない。

イギリスがランキングの第二位になっている理由としては、天候のほかに、宗教観も重要な要素だろう。プロテスタントが罪を強調し、自らに禁欲を要求し、動物的本能を蔑視していることは、至るところでイギリス人の抑圧された性格を形づくる原因となっている。性を罪悪だと考える場所では、性犯罪の事件は多いに違いない。それとは対照的に、カトリックのフランス人はたいてい、性は解放だと考えており、恥ずかしいことだとは思っていない。カトリックだって、罪について話はするが、プロテスタントはカトリックに比べ、はるかに強く罪悪にこだわる。アンドレ・ジッドによれば、プロテスタントとは、一日じゅう、良心だの、誠実さだの、時間に正確であることばかり考えている、実に興ざめな人々だ。宗教と根深く染みついた階級意識とがあいまって、イギリスという国をけじめや程度を重んじる国にしており、そういう限界が多い国ほど、限界をはみ出す行為を誘発しがちだ。

横溝正史の『蝶々殺人事件』の時代背景は、第二次大戦が終わって間もない日本だ。この小説のなかで、名探偵由利先生は、語り手の三津木俊助に対して、こう話している。

「こういう時代には殺伐な事件があっても、念入りに計画された犯罪なんてないものだ。

誰も彼も浮き足立っているから、犯罪のほうでも念入りに計画をたてる余裕なんかなくなっている。それに殺人事件も、社会秩序が保たれて、人命が尊重されていてこそ刺激的だが、こんなに人の生命がやすっぽく扱われる時代じゃ……ねえ」

「すると、計画的な殺人事件があった時代、つまり先生が活躍される舞台があった時代は、よかった事になるんですか、悪かった事になるんですか」

三津木が少しからかい気味に訊ねると、先生は真面目になってこう答える。

「そりゃよかったに極っているよ。計画的な犯罪があるということは、それだけ社会の秩序が保たれている証拠だよ」

三津木ははっと悟ったように言う。

「すると、巧妙な計画的犯罪があればあるほど、社会は進歩しているという事になりますね」

このような論理はどう見たって詭弁には違いないが、それでも、いくらか筋が通っていると言っていいだろう。社会秩序を重んじる社会ほど、計画的な連続殺人犯が出現しやすい。秩序は秩序から逃げ出すためのエネルギーとなり、理性は非理性を助長する。人命に価値があればあるほど、人命を奪いたがる人間が出てくる。

生活の面から考えてみるなら、列に並ぶ文化のない社会ほど、連続殺人犯は少ない。西洋人は列に並ぶ。行列はまっすぐきちんとしており、並んでいる人たちは安らかな表情で、焦る様子もなく、まるでみんなが家を出る前に鎮静剤でも飲んできたかのようだ。割り込みなどめったにないし、まして列の並び方が原因で起きる事件などない。このような行動は文明と理性の表れであり、由利先生の言うところの進歩した社会にふさわしいが、まさにそれゆえにこそ、反秩序、反理性の反撃の力も強烈になる。アメリカとイギリスに比べて、西欧でも南方に位置するフランス、イタリア、スペインなど、それほど礼儀作法の拘束を受けない国々では、連続殺人事件はずっと少ない。

日本は行列に並ぶことさえも禅にしてしまう国だ。

アジアの国々のなかで、連続殺人事件の数では日本がトップだ。人口では、日本は中国やインドに遠く及ばないが、中国とインドの連続殺人犯の数を足しても、日本のそれには及ばない。これは宗教と関係があるのかもしれない。仏教徒がよく自慢するのは、歴史上、仏教の名のもとに大規模な戦争を始めた者はいないということだ。ある仏教学の大先生はこう書いている。「今に至るまで、われわれ仏教徒は恥じる必要がない。仏教の伝播の歴史のなかで暴力がなんらかの役割を果たしたことはないのだから」。東南アジアの国々は仏教を篤く信じている国が多いが、せいぜい、熱狂的な信徒や僧侶が焼身自殺したという話をたまに聞くくらいで、殉教者が罪もない人々を傷つけるということはない。中国には二重の保障がある。仏教の下に儒教の支えがあって、両者が融合して、実際的で分をわきまえた、奇怪なことや怪しいことを語らない民族性が養われてきた。

日本には神道、仏教、そして途中から武士道が出現して、三者が混ざりあって、「桜花主義」が生まれた。もしかしたら、これが面倒のもとなのかもしれない。切腹、指を詰める、カミカゼ飛行などは誰でも知っていることだが、雪のように白い桜の花のまるで禅のような景色も、深紅の血の雫がなければ、美しいとは言えない。隠しておかなければ、美しくはない。抑えなければ、礼を失する。だからこそだ、日本人が酒を飲んだ途端に無礼きわまる醜態をさらすことはよく知られている。ちょうど笛吹きケトルのように、いったん沸騰すると、凄まじい音でわめく。

日本人は極致を追い求めるあまり、病的になりがちだ。そのうえ、彼らの追い求める極致とは、「完全無欠」のことではなく、西洋人の言うところの「十点満点」のことでもない。欠けているところがあってこそ、美しいのだ。それは九でもなく、十でもない。そうではなくて……。だめだ、言ってしまっては、もう美しくない。このような概念は彼らの魂に染みついており、文学、芸術、音楽、服飾、立ち居振る舞いの至るところにその痕跡を見てとることができる。アメリカのロマン派の詩人エドガー・アラン・ポーの怪奇的な美学と残酷な情緒が推理小説の始祖である江戸川乱歩によって日本の土壌に移植されると、土壌や水が合わずに枯れてしまうこともなく、ちゃんと花を開いて、新しい品種を生み出している。

連続殺人犯を養成するもう一つの要素は、人種の優越感だ。優越感は、日本人にもあるし、中国人にもある。しかし、中国人は義和団の乱のときの八カ国連合軍から、日本による侵略、国共内戦から文化大革命に至るまで、ずっと血まみれでひどい目に遭ってきたから、いくら優越感が強かったとしても、だいたいはなくなってしまっているだろう。現在、大陸では民族主義をおおいに喧伝しているが、あれなどは実は劣等感の具体的な表れだ。日本人が生まれつき、他の人種より優秀だということはないはずだが、彼らは桜花主義の触媒のなかで、白鉢巻をしめて「必勝！」と大声で叫ぶ儀式により、穢れのない美と排他精神を守りとおし、ついには自分たちに自己催眠をかけてしまった。その効果はまったくたいしたもので、日本人はいろいろな分野で確かに優秀な成績をおさめている。

日本人というのは、実に奇妙な民族だ。彼らは生きている間に死の境地に憧れ、生命のこちら側の岸から、冥途の川の彼岸を眺めている。中国人とインド人は長い間、三食まともに食べられず、外国人に侵犯されてきたから、もちろん、そんな暇はない。

中国では列に並ぶ文化はまだ始まったばかりで、人の命も安く扱われているから、連続殺人犯がきわめて少ないのも当たり前だ。新興大国である中国は今、とにかく無我夢中で前に突進しており、ちょっとでも歩みの遅い者はすぐに現代の列車に乗り遅れる。それに加えて、法治の概念も社会福祉も未発達だから、金持ちは贅沢三昧の生活をし、貧乏人は路頭に迷っている。その点から考えても、連続殺人犯はまだまだ舞台裏で待たなければならないだろう。現在、舞台を占領しているのは無差別殺人犯だ。

哀れな台湾に優越感はなく、狭い台湾に大都会はない。宗教的な雰囲気も薄いので、「清教徒」が生まれてくることはないし、その日暮らしの生き方で、他人のことも大目に見るから、「桜花武士」にはなりようにない。台湾の社会は、押しあいへしあい、頭をぶつけあう時代から、行儀よく列に並ぶところまで、二、三十年かかって変化してきた。それにつれて、犯罪のタイプも変わっており、奇妙な犯罪も増えて、多元化の傾向にある。そうは言っても、しょせん台湾は日本ではない。そこらに好きなようにゴミを捨てるのが、台湾人の真の姿だ。街の景色もめちゃくちゃ、運転のしかたもめちゃくちゃ、道の歩き方もめちゃくちゃ、話し方もめちゃくちゃ、アイデンティティーもめちゃくちゃ、思考もめちゃくちゃだ。人々は常に我が道を行き、理性はどこに行ってしまったのかわからない。つまり、台湾のような、内輪でケンカばかりしている社会には、隠れた連続殺人犯を育てる栄養分はないのだ。今まで聞いたことのある殺人事件の例は、どれも欲得ずくのものだけで、チャールズ・マンソンのような、「天に代わって、道をおこなう」と称する類の殺人犯は台湾には出現したことがない。

第十章　今日を耐え抜いても、明日は生き延びられない

1

　続いて何日も、あまりにも暇で困ってしまった。新しい仕事の依頼も入らないし、この調子だと、なにか方法を考えないと、今に貯金もなくなってしまうだろう。

　あの三つの殺人事件のことをときどき考えた。とはいっても、適当にいろいろなことを妄想していただけだ。何度か、連続殺人犯の資料を読んでみて、ＦＢＩが実際の事件の記録からまとめた「特徴プロファイル」を一つひとつノートに書きだしてみた。昨日はオーストラリア犯罪学研究所の分析報告書を読んだ。意外なことに、オーストラリアはこの方面の成績では、他国に引けをとらないことがわかった。一九八九年から二〇〇六年までの間に十一件の連続殺人事件があった。南オーストラリア州の州都アデレードは、連続殺人犯の大本営であるらしい。この歴史ある古都は宗教的な色彩が強く、数え切れないほど多くの教会があるので、「教会の都」と呼ばれているが、同時に、犯罪が多く発生することから、「死体の都」とも呼ばれている。面白いのは、アデレードは

とだ。

オーストラリアでも一番、きちんと列に並ぶという美徳を理解している都市だということだ。

また、スウェーデンのある研究によれば、一九九〇年代から今まで、冷血殺人の犯人は低年齢化の傾向があるという。著者の考えでは、インターネットの時代になって、虚構の世界にのめり込んだ若者たちが、現実との接点を失い、快楽も苦痛も真実のものとは思えなくなっているのではないか、うんぬん、ということだ。

2

七月十一日、急転直下、事態はとんでもないことになった。

なんと、おれは警察から「任意の事情聴取を受ける」ことになったのだ。いくら鋭い直感をもった人だって、まさか、こんなことになるとは予想もつかないだろう。おれはまったく心の準備ができていなかった。警察ははっきりとは言わなかったが、どうやら、おれは三件の殺人事件のうちの二件の容疑者になってしまったらしい。

こういうわけだ。午後の四時過ぎ、騎楼でお茶を飲んでいると、通りの向かいに小胖(シャオパン)がいるのが見えた。おれは手を挙げて、それから両手をラッパのように口に当てて、大声で言った。「来いよ、お茶をおごるよ!」。小胖もこっちに手を振って微笑したが、表情がなんだか変で、いつものように親しげでもないし、以前おれを見かけるたびにいやそうな顔をした表情とも違った。手の振り方も力がなく、微笑というよりは苦笑のようだったが、そのときはたいして気にしなかった。あの晩のことをまだ気にしているのかな、と思っただけだ。

小胖は和平東路を横断し、騎楼を歩いてきた。おれは立ち上がって迎え、なにを飲むかと聞いた。小胖は、いや、いらない、ちょっとすわるよ、と言った。どうやら、なにか困り事でもある様子だ。

「老呉、どう言ったらいいかわからないんだけど」（姓に「老」をつけるのは、年上の友人を親しみをこめて呼ぶ習慣）。小胖の顔色は暗く、気が咎めてでもいる様子だ。「おれはあんたをどうこうしようなんて、思ってもいないんだから」

「いったい、なんの話だ？　おれをどうこうするって、どういう意味だ？」。おれは笑顔を保とうとしたが、なにかがおかしいと感じて、心配になってきた。

「あのとき、あんたは監視カメラをチェックする範囲を広げるべきだって言って、三角形を描いただろう。次の日、おれは派出所に行くとすぐ、地理的な位置にもとづいて地図の上に正確に三角形を描いて、所長に見せにいって、範囲を広げるべきではないでしょうか、って言ったんだ。そうしたら、所長は馬鹿にしたようにおれを見ると、そんな捜査の基本常識、おまえのような下っ端に教えていただくまでもないことだ、って言うんだ。馬鹿じゃないのか、事件は二件から三件に増えたんだから、拡大するのが当たり前だ、まさか縮小しろって言うんじゃないだろうな、って。だけど、なにしろ人手不足なんだから、まずは点から始めてその後で面で検討するんだ、まず、現場近くの映像を見て、それが終わったら、だんだん外側に広げるんだ、って。おれだって所長に恥をかかされる筋あいもないし、むかついたから、もう見飽きた映像をもう一度見直すのはやめて、三角形の中間の地域に焦点を絞ることにしたんだ」

「それで？」

「接点を見つけた」。小胖は一呼吸おいてから言った。「三つの殺人事件のうちの二つの連結点を見つけたんだ」

「よかったじゃないか」

「連結点は、老呉、あんただ」

「なんだって！」

「まあ、落ち着いてくれよ。わかってほしいんだけど、おれだって、この手がかりを見つけたときは、うれしくもなんともなかったよ。それどころか、顔が真っ青になった。それでも、所長に報告しないわけにはいかないんだよ。だから、だから……」

「だから？」

「派出所に来てもらうように、おれからお願いしろって、所長から言われたんだ」

「お願い？　嫌だと言ったら、どうなるんだ？」

「老呉、頼むよ。はっきりさせるチャンスでもあるんだから」

「はっきりさせるって、なにを？　小胖、いったいどんな、おれと関係のある手がかりを見つけたんだ？」

「今は言えない。老呉、協力してくれよ。実は所長は、直接人を出してあんたを捕まえるって言ったんだけど、おれはまずは話をさせてくれ、きっと協力してもらうからって、所長にお願いしたんだよ」

「すぐ行こう」

二人、同時に立ち上がった。

和平東路と富陽街(フーヤンジェ)の交差点の赤信号で待っているとき、気がついた。前後左右、四方八方に警察官が配置されている。人数は少なくない。もし、小胖がおれを説得できなかったら、すぐに集まって飛びかかってきたのだろう。首を回して小胖の顔を見ると、申し訳ないというように苦笑している。

ついに、派出所の奥深くに入ることになった。前に来たときは、せいぜい入り口の左側のお茶を飲む場所までしか、入ったことがない。今回はついに内部まで見るチャンスだ。だが、「容疑者」になってしまったらしいとあっては、細かく観察する気分にはなれないし、まして、観光客のようにのんびり楽しむどころではない。ただ、右側の奥の方に連れていかれるとき、そこにいた警察官がみんな仕事の手を休めて、おれの方を見たのに気がついた。いくら気持ちを落ち着けようとしてもできず、全身が視線に刺されたような感じがした。

臥龍街(ウォロンジェ)派出所は独立した三階建てのビルではあるが、かなり狭い。六張犁(リョウチャンリ)一帯の中古マンションに似ていて、狭くて奥に深い。狭すぎて呼吸困難になりそうだし、深すぎて眩暈がして気分が悪くなりそうだ。二階に連れていかれて、取調室に入る前に、三階に上る階段の入り口に鉄格子があるのが見えた。三階はおそらく、犯人を一時的に勾留する留置場だろう。取り調べが終わったら、おれの運命は一階に向かうのか、それとも三階に向かうのか、まったく自信がもてない。自分は無実だ、なにか誤解があるのだ、とわかってはいるが、なにがなんだか、まったくわからない状況なので、不安でしょうがない。

　小胖はいったいなにを見つけたんだろう？

　狭苦しい取調室は、映画で見たのとはまったく違った。実に狭くて、四面は全部壁で、鏡はない。蛍光灯の下で、おれの顔は真っ青に見えるだろう。

　二十分が過ぎたが、誰も入ってこない。入ってきて、水が飲みたくはないか、電話をかけたくないか、弁護士を呼びたくないか、と聞くやつもいない。我慢ができなくなってきて、焦る気持ちを和らげるため、おれは長方形のテーブルのまわりをゆっくり歩きながら、両目をきょろきょろ走らせて、監視カメラの隠してある場所を見つけようとした。マジックミラーがないとしても、録画録音装置は必ずあるだろう。

　サツのやつらがなにをやってるかは、わかっている。今この時も、監視カメラでおれの一挙一動を観察し、おれの表情を見ている。わざとおれを待たせて、映画に出てくるアメリカの警察の言い方を借りるなら、「汗をかかせて」やろうと思っているに違いない。おれは汗はかいていないが、寒い。冷房が強すぎるので、スイッチかリモコンがないかと探したが、見つからない。

　三十分過ぎたが、なにごとも起こらない。おれはリュックから煙草とライターを出して、一本点けた。こうすれば、誰かが来て、制止するだろうと思ったのだ。続けて二本吸ったら、口のなかがいがらっぽくなった。三本目を吸っていると、チェックのシャツを着て、一番上のボタンを外した私服警官が資料を一抱え持って入ってきた。叱られて、煙草を消せと言われるかと思ったら、ちょっと待って、灰皿を持ってくるから、と言って出ていった。間もなく戻ってきて、缶の灰皿と自分の煙草「555」を持ってきた。持ってきた資料を右側に置くと、灰皿を中間に移動させ、自分も一本点けた。そのとき、首に金のチェーンをしているのに気づいた。

「ここ、吸ってもいいのかな？」。おれはそう聞いて、煙を吐き出した。

「あなたが吸うなら、わたしも吸いますよ。誰も文句は言いません」

「冷房を弱くしてもらってもいい？」

「寒いですか？　わかりました」

私服警官は出ていって、すぐに戻ってきた。なんでも、自分でやっている。この部屋はずいぶんシンプルだ。

私服警官は資料のファイルを開くと、中から小型の録音機を取り出した。ボタンをいくつか押すと、録音機を灰皿の隣に置いた。

「すみませんが、録音する必要があるんですよ。呉さん、こんにちは。わたしは李永泉（リーヨンチュエン）です。これがわたしの名刺です」。チンピラみたいな警官だと思ったが、話し始めたら、ずいぶん礼儀正しい。

名刺には、「台北市刑事局捜査四部三課」と記されている。

「いくつか、教えていただきたいことがあるんです」

「その前に、こちらの質問に答えていただきたい」

「どうぞ」

「ごねるわけではないんだが、逮捕されたのは初めてなので……」

「逮捕じゃありませんよ。お話をうかがうだけです」

「お話をうかがうって？　話を聞くだけなら、どうして、電話で約束しないんだ？　どうして、あんな大勢で張り込む必要があるんだ？　まるでわたしが銃撃犯かなにかみたいに」

「それはよくわかりません。わたしの仕事はお話を聞いて、記録をとるだけなので」

「わかった。それでは、お話を聞かれるのが初めてなもので、自分にどんな権利があるのか、聞いておきたい。わかるだろう？　人は誰でも、警察と関わりあうことになって初めて、自分の法律に関する常識はゼロに等しいと気づくものだ。だから、こっちも自分の権利を知りたい」

「まず、沈黙を守る権利があります」

「本当に？　でも、世間では、確かに沈黙を守る権利はあるが、しゃべらなければ殴られるとみんな思ってるよ」

「それは外の世界の誤解です。少なくとも、今はそんなことありませんよ」

「わかった。ほかには、どんな権利が？」

「弁護士を頼む権利があります」

「それから？」

「だいたい、そんなところですよ」

「もう一つあるんじゃないかな？　取り調べの全過程を録音録画するよう、要求できるはずだ」

「そのとおりです、うっかりしてました」

「わたしの質問は以上だ。もう一度言っておくが、ごねたわけじゃない。ただ、黙秘する権利があって、弁護士を頼む権利があって、録音録画を要求する権利があることを、どうして、取り調べを始める前に言ってくれなかったのか、それを知りたかった」

「すみませんでした。わたしのミスです。呉さん、あなたは黙秘する……」

「わたしは黙秘したくもないし、弁護士もいらない。録音はしてもいい。じゃ、質問を始めてください」

「ありがとうございます。では、呉さん、まず、あなたはいつ六張犁に引っ越してきましたか？」

「五月一日です」

「一人住まいですか？」

「そうです」

「普段、どんな生活をしていますか？」

「眠くなれば眠り、目が覚めれば起きる。起きた後は、雨が降っていなければ、山登りに行く。その後、家に帰ってシャワーを浴びて、シャワーの後は本を読んだり、音楽を聴いたり。昼食は外で食べ、その後は散歩に出る。膝が痛くなるまで、歩き回る。三時半には、今日あなた方がわたしを見つけたあの店でお茶を飲む。たいてい一、二時間、あそこにすわっていて、夕方家に帰る前に外で晩飯を食べる。だいたい六時か七時ごろ帰宅。夜は家でテレビを見て、DVDを見るときもある。最後にベッドに横になって、寝るまで本を読む。だいたい、そんなもんだな」

そう、だいたい、そんなもんだ、おれの生活は。感情を交えずに自分の生活を赤の他人に正直に報告したら、ふと、自分の生活にはまったく変化がないなと思った。しかし、これがおれが望んだ生活だ。人のせいにはできない。

「いつも何時に寝ますか？」

「そのときによる。一時、二時のときもあるし、もっと遅いときもある」

「眠れないときは、外に出て散歩しますか？」

「いったいなにが言いたいんだ？　はっきり言ってくれ」

「六月十六日は、何時に寝ましたか？」

「覚えてるはずだとでも言うのか？　六月十六日に、あなたは何時に寝たんだ？」

「わたしも覚えていません」

「そうでしょう？　だから、もうこれ以上、わざとらしいことを言って、お互いの時間を無駄にするのはやめよう。言っておくが、わたしは六月二十四日と七月八日も、何時に寝たか、覚えていない。わたしが今、どんな困った立場にあるか、わかっただろう？三つの殺人事件はどれも深夜か明け方に起きている。普通の人は寝ている時間だ。だが、わたしは一人暮らしなので、証人がいない。何時に寝ましたと言ったって、あなたは信じてくれないだろうし、信じるべきでもないだろうが」

「三つの事件のことをよくご存じですね」

「そのとおり、わたしの趣味のようなものだ」

「あなたは私（し）、私立探偵なんですか？」

「そうだ」

「事件を依頼されたことはありますか？」

「ない。開業してまだ間もないから」。どんなことがあっても、陳婕如（チェンジエルー）を巻き込むわけにはいかない。

「さっき、日頃の生活について話してくれたとき、公園のことを言うのは忘れていたようですね」

「そうだった。公園にもしょっちゅう行って、しばらくすわっている」

「呉さん、わたしたちが今どんな困った立場にあるかというとですね」。刑事はルーズリーフのファイルを抱えて立ち上がり、おれの方に歩いてきた。そのときのポーズといったら、まるで鶏の首を一刀両断に切り落とすべく構えるところみたいだった。「わたしたちが今どんな困った立場にあるかというと、監視カメラの映像をすっかり見通した結果、あなたは二人の犠牲者のどちらとも、ある程度、接触していることがわかったんです。どちらも、公園でなんですがね」

　そのとき、自分がどんな顔をしていたかは覚えていない。ただ、首が急に縮んで、唾液を無理やり飲み込んだとき、下顎の付け根と喉の間から音が出たことを覚えている。この突然の左フックはまったく防ぎようになかった。幸い、すわっていたから、頭がガーンとなっても、手をテーブルに突っ張って体を支えることができた。

おれは愕然とし、力が抜け、強がることもできなくなった。

監視カメラの映像からコピーした写真は解像度が低く、曖昧だったが、それでも、人を識別することはできた。七枚の写真はどれも、おれと殺された二人が公園内にすわっている映像だった。

「こっちの何枚かは」と最初の四枚を指示して刑事は言った。「あなたと第一の被害者の鍾崇献(ジョンチョンシエン)を嘉興(ジアシン)公園で同じ日に別の角度から撮影したものです。あなたも、彼も、それぞれ石のベンチにすわって、煙草を吸っています。あとの三枚は、あなたと第二の被害者の張季栄(チャンジーロン)が捷運(ジエユン)の麟光(リングアン)駅の近くの小さな四阿にいる写真です。左上の角に日付と時間があります」

刑事の右手が見えるだけで、彼の体は見えなかった。李刑事は左手をおれのすわっている椅子の背にかけ、身を屈めて、おれの後ろに立っていた。写真の上に彼の影が落ちているのが見え、彼の呼吸が聞こえた。おれにプレッシャーをかけるつもりでやってるんなら、効果はてきめんだ。

首の後ろに寒気がした。

「どうして、こんな偶然が?」。だいぶたってから、おれは小さな声でやっとそれだけ言った。

「わたしたちもそれを知りたいんですよ。どうして、こんな偶然が?」。李刑事は自分の席に戻ってから続けた。「どうして、あらゆる映像記録のなかで、あなただけが同時に二人の犠牲者と接触してるんでしょうね？」

「こんなのが接触といえるのか？」。弁解するというより、自分の心に浮かんだ疑問を口に出した。「この二人のことはまったく覚えていないし、どちらとも話をしたことはないはずだ。確かに、六張犁、三張犁（サンチャンリ）一帯の公園はどこも、わたしが散歩の途中で寄る場所だ。でも、いつも一人ですわれる場所を探して、煙草を吸いながら、ぼんやり公園のなかの人たちを見ているだけだ。嬉しそうに走り回る子どもたちや、将棋や碁をしながら口論している爺さんたち、ぺちゃくちゃくだらないおしゃべりをしている婆さんたち、それにホームレス、失業中の人、頭のおかしそうな人たち……」

「いつも、誰とも話をしないんですか？」

「知らない人と話をするのは好きだ。誰の話にでも興味はある。でも、自分はこんなふうに、誰とも絶対に関わりあいになりたくないっていうふうに見えるらしいので、知らない人が話しかけてくれることはない。二人の犠牲者のうちの一人とでも話をしたことがあったら、絶対に覚えているはずだ。だが、この写真を見ると、たまたま彼らと同じ公園のなかにすわってるだけじゃないか。たとえば、この最初の事件の被害者とわたしの間の距離は少なくとも二メートルは離れてる。彼は東側にすわって、わたしの姿勢は左に傾いて、西側に向かっている。この距離と身体言語からすぐわかるはずだ。お互いになんの接点もありはしない」

「あるいは、あなたは黙って彼らを観察していたのかもしれない」

「わたしは外出すると、街なかでも、公園のなかでも、いつも黙って人を観察している。

でも、それはあなたがほのめかしているような、黙って人を観察して、こっそり殺す相手を探して選んでいるのとは全然違う。ちょっとお聞きしたいんだが、三つ目の事件の犠牲者が公園にいる写真はどうして見つけられなかったのかな？」

「それは、彼女が車椅子を使っていて、エレベーターのないマンションの三階に住んでいるので、まったく外出できないからですよ」

それから後は、李刑事になにを聞かれても、脳みその半分だけで返事をし、あとの半分では必死で推理して、次々に浮かんでくる悪い考えを取り除こうとした。二時間半にも及ぶ「お話を聞く」会がようやく終わった。警察はどうやら、おれを二十四時間勾留するに足る証拠は見つけていないらしく、おれは解放された。

下に降りていくと、小胖が一階の階段そばで待っていた。

「大丈夫か？」

「まずいことになった」とおれは言った。

「すまない。でも、仕事だから、おれもどうしようもなくて……」

「安心しろ。おまえを責めてなんかいないよ。公園でぼけっとしていたおれが馬鹿だったってことさ」。おれは小胖の肩を叩いて言った。

「送らないよ。外は記者だらけだ。送って出ると、かえってまずいから。出るときは、なんでもないふりをするんだ。そうすれば、なんの疑いももたれないから」

内心は激しく動揺していたが、なにごともないような顔をして、派出所から出た。パパラッチどもの視線がすべておれの体に突き刺さって、あれではどんなに罪のない人でも自分は有罪だと思ってしまいそうだ。だが、幸いなことに、やつらが狂犬のように襲いかかってくることはなかった。

その晩は、空腹のまま、一缶、また一缶とビールを飲んだ。最近は事件をひとつ解決して意気軒高だったし、三つの殺人事件は自分に関係ないと思っていたから、超然としてプロとしての好奇心を楽しんでいたが、そんなものは一切雲散霧消してしまった。

初めのうちはずっとソファーにすわって嘆き、恨みごとを言っていた。おれが容疑者に！　なんでまた、おれが容疑者になんかなるんだ？　闘志も尽きはて、驚き、悩み、気落ちし、腹が立つばかりで、無意識のうちに罵り声が出た。浮世のことなどすべてお見通しだって？　なにを馬鹿なことを言ってたんだ。ますます深みにはまっていくじゃないか。自分では利口なつもりでいた道化師め、まったくいい気味だ。ある程度酔って、アルコールで勇気づけられると、気持ちもいくらか和らいできて、自分にこう言い聞かせた。ただの偶然だ、まして、神様が奇怪な冗談をやっているわけでもない。そう考えると、アルコールに醸成された蛮勇が自然と湧き上がってきた。なんでもないことにびくびくする必要はない。どう考えたって、やってないことはやってないんだから。これからなにが起きたって、そのたびに臨機応変に対処すればそれでいいじゃないか。

3

翌日の朝九時過ぎ、鳴り止まないドアのブザーの音で起こされた。無理やり起き上がり、目も半分閉じたまま、下着のパンツだけで、内側の鋼鉄のドアを開け、前庭に出ると、外側のアルミ格子の門も開けた。

パンドラの箱を開けるとはどういうことか、おれにもやっとわかった。その瞬間に、フラッシュが次々に焚かれ、一瞬目が見えなくなった。やっと視力が回復したときに見えたものは、門の外側に押しかけている一群の記者やカメラマンたちだった。記者たちが手に持ったマイクは、どれもおれの顔に突き付けられていた。彼らは声をそろえて叫んだ。「あなたは関係者なんですか?」、「どうして、事情聴取を受けたんですか?」、「なにか言いたいことはありますか?」――おれはまるで、ギリシャ神話に出てくる、頭にぎっしり蛇がうごめき、口には猪の牙を生やした海の妖怪メドゥーサの姿を見てしまったかのように、驚きのあまり石になって動けなくなった。

やっとのことで気を取り直すと、すぐに門を閉めた。部屋のなかに戻ると、またブザーが鳴り出した。おれはドアの右側の壁に掛かっているブザーの装置を引っこ抜いた。それでも、メドゥーサは相変わらずドアの向こうで呪いのような「うわんうわん」という声を出している。

どうして、こんなことになったんだ?

おれはわけがわからなくなって、衣服の積み重ねられた下に隠れていた携帯を探し出した。電源を入れると、数十回の着信記録があった。おれは小胖に電話をかけようとしたが、その途端に着信音がしたので、つい出てしまった。男の声で、「呉さん、わたしはなんとかテレビ局の記者で……」。聞き終わらないうちに、「馬鹿野郎」と言って、電話を切った。

今度は最速のスピードで、小胖に電話した。

「小胖、いったいどういうことなんだ？　うちの門の外に吸血鬼の群れが来てる！」

「今行こうと思ってたところだ。おれがなんとかするから、とにかく、電話には一切出ないで」

援軍が来て包囲を解いてくれるのを待つ間、おれは床にすわって、頭を掻いては体を揺らしたり、リビングを行ったり来たりして歩きまわったりしていたが、次々に雑念が湧いてきて、わけがわからなくなってきた。まもなく、外がまたがやがやと騒がしくなったが、小胖の声が聞こえたので、いくらか気持ちが落ち着いた。小胖はマスコミのやつらに横丁の角まで下がってください、住人の生活を脅(おびや)かしてはいけません、と言っていた。マスコミのやつらははじめのうちは文句を言っていたが、次は小胖に質問をしはじめ、しばらくごちゃごちゃした後、やっと外が静かになってきた。

「老呉、おれだ。開けてくれ」。小胖がドアを叩いて言った。

おれは小胖を家のなかに入れた。

「マスコミのやつらはなんで知ってるんだ？　なんでおれは関係者になってしまったんだ？」。おれはまず聞いた。

「そうじゃないんだ。まあ、聞いてくれよ」と小胖は答えた。「所内で情報を漏らしたやつがいるんだ。どの馬鹿野郎かわからないが、小遣い欲しさにこれまでの捜査の結果をマスコミに漏らしたやつがいるんだよ。まったく、ろくでもない野郎だ。おれ様が捕まえたら、たまを蹴っ飛ばしてやる！」

「誰だか、わかるのか？」

「遅かれ早かれ、わかるはずだ。安心してくれ、今、所長が調べていて、結果が出たら、記者会見をやって、マスコミの前ではっきりさせるから」

「マスコミはどこまで知ってるんだ？」

「どの新聞にも載ってる。一面のトップにしてるのもある」

「なんて書いてあるんだ？」

「いい加減なことばかりだよ。あんたのフルネームだけは書いてないが、あとは言いたい放題だよ」

まずいことになった。

「新聞を買ってきてくれよ。読んでみる必要がある」

小胖は難色を示した。

「おれがか？　それはちょっとまずい。上からは、あんたと単独で接触したらダメだと言われてるんだ。今は、このマンションの住人たちの平穏を守るためという名目で来てるんだ」

それを聞いたら腹が立って、小胖を横目で睨みつけたが、すぐに考えを改めた。小胖のせいじゃない。彼に怒りをぶつけたって、なんの役にも立たない。

「わかったよ。自分でなんとかするから。おまえは早く派出所に帰った方がいい」

おれがそう言うと、もともと辛そうだった小胖は、いよいよ友だちに申し訳ないと思ったらしく、恥じ入った表情になった。

「大丈夫だから」

おれは小胖を引きずり出すようにして、外に送り出した。小胖が去ると、大急ぎでテレビをつけて、50チャンネルから58チャンネルまで、あちこちをザッピングした。まいった！　どの局も「独占報道」と銘打ち、例外なく、おれに関するニュースばかり報道している。

――六張犁連続殺人事件、警察はすでに重要な手がかりをつかみ、呉という姓の関係者を事情聴取しました。

――事件は急展開、われわれの独自取材によると、警察はすでに呉姓の関係者を特定しています。

――警察は監視カメラの映像を精査し、呉という中年男性が関係者だと特定して、複数回の事情聴取を行いました。

――記者は現在、呉という関係者の自宅前におります。独自取材により、新しい情報が入り次第、すぐにお伝えします。

こんちくしょう！　おれは頭に来て、力いっぱい、リモコンを壁に叩き付けた。カチャッと音がして、電池ケースの蓋と本体が分裂した。

誰かが力いっぱい、ドアを叩いている。

「老呉、おれだ、阿鑫（アシン）だ。添来（ティエンライ）もいっしょだ」

おれはドアを開けて、二人をなかに入れた。狂犬たちが吠えまくっているのは無視した。

「新聞を見てすぐ飛んできたんだよ。家がどこかはっきり知らないから、阿鑫の所に行ったんだ」。添来が慌てて言った。

「話はなかで」と阿鑫が言った。

三人、リビングに入って、ドアを閉めた。

「いったい、なにがあったんだ？」。阿鑫が聞いた。

「正直言って、おれにもなにがなんだか、わからないんだよ」。おれは後ろにひっくり返るように、ソファーに倒れ込んだ。

「ほっとけばいいさ。警察の間違いに決まってる。兄貴、安心してくれ。おれは今、マスコミのやつらにも言ってやったんだ。呉誠（ウーチェン）はおれの兄貴分だ。おれの兄貴は絶対にそんな酷いことをするはずがないって！」

おれは起き上がった。自分の耳が信じられなかった。

「おまえ、ほんとにそんなこと言ったの？」

「ほんとに言ったんだよ、この阿呆は」。阿鑫が首を振って言った。

「なに驚いてるんだよ？」添来が言った。

「なに驚いてるんだよ、じゃないよ。マスコミのやつらはおれの苗字が呉だってのは知ってたけど、フルネームは知らなかったはずだ。なのに、おまえがしゃべっちゃった。それも、ライブ中継で」

「あーー、しまった！　おれったら、ほんとにうっかりしてたよ」。添来は自分を責めた。

「もういい。だが、言っとくけどな、これからはたとえ、おれのためを思ってでも、マスコミのやつらと話すのはやめてくれ。特に、兄貴分だなんて言ったら、ダメだ。そんなことを言うと、おれがヤクザかなんかみたいに新聞に書かれる」

「まあ、すわろうや。老呉、いったいなにが起きてるのか、おれたちに話してくれ。なにか、おれたちにできることがあるかもしれないからな」

そこで、おれは警察に事情聴取されたいきさつを二人に話した。話しているうちに心のなかの波風も静まってきて、話し終わったときには異常なほど冷静になっていて、これからどんな事が起こりうるか、それに対してどう対処するべきなのか、だいたいわかってきた。

「そんなの、たんなる偶然だよ！」。添来が言った。

「そういうことなら、大丈夫だろうよ」。阿鑫も言った。

二人が来てくれて、おれは本当に感動していた。だが、この瞬間にはっと気づいたことがあって、今すぐ言わなければならないと思った。

「言っておくが、おれは本当に誰も殺してない……」。二人は慌てて、おれを黙らせようとした。だが、おれは、頼むから最後までしゃべらせてくれ、と言った。「どうしてもはっきり言わなければならないことがある。安心してくれ。おれは一回しか言わないから。二人とも、おれを信用してくれてることはわかってる。だが、おれの考えを聞いてくれ。二人とも、おれと知りあってから、まだ長くない。おれのことをどれくらい理解してるかっていうと、やっぱり限界があるはずだ。いや、いいから、最後まで聞いてくれ。だから、二人とも、冷静でいてほしいんだ。そうしないと、かえっておれにとっては困ったことになる。阿鑫、おまえは家も近い。それに商売もある。おれの巻き添えを食わないように気をつけろ。いいから、おれの言うとおりにしてくれ、これだけは譲れないから。おまえの方からおれに連絡を取ってはダメだ。助けてほしいときは、添来をとおして頼む。添来、おまえにひとつ、頼みがあるんだ」

「なんだい？」

「新聞を全部買ってきてほしい。やつらがなにを書いてるか、知りたいんだ。それから、食べ物、飲み物も買ってきてくれないか。これから何日か、家にこもって長期抗戦になるから」。おれはポケットから現金を出した。

「いらない。金ならある」

二人が去ってから、おれはノートに「作戦計画」を書いた。今は自分を責めても、人を恨んでも、なんにもならない。パニック障害にだって完全に潰されたことはないのに、こんなくだらない外部要因に潰されてなるものか。

おれは、「マスコミ対応」、「通信連絡」、「運動」、「殺人事件研究」の四項目を書き記した。「マスコミ対応」の下に、いくつかの重要点を書いた。一、相手にしない、二、絶対に怒らない、三、慈悲を期待しない、四、最悪の事態を想定する。外部との連絡については、添来に頼んでいろいろやってもらうしかない。それから、母と妹に連絡しないといけないと自分に言い聞かせた（二人とも、もう知ってるんだろうか？　マスコミに追い回されたりしていないだろうか?）。それから、陳婕如だ。マスコミがおれと彼女のことを見つけ出さないように祈るばかりだ。それから、毎日、運動する必要がある。足踏みでジョギングでもいいし、体操でもいい。とにかく、なにか工夫して、体力を消耗し、プレッシャーを和らげなくては。最後に、たんなる偶然だということがはっきりする前に、もう一度、三つの殺人事件を調べてみる必要がある。自分と被害者たちの間に接点がありうるかどうかもだ。捕まらないためには、それを調べなくてはならない。

　対策を考えているうちに突然思い出した。まだ薬を飲んでいなかった。毎朝、目が開くと最初にすることは「百憂解（バイヨウジエ）」（抗鬱剤フルオキセチン・商品名プロザック）を一粒飲むことで、これは何年も変わらない習慣だったが、今日は外界からの刺激を受けたせいで忘れていた。慌てて寝室に行くと、まず百憂解を一粒飲んで、それから鎮静丸（漢方の精神安定剤）を一つ飲んだ。

　添来が買ってきてくれたカップ麺とパン、それにコーラとビールと紅茶は、四、五日は蟄居するのに十分な量だった。添来が帰る前に、もう一度注意した。マスコミと話をしてはならない、特に林氏の事件について絶対に一言も漏らしてはいけない、ひょっとして、やつらがなにか噂を聞きつけたとしても、徹底的に知らないふりをしてくれ、と。

「六張犁の三つの殺人事件の関係者が見つかる！」。ある新聞は一ページのトップにこんなハラハラさせる大見出しを付けていた。日付が変わった途端に、クエスチョンマークが感嘆詞に変わっている。もともとはマスコミも三件の殺人事件の間の関係についてもわずかに疑問を残していたはずだが、今では民衆に対してズバリと「連続殺人」と宣言しているうえに、「六張犁の殺人鬼」なんてあだ名まで付けている！　これではまるで、本当に連続殺人犯がいるみたいだ。きっと本人は得意に思っているだろう。

「母さん？」

「阿誠（アチエン）？」。電話の向こうの母親の声はせっぱつまった様子だ。「ああ、よかった、そっちから掛けてきて。あたしもさっきから掛けてるのに、ずっと通じないんだもの。あんた、六張犁に住んでるんじゃなかった？」

「そうだよ」。どうやらもう、知ってるらしい。

「すぐに引っ越しなさい。わかった？　六張犁には変なやつがいて、そこらじゅうで人を殺して歩いてるそうじゃないの。今、テレビで言ってたわ。記者がそいつの家の前まで行ってるって」

　母親に本当のことを言うべきかどうか、すぐには決心がつかなかった。

「もしもし？　聞いてるの？　すぐによそに引っ越しなさい。でなきゃ、しばらくあたしの所にいればいい」

「心配しなくていいよ。ここ何日か、全然外に出てないし、ずっとドアにも鍵をかけてるから」

　一日でも長く先延ばしにしよう、いつまでもごまかし続けられるものではないとしても、今すぐ年寄りを心配させることもないだろう。

　続いて、妹にもかけた。

「とんでもないことになってるでしょ？」。妹はなんでもはっきり言う性分だ。

「なんだよ？」

「新聞にも大きく載ってるし、テレビのニュースでもずっとやってるし。最初はね、苗字が呉だって言うけど赤の他人だろうと思ってた。そしたら、まあ、びっくりした、なんか猿みたいな感じの男が出てきて、カメラに向かって、『呉誠はおれの兄貴分だ』って言うから、やっとうちの兄貴だってわかったの。いったい全体、どういうこと？　どうして、殺人事件と関係あるの？」

「言いたいことはすんだか？」

「すんだ」

「いいから、大騒ぎするな。たんなる偶然で、警察に事情を聞かれたが、関係者でもなんでもない。マスコミがでたらめを言ってるんだ」

「母さんに電話した？」

「したよ。ラッキーなことに、母さんは猿が出てくるところは見てなかった」

「冗談言ってる場合じゃないでしょ！」

「いいから、騒ぐのはやめてくれ。事情聴取だろうが、関係者だろうが、とにかく殺してないんだから、大変なことになるはずはないだろ」

「殺してないのは、わかってるってば。でも、油断したらダメ。台湾は冤罪が多いんだからね」

　妹の言ったことは、大勢の人たちが心のなかで考えていることだ。おれは急に心配になってきた。台湾では司法改革の呼び声が十数年も前から盛んだが、今のところはまだ呼び声の段階でしかない。
おれは確かに殺していない。しかし、だからといって、なんの心配もいらないという保証はない。

4

昼にインスタントラーメンを食べたときには、なんだかもう牢に入っている気がした。昼飯の後、元気を出して、事件の全体をよく考え、ノートに三つの可能性とそれについての分析を書いてみた。

一、純粋なる偶然。(可能性は最大。五月に越してきてから、おれは毎日、少なくとも一時間か二時間、公園にすわっている。二人の犠牲者もしょっちゅう公園に行く人なのであれば、おれと彼らが公園で偶然出会う確率はきわめて高い)

二、誰かに陥れられている。(可能性はきわめて小さい。おれには仇もいないし、金や男女関係のもめ事もないんだから、こんな手間ひまをかけて、おれに罪をなすりつけるやつがいるわけがない。それに、事件は恋愛関係や金銭とは関係ないとすれば、犯行動機の検討をしてみる価値がある。仮に、三件とも同一人物がやったとしたら、犯人はなぜ老人ばかり選ぶのか？　年寄りに恨みがあるのか？　年寄りを憎んでいるのか？　年寄りを憎むのはどんな人間か？　犯人は老人ではないだろう。おそらくは若者だ。それにしても、それやこれやが、おれとどういう関係があるのか？）

三、神秘的な運命のいたずら。（本当にそうだとしたら、座して死を待つ以外、どういう反撃ができるのか？　勘弁してくれ、そんなはずはない！）

第二項のみ、検討の価値ありだ。だが、おれの手元にはなんの資料もないし、まして鑑識の報告もない。どこから切り込むべきか？　理論から着手する以外、方法はない。

連続殺人犯の動機には、互いに重なりあう四つのタイプがある。

第一のタイプは、宗教的な幻想だ。犯人は精神疾患のせいで現実から逸脱し、ある種の声（神だったり、悪魔だったり）の指示を受けたと信じ込む。「サムの息子」こと、デーヴィッド・バーコウィッツの場合は、悪魔が隣家の犬をとおして殺人指令を伝えてきたと主張した。第二のタイプは、使命を志向するものだ。犯人は病的な道徳的潔癖症で、社会の病を治すとか、社会から「穢れた」部分を取り除くという理由で人を殺す。なかには同性愛者だけを狙って殺す者もいるが、そういう犯人は本人が同性愛者であることも多い。いまだに正体がわかっていない「切り裂きジャック」は娼婦ばかりを殺していた。宗教はこのタイプの殺人犯の成長過程の重要な要素となっている。第三のタイプは、快楽主義者だ。犯人は狩猟のように人を狩って殺すことから快感を得る。性欲を発散させるように、刺激を楽しみ、刺激から利益を得る。「ゾディアック・キラー」は新聞に投書して、殺人の刺激はセックスよりも気分がいいと主張した。最後のタイプは、権力・支配型だ。犯人の主な目的は被害者を完全にコントロールすることで、性的な暴行も性欲を発散させるためではなく、支配欲を満足させるためという場合もある。テッド・バンディはこのタイプの殺人者だ。

「六張犁の殺人鬼」は、どのタイプなのか？

ノートの前の方に戻ってみると、「特徴プロファイル」のページが出てきた。FBIとその他の国の犯罪学の統計を総合すると、連続殺人犯にはいくつかの共通点がある。

●多くは白人男性で、IQが高いが、大部分はホワイトカラーの職業ではなく、頻繁に仕事を変えている。

●多くは変装、カムフラージュがうまく、群衆に溶け込んで目立たないでいることができるが、ターゲットと相対すると十分に親しみやすい人間に見える。

●多くは崩壊した家庭の出身で、幼いときに親などから虐待を受けたり、家族から性的虐待を受けたりしていた場合もある。

●多くは子どものときにのぞき見、窃盗、フェティシズムの性癖があり、SM本・雑誌・映像に夢中になっていた者もいる。

●多くは幼少時より、動物虐待や放火の傾向がある。

●犯行時の年齢はだいたい二十五歳から四十歳の間。

●多くは人に頼らず、単独犯である。
●男の殺人犯の殺害方法は絞殺、刺殺、撲殺が多く、女の犯人は毒殺が多い。
●多くは計画的な殺人。

消去法によって、人種と宗教の要素を取り除き、以下のような、まったく憶測に過ぎない結論を得た。「六張犁の殺人鬼」は計画的な殺人犯で（犯行時間は常に通行人の絶えた深夜であり、かつ、犯行前に現場の監視カメラを破壊している）、年齢はだいたい二十五歳から四十歳の間。これまでのところ、殺害方法は同じで、四回とも（ヘルパー襲撃も含む）、金属製の鈍器を使っている。犯行の動機は、金や財産とも、個人的な恨みとも関係がない。

ほかになにか抜けていることがあるだろうか？　この外国からもってきた「特徴プロファイル」を台湾に適用することは可能なのか。突然思い出したのだが、死者が殴られていたのは、三人とも後頭部だ。ということはつまり、犯人は人を殴ることに慣れておらず、犯行をおこなうときに相手と顔を合わせる度胸がないということではないか。第三の事件の被害者はまったく抵抗できず、叫び声もあげられない老婦人だったにもかかわらず、やはり、後頭部を攻撃することを選んでいる。これはつまり、犯行の動機が犠牲者に向けられた個人的なものではないということ、個人的な恨みによる犯行の範疇には入らないということではないか。

しかし、以上はもちろん、素人の推論に過ぎない。

5

午後四時過ぎ、体操をしながら、テレビのニュースを見ていた。さっきリモコンを壊してしまったので、テレビの前にしゃがみ込んでボタンを押してチャンネルを変えなければならない。この作業は体操よりもっと疲れる。

ついに、おれにとって有利な展開があった。

臥龍街派出所の所長が記者会見をおこなった。慎重を期してのことだろう、前もって書いてあった原稿を一字一字朗読している。「捜査非公開の原則にもとづき、本派出所は所員が自らマスコミや外部に対して捜査の進捗状況や捜査内容を漏らすことを固く禁じております。しかしながら、規則に従わず、自らマスコミに対して情報を売り渡した不届きな警察官がいたことが判明しました。本派出所は通信連絡の記録から、その所員の身分を明らかにし、すでにその者の過失を勤務評定に記録するとともに、異動処分としました。現在、マスコミに報道されている呉という姓の男性は容疑者ではありません。強調しておきます。呉さんは容疑者ではありませんし、関係者でもありません。本派出所がこの人物から事情聴取したのは、彼が当該事件に関する間接的な情報を提供してくれるかもしれないと希望してのことであります。ですから、マスコミの皆さんには、これ以上この人物に迷惑をかけないよう、自制をお願いいたします。最後に、マスコミは『六張犁の殺人鬼』とか、『老人キラー』などと言っておりますが、まったくの事実無根であります。今のところ、これらの三つの殺人事件の間に直接の関係があるとか、同一人物の犯行だという明確な証拠は見つかっておりません。この点につきましても、マスコミの皆さんには、社会に不安を与えることのないよう、自制に努めていただくよう、お願いいたします。わたしからの報告は、以上です。みなさん、ありがとうございました」

所長は言い終わるなり、身をひるがえして派出所に入っていったが、残された記者たちはまだ、がやがやと質問をしていた。「情報を漏らした警察官は誰です？」。「呉さんはなぜ事情聴取を受けたのですか？」。「彼は警察にどんな間接的情報を提供したんですか？」。続いて、あるニュース局が、有名なタレント弁護士の涂耀明（トゥーヤオミン）にインタビューしている。「先ほど、臥龍街派出所の所長が大袈裟な記者会見をやりましたが、あれはリスク管理の目的でやったと解釈すべきでしょう。だって、派出所の過失によって、呉さんという人は人権とプライバシーを侵害されているんですからね。わたしが彼だったら、きっと警察を告訴して、きっちり責任を負わせますね！」

涂弁護士は大変な有名人で、しょっちゅう有名人の弁護士として訴訟を起こしたり、テレビで司法改革について意見を発表したりしている人だ。

警察を訴える？　どうしておれは思いつかなかったんだろう？

夕方になると、入り口に張りついていたマスコミのやつらが次々に撤退していった。だが、おれは騙されない。横丁の入り口あたりにまだ、あきらめの悪い記者が一人や二人は待ち伏せしているに違いない。

それから三日間、一歩も外に出ないで、読書、事件の分析、音楽を聴く、テレビを見る、シャワーを浴びる、自慰など、心と体に有益な活動をおこなって、焦りから距離を置くようにした。またしても思い知ったが、おれはつくづく卑しい人間だ。人生が順調で気楽なときには、かえってパニック障害の不意打ちを食らいがちだが、人からものを頼まれて期限までに完成できそうにないとか、細々した雑事に追いまくられるなど、ちょっとでもプレッシャーを受けると、おれは俗事に真剣に取り組み、パニック障害のことなどすっかり忘れてしまうのだ。ここのところはずっと事件のことが心配で、気持ちが集中していたので、比較的落ち着いていて、不安に襲われることも少なかった。

せっかくの暇な時間を利用して、家のなかを徹底的に片づけた。掃除して、床にモップをかけ、洗濯をし、クローゼットも整理した。さらに、普段はやったことのないプロジェクトを完成させた。三日間という時間を費やして、すべての本を、中国語の本か、外国語の本か、テーマ、作者で分類し、きちんと本棚に並べたのだ。本を本棚に並べるとき、おれは必ず、奥まできちんと押して、一冊一冊が壁にぴったりくっつくようにする。一つには、地震が起きたときに本棚が倒れて潰されて死ぬのが嫌だからだが、もう一つの理由は対称強迫症の然(しか)らしめるところによるものだ。前に、陳婕如にいろいろでたらめな強迫症の話をしたが、そのうちでこの対称強迫症というのだけは本物なのだ。

先日はどうしても見つけられなかった『大台北地図』がやっと見つかったので、信義(シンイー)区のページに物差しとペンを使って三つの殺人事件の犯行現場を表す三角形を描いたが、懐中電灯はあいかわらず見つからない。おれの記憶違いだろうか。もしかしたら、翡翠(フェイツイ)

湾に持っていって、持って帰るのを忘れたんだろうか。その可能性はおおいにある。おれは毎日薬を飲む必要があるから、リュックをしょっちゅう開けたり閉めたりしている。うっかりして、薬や煙草を出すときに、懐中電灯も出して、そのまま戻すのを忘れたのかもしれない。

人が一人で住んでいる家のあり方は、多かれ少なかれ、その人間の内的世界を反映するものだ。おれはリビングを見回し、書斎と寝室を調べて、すっかり満足した。家のなかは整然と片付いて、塵の一つもない。これを見れば、おれの心も思想も明るく清く正しいことがわかるはずだ。

6

おれがすっかり防御を緩めて、今日こそは外に出てお天道様を拝もうと思った七月十六日の朝八時頃、殺人事件とおれは直接の関係はないと公式に宣言したはずの警察が、捜査令状を持って我が家に突入し、おれを逮捕した。

今度は事情聴取だけではない。関係者でもない。おれの身分は一足飛びに容疑者に昇格した。

三台のパトカーがサイレンを鳴らし、赤と青の照明をギラギラさせながら、和平東路を疾走していく。おれは真ん中の車の後部座席に乗せられ、二人のお巡りに挟まれている。前には運転している警官のほかに、助手席に「二本線に星一つ」の肩章の付いた警部補がすわっていて、しょっちゅう振り返っては、目を細くしておれを睨んでいる。

やっぱり、大変なことになってしまった。おれは潔白だが、それでも、不安で体がぞくぞくした。体全体が空になってしまったみたいで、残っているのは抜け殻とびくびくと瞬(まばた)きの止まらない両目だけみたいな感じだ。とはいえ、これほど状況が不利であるにもかかわらず、おれは自分の意識を体から離脱させ、高い所から、この最悪の事態を見下ろしているのだった。映画の刑事ものに出てくる重要犯人を護送するシーンを、おれはついに自分で体験しているわけだ。両側にいる無表情なお巡りを見て考えた。もしもおれが超人的な絶技の使い手だったら、まずこの二人を制圧し、それから、運転手を攻撃して、車をひっくり返す。四人が頭から血を流して人事不省に陥っているのに、おれだけはまったく無傷で、窓から飛び出し、ほかの警官たちの追跡を巧妙にかわし、人の群れのなかに姿を消す……。全国の警察は徹底的な捜査網を敷くだろう。

基隆路(ジーロンルー)で右に曲がって、信義署に連れていかれるだろうと思っていた。意外なことに、車列は基隆路の環状交差点(ロータリー)を過ぎると楽利街(ローリージエ)に曲がり、その後、右に曲がって安和路(アンホールー)を進んだ。

国泰(グオタイ)病院の裏門に停まった。

いったい、どういうつもりだ？　まさか、おれを精神科病棟に押し込める気じゃないだろうな！　そう思ったとたん、今までの不安は瞬時にパニックに変わった。今さら気づいたが、鎮静剤の錠剤も持ってきていない。おれはすっかりパニックに襲われた。

警察も病院もまるで強大な敵に対するように、ものものしい警備をしていた。おれの通る所は前もって人払いされていて、まっすぐエレベーターに乗せられ、七階に上がった。おれは気持ちを落ち着けるために、手で腰をつねったり、頭を掻いたりしたくなったが、両腕を二人の警察官に抱え込まれているので、不安に襲われると両手が勝手に動き出してしまった。二人の警官はおれが暴れて逃げようとしていると思ったらしく、ますますがっちりと捕まえた。体内に蓄積した不安が今にも爆発しそうだ。

七階ではもっと大袈裟な警備を敷いていた。看護師などはほとんど姿が見えない。銃を持って命令を待つ警察官だらけだ。おれはある病室に連れ込まれた。額にぶ厚く包帯を巻いた女性がベッドに横になっている。彼女が目に入った瞬間に、いくらか気が楽になった。よかった、精神科の重病患者の病棟ではないようだ。

その女性が、第三の事件で犯人に殴られ、何日も意識を失っていたインドネシア国籍のヘルパーだった。

一人の新米警察官がベッドの足の側に屈み込み、ベッドの角度を調整するレバーを時計回りに早く回していた。足の側のベッドマットがギシギシと音を立てながら、ゆっくり高くなっていく。

「そっち側じゃない！　足に目が付いてると思ってるのか？」。二本線に星一つの警部補が叱りつけた。

新米はそれでも恥ずかしそうな様子もなく、あわてて移動し、右側のレバーのところに行くと、力を込めて時計回りに回し始めた。

「おまえはけが人の体を真っぷたつに折るつもりか？　まず、足の側を元に戻して、それから、頭の側を上げるに決まってるだろ」

新米はすっかり慌ててしまい、そのままの位置で、レバーを反時計回りに回し始めたので、いくらか高くなっていた頭側のベッドマットがゆっくり降り始めた。

「ふざけてるのか？　どけ！」。警部補はさっさとしゃがみ込むと、自分でレバーを動かし始めた。そして、下っ端を押しのけて左側に追いやり、「おまえは左側を回せ。反時計回りだ。足の側をもとに戻せ！」

左に一人、右に一人、片方は時計回り、もう片方は反時計回りに回している様子は、あまりにも滑稽だった。

怪我人の頭が三十度ほどの角度に上がると、警部補は立ち上がって、おれを両側から抑え込んでいる二人の警官に目配せした。

二人はおれをベッドのそばに連れていった。

「怖がらなくていいですよ」。警部補はけが人に向かって言った。「よく見てください。この人ですか、違いますか？」

けが人はおれを一目見ただけで、すぐに恐怖の表情を浮かべ、その場に体をつっぷして泣き出した。だが、怖かったのはおれの方だ。一度も会ったことのない女性が自分を見た途端に、まるで怪物でも見たような表情を浮かべ、顔を引きつらせているなんて。なぜ、こんな悪夢をみているのだろう。

「大丈夫ですからね。さあ、正直に言ってください。この人ですか、違いますか？」

けが人は二度とおれを見ようとせず、顔を背けて泣き続けた。やがてやっとつぶやいた一言を聞いて、おれは自分の耳を疑った。

「この人です」

聞きたかった答えを聞いて、警部補は得意げな表情になって体をぴんとまっすぐにし、振り向いて部下に言いつけた。

「そいつを連れていけ！」

二十分後、おれは信義署の八階の独房に入れられた、信義署は派出所よりずっと大きかったが、留置場は同じくらい狭くて恐ろしい。

拘禁。面会禁止。

第十一章　顕微鏡の下で丸裸にされる

1

おれは信義署(シンイー)六階の現代的な雰囲気の取調室にいる。向かいにすわっているのは、おれより十いくつか年上の旧弊な感じの刑事だ。部屋の三面は壁で、あとの一面は向こう側からだけこっちが見える鏡になっている。デスクの上に録音装置はない。鏡の向こう側にリアルタイムの録画装置があって、おれの表情も声も全部記録しているに違いない。

「聞いたところでは、弁護士を依頼する権利を自分から放棄したんだそうだな」。そう言ったのは、王(ワン)刑事部長だ。背が高くて、痩せこけて、顔は長くて頬がこけているので、結核患者みたいにみえる。しゃべっていないときには、苦虫を嚙み潰したような顔をして、なんだか、ドン・キホーテを思わせる。

「そうだ」とおれは言った。

信義署に到着したとき、警察はおれに、黙秘することもできるし、弁護士を頼んでもいいと念を押した。彼らには意外だったろうが、おれは考えもせずにどちらの権利も放棄した。取り調べには協力する、弁護士を頼むまでもない、唯一の要求はすぐに家から薬の袋を持ってきてもらうことだ、と言ったのだ。こういう状況で、たとえ無実であっても、弁護士を依頼せずに取り調べに協力するというのは自ら墓穴を掘るに等しい。だが、そのときはつい、なにも怖がることなんかない、弁護士なんか来てもらったって話が面倒になるだけだ、とにかくパニック障害の発作を起こさないようにしなくては、と思ってしまったのだ。おれは朝晩きちんと薬を飲んでいて、中断することは滅多にない、こんな災難に直面しているときに突然薬をやめたりしたら、どんな恐ろしいことになるか、わかったものではない、と思ったのだ。まずは気持ちを落ち着けて、それからでないと、取り調べに対処できない。だが、そのとき、同時に別の考えも頭に浮かんでいた。どうせなら、発作を起こしてしまえば、療養施設に入れられて観察されることになるだろう。ここでひどい目に遭わされるより、その方がいいんじゃないか?

「あのヘルパーはあんただと言ってる」

「なにを証拠におれだって言ってるんだ?」

「彼女の証言によれば、犯人は暗い色のサファリハットを被っていたそうだ。あんたはサファリハットを持っているだろう?」

「いくつも持ってる」

「六つだ。住み家を捜索したら、六つあった。どれも黒だ」

「黒が好きだからだ」

「どうして、黒が好きなんだ?」

「そんなこと聞いてどうするんだ？　色彩の趣味について話しあっているわけじゃないだろう」

「彼女があんたを見て、まるで幽霊でも見たように怯えたのは、どういうわけだ？」

「そんなこと知るもんか。あの病院で会うまで、一度も会ったことがないんだから」

「だが、向こうはあんたを見てる。しっかり見てるんだ」

「そんなはずはない」

「あの晩、襲われたとき、犯人は彼女の背後でなにか音をたてたそうだ。振り向いたら、いきなり殴られて意識を失った。だから、見たのは一瞬だけだが、犯人の身長も、服装も、特徴も、しっかり覚えているそうだ。犯人は身長約百七十五センチ、あんたとほぼ同じだな。暗い色のサファリハットを被っていた。あんたは黒いサファリハットをたくさん持っている」

「それだけで？」

「まあ、慌てるな。肝心なことはこれからだ。犯人はもじゃもじゃの頰ひげを生やしていたそうだ」

刑事は書類のファイルから、白い画用紙を出すとデスクの上に置き、中指で弾いた。画用紙はまっすぐ、おれが手を伸ばせば届く位置まで滑ってきた。力の入れ具合もちょうどいい。よっぽど練習したに違いない。

おれは手を出さず、ただ体を前に傾けて、紙をよく見た。

「これは似顔絵の専門家があのヘルパーの証言にもとづいて描いた髭の絵だ。どうだ、あんたの髭と似てるだろう？」

　おれは声すら出せずに、信じられない思いで画用紙を見つめた。似てるどころじゃない、百パーセント同じだ。

「そっくりだ」。間抜けなことに、思わずそう言ってしまった。

「なんだって？ 大きい声で言ってくれ」

「そっくりだ」

　そこで、刑事は沈黙して、おれがなにか言うのを待っていた。そういう策略なのだろう。ところが、おれの方はあんまりびっくりしたもんで、なにも言えなくなってしまった。相手が不意を突いて見事な技を繰り出してきたので、魂も消し飛んでしまったのだ。

「白状したらどうだ？」。とうとう、王部長が言った。

「少し時間をくれ」とおれは言った。

「なんだって？」

「一人で考えたいんだ。三十分くれ。その後でまた話をしよう」

「十五分やろう」

　王部長はドアを閉じる前に、鏡に向かってなにか手ぶりをしてから言った。

「馬鹿な真似をするんじゃないぞ。誰かがずっと見てるからな」

　王部長が去った後、おれはそのまま微動だにせずに座っていた。両手の指を交差して組み、顎を支えた。考えを整理しながら、焦る気持ちをなだめながら、不安になると、痛くなるまで顎をつねったり、指を曲げたりした。

ノートは手元にないから、記憶をたどって、頭のなかで今必要としているあのページを開いた。この事件について自分で書いてみた三つの仮定が目に浮かんできた。たんなる偶然、誰かに陥れられている、神様の思し召し、の三つだ。ヘルパーの証言を聞いてから、第一の仮定は削除せざるを得なくなった。同時に、もしも本当に神様の思し召しだとしたら、降参する以外にどうしようもない。しかし、理性による思考が完全に停止してしまうまでは、すべては天地の神の思し召しだという敗北主義を受け入れる気にはなれない。そういうわけで、おれは第二の可能性の方向で考えた。誰かが、いろいろ手を尽くして、おれに罪を着せようとしている。だが、本当にそんなことがありうるのか？　おれは確かにひねくれ者だし、言いたいことは遠慮せずに言うから、人を不愉快な気分にさせることは多い。それでも、人から深く恨まれるようなことをしたはずはない。

十五分はあっという間に過ぎ去った。王部長がドアを開けて入ってきた。

「どうだ？」。王部長はすっかり落ち着いて椅子の背に寄りかかり、右手をデスクにのせて、五本の指をピアノを弾くように順番に動かしている。

「教えてもらいたいことがある」

「なんだ？」

「あのヘルパーは襲われる前になんの音を聞いたんだ？」

「それは重要なことではない」

「おれには知る権利がある」

ばん！　掌で強くデスクを叩く音に、おれは飛び上がりそうになった。

「手加減してやってれば、つけあがりやがって。とぼけるつもりか？」

これは確かにいかにも警察って感じの台詞だ。お巡りの面構えにもぴったりだ。

「王部長、あんたも『疑わしきは罰せず』の原則はご存じのはずだ。証拠にもとづいておれを疑うのは理屈に合ってる。それに、事件の解決を急ぐあまり、おれが犯人じゃない可能性も考えないわけにはいかないはずだ。だが、おれが犯人じゃないなら、おれが白状しなければ自白を強要するとか、拷問するとか、机を叩いて大声で怒鳴るとか、そんなことをしても、おれが本当に犯人だったら、そんなやり方でビビると思うのか？」

「ヘルパーの証言のことは、さっき話してやったじゃないか」

「もっと詳しいことを教えてもらう必要がある。話してくれないなら、すぐに弁護士を頼むことにする。そうすれば、どうせ、すっかり話してくれないわけにはいかなくなる」

「わかった。もう一度質問してもいい」

「ヘルパーはなぜ振り返ったんだ？」

「犯人が声を出したからだ」

「声を出したのか？」

「そうだ」

「足音が聞こえたから振り返ったんじゃないんだな？」

「足音ではない」

「それは変だと思わないか？」

「なにが変だって言うんだ？」

「犯人は三件の殺人事件を起こして、一度も指紋も残していない。警察は証人を見つけることもできていない。それなのに、どうして、ヘルパーを襲う前にわざわざ声を出して、振り返らせたりしたんだろう？　それに、殺してしまえばなんの証拠も残らなかったのに、どうしてヘルパーを殺さなかったんだ？　もしもおれが犯人だったとしたら、おれがそんなに馬鹿だと思うか？　台湾では髭を伸ばしている男は少数派だ。だから、髭という特徴はよく目立つ。犯行をおこなうときにマスクをするくらいの基本的な常識をおれが知らないと思うのか？」

王部長はなにか言いたそうだったが、言いかけたことを無理やり飲み込んでしまった。

「あんたはマスクをしていた」

彼はしばらく黙ってから、しぶしぶといった感じで、やっと口にした。

「それはおれではない。訂正してもらおう」

「容疑者はマスクをしていた」

「容疑者がマスクをしていたなら、ヘルパーはなぜ、そいつが髭を生やしているとわかったんだ？」

「マスクをずり下げて、顎の下に引っ掛けたからだ」

「これで、事件は解決だな」

「解決とはどういうことだ？　どうして解決なのか、名探偵さんに説明してもらおうか」

「犯人は攻撃する前にマスクをずり下げた。ヘルパーを振り返らせた。そして、彼女を生かしておいた。ということはつまり、彼女に自分の姿を見せたかったということだ。そうして、あんた方警察を間違った方向に導いて、おれに矛先を向けさせたんだ」

「たいした推理だな、名探偵さん」

「その名探偵っていうのは、やめてくれ。おれは今まで、『名探偵』とか、『名弁護士』とか、『大教授』とかいうのは、くだらんテレビドラマの台詞でしか使わない言葉で、実際にそんな言葉を使う人はいないもんだと思っていた。あんたの話すのを聞いてわかったが、それはおれの勘違いだったようだ。警察の人たちはほんとにそんな言い方をするんだな」

おれはすっかり激怒していた。本来の理屈をまくしたてて容赦しない自分を取り戻し、口の達者なのにまかせて、そのままどんどん攻め立てた。

「おれが自分で私立探偵と名乗っていることは、あんた方にとってはお笑い種だってことはよくわかってる。だけど、少なくとも本人の前では最低限の敬意を払ってもらいたい。そういう馬鹿にした言い方はやめてもらおう。おれがもし、あんたの言い方を真似て、『警察官様』とか、『部長刑事様』とか言ったら、あんただってむかつくだろう。今は事件について話しあっているのであって、小細工を弄したり、減らず口を叩いたりしている場合じゃないんだから」

「わかった。こっちも減らず口を叩くのはやめるから、あんたも小細工を弄するのはやめるんだな。ところで、言っておくが、われわれは今、事件について話しあっているわけではない。あんたは容疑者でおれは警察官だ。警察は容疑者と事件について話しあったりはしない」

「それでもかまわない。とにかく、さっき話したおれの分析は、少なくとも考慮に入れてもらうことにしよう」

「そうする。だが、そっちも考慮に入れた方がいいことを一つ教えてやろう。あんたのさっきの分析は半分だけ正しい。確かに、犯人はヘルパーにわざと自分の顔をよく見せたのかもしれない。だが、その動機は、あんたがさっき言っていたような、警察を間違った方向に導くことではない。そうではなくて……」

「そうでないなら、なんなんだ？　もったいぶるのはやめてくれ」

「犯人は逮捕されたがっていたんだよ」

「なんで、おれが逮捕されたがったりするんだ？」

「なんだって？」

「いや、犯人はなぜ、逮捕されたがったりするんだ？」

「初めて口を滑らしたな」

おれは自分にビンタをくれたくなった。

「口を滑らしたんじゃない。話しているうちに言い間違えただけで、当たり前のことだ」

「あんたは口が達者で、言葉も正確に選ぶ方だ。言い間違えなんか、しないんじゃないのか？」

おれは椅子の背に寄りかかって、両肩を落とし、長いため息をついた。おれと王部長は実力も互角で、丁々発止のやり取りをして互いに譲らなかったと言えるだろう。だが、しょせん、これは不公平な対決だ。向こうはおれを犯人と決めつけていて、おれがなにを言おうと、どれだけ誠意を見せようと、向こうに言わせれば、おれが小細工を弄しているってことになるのだ。さっき、「犯人は逮捕されたがっている」と指摘したとき、おれはこのまま言いあいを続ける気力もなくなってしまった。

それは、理論の上でも、実際の前例でも、おおいに可能性がある。多くの犯罪者が「罪に問われずに逃げおおせたい」という気持ちと、「逮捕されたい」という気持ちの共存する矛盾した心理状態で罪を犯す……。突然、なにかがひらめいて、包帯をぐるぐる巻きにしたヘルパーの頭が目に浮かんだ。

「一つ、大切なことを忘れている」

「なんだ？」

「ヘルパーが殴られた場所は額の左側だ。犯人は正面から、彼女を殴っているから、右利きだということになる」

「そうか？」

「ほかの被害者はどうだ？　ほかの被害者たちの場合、犯人は後ろから襲った。どの人も、傷は後頭部の右側だったんじゃないか？」。おれはそのまま、相手を追撃した。

「そんなことは、あんたが知る必要はないことだ」

「知らせたくないということか？」

「あんたの方がよくわかっているだろう。そのとおり、被害者は全員、後頭部の右寄りの位置を強く殴られて死亡している。だが、そんなことになにか意味があるのかね？」

「おれは左利きだ」

「あんたの写真を何枚も見た。字を書くときは、右手で書いている」

「それは、小さい頃に無理に直されたんだ」

「箸も右手で持っていた」

「だから、言ったじゃないか。それも、後天的につけられた習慣だ。ボールを打つとか、マージャンの牌を扱うとか、人を殴るとか、つまり、悪いことをするときはいつも左手だ」

「受け止めろ！」

「本当だ」

「本当か？」

王部長は手に持っていたボールペンをいきなり、おれの右手寄りのところに投げてきた。おれは無意識のうちに右手でしっかり受け止めた。しまった。ひっかかった。

「まだ、言いたいことがあるか？」

「ない」。おれは怒りを隠そうともせずに、ボールペンをデスクの上に投げ出した。「おれを犯人だと思っているなら、しかも、犯罪を止めてほしいと望んでるタイプの犯人だと思っているなら、聞きたいことは一つだけだ。そうだとすれば、捕まったことは願ったりかなったりのはずなのに、どうして今までなんとか言い逃れようとしていたんだ？」

「それが人間の神秘的で矛盾したところだな。そうじゃないかな？」

「今度は哲学者のふりか？」

「おれのような無骨者が哲学なんかわかるもんか。だが、犯罪心理学なら、少しはわかっているからな」

「おれが殺したんじゃない。言えるのはそれだけだ」

「あんたの矛盾した感情はよくわかるよ」

「おれはそんな変態ではない」

そのとき、彼は突然振り返って、鏡に向かってなにか手ぶりをした。

「なんだ？」

「録画装置を止めさせたんだ」

「なぜ？」

「これでやっと言いたいことを言って、すっきりできる。よく聞け。あんたは頭がいいし、頭がいいことをひけらかすのが好きだ。だが、おれはもう、あんたのお芝居を見続けるのはたくさんだ。確かにあんたの言ったとおり、おれたちは早く事件を解決したくて焦っている。あんたが想像するより十万倍も焦ってるんだ。今のところ、すべての証拠はあんたを指してる。白状しようが、白状しまいが、結局は検察官に決めてもらうことだ。証人もいる。立件できないかもしれないなんて、心配はしてない。最低でも、あんたは重い傷害罪で起訴されるからな。おれがしてやれる最善の忠告は、あんたの戦場は法廷であって、取調室じゃないってことだ。潔くさっさと白状して、後は金を払っていい弁護士を見つけて、精神失調を理由にして弁護してもらうのがいいんじゃないか」

「おれはまったくちゃんとしてるのに、なんで自分が精神失調だなんて言わなきゃならないんだ?」

「あんたがずっと精神病の患者だってことはわかってるんだ」

老いぼれ刑事に図星を指されて、おれはなにも言えなくなった。

公園で撮られた写真の殺傷力はたいしたことはない。せいぜい間接的な証拠でしかない。検察がもし、あの写真にもとづいて、おれが三件の殺人事件の犯人だと断定したら、法廷では通らないだろう。だが、前にも言ったが、おれは台湾の裁判官を全然信用していない。極めて確かな証拠があるのに無罪にして釈放したり、証拠が不十分なのに死刑の判決を出したりした輝かしい歴史があるからだ。

ヘルパーの事件については、奇跡でも起きないかぎり、かかわりを否定することはできないだろう。

おれが本当に心配しているのは、自分の「病歴」のことだ。

病歴のせいで、警察はどこまでも想像をたくましくするだろう。そして、おれが「正常ではない」と決めつけてしまえば、それは捜査を進める考え方の基準となり、彼らの判断を左右することになるだろう。おれは暴力の前科もないし、病歴にも暴力的傾向の記載はないが、それでも、警察が見つけてこようと思ったら、喜んで警察に調子を合わせ、病状は時間の経過と個人的な境遇によって「進化」するものであり、一見無害に見える患者が平気で人殺しをするような殺人犯になることもある、とかなんとかいう専門的な見解を提出する医者の一人や二人見つけてくるのは簡単なことだろう。そういう例は、犯罪史上いくらでもあるからだ。

短い休憩をとっただけで、取り調べは夜まで続いた。とことん疲れさせて、おれが打ちのめされ、崩壊し、なにもかもしゃべるのを待っているんだろう。警察の聞くことは同じことの繰り返しばかりなので、おれの自己弁護も同じことを繰り返すしかない。双方が同じテープを何度も放送しているみたいだ。それはつまり、警察は膠着状態を突破するような手がかりを見つけられないでいるということだ。もし、殺人現場で髪の毛とか、指紋とか、なにかDNAを照らしあわせることができるような証拠を見つけて、それがおれの物だと確定できるのだったら、今みたいに動きもしないで、おれと堂々巡りの話を続けているはずはない。

そう考えると、やはり、ヘルパーが襲われた事件の顚末は、ほかの事件とは違って際立っている。三件の殺人事件はどれもいささかの隙もなく、ごく小さなミスもないのに、ヘルパー襲撃事件だけはわざとぼろを出している。犯人がおれを陥れようとしているのなら、どうして現場におれと関係のある物を残しておかなかったんだろう。やろうと思えば簡単だったはずだ。犯人は長期間おれを尾行していたに違いないし、おれは毎日、外をうろついている。歩く途中でゴミ箱に捨てたカップとか、紙袋とか、サンドイッチを包んだ透明のプラスチック包装などをこっそり拾って、おれの指紋を手に入れるのは簡単なことのはずだ。

そう思って愕然とした瞬間に、行方不明の懐中電灯のことを思い出した。犯人はもしかして、とっくにおれの家に潜入して懐中電灯を盗んでいったのではないだろうか？だとしたら、それをどうするつもりだ？　犯人があの懐中電灯を現場のどれかに残しておいたり、あるいは現場にあるはずの物をおれの家に置いていったりしたとすれば、おれは破滅だ。まったく、事件のすべてがわけのわからないことばかりで、普通の人間に理解できることではない。

王部長とおれは何度も矛を交えたが、その過程で彼は本のページをめくるようにしょっちゅう顔つきを変え、ときにはうまいことを言ってなだめすかすかと思えば、ときには声を荒げて恫喝して、一人で鬼と仏の二役をやってるみたいだった。そんな顔を見ているうちに、おれはもうすっかり辛抱できなくなって、かまってやる気もしなくなってきた。彼は一度ならず、皮肉たっぷりにおれを「インテリ」と呼んだが、おれは心の底ではわかっていた。おれがいくらか教養があって、法律の常識をわきまえているからこそ、彼は言いすぎないように気をつけているのだ。これがもし、世間知らずの容疑者だったら、いいようにあしらわれ、さんざん脅かされて、怯えてしまっていただろう。おれがなんとか持ちこたえて、尊厳を保っていられるのは、もちろん、「自分がやったのではない」という事実があるからだが、それだけではなく、もう最悪の事態を想定して、たとえ起訴され、判決を聞くことになっても、決して憐れみを乞うようなことはしない、法廷で涙を見せたりしない、と決心しているからだ。

精神病を理由にして弁護してもらうって？ そんなことは絶対にできない。おれのなかで長い間眠っていた闘志が目を覚ました。

独房に連れていかれたときはもう深夜だった。身も心も疲れ果てて、睡眠薬を飲んだ後もずっと輾転反側していたが、かといって、きちんとものを考える気力は残っていなかった。

次の日は朝八時に起こされ、一対一の芝居の一幕がまた始まった。

2

「この一年はあんまりうまくいってなかったようだな。そうだろう？」。王部長は手に持った書類を見ながら、口を歪めて言った。「まず、かみさんが去年、カナダに移住して、一人で台湾に残された。それから、教職を辞めて、家を売って、臥龍街（ウォロンジェ）に引っ越してきて、ぼろマンションに住んでる。以上で間違いはないな？」

「だいたいそんなところだ」

やつの言うことはまったくはずれている。この一年余りの紆余曲折は、墓碑銘みたいに二、三行で簡単に言い表せるものではない。だが、向こうはおれの心の旅路について耳を傾ける気もないようだし、こっちだって、なにかというと揚げ足を取って、ちょっとでも隙があればつけ込んでくるようなやつに心を開いて話す気もない。だから、結婚生活はどんな状態だったのかとか、教職を辞めた理由はなんだとか、プライベートなことについて質問してきたときには、いちいち「プライバシーだ」と言って、返答を拒否した。

やつの策略も下心もよくわかっている。直接的な証拠が足りないからこそ、おれの精神状態に焦点を絞ろうとしているのだ。つまり、おれのことを落ちぶれきったあげくに精神病を患い、幻覚や妄想などの理由で三件の殺人事件を起こした人間に仕立てあげようとしているのだ。

おれは話を合わせてやる気はないし、何度でも自分の主張を繰り返し、殺人事件と直接関係のある質問以外には一切コメントを拒否した。おれの非協力的な態度に、やつは何度も自制心を失って、おれを怒鳴りつけたが、こっちも弱みを見せる気はないから大声で反論した。「あんたはずっと事件のことではなく、周辺のことばかり話題にして、おれのプライバシーや精神状態について質問している。いったいここは取調室なのか、それとも教会の告解室なのか、教えてもらいたいね。あんたは神父さんなのか、それとも警察官なのかな？　いったいどういう理由があって、おれが自分の内面について、それから、ここ数年、自分がどんなふうに過ごしてきたのかについて、あんたに報告しなくちゃいけないのかな？」

「ああ、そういうことについちゃ、わざわざ懺悔してもらう必要はないよ。マスコミがもうやってくれてるからな」。王部長はそう言うと、嬉しそうに笑い声をあげた。

「どういう意味だ？」

「知らなかったのか？　あんたは今や人気絶頂なんだ。昨日今日とマスコミはどこもあんたについてのニュースで持ち切りだよ。あんたがどんな人間で、これまでにどんな文章を書いたか、どこへ行ったことがあるか、どんなことをしたか、なにもかもお天道様の下にさらけ出されているってわけだ」

「それは違法じゃないのか？　おれは容疑者に過ぎないのに！」

「台湾のマスコミがすきを狙ってどこにでも突っ込んでくるのは、あんたも知らないわけじゃないだろう。われわれはもちろん、おおいにマスコミを非難して、人権を尊重しなきゃダメだって呼びかけてるんだがね。ご存じのとおり、非難すればするほど、ますますよく調べていてね、いろいろ面白い話も見つけたようだよ！」

「マスコミはどんなことを言ってるんだ？」

「言うべきことはなんでも言ってるし、言うべきでないこともなんでも言ってるな。あんたの精神病の病歴まで知ってるんだから」

「なんでマスコミが知ってるんだ？　おまえらが漏らしたんじゃないのか？」

「それはわからんな。われわれ警察とマスコミの関係といったら、愛憎半ばするってやつでね、マスコミには本当に頭にくることもあるが、実はこっそり感謝しているときもあるんだよ。汚い話を見つけてくるのはマスコミのほうが警察より得意だからね」

「約束しておくぞ。事件が片づいたら、必ずおまえらを訴えて法廷に引っ張り出すからな！」。おれは激怒して、王部長に指を突きつけ、大声で警告を発した。

　本当のことを言えば、怒りより恐怖のほうが大きかった。昨日の朝、家から警察に連れ出されて、今に至るまで、二十数時間も外の世界から隔絶していて、マスコミのことなんかすっかり忘れていた。そうだ、おれには二つの戦場があって、そのうちの一つはおれがいないうちに戦いが始まっていたのだ。それに、たとえ戦場にいたとしても、いったいなにができる？　マスコミという怪獣を相手に完全に勝利して退場した人間がいただろうか。マスコミはおれのことをなんて言ってるんだろう？　母親と妹はどうしているだろう？　おれの友人たち、それにこれまでおれが嘲ったり、皮肉を言ったり、批判してきたやつらはどう思っているだろう？　それを考えたら、子どもの時から今に至るまで積み重なった羞恥心が突如として心の内に湧き上がってきた。おれは有罪だ。マスコミがいろいろ大袈裟に言いたてていることとは関係なく、おれには罪がある。

3

三日目、王部長のほかにも、刑事課の趙（チャオ）という刑事が加わって、二人がかりで交代でおれを攻撃した。

眼鏡をかけた趙刑事は若くて上品な男で、ちょっと見にはお巡りには見えない。彼の主な任務はおれに犯行を自供させることではなく、むしろ精神分析医の臨床研究みたいに、取り調べの過程でおれの心理状態を理解したいと望んでいるようにみえる。

「推理小説がお好きですね？」

「ああ」

「蔵書のうち、百冊以上だ」

「多くはないだろう」

「そのうち、連続殺人を題材とするものも少なくないですね」

「随分忙しかっただろうね。五、六人も派遣して昼も夜も小説を読んだんだな」

「それほどでもないですよ。われわれ警察官も推理小説は大好きですからね」

「推理小説と現実の人生では、ずいぶん大きな違いがあるがね」

「それでも、共通点も少なくない」。趙刑事はいきなり話の矛先を変えて、質問してきた。「あなたはどうしてそんなに六張犁の殺人事件に興味津々なんですか？　地図に三角形まで描いていましたね」

「事件はどれもうちの近所だし、殺されたのは年寄りばかりだ。おれも若くはないからね」

「あなたはノートに外国の連続殺人犯の特徴のリストを作っていましたね」

「あんなものはなんでもない。グーグルで探せばすぐ見つかる」

「しかし、特徴が一つ抜けていましたよ」

「なんだ？」

「連続殺人犯のかなり多くが重症の潔癖症です」

「そうだな」

「道徳的な潔癖症、心理的な潔癖症、それに日常生活上の潔癖症もある」

「そのとおりだ」

「たとえば、あなたの家ですが、あなたは清潔さと整理整頓を非常に大事にしていますね。部屋は塵一つなく掃除が行き届いているし、本は頭文字と画数に従って並べられている」

「それは誤解だ」。おれは泣きたくなった。「捕まってここに連れてこられる前の何日か、家に閉じ込められてやることがなかったんで、それでやっと整頓したんだ。いつもはまるで豚小屋のように散らかってるんだ。おれの言うことを信じてないんだな？」

彼は首を振った。

「あなたの精神の問題についてお話ししましょう」

「おれの精神に問題はないよ。ただ、薬を飲む必要があるだけだ」

「いつから精神科の診察を受けているんですか？」

「あんたがたはあらゆる資料を手に入れてるんじゃないのか？」

「わりと新しいものだけですよ。コンピューター化の前の資料なんかは、なかなか見つかりません」

「十九歳のときに初めて精神科の診察を受けた。病院は馬偕(マッケイ)記念病院。もしかしたら、手書きのカルテがまだ残ってるかもしれないが、多分ないだろうな。その後は台湾大学病院に行って、それから国泰(グオタイ)病院に行って、また台大に戻ってる」

「あなたはそういうことを随分率直に話しますね」

「精神科に通うことは恥ずかしいことじゃない」

「鬱病ですか？」

「厳密に言えば、パニック障害によって引き起こされる不安障害と鬱病だろうね。最近の病歴にはっきり書いてあるはずだ」

「パニック障害とは、どんなものなんですか？」

「発作が起きると、自分をコントロールできなくなる」

「コントロールできなくなると、どうなるんです？」

「おれにもわからない。幸運なことに、まだ完全にコントロールを失ったことはないから」

「今年の一月二十五日の夜、安和路（アンホールー）の亀山島海鮮料理店（グイシャンダオ）でのあなたの態度は、コントロールを失った状態と言えるんでしょうか？」

おれはちょっと口を開きかけたが、なにも答えることができなかった。どうやら、やつらはなんでも知ってるようだ。

「その晩、あなたはとても勇猛果敢だったそうですね。一人で全員を敵に回して、堂々としてたそうじゃないですか」

「そんなこと、どうして知ってるんだ？　それもマスコミの報道か？」

「そうです。でも、ちゃんと裏を取りましたよ。そのとき、現場にいた若い人の話をちょっと引用させてください。彼の話によると、あなたはまるで『悪魔が乗り移ったみたいに、恐るべき毒舌で、そこにいた全員を完膚なきまでにやっつけた』……」。趙刑事はノートを見ながら、一字一字読み上げた。

「あれはおれが悪かった。酒に酔って正体を失くした。なんの言い訳もできない」

「しかし、その日にあなたにひどいことを言われた人たちに話を聞いたところでは、酒に酔ったせいというよりも、むしろ……」

「狂ったみたいだった？」

「そう、狂ったみたいだった。彼らもそう言ってました」

「そうかもしれない。重要なことは、ここでもう一度言わせてもらうが、おれには暴力的な傾向はない。たとえ、心のなかに不満が鬱屈していても、肉体的な暴力に訴えたことは一度もない」

「六月二十八日、士林（シーリン）の社正路（ショージョンルー）で、懐中電灯で若者を後ろから襲ったのは、暴力とはいえませんか？」

また、王手だ。

「答えてください」

「あれは暴力だった。でも、自分をコントロールできなくなっていたわけではない」

「どうして、その男を攻撃したんですか？」

「ただ、警告したかっただけだ。あいつは変態で、しょっちゅう学校の近くで未成年の少女をかどわかしているんだ」

「向こうの言い分は違いますよ。彼はマスコミに対して、あなたは頭がおかしくて、なんの理由もなく自分を襲ったと言っています」

「あのガキ、どの面下げてそんなことを……」

「彼がもし、本当にあなたの言ったようなことをしているんなら、なぜ、警察に知らせなかったんですか？」

なにがなんでも職業倫理を守ろう。陳婕如（チェンジエルー）から依頼された件については絶対に言うわけにはいかない。そんなことをしたら、私立探偵と依頼人の間の暗黙の秘密保持の原則をおれの手で破ることになってしまう。

「顧客から依頼された仕事に関係があるんですね？」

「なんで知ってるんだ？」。おれはもう、開いた本みたいに驚きを顔に出してしまった。もう、隠しておく気力もない。

「あなたの助手の王添来（ワンティエンライ）が自分から出頭して説明してくれました」

あの馬鹿！

「助手なんかじゃない。雇った運転手というだけだ。あいつを巻き込まないでくれ」

「彼が自分から名乗り出てきたんですよ。あの若者のやっていたことを話してくれたので、詳しく調査しているところです。今のところ、公然猥褻罪の前科があることがわかっています」

「よし。それでは、その話はここまでにしてくれ」

「あなたは、依頼人を守ろうとしているんじゃないですか？」

「わたしが引き受けた仕事は、六張犁の殺人事件とはまったく関係ない。その件に関しては、これ以上、一切答えられない」

「ちょっと待っててくださいね」

趙刑事は取調室から出ていった。

まずいことになってきた。添来まで巻き添えになってしまった。あいつもまったく、考えなしもいいところだ。とにかく、林(リン)氏の件を全部しゃべったりしないことを祈るばかりだ。そんなことになったら、陳婕如と彼女の娘のプライバシーが侵害されてしまう。

ドアが開いて、趙刑事が入ってきた。ぶ厚いルーズリーフのファイルを持っている。

趙刑事はすわってファイルを開いた。おれの茶色のノートがあるのが、目に入った。

彼はゆっくりと開いて見ている。

「あなたは誰を守ろうとしているんです? 林夫人かな、それとも、邱(チウ)さんかな?」。

趙刑事はいきなり突っ込んできた。

おれは沈黙を守る以外なかった。

「忘れないでくださいよ。あなたのノートはわれわれの手にあるんですよ。ここに書いてある電話番号には、全部連絡を取って、あなたとの関係を調べています」

「それで?」

「陳(チェン)教授という人がいますね。あなたとは一度会ったきりだと言ってますが。彼に健康保険の不正について教えてほしいといったそうですね。面会の場所は、炭火焼の店『一代佳人(イーダイジアレン)』だ。それから、邱さんという人は、あなたとは一応友だちだが、それほど親しいわけではないと言ってます。この点についても、もっと詳しく調べているところです。それから、林夫人は……」

趙刑事はそこでわざと間を置いた。おれが口を挟むのを待っているんだ。だが、おれは引っかからず、黙ったままでいた。

「電話の通話記録と電子メールの記録からわかったところでは、あなたはこのところ、彼女と頻繁に連絡を取っていましたね。わたしたちはすでに、林夫人に話を聞きにいきました。彼女の言うところでは、夫と邱さんが不倫関係にあるのではないかと疑って、あなたに調べてもらったところ、そのとおりだとわかったので、夫とは離婚した、あなたには調査費として三万三千五百元払ったということです。われわれはすでに銀行から送金の資料を入手しました。事実はそういうことなんですか？」

「すべて林夫人の言うとおりだ。それ以上のことは一切言えない」

「彼女はもう林夫人ではないんです。陳婕如という名前です」

「そうかい？　依頼された件がすんだ後は、さっぱり連絡を取っていないんでね」

「そうなんですか？　監視カメラによると、先週、あなたと彼女はしょっちゅう会っていたじゃないですか」

「それはなんでもない。彼女は散歩についてきただけだ」

「それだけですか？」

「散歩だけだ。ところで、おれのノートに書いてある人たちのことだが、マスコミに情報を漏らしたりはしていないだろうね？」

「していません」

「頼むから、内密にしてくれ。でないと、罪のない人たちを傷つけることになる」

「わかってます。約束しますよ」

昼は留置場で弁当を食べて、また取調室に連れ戻された。今回はいつもと違って、おれ一人を座らせておいて、ずっと誰も入ってこない。おれは一方通行の鏡の前に歩いていって、指で軽く叩いて言った。「おーい、尋問するのか、しないのか？　しないんだったら、牢に戻って昼寝をさせてくれ」。まもなく、一本線に星三つの下っ端が入ってきて怒鳴った。「なにを叩いてるんだ？　止めないと、手錠で椅子につなぐぞ！」

しかたがないから、おとなしくもとの席に戻ってすわった。

4

その後、趙刑事と王部長が続いて入ってきた。趙刑事はおれの向かいの椅子に座ったが、王部長は長いテーブルの中ほどまで行くと、テーブルの縁に半分すわり、左足は床につけ、右足を空中でぶらぶらさせて、体を伏せるようにして、おれの方を睨んだ。長身の上半身がおれの視界をすっかり塞いでいる。おれはやつを見上げるのは嫌だから、顔を俯けてテーブルを見ていた。だが、そうしているとなんだか、ますますみじめな感じになった。

「今度ばかりは言い逃れしようったって、そうはいかないぞ」と王部長が言った。

「なんのことだ？」とおれは聞き返した。

「証人を見つけたぞ」

「なんの証人？」

「七月七日の夜十時過ぎに、あんたが楽栄街（ローロンジエ）をうろうろしてるのを見た人がいるんだ」

「七月七日って、なんの日だ？」

「まだ、しらばくれるか！」。王部長は声を張り上げた。「あんたがヘルパーを襲い、車椅子に乗った呉張秀娥（ウーチャンシウアー）を殺した七月八日の前の日に決まってるだろう！」

ちょっと待て！　七月八日といえば、昼過ぎになってやっと翡翠湾（フェイツイ）から家に帰ってきた。七月七日は一日中、台北にはいなかったじゃないか！　いったいどうして……。

「いったい、どんな証人だ？　当てになるのか？」

「ああ、絶対に確かだ。なにしろ、お互いに知り合いでもなんでもない証人が二人いるからな」と王部長が言った。

「さっき、別々にマジックミラーの向こうから見てもらいましたが、どちらの女性も確かにあなただと言っています」と趙刑事が付け加えた。

そんな馬鹿な！　おれはびっくりして、しばらく声も出せなかった。

「どうだ？　なにか言うことはあるか？」。王部長が言った。

「正直な話、七月七日の夜は台北にいなかった」。もう、正直に言うしかない。

「あ？　どこに行ったんだ？　証人はいるのか？」

もちろん、証人はいる。証人は陳婕如で、おれと彼女は二泊三日をホテルで過ごした。

問題は、これが供述を引き出す王部長のやり口かもしれないということだ。状況をはっきりさせるまでは警察に事件と関係ない情報を提供するわけにはいかない。

「ちょっと考えてみないと。あの日、どこへ行ったか」

「時間稼ぎはやめろ。え？　どこへ行ったんだ？　証人はいるのか？」。王部長はまた、ごろつきみたいな態度をとり始めた。

「どこへ行ったかはちょっと忘れた。証人がいないことは確かだ」

「そんなことはわかってる」。王部長はそう言って体を起こすと、得意げに取調室を出ていった。

「本当に台北にいなかったんですか？」。趙刑事が質問した。

「本当にいなかった」

「どこに行ったのか、なぜ、言わないんです？」

「今はまだ、言うわけにはいかない」

「それは、意地になっているんですか、それとも……」。彼は初めて、おれに同情しているような表情をした。「おれは線路に縛り付けられていて、今にも汽車が駅に到着するところだ。意地を張ってる余裕なんか、あるはずない。怖いのは、あんた方がなにをやってるのか、さっぱりわからないことだ。もっと怖いのは、おれがなにを言っても、それが次の日すぐにマスコミに伝わってるってことだ。情報を提供しても、自分の現在の立場をよくすることにならないんだったら、今さら言う必要もないだろう」

「しかし、遅かれ早かれ、調べがつくことですよ」

「それでも、言ったのがおれでなければ、おれの罪にはならない」

「約束しましょう。これからあなたが言うことは、絶対にマスコミには知らせません」

「本当に約束できるのかな？」

「約束します」

「よし、それなら、録画装置のスイッチを切ってくれ。いや、切ったと言われても、信用できない。牢に戻してくれないか。そうしたら、その日にどこに行っていたか、話すから」

「ちょっと待ってください」

かなり時間がたって、趙刑事はやっと取調室に戻ってきた。

「行きましょう。八階に戻ります」

趙刑事とおれが並んで歩き、後ろから二人の警察官がついてきた。七階の角を曲がるとき、趙刑事は突然、おれの耳もとにささやいた。「もしも、本当にアリバイがあるなら、あなたにとってはすごく有利ですよ」と。

それはおれだってわかってる。これは間違いなく、この混沌とした膠着状態のなかでやっと現れた一筋の希望の光だ。だが、話すべきかどうか、すぐに決心することはできなかった。話せば自分にとっては有利だが、陳婕如とのことも知られてしまう。男女がお互い喜んでホテルに同宿したことは、たいしたことではない。だが、彼女とのことを知られると、その他のこともいっしょに明るみに出される。おれがなにより恐れているのはそのことだ。林と邱の汚いゲームのことは考慮に入れる必要もないとして、林家の娘のことはよく考えないといけない。

どうしたら、いいんだろう？　陳婕如のことを話す前に、彼女の了解をとれたら、いいんだが。自分にとってこれほど有利な証言はほかにありえない。義侠心を発揮するのもいいが、自分の命がかかっているんだから、無茶もできない。北部海岸に行ったことを供述しても、依頼された仕事の内情を漏らすことにはならないはずだ。おれはそう考えて、自分を慰めた、とにかく、早急に彼女と連絡をとらなければ。電話、電話、今ここで電話をかけることができたら、おれのすべてを差し出してもいいのだが！

おれは鉄格子を挟んで、趙刑事に話しかけた。

「お願いがある」

「なんですか？」

「陳婕如に電話をして、七月七日の夜にどこにいたか、聞いてみてくれないか。質問する前に、マスコミには絶対知らせないと約束してくれなきゃいけない。それに、なにか別の名目でこっそり調べてほしいんだ。彼女がこの事件と関係があると、誰にも知られないように」

「すぐやります」

趙刑事は急ぎ足で去り、おれはそのまま、両手で鉄格子をつかんでじっとしていた。自分の保身のために、とうとう陳婕如を裏切ってしまった。彼女はどう思うだろう？それに、このところ、マスコミが事件のことで大騒ぎして、顕微鏡で妖怪の正体を調べたようにさらけ出している、おれについての記事を読んで、彼女はどう思っているだろう？　おれの無実を信じてくれるだろうか？

いや、いくら考えても、なんの役にも立たない。彼女がどう思ったにしろ、彼女を責めるわけにはいかないだろう。おれは目を閉じて簡易ベッドに横になり、ゆっくり深呼吸して、静かに知らせを待った。一時間ほどたって、やっと趙刑事があらわれた。

「どうして、こんなに時間がかかったんだ？」。おれは焦って言った。

「確認しなければならないことがあったんです」

「なにを？」

「陳さんはこう言いました。七月七日の夜はあなたと翡翠湾のホリデーホテルにいたと。われわれはホテルに確認しました。いや、安心してください。金山(ジンシャン)の警察に依頼して、別の名目で調べてもらったんです。すべて証明されました。あなた方は、七月六日の五時過ぎにチェックインし、七月八日までずっといたと。八日、彼女は七時半にチェックアウトし、精算し、あなたは十時過ぎになってから、ホテルを離れたと」

おれは大きく息を吐いた。

「あなたに伝えてくれと頼まれました。どうか、自分のことは心配しないでくれ、あなたの役に立つなら、言うべきことはちゃんと言う、と。それから、あなたが警告したという若者ですが、未成年の少女をかどわかした罪で訴えることに決めたそうです」

どうやら、陳婕如は思い切ったことをやる気になったようだ。

「それなら、さっきのはどういうことだったか、話してくれてもいいだろう？」

「二人の証人が別々に証言したのですが、七月七日の夜、十一時過ぎにあなたにそっくりな人が楽栄街付近をうろうろしているのを見たというんです」

「その証人たちは、あてになるのか？　野次馬のようなやつらじゃないのか？」

「そうではないはずです。マスコミは毎日あなたの写真を放送してますが、サファリハットのことは警察しか知りません。証人は二人とも、その怪しい男は暗い色のサファリハットを被っていて、しかも帽子を深く被って、帽子の縁を引き下げていたので、髭があるのはわかったが、顔は見えなかったと言っています。われわれがあなたのアリバイをさらに確認できれば、それはつまり、あなたのノートに書いてあった第二の推測が当たっている可能性が高いことになります」

「誰かがおれをわざと陥れようとしている？」

「それです」

「ありがとう」

「どういたしまして。どうぞ、早く休んでください」

5

四日目の七月十九日、昼飯がすんでから、やっと六階に連れていかれた。いつもと違った。おれはもう、朝早くから取り調べに連れていかれ、自分の好きなようには行動できない軍人のように命令を聞くことに慣れてしまっていたので、突然、午前中がまるごと暇になるとどうしたらいいかわからなくなり、退屈と不安の間でぐらぐら揺れていた。取調室では、おれはいつもの場所にすわり、向かいの椅子に王部長がすわり、その左隣に趙刑事が立っている。

「正直に言え。共犯者がいるのか？」。王部長が厳しい口調で言った。

「なんだって？」。おれはわけがわからないまま、王部長を見て、次に趙刑事の方を見た。

二人とも無表情だ。

「もう一度聞く。おまえと共犯で罪を犯してるのは誰だ？」

「共犯？　おれになんで共犯者がいるんだ？」

突然ひらめいた。だいたいわかった気がする。

「さては、また殺人事件があったな。そうだろう？」

誰も答えない。

「そうだろう？　おれには知る権利があるはずだ」

「そうです」。趙刑事がそう言って王部長の方を見ると、部長が責めるような目つきで睨み返すのと視線が合った。

その瞬間、ここ数日ずっと苦虫を噛み潰したようにこわばっていた王部長の表情が緩んで、両目がぼんやりし、両頬が垂れ下がり、急に老け込んで、風車（ふうしゃ）と戦って負けたドン・キホーテにそっくりになった。

「今日、富陽（フーヤン）公園の西側でまた遺体が見つかりました。今度も、後頭部を強く殴られています」と趙刑事が言った。

「やっぱり、誰かがおれをはめようとしていたんだ」

おれは話に割り込んでそう言ったが、言い終わった途端にぞっとして恐ろしくなった。

これまでは推論に過ぎなかったから、抽象的で曖昧な話だった。だが、こうして事実が明らかになり、外には冷血な殺人犯がいて、おれとそっくりに変装して六張犁一帯に出没し、続けて四件もの殺人を犯したことに考えが及ぶと、震えがきた。いったい誰が？なんのために？

「誰かがあんたを陥れようとしているんだったら、そいつの目的はすでに達成されている。どうして、また、殺す必要があるんだ？」。王部長が疑問を呈した。「あんたと犯人が共謀して、いっしょに警察をおちょくってるなら、話は別だがな」

「ただ警察をおちょくるためだけに、おれが誰かと組んで人を殺してるっていうのか？そんなことをして、なんになるんだ？」

「台湾には頭のおかしいやつが増えてるからな。そう思わないか？」

「この期に及んで、おれが無実だってことをどうして認められないんだ？　おれのことが気に食わないからか？　それとも、あんたは自分の間違いを認めることができない人間なのか？」

「確かに、あんたのことは気に食わない。だが、ほかの理由もある。前の三つの殺人では、犯人は一切なんの手がかりも残していない。だが、今回は物証がある。見てみろ」

趙刑事がテーブルの上に置いてあった二つのクラフト紙の封筒を取り上げ、そのうちの一つから黒い物を出し、もう一つの袋からは一枚の厚紙を出した。どちらも証拠品用のビニール袋に入っていて、ちょっと見にはなんだかわからない。

「この黒いのはサファリハットだ。もう一つはもっと妙な物だ」。王部長がそう言うと、趙刑事が厚紙を垂直に立てて、おれにもよく見えるようにした。それは付け髭だった。

犯人はそれを顔の形に合わせるように厚紙に貼り付けている。「見ろ。なにかに似ているだろう?」

「おれの髭だ」

厚紙には、鉛筆で薄く顔の輪郭が描いてあり、付け髭は上唇、顎、両頬の位置に貼り付けてある。そっくりだ。おれの髭とすっかり同じだ。

「帽子だけでなく、こんなものまであった。犯人はわざわざこんな手間をかけてまで、警察は間違った人間を逮捕したと指摘したいらしい。だが、そいつはなぜそんなことをしているんだ? 最初はあんたを陥れて、今度はあんたが罪から逃れるのを助けようっていうのか?」

「犯人は警察をおちょくっているだけでなく、おれのこともおちょくってるんだろう」

「可能性はもう一つある。そいつとあんたがぐるになって警察をおちょくってるんだ」

「おいおい、まだそんなことを言ってるのか。真面目な話、今すぐおれを釈放してもらわないとな」

「そうはいかない」

「犯人があなたに害を与えるつもりだとしたら、ここから出るのは危険なんじゃないですか?」。趙刑事が口を挟んだ。

「それで、おれを守るために牢に閉じ込めておくっていうのか。しかも、その間マスコミがおれの人格を傷つけるのをそのまま放っておくのか?」

「まだまだはっきりさせなければならない疑問点が残っているから、今はダメだ」。王部長が再び立場を強調した。

「はっきりさせる必要があるのは、あんたの頭だろ。すみませーん、わたしは弁護士を依頼したいと思います！」

おれのこの手は王部長にもまったく予想外だったらしく、彼は一瞬、驚いてぽかんとした。

「電話をかけて、弁護を依頼したいと思います」

「連れていけ」

そう言いながら、王部長は冷たい目でおれを見た。上唇をまったく動かさないでしゃべっていた。

趙刑事がおれを自分のデスクのそばに連れていった。

「頼むよ、涂耀明（トゥーヤオミン）弁護士の電話番号を探してくれないか」

「涂耀明弁護士ですか？」

「おれは弁護士なんて一人も知らない。あの人はしょっちゅうテレビに出てるから」

「あの弁護士は大袈裟なことばかり言って、名前を売ることばかり考えてるやつですよ」

「そうそう、おれに必要なのは、そういう口が達者で、手柄を立てたがってる弁護士なんだ」

「ちょっと待ってください」

趙刑事は自分のパソコンを使って警察のデータベースに入り、さほど時間もかからずに、涂弁護士の携帯の番号を見つけ出した。

「もしもし、涂耀明弁護士ですか？」

「そうです」

「こんにちは。わたしは呉誠(ウーチェン)といいます。ほら、あの六張犁事件の……」

「呉誠さん！　これは光栄だ！　どちらから、かけてらっしゃいますか？」

「信義署(シンイー)です。あなたにわたしの弁護を依頼したいんです」

「二十分でそっちに行きます」

6

パリッとしたスーツを着こなした涂弁護士が超特急で到着した。ただでさえ狭い独房に人が一人増えて、ますます狭苦しくなった。おれは涂弁護士に、警察が前に入手した証拠のことや、最新の展開について話した。

「警察にはわたしをこのまま拘束し続ける理由はないはずだ。出してもらうわけにはいかないんだろうか？」

「まかせてください。すぐに下に行って交渉します」。涂弁護士は自信満々で言った。

「荷造りを始めていても大丈夫ですよ」

「ちょっと待って。わたしはあなたが決めている弁護料は払えないと思います」

「これは金の問題じゃありません。今回は無料サービスです。ご存じでしょう、わたしは重大なケースを担当するのが大好きなんです。それでは、いい知らせを待っててください」

涂弁護士は年は四十近くで、体形をよく維持している。間違いなく、フィットネスクラブの常連客だろう。学生っぽい雰囲気もあるが、世間を渡り歩いた海千山千の男のようにもみえる。鼻に銀縁の眼鏡を載せて、髪の毛はヘアワックスを塗ってきちんとしている。それにもまして、高級そうな全身黒のスーツは、テレビで司法問題についておおいに弁舌を振るう際には不可欠な小道具なのだろう。テレビで見たときの印象と違わず、やることがテキパキしていて、コミュニケーション能力があり、話をするときは身振り手振りが多く、全身から観客を惹きつけるオーラを発している。

荷造りなど必要ない。今着ている服を除いて、牢のなかに自分の物などなにもない。

簡易ベッドの端に腰かけて、涂弁護士の絶対に破れなそうな光沢紙の名刺を手に持って眺めた。名刺には、五つも六つも立派な肩書が記されていて、どれも恐れ入るほど堂々たるものだ。「涂耀明弁護士事務所責任者」、「民間司法改革促進会理事」、「光勤企業特別顧問弁護士」などなどだ。

普通の状況だったら、おれから見た涂弁護士はただの目立ちたがり屋の、売名行為の好きな、アルマーニのスーツで身を固めた俗物に過ぎないし、いい生活をしていて、自分の才能におごり高ぶった彼は、おれのような自暴自棄になった小人物とは関わりあおうともしないだろう。だが、どういう運命のいたずらか、これからしばらく、おれたちは親密な戦友になったというわけだ。

第十二章　厄落としの猪脚麺線（ジュージャオミエンシエン）大盛りを一日に二回も食べた

1

二時間後、涂耀明（トゥーヤオミン）弁護士は信義（シンイー）署の玄関前に颯爽と登場し、記者会見を開いた。弁護士とおれは打ち合わせをしてあった。彼が注意を引きつけておいて、その間におれを脱出させ、夜八時におれの家で会おうということになっていた。

彼は記者会見で話す内容を前もって教えてくれた。「第四の殺人事件からわかることだが、警察は明らかに間違った人物を逮捕しており、真犯人は別にいる。呉誠（ウーチエン）氏は無実であるだけでなく、真犯人に陥れられたのだ。これまでの証拠から判断するに、呉誠氏は真犯人のターゲットの一人である可能性が高い。呉誠氏の弁護士として、警察に対して、迅速に彼を釈放し、さらに彼の身辺の安全を守るために警察官を派遣することを要求します」

涂弁護士がカメラを前に弁舌を振るって、観客をたっぷり楽しませている頃、おれは六階で趙（チャオ）刑事と握手し、感謝の言葉を伝えていた。エレベーターの方に歩いていきながら、どうにも気になって、王（ワン）部長のオフィスをちらっと見たら、ドン・キホーテがおれの方をぼんやり見ながら、指をおれに突きつけ、上下に振っているのが、ブラインド越しに見えた。

　あの様子からすると、あいつはいまだに、すべてはおれが指示してやらせたことだと思っているに違いない。

　添来（ティエンライ）の援護の下、おれは警察から忍び出たが、なんの騒ぎも起きずにすんだ。

「親分」。タクシーに乗るとすぐに添来が尋ねた。「家に帰る?」

　四日間牢に入っているうちに、おれは「親分」に昇格したらしい。

「先におふくろの家に寄ってくれないか? 出てきたって知らせたいから。民生（ミンション）社区（住宅地）だ」

　道すがら、添来に外の様子について聞いた。添来の話では、マスコミはおれのことを本当にひどく言っていて、やつらのほのめかすところでは、おれはすっかり落ちぶれて生活に困り、情緒不安定で、暴力的な傾向の強い精神病患者だという。添来は話しているうちに怒りだし、一言ごとに汚い罵り言葉を挟んだ。おれは、まあ、そうかっかするな、と添来には言いながら、心のなかではやっぱり汚い言葉で罵りまくっていた。

　車は三民路（サンミンルー）のロータリー交差点を通り、左に曲がって富錦街（フージンジェ）に入った。

　車のなかから、母親のマンションの入り口をさっと見て、張り込んでいる記者が一人もいないことを確認してから、車を降りた。添来には、もう帰っていいと言ったが、彼は、遠慮するな、待ってるから、と言い張った。

「どなた？」。インターホンから妹の声が聞こえた。

「おれ」

マンションの入り口のドアのロックが解除され、インターホン越しに、妹がうれしそうに言う声が聞こえた。「お母さん！　阿誠（アチエン）が帰ってきた！」

エレベーターの中で、目が潤んできたが、あふれ出ようとする涙をなんとか我慢した。何年も長い航海をして嵐や艱難辛苦を乗り越え、やっとのことで年老いた母親と巡り会う放蕩息子になったような気がして、おれは感動していた。

エレベーターが四階に到着してドアが開き、今にも一歩踏み出そうとしたら、母親がドアの外に立ちふさがっていた。

「入っちゃダメ」

「なんで？」

「たった今、警察があんたを釈放するってテレビで言ってたから、猪脚麺線（ディカミースア）（豚足入り煮込み素麺）を買わなきゃいけないと思ったけど、間にあわなかった。マンションの外で待ってなさい。今すぐ、阿玟（アウエン）に買いにいかせるから」

「そんなのどうでもいいよ。猪脚麺線（ジュージャオミエンシエン）なんて食べなくてもいいよ」

おれはエレベーターから出ようとするのに、母親はおれを中に押し込めようとする。エレベーターのドアが、ガタガタ開いたり閉まったりした。

「あんたって子は小さいときから、縁起をバカにするから、それでこんな目に遭ったんだよ。いいから、下に行ってなさい。豚足が来たら入れてやるから。あんまり急に帰ってきたからしかたないけど、本当なら下で火を跨がないといけないんだよ」

母上の言うことだから、しかたない。おれはまたエレベーターで下に降り、添来の車に戻った。座席にすわった途端に、妹がマンションから飛び出して、三民路の方向にすっ飛んでいくのが見えた。猪脚麵線を買いにいくものと思われる。

「早かったね」。添来が言った。

「まだ家に入ってない。猪脚麵線を買ってきてからでないと入れてくれない」

「本当はね、家に入る前に火を跨がないといけないんだよね」

「おふくろもそう言ってた」

「こういうことは、バカにしちゃいけないよ」。添来は珍しく真面目くさった顔をして言った。

何日も運が悪かったから、本当を言うと、おれ自身もそういう縁起かつぎを大事にしたい気分だった。だが、儀式というものはどんなものであれ、本来の激しい感情を弱めてしまうものだ。父親が亡くなったとき、おれはまだ七歳だったが、とにかく長男だからというので、棺を安置した部屋の前で直立不動で拱手してはお辞儀を繰り返していた。そうするうちに、なんだか気持ちが遠くにさまよってしまい、父親を失った悲しみもだんだん薄まっていった。退屈でたまらなくなったとき、尼さんの読経の声に合わせてつま先で拍子を取り始めてしまい、頭のなかで木魚を叩く音を数えていたことを今でも覚えている。

妹が帰るのを待っているうちに、おれの気持ちもだんだん落ち着いてきた。家に入ってからも、豚足のエピソードのおかげで母親と抱き合ってわんわん泣くようなつまらない真似はしないですんだ。

「ずっと母さんに付き添ってたのか？」。おれは豚足を食べながら、妹に聞いた。

「付き添いなんて、いるもんか」。母親が馬鹿にしたように言った。

「しかたなかったの。記者がブザーを鳴らすたびに、お母さんが箒を持って下まで降りていって、記者たちを追い回すんだもの。テレビで見てびっくりして、すぐに飛んできた」

「あんなやつらを怖がってるとでも思ってたの？　あの記者どもときたら、あることないこと、嘘ばかり並べたてて。今に天罰が下るよ」

「なんだ、おまえは母さんを守りにきたんじゃなくて、記者たちを守りにきたのか」。

二人の話を聞いて、すごくおかしかった。

「あたしは守ってもらう必要なんかないよ。阿誠、おまえは知らないだろうけど、あいつらはほんとにひどいことばかり言ってたんだよ。おまえのことを、あたしがこんなに年寄りでなかったら、あんなやつら、ぶっ殺してやるよ。おまえのことを、鬱病だの、一生ずっと病院にかかってるだの、聞いてるだけで頭に来て、血が噴き出しそうだったよ！」

「そんなのなんでもないよ。好きなように言わせておけばいいさ」

　おれは母親と妹の顔を見た。報道の一部は根拠のないことでもなく、まったくのでっち上げとはいえないと、二人ともわかっているに違いない。だが、せっかく長年、家族に隠してきた病気のことを、久しぶりに会えた今このときにわざわざ暴露するのは、興ざめというものだろう。おれはだいたい一時間ほど母親の家にいた。母はここに越してきていっしょに暮らせと言ったが、おれはそうするとは言わなかった。家を出る前に、母は小さな薬瓶を無理やり持たせようとした。

「これは睡眠薬だから。時間どおりに飲みなさい」

「睡眠薬なら、自分のを持ってるよ」

「持ってなさい。あたしの所にはいつでもあるから」。母はまるで薬局でも始めたような言い方をした。

添来の運転で臥龍街（ウォロンジエ）に帰った。なんとも意外だったのは、そして、おれを深く感動させたのは、阿鑫（アシン）がとっくに添来から知らせを受けていて、入り口の前に小さな陶磁器の甕（かめ）を置き、おれが車から降りるのを見るやいなや、紙銭に火を点けると、火を飛び越えて厄払いしろ、と言ったことだ。阿鑫のかみさんも、両手で猪脚麺線の丼を捧げ持ってやって来た。

近所の住民が大勢、見物していた。テレビの記者も来ていて、そのうち二人の記者が強引に通り道をふさぎ、二本のマイクをおれの顎に突きつけてきたので、おれは頭にきて、発言するふりをしてマイクを奪い取ると、カメラに向かって突っ込んでやった。このゴミ野郎！　おれは怒鳴った。カメラマンはマイクを避けようとして一歩下がった拍子に、停めてあったバイクにぶつかり、バイクはまるでドミノ倒しみたいに一台、また一台と倒れていった。暴力だ！　暴力を振るわれた！　二人の記者はわめきながら、おれに詰め寄ってきたが、添来に阻まれた。添来は一人で相手を引き受けて怒鳴った。

「××××！　まだやる気なら、暴力ってのがどんなもんか、おれ様が思い知らせてやる！」。ひっくり返されたバイクの持ち主たちも仲間に入って、カメラマンにバイクをちゃんとなおせと要求し、そうでないとこっちも暴力に訴えるぞと言い出した。おれを保護する（監視する？）係の二人の警察官が、だんだん騒ぎが大きくなってきたのを見て、事態を収めようと割って入った。

混乱に乗じて、阿鑫がおれに手を貸して火を跨がせ、おれは大急ぎでドアを開けると、みんなを中に入れた。

また、猪脚麺線を食べた。

おれは阿鑫たちに何度も何度も礼を言った。阿鑫は言った。兄弟じゃないか、そんなこと言うなんて水くさいぞ。おれが添来に車代を払おうとすると、添来は、いやなやつだなあ、おれを見下しているのか、と言った。阿鑫のかみさんは、二人のチビたちもおれに会いたがって、はやく英語のレッスンを受けたがっていると言った。台湾人はなにかというとすぐに、兄弟じゃないかとかなんとか、感傷的なことを言うので、おれはずっと反感をもっていたのだが、彼らが惜しげもなく親切にしてくれるものだから、おれもついに、いわゆる「光輝き、これからの人生を照らしてくれる真実の暖かい心」を見出してしまったかと思ったほどだ。そのときはよく考える余裕がなかったが、そういう感情はずっとおれの心のなかに存在していたのに、長年、愚鈍にして傲慢、かつ偏屈な性格だったため、その感情を抑圧していたのか、そうでないとすると、その感情をまったく別の表情で表現していただけなのに違いない。

「この事件はまだ決着していない」とおれは言った。「犯人はまだ殺しを続けてる。おれもそのターゲットかもしれない。だから、これから何日かはみんなに会うわけにはいかないし、連絡もしないでほしい。巻き添えにしたくないんだ。遠慮して言ってるわけじゃないから、どうか、おれの言うことを聞いてほしい。なにもかも終わってから、みんなで酒を飲もう」

みんなが帰ってから、おれはリビングと書斎、寝室を見回った。警察の捜査の痕跡はまったく残っておらず、なにもかも元のとおりにみえた。だが、やつらは本を並べる順番は変えていないものの、一冊一冊をきちんと壁に押し付けなかったので、でこぼこになってしまっており、おれはすっかり気分が悪くなった。そこで、時間をかけて、飛び出した本をいちいちきちんと押し込んだ。

その後、携帯を開くと、何十という着信履歴があり、ほかにも数え切れないほどの伝言やショートメッセージがあったが、いちいちチェックする気にもなれないので、時間がかかったが、全部削除してしまった。それから、カナダでは今何時なのか考えてもみずに、妻に電話をかけて、無事を知らせた。

「びっくりして死にそうになったわよ」と妻は言った。「台湾から友だちが電話してきて、あなたが大変なことになってるって知らせてくれた。ここ何日かネットでニュースを読んでたけど、あなたのこと、信じられないくらい、ひどいことを言ってたわ」「台湾のマスコミだからね」。おれはしかたなくそう言った。

「今はどうなの？　わたしが帰った方がいい？」

「もう大丈夫だ。まったくの誤解だったんだ」。おれは当たり障りのないことを言った。

「とにかく、今は絶対帰ってきちゃ駄目だ。飛行機を降りた途端に、誰かがインタビューしようと待ってるから。問題が片づいてから考えよう」

それから、陳婕如にメッセージを送って、警察に証言して助けてくれたことに礼を言った。すぐに返事をくれた。「そんなこと、なんでもない。あなたは無実だってずっと信じてた」と書いてあった。

メッセージを読み終わった途端に電話が入ったので、なにも考えずに着信ボタンを押した。

「もしもし、呉誠さんですか？」

「はい」

「こんにちは。わたしはTVCS局の『ニュースの話』のプロデューサーです。ここ何日か、本当にお疲れ様でした。うちの番組に出ていただけませんか？　今のお気持ちを視聴者の皆さんとシェアしていただきたいんです」

「今すぐシェアしてもいいよ」

「あ、そうですか？」

「×××！」

言い終わるとすぐに切った。

涂弁護士が来るのを待つ間、パソコンの前にすわって、自分に関する記事と映像ファイルを見尽くした。

「六張犁（リョウチャンリ）殺人事件の容疑かたまる」
「目撃者のヘルパーがはっきり確認。公園の殺人犯逮捕！」
マスコミはおれの下着のパンツのブランド名以外、なにもかも報道していた。家庭、学歴、これまでの人生、人柄と行動、これまで発表した文章と脚本、それにこれまでに受けたインタビューなどなど、すべてがでこぼこの鏡の前にさらけ出されていた。そこに映った呉誠の姿にはいくらかの真実もあったが、歪曲されていることの方がずっと多かった。

以前教えたことのある学生が言っていた。呉先生の授業はユーモアがあって面白い。でも、怒ると凶悪な感じで、別人のようになるんです。感情のコントロールに問題ありですね。また、別の学生はこう言っていた。学生の間ではずっと前から知れ渡ってたことだけど、呉先生は大酒飲みで、鬱病で、ユーモアはそれをごまかすためなんじゃないの。

匿名希望のある演劇人が、「亀山島事件」を暴露していた。店もおおいに協力して、その夜の画面を提供している。ビデオのなかのおれは左手で酒のグラスを揺らしながら、右手は一人ひとりを指差し、テーブルの上に上がって（逆上してテーブルに上がったことは自分では覚えていなかった）、声を荒げて咆哮していた。画面だけで、音声がなかったからまだいいが、そうでなかったら、恥ずかしくて穴があったら入りたくなっただろう。

マスコミはその職責を十分に果たしているとみえて、心理分析の専門家をつかまえてきて、画面上のおれの身体言語にもとづいて、「崩壊」していて、「脱線」しているという診断を下していた。あるメディアはさらにでたらめで、自称「文学の素養のある精神分析医」というのを見つけてきて、おれの書いた雑文や戯曲についての考えを述べさせていた。そいつは古典からいろいろ引用して、文学とはおかしみがあってもかまわないが、読む人を不快にするほどではいけないという原則を担ぎ出し、おれの場合は諧謔趣味に走りすぎているが、その実は恨の文学なのであって、至るところに内心の枯渇と精神の破綻が見て取れるなどと指摘していた。

実に数多い、いろいろなことが報道されていて、どれを見ても、おれの心胆を寒からしめた。おれは自分を責め続けた。そうだ、おれは本当に有罪だ……。

「呉容疑者」についての討論番組だけでも、いくつもあった。

そのうちの一つは「私立探偵」というテーマで、そもそも台湾に私立探偵はいるのか、いないのか、討論していた。あるゲストは、呉誠はせいぜい一人で自営でやっている興信所のようなものに過ぎないと言い、別のゲストはそれに追随して、そのとおりだ、呉誠はそもそも政府に届け出を出して登録したわけではないのだから、私立探偵だと自称している偽物に過ぎないと言っている。そうして、みんなでこの呉氏というのは羊頭狗肉のような仕事をしているに違いない、警察は徹底的に調査して被害者がいないかどうか明らかにすべきだなどと言っている。もう一つの番組では、肩書の前に「元」のついたゲストを大勢よんでおり（元警察官、元検察官、元調査局長などなど）、これらの専門家の皆さんは、事件の解決は間近い、目下のところは警察が呉某を攻め落とすのを待つだけだ、ということで意見が一致していた。

まだある。お楽しみはこれからだ。

信義署の誰かが漏らしたせいで、マスコミはおれが台大病院の精神科に通う患者だと知っているばかりか、処方されている薬まで把握していた。ある討論番組などは、まるまる一時間を費やして処方箋について詳細に検討し、おれの症例と病状を推測していた。ゲストのなかに精神科の医師は一人もおらず、どんなテーマであっても大げさにしゃべりまくれるコメンテーターばかりだった。この恥知らずどもなら、顔はよく知っている。毎日毎日テレビに出ていて、話題が政界の内幕だろうと、映画スターの噂だろうと、名門家族のプライバシーだろうと、果ては失われた古代文明や、異星人、怪異現象や、「猪八戒のママは誰か？」などというテーマであっても、やつらは言うことがなくて困るなんてことはない。その夜、やつらは口々に自分だけが内幕を知っていると称して、自分こそ、「呉容疑者の専門家」と自認していた。そのうちの一人がいかにもまことしやかに結論づけていた。台湾には呉誠のような人間がだんだん増えている。その一人ひとりがいつ爆発するかわからない爆弾のようなものである！

数え切れないほどの報道を見終えて、おれという爆弾は今にも爆発しそうだった。椅子を投げて窓をたたき割りたくなった。人に切りつけたくなった。テレビ局にペンキをぶっかけたくなった。しかし、おれはそのどれもせずに、冷たいシャワーを浴び、それから対抗策を考えついた。

2

約束どおりやって来た涂弁護士は、衣替えをしていた。薄いピンクの長袖のシャツの上にサファイアブルーのダブルのジャケットを着て、さっきと同じ暗い色のパンツとぴかぴかのイタリア製の茶色の革靴に合わせているので、目がチカチカしてきて、思わずからかいたくなった。「もう、秋が来たのかな?」。本当は、サーカスが街にやって来たのかな、と言いたかった。しかし、まだそれほど親しくなってもいないし、これから世話になるわけだから、軽率なことを言うわけにもいかない。

「しかたないんですよ。この後、パーティーに参加しないといけなくてね。お宅は冷房あるでしょう?」

彼のためにリビングの冷房をつけないわけにはいかなくなった。というより、自分のためでもある。彼の服装を見ているだけで、暑苦しくて耐えられない。

二人、椅子に腰を下ろすと、涂弁護士はちらっと腕時計を見てから、話し始めた。おれのために割ける時間は多くないということだろう。

「呉さん、まあ、簡単にあなたのケースの話をしましょう。わたしが理解したところでは、あなたにはもうわたしは必要ないですね。今朝のあれは無料サービスです。フリー・オブ・チャージです。プロ・ボノ(公共善のための奉仕活動)です」

「わたしが釈放されたのは、あなたが警察になんて言ってくれたからですか?」

「法律のABCですよ。信義署の署長には、こう言いました。わたしのクライアントをすぐ起訴するか、でなければ、すぐ釈放するべきだとね。警察はいくつか条件を出してきましたが、それはよくおわかりですね？」

「しばらくの間は出国禁止、それから、随時、調査に協力しなければならないということですね」

「正直に言うと、真犯人はほかにいるとわかって、わたしはちょっとディサポインティドですよ」

「わたしが犯人だったらいいと思ってたんですか？」

「もちろんです。わたしは忙しいですから、ハイ・プロファイルな（世間の注目を集める）ケースしか、引き受けません。あなたが重大な嫌疑を受けていれば、それだけ面白くなります。あなたがもし、O・J・シンプソンだったら、わたしはあなたにとって、理想の弁護士だったはずです」

「すみません。あなたをディサポインティドさせちゃって」。おれまで言うことに英語が混じってきた。

「ノー・プロブレム。今朝の記者会見は十分、気分がよかったですから」

「もっと気分のいいこともあるかもしれない」

「どういう意味です？」。涂弁護士はすばやく頭を寄せてきた。

「いくつか、やっていただきたいことがあるので、このままわたしの弁護士を続けてほしいんです。まず、わたしの名前で警察を訴えてほしい」

それを聞くと、涂弁護士の目は突然輝きだし、脳みその歯車が瞬間的に高速で回転し始めたのがわかった。

「面白い。続けてください」

「まず、捜査の内容を公開しないという原則に反して、わたしをマスコミに売り渡した臥龍街派出所を告訴したい。それから、信義署がわたしの人権を踏みにじり、わたしの治療記録をマスコミに漏らしたことも訴えたいんです」

「すばらしい！」。涂弁護士は自分の太腿を叩いて言った。

「もっとすばらしい考えもありますよ。マスコミと、出演していたコメンテーターたちも訴えたいんだ。わたしのプライバシーについて、でたらめを言った記者やコメンテーターなんかを全員訴えたい」

「それは……。呉さん、ご存じと思いますが、マスコミを敵に回すのは大変ですよ」

「マスコミにたてつくとひどい目に遭う、それはよくわかってます。しかし、わたしの状況はちょうどそれとは反対だ。わたしはすでにマスコミによってめちゃくちゃに名誉を傷つけられ、頭から肥溜めに突っ込まれた人間です。今さら、怖いものなんかない。家で練炭を焚いて、血で書いた告発書に『マスコミは人殺しだ。コメンテーターたちは罪人だ』と記して、自殺したっていいかもしれないが、そんなことをしたって、自分がむざむざ犠牲になるばかりで、なんの役にも立たない。わたしはちゃんと生きていって、やつらとやりあい、やつらにつけを払わせてやりたい」

「いいでしょう。あなたがそこまで言うんなら、わたしもとことんつきあいましょう！

マイ・ガッ、これは台湾の訴訟史上初めてのケースになりますよ。新聞の見出しが目に見えるようだ。『少年ダビデが巨人ゴリアテに挑戦！』ってね」

「あなたが賛成してくれるなら、明日の朝早くマスコミを集めて、地方検察署の前でブザーを押して告訴していただきたい（台湾では、検察署の外の壁のブザーを押して訴訟を受け付けてもらう）。まずは警察を訴えて、その後でマスコミに爆弾を投げつける。われわれはあらゆる報道をチェックしているところであり、呉氏を妨害し、侮辱し、名誉を毀損する虚偽の報道はすべて告訴し、賠償を求める、と宣言してください」

「たいしたもんだ！　あなたは弁護士になるべきでしたよ！」

それから、二人で細かいことを打ち合わせした。報道を全部チェックして、ふるいにかける仕事は弁護士事務所で担当し、おれが確認した後で告訴することにした。涂弁護士は、おれもいっしょに記者会見に出てほしい、マスコミの前で、辛くて悲しくてもう死んでしまいたいという顔をして、世間の同情を集めようと言ったが、おれはそれだけはやりたくないし、最初から最後まで絶対に人前に出たくないと言い張った。最後に、費用の問題について話した。

「おたくのすごく高い弁護料を払うお金はないってことは、おわかりですよね？」

「はい、わかってます」

「こうするしかないと思うんです。マスコミからいくら搾り取れるかわからないが、そこから一定の割合で弁護料を取っていただきたい。どれくらいの割合にするべきか、それはお任せして、文句は言いません」

「ちょっと待ってください。普通、ハイ・プロファイルな名誉毀損の訴訟の場合、原告は獲得した賠償金を全額慈善組織に寄付すると前もって宣言する場合が多いです。おわかりになると思いますが、これは名誉の問題なのであって、金の問題ではないんだと社会や大衆にわからせるためです」

「ああ。誤解しないでいただきたいんですが、わたしはPR戦をやる気ではないんです。社会の同情なんかいらない。まして、世論がわたしの味方になってくれるかどうかも、どうでもいい。世論なんて、おれのアスにキスしてろっていうんだ。わかってもらえるかかな？　わたしは法廷でマスコミと戦って、その過程で万が一にも、利益が得られるなら、喜んで受け取る。遠慮する気はありません」

「ガッツがある！」

涂弁護士は帰るときには闘志満々だった。最後におれにこう言った。「明日の午前十時ぴったりに必ずテレビを見てくださいよ」

3

反撃の時は来た。だが、おれは心のなかで別の算盤をはじいていた。おれだって、こんなことをして、警察とマスコミという、死んでも自分の罪を認めるはずのない二つの体制から、なんらかの正義を勝ち取れると思うほど天真爛漫ではない。おれは警察には、要求したいものがある。マスコミについてはただ、バカ騒ぎをしてやりたいだけだ。

翌日、七月二十日の朝、十時になる前から、おれはテレビの前でじっとしていて、面白い出し物が始まるのを待っていた。

予定通り、涂弁護士は十時十五分に、マスコミの見守るなか、検察署のブザーを押して告訴した。これまで検察署のブザーを押して告訴するシーンをテレビで見るたびに、いつもヘンテコでおかしいと思っていたが、今こうして、涂弁護士がおれの代理としてマスコミの前で同じように間抜けな姿勢でブザーを押すのを見て、心のなかには複雑な思いが湧き上がって感慨深くもあったが、その一方では冷ややかに見ている自分もいた。

涂弁護士はおれのことを弁護士になるべきだったなどと言ったが、おれは彼の方こそ、演劇の道に進むべきだったと思う。タイミングのつかみ方、思わせぶりな話し方、その場での見事なアドリブに至るまで、どれをとっても、彼の演技は称賛に値する。そのうえ、本人もすっかり楽しんでいて、まるで演技をしながらあらかじめ耳をつんざくばかりの盛大な拍手を聞いているかのようだ。彼はまず、飢えたマスコミの連中の前でブザーを押すポーズをとってから、こう宣言した。捜査結果を公開しないという原則に背いて呉氏の人権を著しく損ねた臥龍街派出所と信義警察署を、依頼人の代理として告訴し、それぞれに賠償金一千万元を要求する。それを聞いた記者たちが慌てて質問しようとすると、涂弁護士は両手を開いて制し、まあ、落ち着いて、話を最後まで聞いてくださいと言った。

「マスコミの皆さん、お疲れ様です。今日の告訴は序幕に過ぎません。臥龍街派出所が第一波、信義警察署が第二波、その後にもっともっと規模の大きな第三波があります。

というのも、わたしたちにはまだもう一つ、告訴する対象があるからです。その対象とはつまり、皆さん、マスコミの皆さんです。そうです、偉大にして、神聖で侵すべからざるマスコミ、なにかというとすぐに『言論の自由』という金の鎧で身を守るマスコミです。マスコミはいつも、人民には知る権利があると言います。しかし、わたしは今日、ここで、強調しておきたいと思います。人民には知られない権利もあるのです。警察の手落ちにより、呉さんのプライバシーは再三再四、マスコミによって暴露され、呉さんの家族もそのせいで被害を受け、呉さん本人の名誉は取り返しがつかないほど傷つけられました。このような事実に反した中傷に対して、呉さんは法律により訴追する権利を有しています。わたしの事務所では現在、あらゆる報道をチェックしているところです。この数日間の呉さんに対する、事実に反するニュース、でたらめな憶測、そして悪意による誹謗中傷、すべてをチェックしており、状況を見て、マスコミの各組織または個人に対する告訴をおこないます。三日ほどお待ちください。告訴の対象となる組織、個人のリストはとても長いものになる予定です。皆さんも、楽しみにお待ちください。最後に言っておきますが、呉さんはいかなるインタビューにも答えません。質問はすべて、わたしの事務所が代わってお答えします。どうか、彼のプライバシーを大切にしてください。そうしないと、マスコミの皆さん、あなた方も後でひどい目に遭うことになりますよ。さて、皆さん、どうもありがとうございました！」

　耳をつんざくばかりの盛大な拍手は、もちろん、聞こえてこなかった。ただ、マスコミの連中がヒステリックに食い下がって質問を投げかけるのが聞こえた。いったい、誰を訴えるんですか？　今のところ、誰を対象にしているんですか？　涂弁護士は神秘的な微笑を浮かべ、自分のすぐ近くにいる記者たちを一人ひとり指さして言った。あなたかもしれない。いや、あなたかもしれない。最後にカメラを向いて言った。いや、もしかしたら、あなたかも……。

　涂弁護士の記者会見は原子爆弾に点火したかのようで、核分裂によって巨大なエネルギーが放出され、連鎖反応を引き起こして、おれについての報道のまた新しい波が湧き起こった。テレビやラジオは慌てて臨時ニュースを放送し、状況を分析し、警察や法曹界の人たちにインタビューしているので、「六張犁(リョウチャンリ)の殺人犯」は一時、マスコミから忘れ去られてしまった。

　しかしながら、おれは忘れていなかった。デスクの前にすわって、ノートを開き、事件の全体をもう一度よく考え直し、その結果わかったことを書き記していった。

　十一時近くになって、誰かがドアをノックした。またまた、わきまえのないマスコミのやつらか？　おれはもうすっかり殴る気になっていた。

　ドアを開けてみたら、それはなんと、陳(チェン)警官殿、すなわち小胖(シャオパン)だった。

「おや、どういう風の吹き回しかな？」

「あんたの竜巻に吹き寄せられて来たんだよ」

　小胖をなかに入れて、ドアを閉める前に頭を突き出して外に目を走らせた。

　小胖はなんだか顔色が悪くて、言葉を濁してなにもはっきり言わない。ずっと愛想笑いをしていたので、こっちもしかたないから、なにも言わずに愛想笑いをしてやった。

「いや、老呉、実はこういうわけなんだ。うちの所長がね、おれに行けって言うから来たんだよ。その、おれはあんたをよく知ってるからね。それでね、あんたがうちの派出所を訴えた件なんだけどね……」

「その件については、証拠は明白だ。おまえんとこの所長は自分で記者会見を開いて、派出所内の誰かが情報を漏らしたって認めたじゃないか。おれはなにもでたらめを言ってるわけじゃないぞ」

「わかってるよ。最初は信義署から派出所に、リスク管理のために記者会見を開けって言ってきたんだ。それなのに、今になって、派出所が記録を残したことがいけないって責めてるんだ。涂弁護士の記者会見の後、状況はすっかり変わってね、上の方は派出所に圧力をかけてくる。世論もおれたちに圧力をかけてくる。特にネット上でね、すごい人数の人たちが署名して、呉さんがとことん警察と戦うのを支持するって言ってるんだ」

「ネット上で言ってることなんか、かまう必要はない。ネットで言いたいことを言ってるやつらなんか、暴民に過ぎない」

「つまり、所長はね、本当は自分であんたに会いに来たいんだけど、でも、あんまり目立っても困るからね、それで……」

「もういいよ、小胖。おまえを困らせようとは思ってない。いいか、派出所に戻ったら、信義署のそれなりの地位のやつを来させて、おれと話し合いをしろって伝えてくれ。もし、条件がだいたい合えば、告訴は撤回するから」

「臥龍街派出所の分も？」

「おれの主なターゲットは信義署であって、臥龍街派出所じゃないよ。さあ、早く帰って、誰か話し合いに寄こせって言ってやってくれ。早ければ早いほどいい。ぐずぐずするなら、もうどんな条件だって話し合う気はないぞ」

おれはなにも我を張ってわざわざ相手を困らせようとしているわけではない。そうではなくて、急いで実行したい計画があるのだ。確かにおれはひねくれ者で扱いにくいだろうし、いろいろ企んだりすることもあるし、自分と同類でない人たちは避けるのが一番いいと思っていて、関わりあいにならないようにしてきたが、他人に報復するようなことは好きではない。相手をしつこく追いつめるのは、おれのやり方ではない。

信義署の反応は予想したよりずっと早かった。昼近くにもう人を寄こした。来たのは広報部の張主任だが、それなりの地位なのかどうかはまったくわからない。

「呉さん、こんにちは。実は小職はあなた様にご報告申し上げたいことがあって参りました」

口を開くなり、「あなた様」だの、「小職」だの、「ご報告」だの、おれの大嫌いな言葉ばかり並べたてる。

「張主任、どうぞ、ご遠慮なく。『あなた様』なんて言う必要はないでしょう。かえって悪口を言われてる気分になりますからね。それに、『小職』だの、『ご報告』だのっていうのもやめてください。わたしはあなたの上官じゃありません。貴警察署で四日間臭い飯を食わされた被害者に過ぎません」

満面の笑みを浮かべた張主任の顔が一瞬引きつったが、すぐに原状を回復した。こいつは見た目は人間の形をしているが、どうやら、軟質プラスチックかなにかでできてるらしい。

「ご冗談を。呉さん」

　おれはやつを睨んだ。

「すみません、呉さん。うちの署長があなた様に、いえ、あなたにお目にかかるように申しまして。つまりですね、誤解を解いていただきたいということなんでございます」

「誤解なんてしてない。おれの病歴や、ほかの個人的な情報はあんたたちのところから世間に漏れたんだ」

「そんな証拠はないでしょう？」

「証拠は取り調べ中に録画したビデオだ。おれの弁護士が今、ビデオを差し押さえるよう、裁判所に申請している。物的証拠とするためにね。おれの記憶違いでなければ、貴警察署の王部長が得意げに言っていたよ。マスコミはすでにおれの情報を入手している、うれしいことにマスコミも調査を手伝ってくれる、ってね。まったく、鬼に金棒って様子で、一字一句違わず、そう言っていたよ」

「そんなことはなんの証明にもなりませんよ」

「裁判官がどう解釈するか、それを待とうじゃないか。あんたたちがそんなリスクを冒してもかまわないと言うんならね」

「呉さん、あなた様に、いや、あなたにお聞きしたいのですが、わたしどもがどうすれば、あなたは、その……」

「おれも捜査に参加したい」

「は？　なんですって？」

めったに心のなかを顔に表さないやつだが、今度ばかりは、本当にどういう意味かわかってないってことが明らかだった。

「おれは家にじっとしていて、警察が事件を解決するのを待ってるなんていやだ。おれは犯人に陥れられたし、そのうえ、犯人の次のターゲットである可能性が極めて大きい。自発的に捜査に協力するから、事件と関係するあらゆる資料をこっちにも見せてほしい。つまり、おれは警察と協力して、いっしょに犯人を捕まえたいんだ」

「いや、わかっていただかないと。呉さん。ハハハハ」。張主任は一瞬我を忘れて笑い声をあげた。「法律の関係で、われわれはあなたを釈放しないわけにはいかなくなったんです。でも、だからといって、あなたにまったく容疑がかかっていないという意味ではないんですよ。王部長が言うには、彼の見たところ、あなたは今でも一番怪しい容疑者だそうです。そればかりか、この事件はすべてあなたの企んだことに違いないと言ってましたよ！」

経験を積んで広報の妖怪と化した広報担当者というものは、だいたい二つの顔を持っているものだ。一つは相手に取り入ろうとする、あくまでも礼儀正しい顔で、もう一つの顔は辛辣で毒舌だ。張主任はひたすらこらえていたが、突如として第二の顔が出現した。

「だからこそだよ。すっかり疑いが晴れるまで、毎日信義署に出頭しよう。なんなら、署内で寝泊まりしたっていい。とにかく、次の事件が起きるまでなにもせずにいて、あんた方にまたおれを逮捕する口実を与えるのはいやだ。帰って、署長に報告してくれ。こっちの条件は簡単だ。捜査に参加させて、おれのような素人の意見も聞いてみたらいい。署長がこの条件をのむなら、告訴はすぐに取り下げる。拒否するなら、どうなるか、まあ、楽しみにしていればいい。とにかく、おれは黙って引っ込んでる気はないからな」

第十三章　警察と家を往復する日々

1

「犯人はおれの知ってるやつか、あるいはおれのことを知ってるやつに違いない」

七月二十一日、おれは信義署六階の取調室のいつもの席、以前は針の筵のようだったあの位置にまたすわっていた。だが、今はもう容疑者ではない。警察に協力して捜査する関係者だ。身分が変わったので、おれはすっかりいい気になり、舞い上がって我を忘れ、ついには立ち上がって、資料や写真を積み上げたデスクの上に両手をついて、まことしやかに自分の考えを述べた。その様子は、まるで経験を積んだ優秀な刑事にみえたはずだ。サスペンダーでつったズボンを穿いて、吸いさしの煙草でもくわえたら、スコットランドの名刑事ってところだろう。

信義署の署長は上の指示を仰いで、次の日にはおれの条件をのむと言ってきた。王部長は精一杯抵抗し、とんでもない間違いだ、狼を家に引き込むようなものだと言い張ったが、彼はそんなに偉いわけじゃないから、発言力もない。法廷外で和解することを優先したい上層部の決定に逆らえるはずもない。信頼できる情報によると、おれの要望が実現したもう一つの理由は、警察内部で意見が分かれていて、王の考えに賛成する刑事もいるが、おれは無実だと考える人たちもいる。後者がそう考える理由はこういうことらしい。もし、王部長の言うように、事件の全体がおれと共犯者が協力して仕組んだことであって、内と外で呼応しあい、マスコミが凝視するなかで警察を相手に恐ろしい死のダンスを踊っているのだとすれば、呉誠（ウーチェン）ってやつは台湾の犯罪史上、最も異常な、最も恐ろしい考えをもつ怪物だということになる。記録と確率がおれに有利に働いた。台湾ではそんなケースはこれまで出現したことがないのだから。

王部長はおれと協力することを拒否した。もちろん、おれの方だって、あいつといっしょではいやだ。署長がおれの要求を受け入れて、信義署刑事部の趙（チャオ）刑事と臥龍街（ウォロンジェ）派出所の小胖（シャオパン）がおれとの連絡を担当することになった。そのほかに、署長は無理やり、階級が趙や小胖よりも一つ上の女性巡査部長を押し込んできた。名前は翟妍均（チャイイエンジュン）で、年は三十前後、小柄で痩せていて、髪はショートカットで、目は鋭く輝き、なんでもはっきり言う。

翟巡査部長がミーティングの司会を担当し、すわる位置はおれの正面だ。始める前に、はばかりもなく、自分の任務は「あいつがでたらめを言うのを聞いて、適当に報告書を書く」ことだとはっきり言ってのけた。

「呉さん、すわってください。ここは講堂じゃありませんから」

おれはおとなしくすわった。

「『犯人はあなたの知っている人かもしれない』、それはわかります。しかし、『犯人はおれを知ってる人かもしれない』って、どういう意味です？　あなたは自分がそんなに有名だと思ってるんですか？」

初対面の挨拶をしたときから、彼女は敵意に満ちていて、ちょっとお愛想笑いをするのさえ惜しいという態度だった。おそらくは、王部長が破壊工作のために潜入させたスパイに違いない。

「おれはそれほど名前が売れてないし、特にここ一、二年は鳴かず飛ばずだから、自分から引退したようなものというか、とっくに忘れ去られているだろう。しかし、おれは元教師で、十年以上たくさんの学生を教えてきた。一人ひとりを思い出せないほど、いや、実はほとんど全部忘れている。だが、彼らの方はおれを覚えているかもしれない」

「授業があまりにもひどかったからですか？」

こんなに幼稚な屁理屈なのに、趙刑事と小胖には面白かったらしく、二人ともプッと吹きだしたので、おれもしかたなく、薄ら笑いをした。

「そうかもしれないね」

こっちがこれほど我慢して、折り合いを付けようと努力しているのに、翟はあいかわらず、冷たい顔だ。しかし、こっちも長年教職についていたから、もっと意地の悪い学生を相手にしたこともある。これくらいのことで困るようなおれではない。

「翟巡査部長、きみがもし、おれがでたらめを言うのを聞く任務を言いつけられたのがそれほど面白くないなら、今すぐ、ここから出ていって、上司に泣き言を言って、担当を替えてもらったらいいんじゃないか。そうする気がないなら、今すぐ口を閉じて、おれの話を最後まで聞きなさい」

　彼女はすわったまま、動かなかった。両目から二筋の冷たい光がおれの方に向けて発射されたが、おれも弱みを見せるわけにはいかない。しっかり睨み返した。二人、眼力を発揮して、金光布袋劇（ポテヒ）（CGやレーザー光線を使用した現代的な人形劇）の一幕を演じ続けた。一瞬だけ、彼女は机を叩いて大声を出しそうな顔をしたが、その表情はすぐに消えた。

　彼女は反撃しなかった。第一回戦は、おれの勝ち。

「王部長がどう考えようと、おれの知ったことではない。この部屋には一つの仮説しかない。誰かが前もって布石を打っておれを陥れ、その後、また罪を犯して、おれの疑いを晴らしたのだから、結論は一つしかありえない。犯人は警察をもてあそんでいるのではなく、おれをもてあそんでいるということだな。そこから考えるに、この犯人はおれと接触したことがあるはずだ。それ以外の可能性はどうしても考えられない。それから、タイミングの問題だ。おれは五月一日に六張犁（リョウチャンリ）に引っ越してきた。犯人はそれ以後、ずっとおれを尾行していた可能性がある。だから、その日から始まって、七月十一日に臥龍街派出所に事情聴取に呼ばれた日までのおれに関係ある監視カメラの映像をすべてチェックする必要がある」

「それなら、全部そろっています」と趙が言った。「それに、うちの技術者がすでにあなたの行動を順序よく日付別に編集して、何本もの映像にまとめてあります」

「それはよかった。そのビデオを一本一本、おれが詳しく見る必要がある。重要なのは、おれが見たことのある人、あるいはかつて知っていた人に似ている人などを見つけることだ。それから、犯人は四人の被害者のことも尾行したことがあるはずだ。だから、おれの映像を集めたビデオと被害者たちの映像を集めたビデオを比較する必要がある」

「そんなの、とっくにやりました」と翟が言った。「それで見つかった唯一の接点があなたなんだから」

「四番目の犠牲者については？」

「今のところ、ないです」と小胖が言った。

第四の犠牲者は許洪亮（シューホンリャン）といって、三十五歳、朝食の店を経営しており、家族と信和街（シンホージェ）のマンションに住んでいる。警察は彼とこれまでの犠牲者との間になんの関係も見出せず、ビデオの映像から、彼とおれの接点も見つかっていない。警察の分析によれば、許は夕方、山に登っている途中で襲われたものと思われ、遺体は犯人によって、富陽（フーヤン）公園の西側の歩道のわきの草むらに遺棄されていた。死因は今回も、後頭部を鈍器で強く殴られたことだが、彼は死ぬ前に精一杯あがいており、両手を伸ばして抵抗したときに犯人の腕か首をつかまえていた。警察は彼の右手の中指の爪の奥深くから、被害者本人のものではない皮下組織を見つけ出しており、それには血液もいくらか含まれていた。これは今までで最大の突破口であり、容疑者を捕まえて、ＤＮＡを比較して間違いないとわかりさえすれば、事件は自然と解決することになる。

その殺人事件が起きたとき、おれは牢に入っていたわけだが、警察は慎重を期すために、そのDNAとおれのDNAを比較した。当たり前のことだが、もちろん、一致しなかった。一致していたら、それは怪談だろう。

署長はしかし、おれが要求したことはなんでも聞いてくれるというわけではなかった。おれには鑑識の調査結果や、その他の重要な報告を直接知らせるな、知らせても大丈夫な情報だけ知らせておけとわざわざ命令していた。それでも、小胖がかなりのことをこっそり教えてくれた。小胖の話では、警察はすでに事件に省籍の要因があるという可能性は排除していた。四名の死者のうち、二人は台湾本省人で、一人は客家（はっか）、一人は陝西省籍の退役軍人だった。また、被害者には男女双方がいて、性別の要因も考慮に入らない。また、四人目の犠牲者が三十五歳だったので、「老人殺人者」という理屈も成立しないことになった。今も残った共通点は一つだけ、全員が六張犁の住人だということだ。

「きみたちがビデオを照らし合わせて見たことはわかっている。そうでなければ、おれを見つけたはずがないからな。しかし、警察はおれを見つけた後は、ビデオを調べるのをやめてしまった。もう一度、すっかり見直して、比較してみることを提案する。だが、今度の重点は第三者を見つけることだ。その人間を見つけられたら、おそらく、それが犯人に違いない」

「授業はそれで終わりですか？　わたしたちはまだ、やらなければならないまともな仕事があるんですけど」。翟が右手を挙げて言った。

「まだ話は終わってない」

「いいえ、もう終わったでしょ？」

バシッ。おれは力を入れてデスクを叩いた。

「出ていけ！　王部長のところに行って、きみの手助けは必要ないとおれが言ってると伝えればいい」

おれがデスクを叩いたので、趙と小胖はびっくりして椅子から飛び上がり、また椅子の上に落下した。翟巡査部長もびっくりしていたが、無理して平静を装い、青い顔をしておれを睨んでいた。

「出ていけ！　出ていかないなら、おれが出ていく！」

おれは大学の教室で何度もこの手を使った。この手は何度やっても確実だ。あるとき、授業を始めたら、クラスの四十数名の学生のうち、三分の一ほどしか、教科書を持ってきていなかった。おれは激怒して、教科書を持ってきていない者は教室から出ていけと言ったが、図々しいことに、そいつらは意地でも動かない。しかたないから、おれの方が一人で教室を出た。「浮生(ふしょう)に半日(はんじつ)の閑(かん)を偸(ぬす)み得たり」（唐・李渉の詩）というわけだ。ケンタッキー・フライドチキンでＭサイズのコーラを買って、歩道のコンクリートのベンチにすわって新聞を読みながら、涼んだ。実にいい気分だった。

「呉さん、わかっていただかないと。ここは警察ですから。わたしの方があなたに出ていけということはあっても、あなたの方が癇癪をおこしてもらっては困ります」

それを聞いて、おれは頭にきて、デスクの上の物を片づけるとリュックに突っ込み、風を巻き起こしながら歩き出して取調室を出ると、力いっぱいドアを閉めた。勢いだけは十分だったが、ドアを出た後で茫然として、どうしたらいいのか、わからなくなった。憤然としてエレベーターの方に歩き出しながら、感情的な行動をとった自分を心のなかで罵った。

そのとき、趙刑事が後ろから追いついてきた。

「呉さん、どこに行くんですか?」

「署長に会いにいって、話をつける。これでは、最初に話し合った条件と全然違う」

「呉さん、お願いだから、怒らないでください。翟先輩は本当はいい人なんですよ。ただ、ほら、ああいう気性ですから」。趙は取りなすように言った。

「彼女がどんな気性かなんて興味がない。とにかく、わざといちいち反対するのが我慢できない」

「翟先輩が、お願いだから戻ってくださいって言ってるんですが」

おれは半秒間ためらったが、趙刑事といっしょに戻っていった。

取調室に入るとき、趙がいっしょに入ってこないのに気づいた。

翟巡査部長はおれをちょっと見て、それから、目配せで小胖に合図した。小胖は立ち上がって、おれの方に歩いてくると、すれ違うときにおれの肩をポンと叩いて、取調室から出ていった。

「あなたとさしで話す必要があるので」と翟は言った。

「いいだろう」

「すわってください」

「立ってる方がいい」

「お好きなように。最初に言っておきますが、わたしは王部長の手下ではありません。王部長に命じられて、あなたのあら捜しをしにきているわけでもありません。あら捜しあら捜しをしているのは、わたしが自発的にやっているんです」

「どうしてだ？」

「わたしのいつもの仕事は外勤で、手がかりをたどって、外で話を聞いて調べて歩くんです。一日中警察署にいてミーティングをやってると、窒息しそうです。わたしがこの仕事をやらされているのは、あなたがなにをたくらんでいるのか、外勤の部署でも誰か一人、知っておく必要があると局長が考えたからです。それから、わたしの上司が、行動力のない同僚ではなく、わたしにこの仕事をやらせることにしたのは、上司が飲みにいきたいとき、わたしは参加しないし、上司が冗談を言ったときにわたしが笑わないからです。それでも、口ではきれいごとを言って、経験豊富な巡査部長があなたを観察する必要があるなんて言ってるんです」

「それで、きみは怒り心頭で、おれに八つ当たりをしているのか」

「理由はそれだけじゃありません。はっきりわかっていただきたいんですけど、わたしはそもそも、あなたのような身分の人を捜査に参加させるのは反対なんです」

「身分って？　私立探偵ってこと？」

「私立探偵ですって？　ただの一般人でしょう！　それに……」。翟はここで一瞬、言葉を切ってから、重々しく言った。「あなたは今でも容疑者なんです」

「やっぱり、きみは王部長の手下だな」

「王部長の判断が間違っていることは、めったにありません」

「それでも、今回だけはめちゃくちゃに間違ってる！」。かっとなったので、呼吸が速くなった。

「なにもかもう、でたらめです」。翟は続けた。「あなたが警察を訴えたので、上層部は腰を抜かして、ふにゃふにゃになって、広報だの、ＰＲだののことばかり気にして、そもそもあなたを捜査に参加させるのが手順に反しているっていうことを考えてもみないんだから」

「まさか、警察はおれをまったく必要としてないって言うつもりか？」

「警察はあなたを必要としてるけど、それは事件の捜査の指揮を執ってもらうためじゃない。言っときますけど、あなたのような素人が思いつくことなんか、わたしたちはとっくの昔に思いついてます」

一難去って、また一難。王刑事部長は去ったが、翟巡査部長がお出ましだ。おれにとって、人生はちっとも明るくなってはいない。おれはいまだに、嫌疑のある、ただの一般人らしい。

おれは態度を軟化させた。

「それじゃあ、きみたちは、おれになにをしてほしいのかな？」

「わたしたちがあなたにやってほしいことは、監視カメラの映像を全部見て、あなたが知ってるかもしれない人、あるいはあなたを知ってるかもしれない人を見つけることです」

「その話はおれがした話のような気がする」

「わたしが言わなければ、意味がないんです」

「つまり、消極的に協力することしか許されないってこと？」

「やっと、おわかりになったようね」

「それでも、意見は言ってもいいでしょ？」

「いいですよ」

「手を挙げてから言わないとダメ？」

「勝手にしてください」

2

翟巡査部長と戦って敗北した後、おれはお利口さんに取調室にすわってビデオを見た。小胖はおれの左側にすわって、別のビデオを見ている。翟巡査部長と趙刑事は忙しそうに出たり入ったりしているが、なにをやっているのかわからない。

おれにビデオを見せるために、小胖はわざわざ機械を持ってきて据え付けた。行ったり来たり、何度も運んでいるので、手伝おうとしたが、小胖はずっと、「いや、大丈夫」と言い続けた。この重大事件のために、署では特別に六階の一室を空けて、新しく「捜査本部」を設置した。毎日、少なくとも七、八人の腕利き刑事たちが昼となく夜となく働いている。小胖に、おれたちもあの部屋に入っていっしょに仕事したらいいじゃないかと言うと、小胖は、王部長の言いつけでおれをあの部屋には入れないことになっていると答えた。

おれは苦笑するほかなかった。王部長の捜査の目標はおれの共犯者を見つけることで、おれの目標はおれを陥れたやつを見つけることだが、双方の動機はまったく別々なのに、実は目標は同じで、疑わしい第三者を捕まえることだ。もし、双方が互いに知っていることを教えあい、わかったことを報告しあえば効率は倍増するわけで、今のようにそれぞれが別に仕事をするのは、まったく馬鹿なやり方だ。

ビデオのリストを見たら、苦笑は泣き笑いに変わった。警察はおおいに手間をかけて、おれの一日一日の行動の映像を編集し、それぞれ一枚のディスクに収めていた。五月一日から七月十一日まで、全部で七十二枚だ。全部見るには、いったい何年の何月までかかるだろう！　モニターの前にすわって、自分が主演している連続ドラマを見ていると、奇妙な感覚に襲われた。まるで、映っている人物は自分ではなくて自分の分身か、あるいは過去の幽霊がわけもわからず、大通りや路地をさまよっているみたいだ。

あらゆる場所に設置された監視カメラシステムのおかげで、ディスクの一枚一枚が、細大漏らさずなにもかも記録したドキュメンタリーのようだ。早朝、横丁から出て臥龍街（ウォロンジエ）を歩き出し、富陽街（フーヤンジエ）の角のコンビニでなにか買って出てくると、富陽公園に入って山登り、その後、公園を出ると、家に帰って、また出てきて、和平東路（ホーピンドンルー）の方に向かい、公園まで歩き……。抜けているところはまずない。おれはジョージ・オーウェルの書いた「ビッグ・ブラザー」が虎視眈々と睨む世界に生きているのだ。

台湾に監視カメラがどれほど多いか、想像もできないだろう。内政部は早くから十億元を費やして、「監視カメラシステム整備計画」を実施し、警政署も盛んに監視カメラを設置して、台湾全土にいわゆる「電子城壁」を築き上げた。先日も、台湾市政府は十六億元をばら撒いて、台北市内に一万三千個の「インテリジェンス型ビデオ監視装置」を設置すると宣言したところだ。市長は胸を叩いて、こう請け合った。「画面は公安部門だけが見られるようになっているので、プライバシー侵害の問題は起こりえません」。つまり、公安部門には絶対に職務上の権利を悪用するような悪者はいないので、データは絶対に外部に漏れることはないと言いたいのだろう。それがちょうど、「ウィキリークス事件」によって、米国務省の機密書類がタンポポの綿毛のごとくに風に飛ばされ、地球全体にばら撒かれたばかりのときだったものだから、市長が保証するのを聞いて、われわれはますます不安になった。

台湾人権促進協会と一部の学者たちはおおいに心配し、全面的な監視システムは民衆の表現の自由に反すると主張した。犯罪と戦うために、プライバシーを犠牲にしなくてはならないのか？　ある学者はそう厳しく問いかけた。にもかかわらず、電子の目の経費は年々増加した。警政署は統計の数字を出して政策を擁護した。「二〇〇八年に監視システムのおかげで犯人を摘発できた刑事事件の数は、合計六千三百六十一件で、前年の三千七百十五件から、二千件を超える大幅な増加を記録した。このことからも、監視システムは警察の刑事事件解決におおいに役立っていることがわかる」。民衆も警察のやり方を支持しているようだ。ある世論調査によれば、回答者の四十五パーセントが、監視カメラの設置は犯罪の捜査と防止に「おおいに役立っている」と答え、四パーセントだけが「まったく役立っていない」と答えている。

人間というものは自分勝手で、自分のことしか考えないものだ。治安をよくするのであれば、監視カメラが多くたってかまわない。だが、いったん、自分のプライバシーが侵害されると、おおいに騒ぎ立てる。おれの気持ちも矛盾している。自分が隠れることもできずに電子の目の下に晒されているのを見ると疲労と無力感でいっぱいになり、なぶりものにされている気がする（世間とつながりを絶って、ひとりで生きるはずだったのに、なんでこんなことになってるんだ？）。だが、その一方で、これらの映像のおかげで自分の無実を証せたら、と願わずにはいられない。

五枚、六枚と映像を見たが、内容は大同小異だった。

ここに越してきてからの生活は、規則正しい日程で、一見、浮草のように行き先が定まらないかに見えて、その実、まるで時間割をこなしているみたいに硬直している。おれは考えずにはいられなくなった。本当にこれからの人生、こんなふうに退屈極まりない日々を過ごしていくのか？　おれはやりたいことも多くないし、なんの欲も要望もない。つまらないことに頭を悩ませて暗い感情を育てないようにしたい。ただ、穏やかな気持ちで生きていくことが望みだが、それにしてもだ、こんなふうによどんだ水溜りのように、なんの変化もなく生きていていいはずはないんじゃないか？

ダメだ、集中しなくては。

しかし、なにに集中したら、いいんだ？　正直言って、まったく見当がつかない。スクリーンの上では、大勢の人たちがおれの後ろを歩いたり、おれと行き違って去っていったり、同じ飲食店に入ったり、おれと同時に公園のベンチにすわったりしている。全員に疑いがあるが、だからといって、おれを尾行したり、おれの動きに注意を払ったりしている様子のあるのは一人もいない。

思ったとおり、小胖の方もまったく収穫がない。

「署内では賭けが始まってるんだ」。小胖がおれにこっそり言った。「王部長が正しいっていう方に賭けてるのもいるし、老呉（ラオウー）は無実だって方に賭けてるのもいる」

「おまえは？　どっちに賭けてるんだ？」

「やだなあ、もちろん、無実の方だってば」

そうか、賭けが始まってるのか。どのくらいの規模でやってるのか知らないが、おれも賭けたい。

3

「探すべきは、二十歳から四十歳くらいの男だ」。おれはもう一度、いっしょにスクリーンを見続けている小胖に指摘した。とはいっても、自信があるわけではない。外国の統計を借用しているだけだ。翟巡査部長の指示に従って、おれは自分と関係のある映像をチェックし、小胖は三人の犠牲者の生前の映像をチェックしている。「疑わしい人物」を見つけたときには、ディスクの日付と時間をメモして、意見を交換し、何度も比較しあえば、容疑者の姿を見つけることができるかもしれない。疑わしい人物？　おれは「隣人が斧を盗んだと疑う」という故事を思い出した。「斧を失くした者あり。その息子を疑う。その歩くさまは斧盗人なり。その顔つきは斧盗人なり。その言葉も斧盗人なり。動作も態度も、斧盗人ならざるはなし」。後になって、その神経過敏な農民は、山に行って、何日も前に落としてきた斧を見つけた。その後で、隣家の息子と行き会って、気をつけて見てみると、縦から見ても、横から見ても、その顔つきも、表情も、話し方も、歩き方も、どれ一つとっても泥棒らしいところはなかった。

仕事を始めてからずっと（すでに二日たった）、おれと小胖は二人の「斧を失くした村人」になっていた。誰を見ても疑わしく思われ、善人は一人もいないような気がしてくる。

「これ見てくれよ。こいつじゃないか？」

「こっちも見て。こいつじゃないかな？」

趙刑事もほかに仕事のないときはおれたちの仲間に加わり、ときどき、「こいつじゃないかな？」と質問した。その間、翟巡査部長はほとんど取調室にいなかった（きっと、捜査本部で大人の遊びをしてるんだろう）。ただ、一時間か二時間に一度、入ってきて、手がかりは見つかったかと聞く。そのたびに、おれたち三人の間抜けは同時に頭を挙げて、声をそろえ、「見つかりません」と答える。しかし、翟巡査部長がおれたちのことをバカにしてつまらないことをやらせている、などと考えてはいけない。この連続殺人事件では、絶対に監視カメラの映像に重要な証拠が隠されている。犯人が完全に監視カメラから隠れて行動することは不可能だからだ。それに、こういう苦労は誰かがやらなければならないことだ。それはそうなんだが、二日間も苦しい思いをした今となっては、捜査チームに参加して、刑事たちと対等に、頭を絞って仕事をするというロマンチックな妄想は跡形もなく消え去っていた。

三日目、七月二十三日、おれは家にいることにした。昨夜のうちに小胖に電話してそう言っておいた。体調がよくないから、家で休みたいと言ったのだ。それはちょっとむしゃくしゃしたからでもあるのだが、正当な理由もある。なんの「理論」の導きもなしに、ただただパソコンの画面を見ていたって、海底の針を探すようなもので、なにも見つかるはずはない。警察もすでになんらかの捜査の方向を定めているのかもしれない。いや、いくつもの方向を定めているのかもしれないが、とにかく、おれたちにはなにも教えてくれないのだ。このままずっと、辛い仕事に没頭させられても、「木を見て森を見ず」というやつで、大局を見失ってしまう。

朝起きると、外に出て山登りをしようと思ったが、横丁の出口まで行っただけで、二人の警察官に行く手を阻まれた。この二人と、もう一組の夜番の二人が、七月十九日に出獄してから、毎日おれの安全に責任をもっている。考えるに、彼らの任務は同時におれの行動を監視することでもあるのだろう。これまでの二日間、信義署への行き帰りも彼らが車を運転した。

「呉さん、体調が悪いんじゃなかったですか?」

「ちょっとよくなった」

「署に行きますか？」

「行かない。散歩したいんだ」

「呉さん、すみません。あなたの安全のためなんですよ。家にいてもらわないと」

「どうして？」

「部長の命令です」

「つまり、警察以外、どこにも行っちゃいけないってこと？」

「しかたありません。あなたの安全のためです」

「それはつまり、軟禁されてるってことじゃないのか？」

「違いますよ。でも、どうか、お察しください。今のところ、犯人が誰で、どこにいるか、まったくわかっていないうえに、あなたは彼のターゲットの可能性もあるんですから。好き勝手に出歩かれては、あなたの保護にはどれだけの警察官が必要になることか」

「それでも、飯は食わないといけないだろう？」

「もちろんですよ。でも、なるべく、わたしたちに買いに行かせてください」

彼らを困らせたいとは思わないから、すぐに引き返して、家に戻った。

4

気分はどん底で、ヴァン・モリスンさえも、おれを助けてくれそうにない。音楽を聴く気にもなれないし、本を読む気にもなれない。ソファーの前にすわって、テレビの画面をじっと見た。リモコンを直すことにした。新しい電池を入れて、透明のテープで電池の蓋を固定した。リモコンは元どおりになったが、テレビを見る気はなくなった。いったい、なにをしたらいいんだろう?

不安が忍び寄ってきた。これは退屈がもたらした不安だが、適度にやわらげなければ、カオス理論のように一気に山崩れを起こして、パニックになってしまうかもしれない。鎮静剤を一錠飲んだ後、リビングを行ったり来たり、歩きまわった。同時に、自分に言い聞かせた。「これは、うろうろしてるんじゃない。散歩だ。おれは散歩してる。運動してる。リビングのなかで行ったり来たりしているだけだが、それでも運動には違いない。不安のあまり、うろうろしてるのとは違う」。長年の経験から、パニック障害に対抗するには、心の持ちようが重要だとわかった。そして、心の持ちようを調節するには、場合によっては言語に頼る必要がある。言語は気持ちに影響を与える。それなのに、おれは以前、しょっちゅう言語でもって自分を攻撃していた。今では、ちゃんとわかっている。ときどき、自分の応援団になることにしている。おれは大丈夫だ。ただ、退屈してるだけだ。

昼飯を食い終わると（お巡りの買ってきてくれた五十元の弁当は、化学調味料の人工的な甘ったるさに満ちていた）、ノートを出して、一ページ、一ページめくって見た。捜査の進度に追いつく必要がある。警察が今、なにを考えているか、知る必要がある。ノートを見終わった後、いくつかの疑問点を書き出した。

まず、第三の殺人事件についてだ。もし、本当に分析のとおりだとすれば、犯人がヘルパーを襲う前に声を出したのは、彼女を振り返らせ、後でおれに不利な証言をさせるためだが、だとすれば、犯人はなぜ彼女が重傷を負うだけで死ぬことはないと確信していたのか。たとえ、プロの殺し屋だとしても、自分の力の強さがどの程度のものか、はっきり確信がもてるはずはない。ヘルパーが数日間、意識不明だったのは、もしかしたら、犯人の予想外だったのではないだろうか。つまり、おれが警察に留置された日（七月十六日）は、犯人が予想していたのより、数日遅かったのかもしれない。しかし、そもそも、ヘルパーが不幸にして亡くなっていたら、おれのことを「あの人です」とは言えなかったはずだ！

そう考えると、犯人は成り行きを見ながら行動するつもりではないかと思えてくる。もしかしたら、こう考えているのかもしれない。今回の殺しで呉誠を陥れることができなかったら、次の事件で成功すればそれでいい、と。

それに、犯人の計画は、まず警察におれを疑わせておいて、後になって、おれが留置されている間にまた事件を起こし、おれの疑いを晴らす証拠を残した。その動機がなんなのかはさておいて（いくら考えても、見当がつかない）、今考えるべきことは、それはすべて犯人の計画どおりなのか、ということだ。もしも、小胖がビデオを見ていて、おれと第一、第二の犠牲者が屋外にいる映像を見つけなかったら、警察がおれに疑いをかけることもなかったはずだ。もしも、おれが警察から「話を聞かれて」いなかったら、ヘルパーが意識を取り戻したときの証言を聞いて、警察がすぐにおれのことを考えることもなかったはずだ。犯人はどうしてそんなに自信があったのだろう？　犯人は前におれが二人の犠牲者と何度も屋外で偶然出会っているのを見ていたのではないか？　一人目の犠牲者とは嘉興（ジアシン）公園で、二人目の犠牲者とは捷運（ジェユン）の駅のそばの四阿で。それで、殺す相手を決めたのではないか。そうでなければ、警察がビデオからおれと二人の犠牲者の関わりを見つけ出すという確証はもてないはずだ。そうだとすると、おれはまるで伝染病みたいだ。おれと接触のあった人なら誰でも殺される可能性があるということか？

第三の疑問、これも三つ目の事件についてだ。おれと中風の老婦人とはまったく接触する機会がなかった。また、ヘルパーは老婦人の介護をしていたのだから、散歩したり、公園をうろついたりする暇はなかった。だから、この事件によって、おれの「疫病説」は破綻する。いや、あるいはおれとヘルパーはいつかどこかですれ違ったことくらいはあったかもしれない。ただ、監視カメラのビデオに映っていないだけで。だから、「疫病説」も保留にしておくべきだろう。

最後に、全体を見渡してみると、犯人は第四の事件によっておれの容疑を晴らすという、予定された目的をしっかり達成しているが、その前の三つの事件にはまだまだ多くの「偶然」の要素がある。監視カメラのビデオ、目の鋭い警察官、ヘルパーが幸運にも生き延びたことだ。犯人がもし、なにがなんでもおれを陥れるつもりだったとしたら、やつの切り札はなんだったんだろう?

以上のメモを書き記した後、おれはもう頭がぼうっとして、なにがなんだかわからなくなった。それに、「疫病説」を考えると、すっかり気分が悪くなった。

ふと、コーヒーテーブルの上にあった『大台北地図』を手に取って、信義区のページを開き、前に描いておいた三角形を見た。第四の事件を付け加えると、範囲はさらに大きくなる。ページの上で、第四の事件の現場を見つけようとしたが、正確な位置を知る手立てはない。警察はただ、事件は「富陽公園西側の歩道のわきの草むら」と発表しただけだし、手元の地図は小さすぎて役に立たない。

書斎に行って、パソコンを立ち上げ、試しにグーグル・マップを開いてみた。まず、六張犁の地図を開き、マウスでクリックして、見たい区域を出した。通りの名前も、細かい横丁の番号も全部あるし、幅の広い富陽公園もちゃんと入っている。そのページをプリントアウトした後、第一の事件の位置に黒い点をつけ、第二、第三の事件についても同じようにした。第四の事件については、正確な住所がわからないので、推測でやるしかない。

新しい図形が出現した。

もとの三角形から、正方形を斜めにしたひし形のようになった。「のように」としか言えないのは、第四点の位置が正確とは限らないからだ。

この図形にはいったいどういう意味があるのか?　考えていたら、突然思い出した。

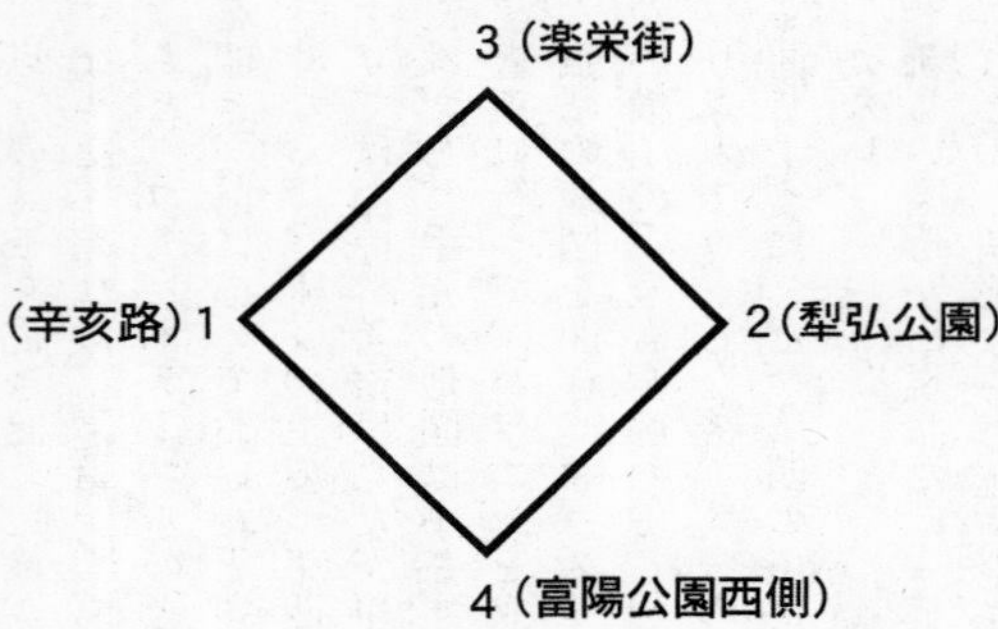

おれは前に三つの殺人事件の現場を実際に見にいって、正確な住所をメモしてきた。もし、それらの住所を使って検索したら、その結果はもっと正確なはずだ。パソコンに戻って、まず、三つの住所を打ち込んだ。辛亥路（シンハイルー）〇段〇巷〇号棟、梨弘（リーホン）公園、楽栄街（ローロンジエ）〇号〇号棟……。衛星地図に順番に表示された。

そればかりではない。三カ所それぞれの正確な緯度と経度の数字も表示された。

慎重を期すために、おれは順番どおりに三組の数字を書き写した。三組の数字をいくら見つめても、はじめはなんの手がかりも見つけられなかった。しかし、何度も比べて見るうちに、びっくりするような発見があった。

おれはその場を片づけて、家を飛び出した。

第十四章　樹を観て、林を見るも、林中に一株の樹の増えたるを知らず

1

「頼むよ。どうか、おれの話を聞いてくれ」

七月二十三日午後三時、おれは取調室に戻って、翟、趙、小胖と対面していた。翟巡査部長はいかにもうるさそうな顔をしていたから、おれはしかたなく、声を抑え、気を静めて、なんとか聞いてもらおうとした。

「これはパソコンからプリントアウトした地図なんだ」

おれはリュックから地図を取り出し、長いデスクの真ん中あたりに置いた。

趙と小胖はキリンのように、尻を持ち上げて、上半身を乗り出し、首を伸ばしてよく見たが、翟は盤石のごとく微動だにしなかった。

「これはグーグル・マップの表示を基準にして、事件の発生した地点を記した図形だ。この三角形のせいで、おれは警察から最大の容疑者にされてしまった。今では、もう一つの事件が起きたわけだから、図形も変わった。第四の地点はだいたいこの辺だ」

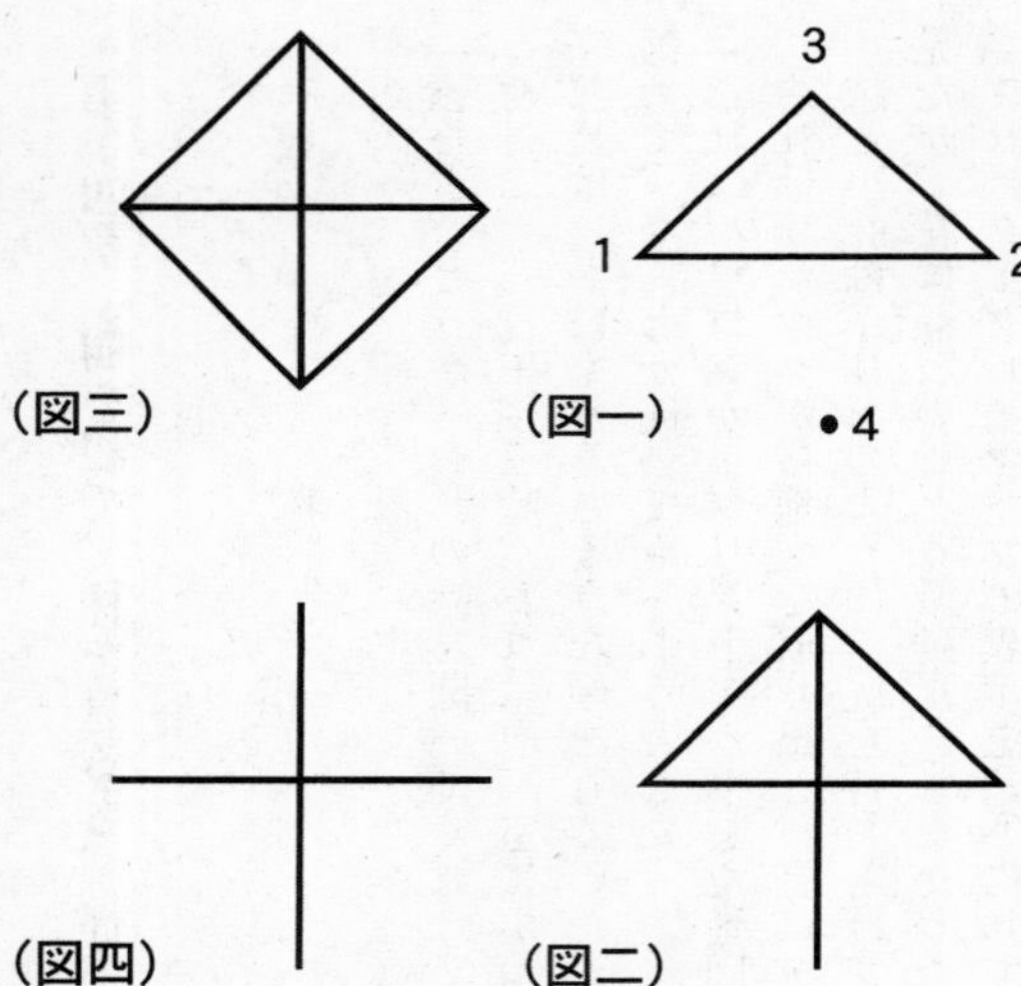

おれはそう説明しながら、三角形（図一）の下、頂点から約五センチの所にペンで黒い点を書いた。それから、三角形の頂点とその黒い点を一本の線で結ぶと、図形はにわかに一本の傘に似た形になった（図二）。次に、横線の左右の端から下の端に線を結ぶと、図形は四つの三角に仕切られた正方形になった（図三）。もし、正方形の四辺を消すと、ただの単純な十字の形になる（図四）。

おれは一枚の紙の上に四つの図形を、説明した順番どおりに描いてみせた。

「この図形は、みんな、どういう意味があるんだ？」小胖が質問した。

「おれにもわからない。だが、これらの図形にはまったく意味がないとか、殺人事件の四つの場所は犯人が適当に選んだ場所に過ぎないとか決めつける前に、これらの図形にはなにかの情報が隠されていると仮定してみよう。その確率は大きくないかもしれない。それはわかってる。台湾にはまだ、小説のように北斗七星の配列に従って人を殺す犯人は出現していないからな。それでも、おれのようにまったくなんの理由もなく陥れられる人間のいる確率だって大きくないが、実際にそんなことが起きているんだ。社会的な関係からみると、四人の犠牲者にはなんの接点もない。お互いに知りあいではないし、彼らの子どもたちや親戚の間でもなんのつながりもない。彼らを結び付けているのは、後にも先にも六張犁（リョウチャンリ）に住んでるってことだけで、それはおそらく気まぐれで選んだ結果ではないと思う。今の状況から考えると、三角形はもう考える必要はないだろう。図二、図三、図四がなにを示しているのか、どんな意味があるのか、これからよく考えてみる必要がある」

「図二を見たら、日本のラブソングを思い出しました」。趙は白紙の上に線を描きながら言った。「タイトルは確か、『相合傘』とか、『愛情傘』とか。傘の下に恋人の名前を書いて、雨風のなかでも二人の恋は永遠だとか……」

「それは洪栄宏（ホンロンホン）の『一本の小さな傘』だよ！」。小胖は思わず、小さな声で歌い出した。「ぼくたち二人、いっしょに小さな傘をさし、どんなに雨が強くても、ぼくは君を守ってあげる、君はぼくを守ってくれる……」

「いっしょに歌ってあげましょうか？　ラララララララ……」

翟は小胖を叱りつけ、それから冷たい目で趙を睨んだ。

「ほんとにバカね、この人に遊ばれてるのがわからないの？」

「一本線に星三つ」は「一本線に星四つ」に頭が上がらない。趙と小胖、二人の大の男は口ごたえもせず、顔を赤くして下を向いている。だが、おれはただの一般人だから、何本線だろうが、星何個だろうが、どうだっていい。

「頼むから、最後まで聞いてくれ」

「聞く必要はないわ。あなたが描いた図形なんか、わたしたちだってとっくに思いついてるんだから」

「そうだろう、とっくに思いついているんだろうが、きみたちの知らないこともあるんだ」

おれはノートを開き、三組の座標を書き記したページを開いた。

「なんですか?」。趙が手を伸ばしてノートを取って見てから、翟に渡した。

「これは最初の三件の殺人事件の現場の座標だ。一組ごとに二つの数字があって、前のがN、後のがE、その後に度数と時間の数字が書いてある。それぞれの組で最初に書いてあるのが緯度、後に書いてあるのが経度だ。経度の一度は六十分に分かれ、一分は六十秒に分かれている。緯度もだいたいそんなふうになってる。さあ、この三組の座標をよく比べてみて、それから、地図を見てほしい。第一の事件は西のこの地点だった。第二の地点は東のこの地点だ。奇妙なのは、二つの殺人事件はほぼ同じ緯度の上で起きている。秒数にほんのわずかな違いがあるだけだ。第三の事件と第四の事件は北と南のこの地点だが、この二点の経度が同じかどうかは調べてみないとまだわからない」

小胖はぼんやりして、おれの言ってることがまったくわからない様子だ。翟が真剣に三組の座標を比較しながら、地図を見ていて、小胖にノートを見せることなど忘れていたからだ。

「どうやって、座標を見つけたの？」。翟が質問した。

「グーグル・アースの地図を使って、見つけたい地点の住所を入力すれば、座標が画面に出てくるんだ」

「そうか！」。小胖もついに理解したようだ。

「ぼくが携帯式のＧＰＳ衛星測定器を持って四つ目の事件の現場に行って、座標を測ってきます」。趙が言って、翟巡査部長の方を見た。

「すぐ行って。どの現場も全部測って」。翟は続けた。「それから、署にある地図はどれも小さすぎる。もっと大きいのを見つけてきて」

「戸籍事務所に行ってみますね」と趙が答えた。

趙が出発しようとしたとき、小胖が突然、地図を指差して言った。「老呉（ラオウー）、気がつかなかった？　どの図形のときも、その中心は老呉、いや、つまり、老呉の住んでる所だよ」

小胖が指摘してくれてやっと、その点をうっかりしていたことに気づいた。おれが顔を上げて翟を見ると、彼女もすぐわかって、なにか言いかけた瞬間、趙もぱっと理解した。

「わかりました。四つの事件の現場だけでなく、呉さんの家にも行って座標を測定してきます」

「急いで！」

翟巡査部長の両目が興奮で輝いていた。「貸してください」。おれのノートのことだ。「これらの座標を調べてみないと」。去っていく前に彼女はおれをちらっと見たが、その目つきは曖昧で、なにを言いたいのか、わからなかった。おれになにか挨拶をしているようでもあったが、猜疑心でいっぱいのようにもみえた。

2

取調室に残ったのはおれと小胖の二人だけで、また、あくびをしながら、映像を見続けた。


「知ってる？」。小胖が体を寄せてきて、小さな声で言った。いかにも、噂話でも始めそうな様子だ。「王部長が一つの理論を思いついたんだけど、部下たちには、おれに話すなって命令してるんだ。おれがあんたにばらすと思ってるんだよ。だけど、おれ、こっそり聞いてたら、聞こえてきちゃったんだ」

「複雑な話だな」

「つまり、王部長は、犯人は窃盗の常習犯ではないと考えている。鍵の開け方なんか知らないんだ。そうでなければ、ヘルパーを襲って鍵を奪う必要もないわけだから」

「ヘルパーを襲ったのは、おれを陥れるためだと思ってたが」

「それも目的の一つだが、王部長の考えでは、陥れるというのとは違って……」

「わかってる。おれと共犯者がぐるになって目くらましのためにやったことだって言うんだろ」

「うん」

「それから？」

「王部長の考えでは、第三の事件はそれ以外の事件とうまくつながらない。第一の事件の被害者は男性で、現場には無理に侵入した形跡はなかった。犯人はどうやって入ったのか？　だから、王部長は犯人がきっと機会を見つけて、殺された人と知りあい、親しくなってから、ある晩、家を訪問し、隙を狙って殺害したと考えている。第二の事件の現場は犁弘公園、第四の事件の現場は富陽公園だから、侵入できるかどうかの問題はない。第三の事件の被害者はめったに外出できない中風のお婆さんとヘルパーだから、犯人は知りあいになろうにもそのチャンスはない。だから、ヘルパーを襲撃して意識を失わせるしかなかった……。わかるだろう？」

「だから？」

「部長の今の捜査の重点は、公園のなかで三人の男性の犠牲者と接触のあった人間を見つけることだ。そいつが見つかれば、それが犯人というわけだ」

「筋が通っているように聞こえるが、それでは、犯人がなぜ、どうしてもあのお婆さんを殺さなければならなかったのか、どうしてほかのもっと手を下しやすい人にしなかったのか説明できていない」

「それは……」

「ちょっと待て、もう一回最初から、一つひとつの事件を順序よく考えてみよう」

王部長はさすがに有能だ。推理の方向は正確で間違っていない。だが、結論はすっかり間違えている。

なぜ、おれにそれがわかるかって？

なぜかというと、おれは警察にあることを話すのを忘れていたからだ。

脳みそのこんがらがっていた所が突然ほどけたような気がする。しかし、なにがほどけたのか、一瞬よくわからなかった。

「一人目の犠牲者の鍾崇献(ジョンチョンシエン)が住んでいたのは、マンションの複数の棟が並んでいて、その間に挟まっている棟の二階だ。左右両側には窓がなく、前後のベランダには鉄の飾り格子がはまっている。だから、前のドアから入るのが、最も簡単な方法だ。だから、犯人は鍵のこじ開け方を知っていたか、そうでないなら、犠牲者を知っていたことになる」とおれは説明した。

「そうだな」

「仮に、犯人が鍵をこじ開けることができたとしたら？」

「犠牲者の家のドアは二重だったし、内側から掛かる鍵もあった」

「内側から掛かる鍵があったって、それを開ける方法もあるはずだ。わかってる人間にしてみれば、難しくはないだろう」

「ちょっと待て」。小胖は右手を一振りして、わざと神秘めかして止めて言った。「彼の家の鋼鉄製のドアには、チェーンも付いてたんだ。それについては、どう思う？」

おれは数秒間考えた。

「ドアの外には網戸はあったか？」

「あった。しかも、ステンレスの網戸だ。わかってる、もし、網戸がなかったら、犯人は外から針金を使ってチェーンを引っ掛けてはずすこともできる。しかし、丁寧に調べたが、網戸にはまったくなにかした痕跡はなかった」

「なあ、小胖、おまえの家のドアには内側から掛ける鍵が付いてるか？」

「付いてる」

「毎日ちゃんと掛けてるか？」

「毎日ほとんど掛けてない」

「おれが前に住んでた所は、ドアが二重になってて、どちらにも内側から掛ける鍵があったし、外側のドアにはチェーンも付いてた。内側のドアには閂（かんぬき）があった。でも、おれは一度も掛けた記憶がない」

「それもそうだな」。小胖はちょっと慌てたような顔をした。きっと、今後は寝る前に内側から鍵を掛けるだろう。

　小胖には説明しなかったが、おれは十九歳のときに恐ろしい声で叫んだあの夜以来、一人住まいのときには内側からの鍵をかけたことがない。また、あんな事が起きたりした場合には、外から救助に来てくれた人に無理やり入ってもらう必要があるからだ。

「二人目の犠牲者、張季栄（チャンジーロン）は公園で災難に遭った」とおれは続けた。「遺体を発見したお婆さんの証言によれば、彼女が公園に到着したとき、遺体以外には誰のことも見かけていないそうだ。これはどういう意味になる？　殺された張季栄はその日最初に公園に来た人で、証人は二番目に来た人だった」

「それがどうした？」

「だとすれば、犯人はとにかく公園で人を殺したかったんだ。誰でもいいから、最初に到着した人を。つまりだ、もし、その証人がちょっと早く公園に着いていたら、殺されたのは彼女だったということだ」

「いや、しかし……」。小胖は首を振った。

「変な話に聞こえるだろう。それはわかってる。でも、忘れちゃいけない、犯行当日の未明に、犯人がわざわざ公園の監視カメラを壊しておいたことを。それはつまり、犯人はあの場所で人を殺そうと計画してたってことだ。だが、ここに問題がある。もし、やつが狙ってたのが張のお爺さんだったとしたら、お爺さんが公園に到着したときに、まわりに早起きのお年寄りがほかにもいないって、どうして確信がもてたんだ？」

「犯人は張さんの毎日のスケジュールをとっくに知ってたのかもしれない。毎日必ず、一番に到着するのは彼だったんだ。この点は、警察でも証言を確認している」と小胖が言った。

「ちぇっ、その可能性はあるな」

小胖にそう言われて、おれの考えは道を絶たれた。

「まあ、その点は置いといて、続けて、第三の殺人について考えよう」と小胖が言った。

「第三の事件は一番不思議だ。犠牲者は……」

「呉張秀娥（ウーチャンシウアー）だ」

「半身不随だし、頭もあまりはっきりしていなかったそうだから、手を下すのは一番簡単かもしれないが、三階に住んでいたうえに、ドアも二重で、鍵も二重だ。犯人はなぜ、そんな面倒なことをしたんだろう？」

「だから、ヘルパーを殴って気絶させて、鍵を奪う必要があったんじゃないか！」。小胖が当然だろうという感じで言った。

「でも、普通の鍵は犯人にとっては難しくはないんじゃないか？　なぜかというと、それは後で説明する。犯人はおれに似せた格好をして、ヘルパーを襲った。襲う直前にわざわざ顔を見せた。それはきっとおれを陥れるために違いないと思う。そうでなければ、余計なことだからな。だから、重要なのは鍵ではないんだ。殺人事件の日付から判断すると、太陽暦であっても、旧暦であってもだが、犯人は特に日を選んではいないようだ。それに、それぞれの事件の間の日数も一定していない。ということは、犯人には時間的なプレッシャーはない。肝心なのは、犯人は人を選んでいるのか、いないのか、という問題だ」

小胖は眉をひそめ、おれの推論を咀嚼している。

「殺しの対象を選ばないなんて、理解しがたいことだ。でも、警察では四人の犠牲者の背景を丁寧に調査したが、彼らの間には本当にまったくなんのつながりもないんだ」

小胖は重要な点をついている。第二の事件では前もって監視カメラを破壊し、第三の事件ではヘルパーを襲撃し、第四の事件ではサファリハットと付け髭を残すというように、多くの証拠から、犯人は明らかに計画的に犯行をおこなっている。もし、犯人が人も選ばず、時間も選ばずだとすれば、行き当たりばったりに犯行を重ねている印象を受ける。計画と無作為、この両者の間の矛盾をどう説明したら、いいのだろう?

「さっき、犯人は鍵のこじ開け方を知ってるんじゃないかって言ったけど、その理由を説明してくれてないよ」

「そうだ、忘れるところだった」

おれははっとして、小胖を見つめた。

「犯人はおれの家に入ったことがあるんじゃないかと思うんだ」

「ああ?」

おれはリュックを開いて、中から懐中電灯を出した。

「これはおれが六張犁に越してきてから買った三本目の懐中電灯だ。一本目は、あの変態野郎をぶっ叩いたときに壊れてしまった」

「それは聞いた」

「ここにあるこれは、出獄後に買ったものだ。なぜかというと、二本目がどういうわけか、なくなってしまったからだ」

「なんで、なくなったんだ?」

「はっきり自信があるわけじゃないが、犯人に盗まれたんじゃないかと思う」

「どうして、そんな?」

「ある日、家に置いたままで出かけたんだ」

「ある日っていつ？」

「陳婕如(チェンジエルー)と翡翠湾に行った日だ」

「確かか？」

「まず確かだと思う。でも、百パーセントとは言えない。おれはしょっちゅう物を失くすから。それでも、はっきり覚えているのは、彼女と一緒に出発する前、家に着替えや薬を取りに行ったとき、ついでに懐中電灯をリュックから出して置いといたんだ。その後、大掃除をした後にも見つからなかったので、そのときになってやっと……」

「なんで、もっと早く言わなかったんだ？」

「百パーセント自信があったわけじゃないし、それに、その次の日の朝に捕まってここに連れてこられたから。そのまま、すぐに取り調べマラソンが始まったんで、懐中電灯のことは忘れてたんだ」

「これは、ものすごく重要なことだ。王部長に報告するよ。懐中電灯を買ったときのレシートはまだある？」

「あるわけない。でも、三個とも復興南路(フーシンナンルー)と和平東路の角の盛力(ションリー)百貨店で買った。店には記録があるんじゃないか」。おれは積み上がったディスクを指差して付け加えた。「ここにも、記録があるはずだ」

「前の二つは何月何日に買ったか、覚えてるか？」

小胖はビデオのリストを取り上げて、おれに手渡した。

「そんなの、覚えてるはずないだろ」

おれはリストを見たが、数字がたくさん並んでいるだけだ。そのとき、突然、意識が飛んだような感じがした。しかし、今回はパニック症状の前兆ではなくて、瞬間的にひらめいたのだ。そうだ、答えはこの日付のリストのなかにあった！ 樹を観て、林を見たが、実は林の中に樹が一本増えていただけだったのだ。

「くそ！」

「なんだ？」

「いったい、今まで、どこを見てたんだ！ おれも王部長もどっちも間違ってる」。おれはデスクを叩いた。

「いったい、どうしたんだ？」

「リストを見ろよ。五月一日から七月十一日までだ。でも、おれは一日、六張犁にいなかった。七月七日だ。その日は一日中翡翠湾にいたんだ。それなのになんで、七月七日のディスクがあるんだ？」

「なんだって？」。小胖はリストをひったくって、よくよく見た。

「とんでもねえ！」

　おれたち二人は玩具を奪いあう子どものように、積み上がったディスクの山の前で押しあって、その幽霊ディスクを見つけ出そうとした。小胖が一足早く見つけて、待ちきれない様子で機械に突っ込んだ。

　信じられない。その日の朝。おれはいつものように八時に臥龍街に現れ、いつものように山に登り、散歩して、公園をぶらぶらしている。生きているのに、幽霊が出ている！

くわしく見てみれば、それはおれではない。身なりは、サファリハットからリュック、頬ひげ、運動用の長いズボン、ウォーキングシューズに至るまで、頭から足まで全身そろっていて、身長や体形も似ている。解像度の低い映像で見ると、まったく掛け値なしの本物の「呉誠」だ。だが、歩く姿勢はどうしても正確にコピーすることはできない。こいつがどんなに優秀な俳優だとしても、確かにこいつはおれではない。

おれは左の膝の軟骨がすり減っているので、歩くときは足を引きずるとまではいかないまでも、体がわずかに左に傾く。それに、長年、腰痛を患っているので、起きたばかりのときは特に体が強ばっている。スクリーンに映っているこの人物にはそういう問題はない。逆に、歩くときに体が右に傾く習性がある。

「どう見ても、老呉にそっくりだ」。小胖は目を細くしてモニターを見つめている。「でも、歩く格好が違う。それに、あんたはこんなに帽子を深く被らない。こいつの帽子は眉毛まで被さりそうになってる」

ビデオのなかで、おれの偽物はおれの格好をして六張犁界隈をうろついている。だが、おれが毎日必ず寄る二つの場所はわざと避けている。コンビニと珈比茶(ガービーチャ)カフェだ。店の人たちがおれをよく知っているから、怪しまれる危険を避けたんだろう。

「おれ」は真っ暗な横丁に入っていって、そこで姿を消した。モニターには、「七月七日、夜十時二十四分」と表示されている。ビデオはそこで終わりだ。つまり、その日の夜に二人の証人が目撃したのは、おれのふりをした犯人だったのだ。

「この横丁がこいつが身を隠している場所かもしれない。ここで服装を変えて、元の自分の格好に戻るのかもしれない。どうしても、この日のこの横丁付近のほかの映像を見つける必要がある」とおれは言った。

「探してくる」

「ちょっと待て。その前に、一つ確認したいことがある」

おれは七月六日のディスクを見つけ出した。陳婕如と翡翠湾に出発した日のビデオだ。

午後四時まで速回ししてから、普通の速度にして見た。

四時二十三分、おれは臥龍街から横丁に入った。

四時三十七分、横丁から出てきた。

四時四十一分、タクシーに乗った。（通化街（トンホアジエ）で陳婕如と待ちあわせしたのだが、警察はここから後の映像は見つけていない。）

夜十時五十三分、おれは臥龍街に出現して、横丁に入った。

これはおれではない。偽者だ。

そいつの姿を見て、小胖はそっくりなのに感心して舌を鳴らし、信じられないと言っているが、おれの方はぞっとして、全身に鳥肌が立った。

犯人はあの晩、おれの家で眠ったのか？　おれの本を読んで、おれのパソコンを使って、おれの薬を飲んで、おれのベッドで寝たのか！

「犯人は、おれが突然家に帰ってきたらどうしようと思わないほど大胆不敵だったわけじゃない。最初から、あの晩、おれが帰ってこないって知ってたんだ。小胖、ほかにも必要な映像がある。珈比茶カフェの映像、あるだけ全部だ」

「なぜ？」

「翡翠湾に行くことは、急に決めたことなんだ。あのとき、おれと彼女は珈比茶にいた。犯人も近くにいて、話を聞いていたのかもしれない」

「すぐ行ってくる」

小胖が出ていった後、おれはもう黙ってすわっている気分ではなく、外に出て歩きまわって、考えをまとめたくなった。だが、小胖がすぐに戻ってくるだろうから、このまま取調室でやきもきしているしかない。

突破口を見つけて興奮せずにはいられないが、それにしても、その意味するところはあまりにも常軌を逸している。おれにはずっと「分身」がいて、ずっとおれの動きに目を光らせており、そのうえ、おれの家に一晩泊まったのだ。

二つ目の懐中電灯は、やっぱりそいつが持っていったのだ。だが、いったい、なんのために？

そいつはいったい、誰なんだ？

もしかしたら、今この瞬間にも、そいつはおれの家のソファーにすわって、足を組んで新聞でも読んでるかもしれない。そこまで考えて、おれは紙の上に、採るべき対策を二つ書き記した。

3

小胖が出ていって、随分たった。おれ一人、取調室に取り残されて、そろそろ一時間になる。どう考えても、腑に落ちない。映像のディスクを何枚か見つけるのに、なんでそんなに時間がかかるんだろう。

やっとドアが開いたとき、趙刑事がもう戻ってきた。その後ろに、翟巡査部長と小胖がついてきた。

「ディスクは？」。おれは小胖に聞いた。

「まだ揃ってない」。小胖は嘘をつくのが下手だ。目玉が変にぐるっと回り、言い終わると、無意識のうちに翟巡査部長の方をちらっと見た。

趙は設計図みたいな感じの巻いた紙を捧げ持っている。顔つきが生き生きしていて、どうやら、収穫があったらしい。

「見てください」

趙は紙を平らに広げた。大きく拡大した衛星地図だ。

「戸籍事務所の地図も小さすぎたので、試しに都市計画局に行ってみたら、この衛星地図を見つけました。印刷してもらうだけで、ずいぶん時間がかかりました」。趙は息を切らしながら、言った。「もう、四つの点を付けて、結んでおきましたよ。時計回りに、西のこの点が第一の殺人事件、北が第三の事件、東が第二の事件、南が第四の事件です。

東西は一直線になり、南北も一直線で、十字の形になります。交差する所が、あなたの住んでるマンションです。それだけじゃないんです……」

趙はポケットから、なにかの電子機器を一個出した。

「これは3Gチップ搭載のブルートゥースGPSです。最新のバージョン5・2で、前のバージョン5・0より、ずっと便利なんです。デコードの方式を単純化していて、デコーダボックスがいらないし、直接パソコンやスマートフォンに接続すればそれでOKです。こんなにちっちゃいですけど、なんでも揃っているんです。多機能型で、位置を追跡できるだけじゃなく、最大で十二機の人工衛星を見つけ出せ、そのうえ、三組のリターン・コードと一組のリダイヤル・コードを設定できる。しかも、マイクロフォンを内蔵してるので、監視盗聴にも使えるんです。ほんと、ヤバいんですよ！」

趙が我を忘れて、セールスマンのようなぺちゃくちゃトークでまくしたてるのを、おれと小胖はきょとんとして見ていた。翟巡査部長は両手を腰に当てた格好で、趙の発作が終わるのを待った。

「気がすんだ？」

「すみません。五つの座標は全部測ってきました。見てください……」。趙は地図をひっくり返した。地図の裏側には、このような図が描かれていた。

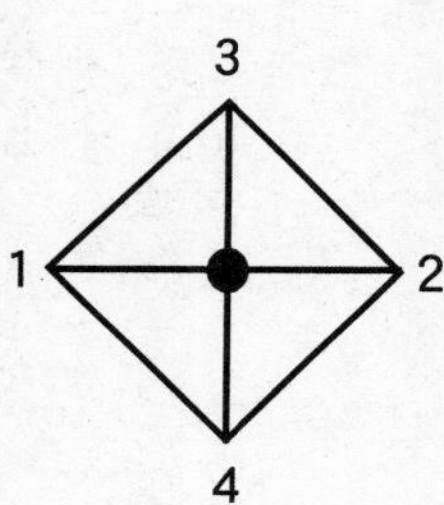

「呉さんの言ったとおりですよ。第一の殺人事件の現場と第二の現場はほとんど同じ緯度の上にあります。第三と第四は、経度がほとんど同じです。そして、呉さんの家の座標は、緯度が第一、第二の現場とほとんど一致していて、経度は第三、第四の現場とほとんど一致してるんです。ぼくはずっと、『ほとんど』を強調しましたが、それはこれらの座標は完全に同じではなくて、どれも小数点以下の小さな違いがあるからです。でも、これだけでも十分、不気味なことです」

「犯人はGPSを使って殺しの場所を決めたと断定していいようね」。翟巡査部長が簡潔に肝心なことを言ってのけた。

「あるいは、殺しの対象を」。おれが補足した。

皆、沈黙した。誰もが、推論のロジックとは合致しているけれども、どうにも信じがたい結論を消化するのに時間がかかっていた。犯人は位置と座標で人の生死を決定していた。殺意は緯度と経度に隠されていたのだ。なんという冷淡さ。なんという客観性。

なんという人間性の否定。台湾犯罪史の地平線にこれまでになかった新種が出現した。

おれはふと、一つの細かい点に思い至った。

「趙刑事……」

「小趙(シャオチャオ)って呼んでください」

「小趙、測ってきたかな?」。おれは地図を指差して言った。「この四つの点の間の距離、それに十字形の長さ」

「測りました。十字の横の線と縦の線の長さは同じ、それに四つの点を結んだ四角形の一辺の長さはどれも同じです。あなたの推測どおり、正方形なんです」

おれは頭のなかを巻き戻しして、自分が臥龍街派出所から出発して、三つの殺人現場を順番に訪れたときのことを思い起こした。家の前に着いたときに、なんとはなしに腕時計を見たのを覚えている。長年の教員生活からくる職業病で時間に敏感だから、あのとき、無意識のうちに気づいていたに違いない。道が込み入って曲がっているにもかかわらず、現場Aから現場B、現場Bから現場Cという二つの行程にかかった時間はほとんど同じだったのだ。

「犯人が求めているのは……」。翟が言いかけた。

「対称だ」。おれは助け船を出した。

「そのとおり。完ぺきな対称ね」と翟が賛同した。

まるで射た矢が途中で引き返して自分に命中したように、おれはにわかに自分の対称強迫症を意識した。驚愕、そして恍惚。心臓がバンジージャンプのように墜落して跳ね上がった。跳ね上がっては墜落した。犯人はおれと同じ強迫症を患っているのだろうか？　それとも、やつの皮肉と嘲笑の矢の的がおれなのか？　しかし、陳婕如を除いて、おれは今まで誰にもこの秘密を打ち明けたことはない。

彼らにそのことを打ち明けるべきかどうか、ためらっていると、小胖が言った。

「みんなの推理が正しいとすると、犯人は殺そうと思った人をすべて殺してしまったわけだから、あとは最後の一人しか残ってない。老呉、あんただ」

小胖の指は正方形の中心点を指差していた。

4

一時間が過ぎたが、戻ってこない。三人は王部長とミーティング中だ。

おれはトイレに行くという口実で抜け出し、階段の踊り場で煙草を吸いながら、窓から下界の通りを見下ろした。ニコチンの摂取を楽しむために、高所恐怖症はしばらく脇に置いておこう。自動車、バイク、歩行者、信号、看板、それに一坪百万元もする高層ビル……。窓の外の景色はすっかり見慣れたものだが、今はなぜか、実在感がない。目の前の窓がおれを世界から隔絶している。いや、もっと的確に言うなら、おれの心を占める謎は、真実の世界を、もはや真実にはみえなくしている。おれと犯人は真空状態のなかで力と知恵の限りを尽くして戦っている。だから、まるで一晩マージャンをした後、ベッドに横になって目をつぶっても、まだマージャンの卓が目に浮かんでくるような、あるいは、作品を書き終わって街に出たが、心はいまだに虚構の文学世界に留まっているような、いや、むしろ、寝食を忘れてコンピューターゲームに熱中した後、意識が現実世界に戻ってこられないような、感覚がふわふわして、紙のように薄く、秋の落ち葉のように弱々しくなった感じがする。

その意味するところが相合傘であれ、正方形または十字であれ、鮮血で染められた図形は、動機の探求を世俗のレベルを超えたところに連れていく。年齢、性別、感情、階級、体形などの要素は取るに足りないことになっている。

すべてが抽象に変わってしまった。

犯人はまるで影のない妖怪変化のようで、ひとたび彼の世界に入ろうと試みれば、おれ自身がすっかり幽霊と化さないまでも、幽霊に近づいてしまうだろう。過度に没入することは、おれにとって不利だ。すべてが片付いた後、まだ生きていたとしても、パニック障害はきっとおれを放さないだろう。それでも、これはおれがどうしても支払わなければならない代価なのだ。

5

翟巡査部長、小胖、小趙が続いて入ってきた。結果はどうだったかと聞こうとしたとき、王部長も現れた。

「みんな、すわれ」。王は落ち着いて言った。彼の表情からはなにも読み取れない。

「おめでとう、みんな。君たちの発見には大きな価値がある」。王部長は翟ら三人に挨拶し、おれのことはわざわざ無視した。「殺人事件の現場の位置は偶然ではなく、犯人が細かく計算した結果だ。それに、すでにきちんと調査してあるように、七月七日には呉さんは陳さんと翡翠湾に遊びに行っている。したがって、ビデオに出現している人物は呉さんに成りすました犯人に間違いない。この二つの発見により、われわれの捜査の方向は若干調整する必要がある。まず、呉さん、思い出してもらう必要がある。犯人はいかにして七月七日、あんたが家に戻らないはずだと知ったのか。あんたが話したのでなければ、誰が彼に話したのか？　あんたと陳さんはいつ、どういう方法で翡翠湾に遊びに行く約束をしたのか。数日前？　それとも、当日？　電話で、それともメールで、あるいは実際に会って決めたのか？　われわれは録画から、七月七日当日の午後三時過ぎにあなたと彼女が珈比茶カフェで会ったことを知っている。もし、あそこで約束したのであれば、まわりに怪しいやつがいなかったかどうか、明日、ビデオをよく見るよう、お願いしたい。以上、呉さん、協力をお願いする。それから、呉さんに成りすました犯人は、七月七日の夜十時過ぎに呉興街（ウーシンジエ）の横丁に入って、忽然と姿を消している。どうやってわけもなく消滅したのか、君たちには現場に行って調べてほしい。わたしの考えでは、やつはその付近に住んでいる可能性が高い。あるいは、暗がりで着替えをして、元の姿に戻ったのかもしれない。したがって、これから一軒一軒、徹底的に調べ上げるだけでなく、付近の監視カメラの映像をチェックして、疑わしい者を見つけ出し、珈比茶カフェで見つかった手がかりと照らし合わせる必要がある。最後に、呉さん、あんたのおかげで大きな手掛かりが見つかった。確かに探偵の才能があるようだな。しかし、それでも、もう一度言っておく必要がある。あんたは今でもわたしの容疑者リストに載っている。特に、自宅で盗難があったこと、懐中電灯がいつのまにかなくなったことをわれわれに報告しなかったのは、わざと隠していたのだとしか思えない。もしかしたら、これはすべて……」

「すべて、おれが一人で仕組んだことだって言いたいんだろう。わかってるよ。王部長、あんたの考えはよくわかってる。だから、同じことをくだくだ繰り返さなくてもいい。まして、人の頭をほめたかと思ったら、股ぐらを蹴っ飛ばすようなことはやめてくれ。懐中電灯が盗まれたかもしれないって件は、ただ、最初のうちは盗まれたっていう確証がなかったから、言わなかっただけだ。それに、あのとき、あんたはずっと、おれに無理やり罪を認めてサインをさせようとしていたじゃないか。たとえ、おれが懐中電灯のことを話していたとしても、あんたは信じたか？」

王部長は不愉快そうに「ふん」と言った。

「とにかく、これからやらなきゃならないことについては、必ず協力する。だが、そのためには、二つばかり頼みがある」

おれはさっき書いた紙を見ながら、警察に協力してもらう必要のある二つの事柄を王部長に告げた。

6

信義署を出発したときはすでにラッシュの時間になっていた。台北の街がもっとも人をいらいらさせる時間だ。

基隆路(ジーロンルー)は水も漏らさぬ渋滞ぶりで、詰まった大腸みたいだ。おれは本当は歩いて帰りたかったが、そうするとおれを家まで送る係の二人の警官に迷惑だろうから、しかたなく警察の車に乗った。車は反対側の松智路(ソンジールー)から台北医学院の方向に向かい、回り道をして臥龍街に向かった。途中で荘敬路(ジュアンジンルー)を通ったとき、あいかわらず車が多いので、警笛を鳴らして一般人どもに道を譲らせたらどうだ、と提案してみた。助手席にすわったお巡りが振り返って冷たい目で睨んだ。運転してる方もバックミラーでおれをちらっと見た。どうやら、二人ともおれを護送するこの仕事がよっぽど面白くないらしい。

車は横丁の入り口に着いた。

二人のうちの一人がおれの家の前までついてきて、なにごともないのを確かめてから、こう言った。これから横丁の入り口あたりでパトロールしている、八時になったら別の組が来て交代する、と。

警察はすでに一九七巷の住民について徹底的に調べていた。最近越してきたのが二軒ある以外、ほかの住民はすべて昔からその横丁に住んでいる人たちだった。二軒のうち一軒は家族で、夫は水道電気の修理の仕事に従事し、妻は専業主婦で小学生の二人の子どもの面倒をみていた。この一家四人は五月十二日に引っ越してきた。もう一軒は、三十いくつかの独身女性で、台湾南部出身、四月二十四日に越してきている。慎重を期すために、警察は人を派遣して訪問させ、この二軒の住人の身分証明証も確認した。一九七巷には疑わしい住民はいないということで、警察は「後顧の憂い」なく、ただ、臥龍街につながる横丁の入り口だけを見張らせて、一滴の水も漏らさぬようにしておけばよいというわけだ。

警察官が視界から消え去ると、おれは懐中電灯を取り出してしゃがみ込み、門の下の方を調べた。誰かに侵入されているのではないかと前から疑っていたが、確証はないので、ここ数日、信義署に出かける前には必ず、家のドアと外側の門の両方に白い毛糸を糊でくっつけておいた。どちらも、地面に近い位置に、ドアと枠をまたいで貼り付けた。今日は二時過ぎに慌てて出かけたが、そのときも毛糸を貼り付けるのは忘れなかった。この技は007から学んだものだ。ショーン・コネリーは髪の毛と唾液を使っていたが。

門の白い毛糸は影も形もなくなっていた。

おれはぱっと立ち上がり、横丁の出口の方に走り出した。とっさの直感で、警察に知らせるべきだと思ったのだ。しかし、何歩も行かないうちに二の足を踏んで、横丁の真ん中で立ち止まった。風に飛ばされたんじゃないのか？　郵便配達に蹴飛ばされたんじゃないのか？　犯人がまだ家のなかにいる可能性はどれくらいか？　それはほとんどないだろう、とおれは思った。犯人はとうに逃げおおせているんだから、警察に知らせたって、なんにもならないのではないか？　そもそも、警察がおれを信用するか？

家の門まで戻った。門を開けるときは、なるべく音を立てないようにした。まず、懐中電灯で前庭に誰もいないのを確かめてから、家のドアまで静かに歩いた。また、しゃがみ込んで、ドアの下の方を調べた。やっぱり、白い毛糸がない！

これではっきりした。今日は風だって、ひと吹きで二本の毛糸を吹き飛ばすほど強くはなかった。おれはあまり考えないことにして、鍵を鍵穴に突っ込んだ。鍵を開けた後、すぐに入らず、右側にちょっと避けた。そのときはただ、自分の身を守ろうと思ったのだ。もし、中から人が飛び出してきたりしたら、突き飛ばされたり、あるいはもっと悲惨な目に遭ったりするのは嫌だからだ。十秒、二十秒、三十秒……。速まる心拍数で時間を測った。三、四分が過ぎた。……なんの動きもない。

ドアをそっと押した。今度も、懐中電灯を使って、リビングに誰もいないのを確かめてから、なかに入った。こういうときは、灯りをつけるべきなんだろうか？　映画ではいつも、つけてないような気がする。いや、つけよう、かまうもんか。やっぱり、ちゃんと見えた方がいい。自分の影におびえて心臓発作を起こすのは嫌だ。

書斎、寝室、クローゼット、浴室を徹底的に二回調べた。なにも怪しいものはない。ドアを閉めて、内側から鍵を掛けた。命がかかってるんだから、パニック障害なんてもうどうでもいい。

かなりの時間をかけてパソコンを調べ、犯人がなにか痕跡を残していないか、チェックした。デスクトップにも、「ドキュメント」にも、怪しいファイルはない。おれのパソコンにはパスワードを設定していない。立ち上げれば、そのまま使える。だから、誰でも閲覧履歴も自由に見られるし、まったく商売繁盛していないことが明白なメールボックスだって、すっかり見ることができる。グーグルを出して、今日の閲覧記録をチェックした。おかしなことはなにもない。メールボックスを開いた。異常なし。

寝室を調べて、犯人がなにも持っていっていないし、なにも置いていっていないことを確かめてから、リビングの真ん中に立って四方に目をやり、あらゆる場所を詳しく観察した。なにかが動かされたり、なくなっていたりという形跡はまったくない。これほど、殺人事件の噂が広まっているというのに、犯人が軽々しくも侵入した意図はどこにあるのか？　まさか、おれの家で昼寝をしたいからというだけではないだろう。そこまで考えて、おれは急いで寝室に行き、ベッドのそばの床の上の本を調べた。おれは毎晩、眠る前に必ず本を読む。見終わった本は床に放り出すので、いつも三、四十冊の本が散らばっている。朝起きたときに本につまずいて何度も転んでから、やっと整頓して本棚に戻している。詳しく調べたが、見たことのない表紙の本は一冊もなかった。リビングに戻って、本棚を一つひとつよく見た。あやしいところはなにもない。だが、突然、一冊の本が特別に目障りに感じられ、いつもと違うようにみえた。この本は壁から少なくとも十センチは離れている。

おれは暗い青の表紙の『金剛経講録』（台湾の高僧・道源法師による『金剛般若波羅蜜経』の解説書）を取り出した。最初から最後までぱらぱらめくって、犯人がメモとか、なにかの情報を残していないか調べた。なにもない。もう一度、今度はどんな小さな手がかりも見逃さないように、ゆっくりめくって見た。すると突然、あるページの左上の角が折られているのが見つかった。

これだ！

おれは父親のことはあまりよく覚えていない。だが、父が作ったいくつかの小さな決まりは（大きな道理については教えてくれることができないうちに亡くなった）、今に至るまで大事に守ってきて、きちんと実行してきた。それをもって、態度は厳しいが本当は優しかった父親を思い出すよすがとしてきたのだ。たとえば、こんなことがあった。あるとき、父が紅焼猪肉（ホンシャオジューロウ）の一かけらを箸で挟んで取ってくれたので、自分の箸で受け取ろうとした。父は、お椀で受け取れ、箸で挟んだものを箸で受け取ってはいけない、そんなことをするのは品がないし、礼儀に反する、と言った。もう一つの規則は本に関するものだ。小学校に入ったばかりのころ、父に何度も言われた。本に線を引いても、書き込みをしてもかまわない。だが、絶対にページの角を折ってはダメだ。そんなことをするのは本に対する不敬だ、と。父は日本式の教育を受け、また、祖父から密かに漢学も習ったから、まるで昔の読書人みたいだった。母親は一度ならず嘆いたものだ。父親が若くして亡くなったのは本当に残念だ、そうでなかったら、息子がこんな、大学教授でありながら、身なりにかまわないゴロツキみたいになってしまうこともなかったのに、と。母は言い方を変えて、こう言うこともある。お父さんは早く亡くなって幸いだった、息子が無駄に学者の肩書をもちながら、汚い言葉遣いをするのを聞かずにすんで、と。おれはそのたびに、「母さんに育てられたからだろ」と言い返すことにしているが、向こうはそのたびに必ず、「このろくでなしが！」と罵るのを忘れない。

これだ！　おれは絶対に本のページを犬の耳みたいに折ることはない。そのページでは、おれはある部分の文字に傍線を引き、ページの周囲の白い部分には書き込みをしてある。

傍線部分　若心有住、即為非住。（もし、心に住あらばすなわち、住に非ずとなせばなり。）

書き込み　その奥義は古代ギリシャの形而上学よりもなお奥深い。

本棚の下から数えて三段目と四段目には、仏教関連の本が並んでいる。どれも、この半年ほどの間に集めたものだ。書店で買ったものもあれば、山登りや散歩の途中で見つけた仏教団体が配布している贈呈書もある。おれはほかの仏教書も出して、一冊一冊丁寧に目を通した。ページの角を折られた本は『金剛経講録』一冊だけだと確認してから、あぐらをかいてすわり、そのページを丁寧に調べた。

「この故に、須菩提よ、菩薩はまさに一切の相を離れて、阿耨多羅三藐三菩提の心を発すべきなり。まさに色に住して心を生ずべからず。まさに声香味触法に住して心を生ずべからず。まさに住する所無き心を生ずべし。もし、心に住あらばすなわち、住に非ずとなせばなり」。仏教のあらゆる経典の文章と同様、この部分もギリシヤ語のようにちんぷんかんぷんで、おれのような門外漢にはなにがなんだか、さっぱりわからない。道源法師の解説を丁寧に味わっても、まだ、生かじりに過ぎない感じだ。

もし、心に住あらば、すなわち、住に非ずとなせばなり。道理は奥深いが、それでも、ギリシャのゼノンのような、奥深ければいいといわんばかりの詭弁とは違う。法師はこう説明している。「あなたがもし住するところあれば、それは妄想の心なのです。妄想の心は相を取って縁を作り、考えて分別したがり、絶えず取捨するので、相から離れ、住することのない空慧般若（一切のものには実体がないという空の道理を悟る仏法の智慧のこと）とは相容れません。こうなると、心は坦然自在ではいられなくなり、なにごとも気に掛けず、何物にも囚われずに、縁に従い、自然のままに修持していくことができなくなります。こうなると、心を安住させることができなくなってしまうのです」

おれの浅はかな理解で自分自身の境遇と照らしあわせてみると、この「若心有住、即為非住」という八文字はおれが最近になってにわかに悟ったことや、おれの妄執を言い尽くしている。心が安住を求めても、表相の住に迷ってしまうなら、それはすなわち、住にはあらずということになる。それゆえに、人々はあいかわらず、俗事のために騒ぎ立て、心配し、人情と世渡りのために喜んだり、悲しんだりしている。しかし、相から離れ、住しないことこそが真に住することなのだ。

道理を理解することは難しくはないが、その境地は俗人の及ぶところではない。おれがすべてを切り捨て、あらゆる思いを断ち切り、この死の街に隠遁したのは、「離相」のおこないと言えないこともない。おれはもう、パニック障害から解放されたいと願いはしないが、それは我執を捨て去る努力といえはしないか？　しかるに、まったく奇妙なことには、「離相」せんと欲する「行為」あるいは「努力」はすなわち、妄想の心であり、かえって心をさらに「相」へ近づかんと駆り立てる固執となる。手を放していちかばちか思い切ってやってみることと、お手上げとなってどうしようもなくなるのとでは、ごくわずかな隔たりしかない。おれの「快挙」についていうなら、ときおり、密かに誇りに思うこともあれば、もしや、また別の落とし穴にはまったのではないかと気づいて、不安でおちおちしていられないときもある。おれは正しく救いの道を歩んでいるのか、それとも、破滅への道を進んでいるのか。どちらなのか、まったくわからない。

犯人がこのページの角を折っていったのは、どういう意図によるものだろう。おれをからかってるのか？　おれになにか、気づけと言っているのか？　これはいったい、やつが冷血に人を殺して、しかもその罪をおれに着せようとしたこととどういう関係があるのか？

おれはノートにその一段の経文と法師の解説を書き写し、『金剛経講録』を本棚に戻した。ただし、この本だけは壁にくっつかないように気をつけた。この十センチが肝心だ。やつの残した痕跡におれが気づいていないと思わせておきたいからだ。

やつが大胆不敵にもまた侵入してくるようなことがあったら、そのときは万全の用意で迎え撃ってやる。ついさっき、王部長はおれの要求を承諾した。明日の早朝、警察はうちに監視カメラを設置し、臥龍街に警察官を配置して、車のなかからも監視することになっている。犯人がひとたびモニター上に現れたら、もう隠れる場所もない。簡単にお縄になるはずだ。

7

十一時ちょうど、約束していたので、涂（トゥー）弁護士に電話した。釈放されてから、携帯はずっと電源を切ったままで、必要なときだけ入れていた。そうしないと、ひっきりなしに電話がかかってくるからだ。

「本当に警察に対する告訴を撤回するんですか？」。涂弁護士は実に残念そうな声で言った。そのがっかりした口ぶりは、子どもが飴が欲しかったのに、食べさせてもらえなくて、口を尖らしているみたいだった。

「しかたなかったんだ。捜査に入れてもらう必要があったから」

「残念だなあ。いっしょに歴史を創り出せると思ったのに」

「わかってます。でも、まだマスコミを訴えることはできる。今のところ、どんな状況ですか？」

「すでに七人のターゲットを選定しました。活字メディアの記者一名、ネットニュースの記者二名、それにコメンテーター四名です」

「それはすごい。コメンテーターには全員、倍の賠償金を要求しましょう」

「まかせといてください。発表する前に、あなたにコンファームしますから。あなたの考えでも誹謗中傷行為だということなら、すぐに記者会見を行いますよ」

「コンファームしなくても大丈夫。あなたのプロとしての判断を信頼してますから。告訴できるとあなたが考えるなら、どんどん告訴してください。わたしの意見を聞く必要はない」

「彼らがもし、和解したいと言ったら？」

「こういう原則にしましょう。記者の場合は考えてみてもいい。だが、コメンテーターの場合は、絶対に和解はしない」

「そんなにコメンテーターが嫌いなんですか？　ご存じのとおり、わたしもコメンテーターのはしくれですよ」

「あなたのことも、そのうちに訴えますから」

「楽しみにしてますよ」

しかし、明日は実はテレビを見る時間はない。朝早くから、信義署に出頭しないといけないからだ。

ベッドに横になって、明日、マスコミがどんな反応を示すか、コメンテーターのやつらがどんなにうろたえた顔をするか想像したら、笑いが浮かんできて、そのまま夢のなかに滑り込んだ。次の朝、目覚めてからやっと気づいたが、睡眠薬を飲むのを忘れていた。

第十五章　自称仏教徒だらけの美しい新世界

1

チベットの高僧ゾンサル・ジャムヤン・ケンツェ・リンポチェはこう書いている。

「ときには、仏の教えがわたしの望むほどには盛んに広まらないことに挫折を感じて、また、ときにはわたし自身の野心から、仏教をもっと単純に、もっと単刀直入なわかりやすいものに、もっと清教徒式に改革することを想像してみることがある。屁理屈をこねて、こう想像してみるのだ。仏教を簡略化して、定性的かつ定量的な修行に変えてしまったらどうだろう。例を挙げれば、毎日座禅を三回おこなうとか、必ずある種の服装をするとか、あるいはある種の意識形態を固く信じるとか、『全世界の人はすべて仏教に改宗すべきだ』などという信念をもつとか……。わたしたちがもし、このような修行のしかたを承諾できたら、すぐにも実際的な結果が出せるだろう、世界には仏教徒がもっと増えるだろうと思うのだ。しかしながら、そういう幻想から目を覚ましたとき、冷静な心がわたしにこう告げる。自称仏教徒に満ちあふれた世界というのは、今よりよい世界とは限らない、と」

2

七月二十四日、朝九時半。

「心に住あらばすなわち、住に非ずとなせばなり？」。小胖（シャオパン）がおれのノートを見ながら、声に出して読んだ。

「難しいですね。解説を読み終わっても、わかったような、わからないような……」と小趙（シャオチャオ）が言う。

「全然、難しくなんかない。あんたに洞察力がないだけ。仏教の道理っていうのは、ほんとはすごく単純なんだから」と翟（チャイ）が言う。

「みんな、そういう議論はここまでにしてもらおう」。王（ワン）部長が面白くなさそうに話をさえぎった。「そんなことはあるはずないんだ。仏教徒が何件もの殺人を犯すなんて、おれは絶対に信じられん。もし、あったら、おれの首を切り落として、おまえらがすわる椅子にしたっていい！」

「ひょっとしたら、犯人は自己流で熱心に仏教を勉強するうちに頭が変になって、間違った解釈をしてるのかもしれない」とおれは言った。

「仏の名のもとに殺生をしてるっていうのか？　ばかばかしい！」

「わたしも理解できません。そんな前例はないし」と翟が同調した。

「呉(ウー)さん、誰かが家に侵入したことをもっと早くわれわれに報告していたら、犯人は昨日、逮捕できていたんだ。こんなふうに勝手に出入りさせておくはずもなかったんだ。あんたがもし、ちゃんとした私立探偵なら、異常を見つけたらすぐに警察に知らせたはずだ。一晩中、本をひっくり返しては、ぱらぱら読んだりしていないでな。とっくに犯人の指紋が取れていたかもしれないんだぞ。そういうわけで、おれはそんな話は信じられない」

「あいかわらず、前進しないで、足踏みのままか」

「足踏みしてるのは、あんただよ。呉さん、おれがお聞きしたいのはね、あんたが仏教徒なのかどうかということだ」。王部長は言った。

「そうは言えないと思う」

「なんでだ？」

「ほんの半年前に仏教に興味をもって、いくらか本を読んで、いろいろ考えさせられたことはあるが、座禅も瞑想もしないし、酒も煙草もやめないし、あいかわらず言葉遣いは悪いし、魚も肉も食うから、自分は仏教徒だなんて図々しいことを言う気はない。でもまあ、おれが仕事を辞めて、新店(シンディエン)のマンションを売って、臥龍街(ウォロンジェ)に越してきたのは、仏教から受けた教えといくらか関係はあるけどね」

「この半年、あんたが仏教を研究してたことを知ってる人間はいるのか？」

「研究なんておそれ多いな。適当に本を読んでただけだ」

「研究だろうが、適当に本を読んでただけだろうが、柄にもなく風流なふりをしてただけだろうが、そんなことはどうだっていい！」。こいつ、また毒舌の発作が始まった。

「あんたがそういう方面に興味をもってることを知ってるやつがいるのか、いないのか？　それが問題だ」

「いないと思うが」

「確かか？」

「さあねえ。そういえば、劇団を辞めるとき、大勢に手紙を出したが、あのとき、仏教のことなんかも書いたかもしれないな」

「呉さん、もっと真面目に思い出してもらいたいね。そのことを知ってる人間がいるのか、いないのか。これが第一点だ。第二点。犯人が残していった痕跡については、とりあえず、かまわないことにしよう。そんなの本当かどうか、わかりゃしないからだ。呉さんは、本は全部きちんと並べてあった、この一冊だけが変にみえるとおっしゃっている。だが、これはどうやら無理があるな。あんたのパンツがみんなきちんと畳んでアイロンかけてあるかどうかなんて、知ったことか！　第三点、仮に呉さんの言うことが本当だとしてだ、人をやって、臥龍街一九七巷の入り口の監視カメラの録画を取って来させて見ればすぐわかることだ。だが、忘れてはいかん。監視カメラにも盲点がある。おれの知る限り、犯人は呉さんと同じく、六張犂（リョウチャンリ）のどことどこに監視カメラが設置されているか、すっかりご存じだ。とにかく、呉さんの家にはもう監視装置が設置されている。お犯人がまた姿を現したら、現行犯逮捕するまでだ。今日も、主な仕事は、録画のなかから疑わしい者を見つけることだ。巡査部長、昨夜徹夜してチェックし、ふるいに掛けた映像を呉さんに見てもらえ。よし、仕事始め」

王部長が出ていくと、翟巡査部長が取って代わった。

「まず、七月七日まで戻ってみましょう。犯人は呉さんの扮装をして六張犂界隈に出没しましたが、その後、三張犂（サンチャンリ）に向かい、十時二十四分に呉興街（ウーシンジエ）七〇一巷に入って、そのまま消え失せました。すでに住民票の調査をすませ、昨夜、人を出して一軒一軒あたりましたが、その付近に住んでいる怪しい人物は見つかりませんでした。ですから、答えは監視カメラの映像のなかにあるはずです。呉興街七〇一巷は二つの方向に通じています。左に曲がれば信義路（シンイールー）五段、右に曲がれば祥雲街（シアンユンジエ）、したがって、ビデオも二本あります。まずは、信義路に通じる方を見てください」

おれはモニターを睨んだ。十時二十四分から十二時の間、八人が七〇一巷から左に曲がって信義路の方に歩いていった。そのうち二人は夜に帰宅した女性、それから若者二人が連れ立って歩いていく、それに夫婦のようにみえる中年の男女がいた。ということはつまり、疑わしい人物は二人だけということだ。一人は身長が中くらい、スニーカーを履いた若い男、もう一人は身長が低く太っていて、サンダルを履いた中年の男だ。

すでに調査しましたが、二人とも七〇一巷の住人です、と翟が言った。犯人が車を使った可能性はあるかな、とおれは質問した。ありえません、この路地は狭くて駐車できない、バイクも少ない、と翟が答えた。

次に、おれはもう一組のビデオを見た。祥雲街は信義路ほど賑やかではない。この時間帯に七〇一巷から右に曲がったのは四人だけだ。順番どおりにいうと、十四、五歳の少年、老人男性一名、中年女性一名、中年男性一名だ。何度も巻き戻して、中年男性の顔立ち、服装、姿勢を詳しく見た。絶対に見たことがないと自信がある。また巻き戻して、中年女性をさっと見て、それからあの老人に戻ってよく観察した。辛そうな足取りで、足を引きずって歩いている様子はなんだか、知っている人みたいだ。確かに見覚えがある。

「こいつはなんだか変だ」。おれは断定はできずに、ぶつぶつ言った。「なんだか、どこかで見たような気がする」

「そう、こいつ」と翟が言った。「今朝早く、小趙といっしょにこの人の写真を持っていって、この横丁の住人たちに見てもらったんだけど、見たことがあるって言った人は一人もいなかった。映像があんまりはっきりしてないんで、わからないかもしれないけど、でも、この人のはいてるトレーニングパンツとスニーカーを見て。お年寄りなのに、こんな最新流行の物をはいてるのは変でしょう？　それに、比べてみたら、犯人が姿を消す前にはいていたのと同じデザインだった」

「変装してたのか！」。おれははっとした。

「そのとおり」。小趙が言った。「それも、普通のカムフラージュのための変装じゃありませんよ。あなたのふりをするときは、サファリハットを被って、付け髭を付けるだけでいいが、年寄りに化けるのはそんなに簡単なことじゃない。この映像を見てください。皺も偽物にはみえないし、真っ白な髪の毛も本物みたいだし、それに道を歩く姿勢なんか、真昼間だって、誰にもバレないかもしれませんね」

「そういえば、最近、こんなニュースがあった」と小胖が言い出した。「香港の若いもんが皺だらけの年寄りに化けて、なんとエア・カナダのチェックインの係員を騙しおおせて、うまいこと、飛行機に乗っちゃったそうだ」

そのニュースなら、覚えている。その若者はすっかり年寄りになりきっていて、曲がった腰で苦労して荷物を引きずっていたので、親切な旅行客たちが進んで手助けしてやった。だが、爺さんがトイレに行って戻ってきたときには本来の姿に戻っていたので、隣席の人はようやくなにかおかしいと気づいたそうだ。白人の年寄りはいなくなって、元気な若いアジア人がひとり増えていたのだから。

「真昼間だって誰にもバレない、だって?」。どこでこのお年寄りを見かけたか、思い出したような気がする。「珈琲茶(ガーピーチャ)カフェのビデオを持ってきてくれ。早く！　見たいのは、七月六日、おれと陳(チェン)さんが翡翠湾(フェイツイ)に行く約束をした日の三時過ぎの映像だ」

言い終わらないうちにもう、小胖はおれが見たいディスクを引き抜いていた。おれはちょっと変な気がして、小胖を見た。反応が半拍ほど早すぎた気がしたのだ。モニターの画面のなかで、おれはプラスチックの椅子にすわって、新聞を読んでいる。陳婕如(チェンジエルー)はまだ現れていない。だが、隣のテーブルには人がいる。あの年寄りだ。爺さんは平然として煙草を吸っている。三時五十四分、陳婕如が来て、すわった。二つのテーブルの距離からして、爺さんにはおれたちの話が聞こえたに違いない。

「そうだ！　こいつだ！」

そうだったのか。ときおり、珈琲茶カフェで偶然のように行きあっていた、なんだか皮膚弛緩症にでもかかっているようにみえたこの爺さんが、ずっとおれを尾行し、おれを陥れ、そのうえ、家にまで侵入したやつだったのか。

「やっぱり、こいつだったか」。翟がほとんどおれと同時に言った。

やっぱり？　おれはわけがわからず、三人の顔を見た。三人とも、秘密めかした微笑を浮かべている。

「君たちは、いつから、わかってたんだ？」

「昨日の夜中には、こいつじゃないかと思ってた。今朝、現地で聞き込みをしてから、間違いないって思った」。翟が答えた。

「なんで、おれに直接そう言わないんだ？　時間の無駄じゃないか……」

「あなたに言うべきかどうかは、あなたの反応を見てからでないと、決められなかった」

これで、やっとわかった。昨日、おれが珈比茶カフェの映像を見たいと言ったとき、小胖がなぜ、まだ全部見つからないなどと言ったのか。警察は昨日、おれに知らせずに、先に映像をチェックしていたのだ。

「結局、まだ、おれのことを試していたんだな。それは王部長の考えだろう？　違うか？」

「そう。部長はこう考えてたの。あなたがもし、この爺さんだってまだ認めなかったら、それはわざとなにかを隠してるってことだって」

「で、今はどうなんだ？　おれは怪しいのはこいつだって認めた。もう嫌疑は晴れたはずだ」

「王部長の考えでは、まだ、そうじゃない。でも、小胖はもともとあなたを知ってるし、小趙はあなたの取り調べを担当したから、二人ともあなたのことをある程度はわかってるわけで、最初から、あなたが犯人とぐるだなんてありえないと言ってた。で、わたしは、最初のうちはあなたはおおいに怪しいと思ってた。でも、今、このときから、あなたは潔白だって信じる」

「それはどうも」。彼女がそう説明するのを聞いたら、なんだか気恥ずかしくなって、話題を変えたくなった。「で、次はどうする？」

「この爺さんの痕跡を探す。あなたが引っ越してきた次の日から、彼はあなたを見張ってたみたい」

「おれもそう思う。今考えてみると、初めて珈比茶カフェに行った日に、彼に気づいた気がする。こいつも、おれと同じようにチェーンスモーカーで、おれと同じ銘柄の煙草を吸ってて、サファリハットを被ってた。見かけるたびに、おれの方は軽く会釈をしてた。一度、ライターを借りたことがある。でも、話をしたことはないんだ」

「別の部屋でも、何人かでこの老人の形跡を追ってるけど、今のところ、ずっと壁にぶち当たってる。ときには、臨江街（リンジアンジエ）夜市みたいな、人出の多い所で姿を消すときもあるし、荘敬路（ジュアンジンルー）から象山（シアンシャン）に登ったり、富陽街（フーヤンジエ）から福州山（フーチョウシャン）に登ったりして、後を追えなくなる場合もある」

「ずる賢いやつだな、こんちくしょうめ！」。小胖が思わず口を滑らせ、しまったという顔で翟の方を見た。「失礼しました、上官」

「それはいいけど、上官なんて呼ばないで。わたしのことは……」

「翟先輩って呼べば？」と小趙が言った。

「なにが『翟先輩』よ！」。おれの見間違えでなければ、翟先輩の顔は一瞬真っ赤になっていた。「わたしは小胖より年下よ！」

台湾人が先輩後輩、年齢の上下について議論を始めると、いつまでしゃべっても終わらない。ここはさっさとやめさせなければなるまい。

「翟巡査部長って呼べばいいじゃないか。おれもそう呼ぶから」

おれの提案は、すべての関係者の賛同を得た。そのとき突然、小趙が新大陸でも発見したように大声で叫んだ。

「わー！　どうやら、一つすごく大事なことを忘れてたようです！　犯人はまず呉さんに成りすまし、その後、路地に隠れて年寄りに姿を変えた。その後は本来の自分の姿に戻ったかもしれませんよ」

「そんなバカな」と小胖が言った。「川劇（せんげき）の変臉（へんれん）（四川省に伝わる顔をどんどん変えていく芸）じゃあるまいし」

「ん？」。翟巡査部長は首をかしげて、その可能性について考えている。

小趙の発見は突破口と呼べるような、たいしたものではない。たとえ、犯人が本来の姿に戻っていたとしても、暗い所や山のなかで姿を変えていたら、いくら監視カメラが多くたって、その本人とあの年寄りを結び付けるのは不可能だからだ。だが、小趙の指摘を聞いて、それに小胖が変臉のことを言ったものだから、おれは突然ピントが合った感じがして、肝心なことに思い至った。

「小趙、さっき小胖が言った香港の変装の記事だけど、探し出してプリントアウトしてくれないか？」

「はい」

「どうして？」と翟巡査部長がたずねた。

「小趙の考え方と小胖の反応は同時に一つの重要点を突いてると思う。つまり、変装という技術はちゃんと訓練を受けて、専門の材料を使わないとできないはずだ」

「そうね！　どうしていままで思いつかなかったのかな」。翟巡査部長は自分を責めるように言った。

「だから……」

「だから、台湾ではどこの店でそういう物を売ってるのか、調べる必要がある」。翟巡査部長はおれが言おうとしていたことを、ほとんど一字一句そのままに言った。

「そのとおり。で、おれの方は専門家に会いにいく」

「誰？」。三人が口をそろえて聞いた。

「以前の同僚だ」

おれは三人に説明した。台湾の映画・演劇界には特殊メーキャップの人材は実に少ない。映画業界にはほんの数人、演劇の方では一人だけだ。おれの以前の同僚というのは、李維雯（リーウェイウェン）といって、三年前、アメリカで芸術学修士号を取得して帰国し、教職についた人で、特殊メーキャップと特殊マスクが専門だ。

3

小胖がパトカーを運転し、もう一生足を踏み入れることはないだろうと思っていた演劇学部の校舎に向かった。道すがら、小趙がプリントアウトしてくれた資料を読んだ。

変装して空港でチェックインしたという中国系の若者は、インターネットで、SPFX Masksという変装用マスクの会社が「お年寄り」という商品名で売っていたマスクを買った。値段は恐ろしく高い。千二百米ドルを超え、髪の毛も付けるなら、別料金がかかる。この会社の作るマスクはとても薄く、「本物の皮膚のような質感で、顔のあらゆる表情をありのままに表現することができる」という。半年前、オハイオ州シンシナティ市で、連続銀行強盗事件が起きたが、それは白人の若者がSPFX Masksの黒人のマスクをつけて、連続して五件の銀行に押し入り、大量の現金を奪って逃げ去ったというものだった。警察は監視カメラの映像をもとに写真を公開し、アフリカ系の強盗犯として指名手配したが、後になってから、変装に騙されたことがわかった。SPFX Masksの責任者はメディアにこう発表した。「当社の商品を使って犯罪活動をおこなった者がいたことを知って驚愕し、信じられない思いです。しかしながら、当社のマスクは本当に人を別人に変えることができ、しかも見破られません」。遺憾の意を示してはいるものの、金では買えないすばらしい広告の機会を得たことは、この責任者も認めないわけにはいかないだろう。

演劇学部校舎内を歩いているのは、変な気分だ。警察官の制服を着た小胖に付き添われているのだから、ますます変だ。

午前十一時過ぎ、ほとんどの学生は授業中だ。ほんの数人、おれに気がついた学生が挨拶をしかけたが、小胖に気づくと開けた口を閉じ、挙げかけた手を途中で下ろしていた。

学科事務室の前を気づかれないように通り抜け、エレベーターで四階に上がり、李維雯教授のオフィス兼仕事部屋まで来て、ドアを叩いた。

「どうぞ!」。明るく爽やかな声が聞こえてきた。

李はおれを見るなり、驚きの声をあげ、急いでかけ寄るとアメリカ式のハグをしてくれた。

「久しぶり!」。そう言いながら、そばに立っている小胖を見ている。「もう大丈夫なんでしょう? テレビで見たけど……」

「もう大丈夫だよ。こちらは友だちの陳警察官だ」

二人は握手した。李維雯は年齢は三十ちょっと、すらっと背が高く、髪は耳のあたりでそろえたショートカット、青いTシャツを、ベルトをしていない明るい色のジーンズのなかに入れていて、見た目は大学院生といった感じだ。

「教えてもらいたいことがあって来たんだ」

「殺人事件と関係あるの? それとも、あなたの人柄について証言してほしいの? 喜んで証言するから。陳警察官、呉先生はいい人よ。ちょっとひねくれてて、口が悪くて、全然空気を読まないけどね」

小胖はおそらく、こんなに若くて、率直な物言いをする女性教授に会ったことがなかったのだろう、どう答えたらいいのかわからないようで、へらへら笑っている。

「ちょっとこの資料を見て、きみの考えを聞かせてほしい」とおれは言った。

彼女はざっと何ページかめくって見て、この話ならよく知ってると言った。

「おれたちが知りたいのは、こういうマスクを自分で作ることは可能かどうかってことなんだ」

「顔全体を覆うマスクを作る過程は複雑で専門的よ。まず、顔の型をとって、それから、材料を流し込んでマスクを作り、最後に色を塗るわけだけど、途中でなにか失敗したらどうやって修正するのかもわかってなきゃならない。でも、いちばん重要なのは材料ね。わたしが授業で手本を見せるときはだいたい値段の安いソフトレジンを使う。でも、プロの劇団のための特殊マスクを作るとき、予算がいくらか多ければ、フォームラテックスを使うわね。ハリウッドでよく使ってる材料は強化シリコンで、SPFX Masksって会社が使ってるのもそれ。ほんとに本物と見分けがつかないくらい。値段はめちゃくちゃ高いけどね。唯一の欠点は、空気を通さないことね。このお年寄りに化けてチェックインしたっていう若者が途中でトイレに行ってマスクを外したのも、きっとそれ以上我慢したら、窒息して倒れてしまいそうだったからでしょ」

「それじゃあ、もし、この手のマスクをして、炎天下を歩きまわったとしたら？」

「熱中症になるか、心臓発作を起こすかでしょうね」

「もし、君だったら、どうすると思う？」

「わたしだったら、ってどういう意味？」

「もし、きみが、外で長時間動き回っても大丈夫で、しかも人から見破られないマスクを使うとしたら？」

「スパイをやるってこと？　そうでしょ？」。李先生の目はキラキラ輝き、想像に合わせて目玉がぐるぐる動いた。

「違いますよ。あくまでも、仮に、の話です」と小胖が言った。

「わたしだったら、基本的な材質としてはラテックスを選ぶわね。ラテックスはゴムノキの樹液が原料だから、天然素材だし、空気も通す。だけど、シリコンは薬品を発泡させて作る化学製品で、熱を逃がさないし、環境にもよくないから。それと、わたしだったら、自分で作る。ネットで買ったりはしない」

「どうして？」。おれは質問した。

「ネットで売ってるのは、どれも白人か黒人のマスクなの。わたしだったら、材料を買って、自分で色を塗るわね」

「それには専門の技術がいるだろ。普通の人にはできないよね？」

「インターネットの時代にできないことなんてある？　ネットで勉強して爆弾を作るやつだっているんだから、マスクくらい簡単でしょ」

「それもそうだな」

「警察でもし必要なら」と李は小胖に言った。「わたしが講習会をしてあげてもいいわよ。半年くらい前に、劇場技術協会でワークショップを主宰したわ」

「ほんとか？　大勢参加したの？」

「大勢申し込んできてね。猫も杓子もよ。だから、選抜するしかなかった。映画や演劇のキャリアのある人だけ、参加してもらったの」

「参加者名簿はありませんか？」。小胖が突然、緊張した声で質問した。

「ああ、殺人犯を探してるのね！　うわぁ、それじゃあ、六張犁の殺人鬼はマスクを被ってたのね！」

「そうは言ってません」。小胖は慌てて否定した。しかし、残念ながら、一言多かった。

「どうか、秘密は必ず守ってください」

「大丈夫よ。あなたはそう言ってないし、わたしは必ず秘密は守るから」

李先生はファイル・キャビネットのそばに行って、一番上の引き出しを出して、指でルーズリーフのファイルをパラパラめくっていたが、それほど多くはないので、すぐに一枚見つけ出した。

「受講生名簿はそのなかに入ってる」

「助かります。ありがとうございます。コピーをとったら、すぐにお返しします」と小胖は言った。

「いらない。その資料はとっくに処分してよかったんだから」

帰る前におれたちは何度も礼を言い、李先生はまたおれをハグしてくれた。

「大学を辞めたからって、もう飲みに誘ってくれないなんてダメよ」

「必ず誘うよ」

　ドアを閉めようとしたとき、李は慌てて言った。「忘れるところだった。台北には『Hollywood Secrets』って会社があるの。特殊メークとマスクが得意で、定期的にレッスンもやってるし、ネット上でカナダから輸入した材料も販売してる。あの会社に行って、いろいろ聞いてみればいい。それから、それから！　この頃、あちこちで報道してるよね、あなた、記者やコメンテーターを訴えたんだって？　かっこいい！　ぼこぼこにしてやって！」

　帰り道で、小胖は翟巡査部長に電話し、こちらの収穫を報告するとともに、李維雯が教えてくれた会社について調べるよう頼んだ。

「英語の名前です。たしか、ヴィクトリアズ・シークレット、とか」

「違うって！」。おれは横から大声を出した。「それは、女性の下着のブランドだ！『ハリウッド・シークレッツ』だよ」

「あ？　違います、違います」。小胖は顔を真っ赤にして、口ごもった。「そうじゃなくて、『ハリウッド・シークレッツ』です」

　電話を切った小胖はいかにも後悔しているように、「ちきしょう！」とつぶやいた。

「まさか、セクハラだと思われちゃったかな？」

「大丈夫だろ。ただの言い間違えなんだから。しかしね、おれの知る限りでは、言い間違いっていうのは深層心理を映し出すものだな」

「いったい、おれを慰めてるのか、虐めてるのか、どっちだよ?」

「正直に言えよ、おまえ、もしかして……」。おれはわざと真面目ぶって聞いた。

「なに?」。小胖は警戒するような顔でこっちを向いた。

「もしかして、好きなのか、あの……」

「なに言ってんだ！　むこうの方が階級だって上だし、そんなだいそれたこと、考えてもみないよ！」

「あれ、なんの話だ? おれはただ、おまえは『ヴィクトリアズ・シークレット』が好きなのかって聞こうと思っただけなのに」

「くそ！　この卑怯者！　すけベオヤジ！」

小胖は罵りながらもニコニコしていて、なんだか荷物を下ろしてすっきりしたようにフーッと息を吐いた。

4

取調室に戻った。

翟巡査部長は、すでに捜査令状を持った人員を『ハリウッド・シークレッツ』に派遣して、調査に協力し、必要な情報を提供するよう要求したと言った。

「でも」と彼女は続けた。「昨日の臥龍街一九七巷の映像を見たんだけど、あの不思議な老人は見つからなかった」

「そんなはずは……」。それは意外だった。

「もしかしたら、部長が言うように、犯人は映らないですむように監視カメラを避ける方法を知ってるのかも」

「横丁の入り口の左右両側にカメラがあるんだから、盲点があるはずはないよな?」

「カメラは臥龍街に設置されていて、あなたの住んでる横丁の入り口から少し離れてる。だから、死角になってる場所はある」

「おれってほんとに貧乏人横丁に住んでるんだな!」

台湾では少しでも高級な住宅地には監視カメラが多すぎるほど設置されている。蝶々一匹だって姿を隠してはいられない。だが、貧しい一帯では監視カメラの数はかわいそうなくらい少なく、しかも中身のない、形だけのカメラもけっこうある。

おれは帰りの車のなかで李教授のくれた名簿に目をとおしておいた。聞いたことがあるような気がする名前は二つだけだった。一人は以前に教えたことのある女子学生で、もう一人は小劇場で活躍している男性だ。おれは劇場を離れてだいぶたつし、もともと人の名前をおぼえないたちだから、この名簿にどんなすごい秘密が隠されていても、全然わからないだろう。

「小胖、この名簿をただ見てるだけじゃ、なんの手がかりも見つからないよ。写真が必要だ」

「その、なんとか協会に行ってこようか」

「劇場技術協会だ」

「すぐ行ってくる。この参加者たちはみな、申し込みのときになんらかの個人データを記入したはずだ」。小胖は翟巡査部長の方を見た。

「行ってきて」

小胖が取調室から出ていくとき、入ってくる小趙とぶつかりそうになった。

「マスクを売ってる会社はほんとにたくさんあるんですよ」。小趙は疲れきった顔で言った。「店舗を出してるところだけでも十数軒、ネット上で売ってる会社はもっとたくさんあります。それも、台湾だけでですよ。アメリカ、日本、香港、中国にもマスクを売ってるサイトはありますから、犯人は台湾の会社から買ったとは限りません」

小趙はパソコンからプリントアウトした一抱えの資料を持ってきて見せた。

「このへんの会社が売っているのは、パーティー用のマスクだな。ハロウィーンとか、仮装ダンスパーティーとか。犯人が必要としたのは、もっとプロ向きのものだ」とおれは言った。

王部長が入ってきた。

「今朝の録画の整理ができた。だが、あの爺さんはまったく姿を見せてない」

昨日、警察から帰る前に、おれは王部長に二つ、頼みごとをした。そのうちの一つは、おれの家に監視システムを設置することで、もう一つは私服警察官におれを尾行させて録画させることだ。

おれと警察は共通の認識に達していた。今後、おれが家と信義署を往復する際には、これまでみたいにパトカーに乗ることはしない。必ず、歩いてきて、歩いて帰る。王部長は最初反対して、それでは犯人につけ入る隙を与えることになると言った。おれは笑って言ってやった。部長、まさか、おれのことを心配してくれてるわけじゃないだろ？　部長は言った。どんなに嫌疑が濃くても、おれの安全を確保することは自分の責任だ、と。おれは礼を言って、自分の考えを説明した。「犯人がずっとおれを尾行していたと疑われる以上、今後は尾行しないと考える理由はない。だから、部長には私服警察官をおれの前後に配置してもらって、隠しカメラでまわりの通行人を撮影したらどうだろう。犯人が見つからないとも限らないだろう」。王部長はしばらくあれこれ考えていたが、最後はおれの提案に同意した。だが、条件を付けた。「道筋はあらかじめ決めておく。その方が人の配置も楽だし、間違いが起こる可能性も減る」

そういうわけで、今朝、おれは決められた道筋を歩いてきた。臥龍街から和平東路まで行って、基隆路で右に曲がってまっすぐ松仁路（ソンレンルー）まで歩く。これはおれが散歩するときには、めったに使わないルートだ。ぐねぐねした横丁や路地と比べると、和平東路や基隆路はただまっすぐで、大気汚染も騒音もひどく、情緒もなにもあったものではない。道すがら、振り向いてあたりを眺めたい衝動をなんとか抑えるのが大変だった。同時に、前もって配置されているはずの私服警官はどの人物だろうと密かに観察した。不思議なことに、一人もそれらしいのはいなかった。そのときは、王部長がおれをからかっているのではないだろうかと思った。

「本当に？」

「もちろんだ。何人かにずっと尾行させたほかに、いざというときにすぐ動けるように、四人の私服を張りこませておいたんだぞ。全部で監視カメラのビデオは何本になると思う？　五本だぞ。時間をかけて照らしあわせたが、あの爺さんも、ほかの怪しげな人物も出てこなかった」

「見せてもらってもいいか？」

王部長はだいぶ考えてから、翟巡査部長に指示した。「見せてやれ」

小趙が立ち上がって、取ってきます、と言った。

「いや、いい、向こうにつれていってやれ」

翟巡査部長も、小趙も、おれもびっくりした。聞き違えたのかと思った。

「部長、でも……」。小趙はなにか言いかけて、口ごもった。

「耳が遠いのか？　つれていって見せろというんだ」

「はい」

おれは部長を見ていた。このオヤジ、どうやら、ついにおれを信用したらしい。気恥ずかしいのをごまかすために軽口を叩きそうになったが、なんとか自分にブレーキをかけた。

ついに、「立ち入り禁止区域」に入る許可が出た。

信義署は六階の二十坪近いスペースに「捜査本部」を設置していた。四方の壁のうち、三面はほぼ全体がなにかの資料に覆われていた。そのうち一面は全部、図や表で、殺人現場の地理的な位置を示しているものもあれば、それぞれの事件の日付（旧暦は赤い字、太陽暦は黒い字）と事件と事件の間隔を示したものもあった。一番大きいのは、小趙が探し出してきた衛星鳥瞰図で、四つの赤い画びょうが四つの殺人事件の位置に刺してあった。壁のもう一面は全部写真で、事件の発生の順序にしたがって、それぞれの事件の犠牲者、現場、それに周囲の環境の写真が貼られていた。これまではただ頭のなかで犯行現場の惨状を想像しただけだったが、これほど近い距離で見るとやはり心臓がドキドキしてしまい、全身に鳥肌が立った。それから、もう一面の壁には、何枚かの大判のケント紙に四人の死者それぞれの社会関係を書き記してあった。そのうちの一枚は、四人の間になんらかのつながりがないかどうか、考えるためのものだったが、彼らをつなぐ線は一本も引かれないままで、クエスチョンマークばかりがたくさんあった。

　翟巡査部長と小趙のほかに、全部で九名の刑事が仕事をしており、みな厳しい表情だった。資料を読んでいるのが一人、電話をかけているのが一人。真ん中あたりで、三人の私服刑事が四つのデスクを寄せ集めた臨時のミーティング用テーブルに寄り集まって事件について討論している。残りの四名は一面だけなにも貼ってない壁の方を向いて、椅子にすわってパソコンのモニターを真剣に見ている。

　王部長がおれといっしょに入っていくと、刑事たちは次々に頭を挙げ、いぶかしげにおれに視線を投げたが、すぐにまた自分の仕事に戻っていった。

　監視カメラの映像はすでに準備してあった。小趙がおれのために、キャスターの付いたパソコン用椅子を押してきてくれた。おれと翟、趙の三人は頭を寄せ集めて、一つのモニターを睨み続け、一時間以上たってやっと五本のビデオを見終わった。しばらく経つごとに、小趙か翟がおれに、こいつじゃないかと尋ねるのだった。そのたびにおれは違うと答えた。そこに映っている通行人たちにおれはまったく見覚えがなかった。

　あの老人は影も形もない。そして、ほかに怪しい人物もいない。

　翟、趙の二人といっしょに取調室に戻ろうとしたとき、王部長が自分のオフィスから出てきた。

「おまえたちは先に戻ってろ。呉さんとちょっとおれのオフィスで話をするから」

　王部長はおれに、どうぞすわって、と言い、ドアを閉めた。

「呉さん、この二日間、われわれはずっとあんたを観察していた。内からも、外からもだ」

「どういう意味だ？」

「翟巡査部長たち三人はわたしの指示の下にあんたと協力して、必要なときだけ、情報を与え、あんたの反応を見ていた。主に、あんたが誤った方向に捜査を引っ張っていこうとしている疑いがないかどうか、観察していたんだ。つまり、これが内からの観察だな」

「外から、というのは？」

　王部長はちょっと顎を上げて、おれの後方を示した。おれは意味がわからなくて、ただ眉をひそめた。

「外からの観察は秘密裏におこなっていて、翟巡査部長たちにも知らせていなかった。取調室とわたしのオフィスの間には小さな部屋があって、そこからはマジックミラーの壁を通して取調室の内部が見えるようになっている。あんたが再び取調室に足を踏み入れた瞬間から、すべてを録画して、欺瞞検知や心理学の専門家にあんたの一挙一動、言うことなすこと、すべてを監視してもらった。彼らに主に観察してほしかったのは、あんたがなにを言うか、なにをするかではない。あのガラスの壁に注意を払っているかどうかだった。わたしも彼らの判断に賛成だ。あんたは推理に熱中して、必死で謎を解こうとするあまり、前に来たときにはあれほど気になっていたマジックミラーの壁のことさえ忘れていた。慎重を期すために、われわれは以前の映像をもう一度見てみたが、ここ数日は以前のような不安を抑えるための身体動作は完全になくなっていた。十本の指を交差したり、体のどこかをつまんだりもしていない。つまり、もう不安ではないということだ。

あんたが参加したことで、この事件の捜査には明確な方向性が生まれた。しかし、ここまで来れたのは自分の手柄だと思ってもらっては困る。マスクについては、われわれも早くから見逃してはいなかった。鑑識課は第四の事件の際に、犠牲者の指の爪から犯人のものかもしれない皮下組織と血液を見つけた。それはあんたも知っていることだが、まだ知らないことがある。それと同時に人体には属さない微量の証拠も見つけたんだ。ラテックスだ。それがなんなのか、ずっとわからなかった。ラテックスの用途は広い。手袋も作れるし、靴の中敷きやコンドームも作れる。スポンジ製品や、化粧用具の材料にもなる。あんたがいてくれたおかげで、やっとハイテクなマスクの一部だと判明したわけだ。わたしは今ではあんたは潔白だと信じている。これからも引き続き、協力してもらいたい。

しかし、一つだけ、誰も手伝うことができない、自分ひとりでやってもらわなければならないことがある。これまで誰かを怒らせたことがないか、よくよく考えてみてほしい。誰からも恨まれたことなどない、なんて言っても無駄だ。それに、金のことや女のことでも、誰ともなんのいざこざもなかったなどと言うな。取り調べのとき、あんたはこれまで誰にも暴力を振るったことなどないとわめいていたな。それは信じる。だが、肉体的暴力ではない、形のない暴力は、傷跡は外見には現れなくとも、恨み骨髄に徹すというぞ。殺意というのもそれと同じだ。具体的な殺意もあれば、抽象的な殺意もある。他人の女房を寝取っても殺されるとは限らないが、無意識に他人をじっと見ただけで、わけもわからず殴り殺されることもある。だから、今夜は家でよくよく考えてみてほしい。殺意はいったいどこから来るのか？　これほどまでに悪知恵を働かせて陥れようとするほど、あんたを恨んでいる人間がいるのはなぜなのか？　だが、いったいどの出来事で恨みを買ったのか、いつ怒らせたのかということにこだわる必要はない。深いところに着目し、心の底から考え、過去を振り返ってほしい。ひとつ、例を挙げよう。あんたという人間の一番嫌なところはどんなところかな？」

人から説教されるのがなにより嫌いなおれだが、王部長の心のこもった言葉は素直に耳に入り、心にしみた。

おれが部屋を出ようとしたときになって、王部長はまた話し始めた。

「正直に言うと、わたしは最初のうち、あんたを疑ったり、信用したり、どちらとも決められずにいたんだ。あんたが思っていたように、なにがなんでも犯人だと決めつけていたわけではない」

「どうして、信用したんだ?」

「あんたが左利きだからだ」

「それは最初から言ってあったじゃないか」

「鑑識によると、犯人は八割方、いつも右手を使っているということだ。だが、あんたがあの若いもんをぶちのめしたときの映像を見ると、左手を使っている。こういうのは変えるのが難しい習慣だ。特に、激情にかられて暴力を振るっているときはな。だが、あんたがその話を自分から始めたとき、わたしはかえって警戒した。もしかしたら、左右両利きの古狐なんじゃないかと思ったからだ」

「それで、ペンを投げて受け取らせたんだな」

「あんなのはなんでもないよ。ちょっとからかっただけだ。あのとき、左手で受け取っていたら、きっとますます疑っていただろうな」

「まったく、あんたのような古狐にはかなわないな」

5

取調室に戻ると、必要な情報はすべてそろっていた。小胖は劇場技術協会から、講習参加者の個人資料を入手してきたし、もう一人の警察官がハリウッド・シークレッツから会員名簿を持ってきていた。おれは両方の名簿を見ていて、小胖も一部ずつコピーして隣で丁寧に調べている。

「犯人はすごい専門知識をもってるのに、こういう基礎課程の講習に参加する必要があったのかな？」と翟巡査部長が言う。

「誰でも最初は初心者なんだし、基本的なやり方を学ぶ必要があっただろう。インターネットでAからZまですべて勉強するのは不可能だよ。台湾ではこういうワークショップは本当に少ない。おれがそいつだったら、こういうチャンスがあったら、きっと参加する」

「『修業は一人でするものだが、入門には師匠が必要』っていいますからね」。小趙が言う。

「そういうことだね」

どちらの名簿にも個人のデータが載っていた。生年月日、性別、学歴などだ。だが、顔写真はないし、名前だけ見てもやはり知らない名前ばかりだった。小胖が顔を上げ、がっかりした顔で、二種類の名簿に重複した名前はなかったと言った。それを聞いて、おれは突然思いついた。

「誰か、電話を貸してくれないか？」

実は自分の携帯も持っていたのだが、出獄後はずっと、決まった時間に母親や涂弁護士、阿鑫(アシン)たちにかけるだけで、それ以外の時間はずっと電源を切ってある。誰にも、特にマスコミのやつらに邪魔されたくないからだ。

小趙が銃を抜くような動作ですばやく携帯を取り出した。

おれは演劇学科の事務室に電話した。電話に出たのはアルバイトの学生で、おれがよく知っている助手ではなかったのは、運がよかった。また、甲高い声で、「先生！　わーーー！」などと騒がれなくてすんだからだ。

　そのアルバイトの学生に、李維雯の研究室につないでくれるよう頼んだ。

「ハロー！」

「李先生、おれだ、呉誠（ウーチェン）だよ。あのワークショップを主宰したときの話だけどね、申し込んだ人の数が定員オーバーになったので、はみ出した分だけ、落とさなければならなくなったって言ってたよね？」

「そのとおり」

「落とされた人たちの名簿はまだある？」

「あるはず。ちょっと待ってね」

　少ししてから、また電話に戻ってきた。

「もともとの申込者名簿を見つけたから、受講を許可された人の名簿と比べて、そっちに入ってないのが、落とされた人たちってことになる」

「すごいな、半年前の名簿をまだとってあるんだ」

「現代人の悲哀よね、どんな資料だってなくすわけにいかないの。とっておいたって、なんの役にもたたないのにね。ねえ、知ってる？　わたしなんか、三年前に学生にやらせた試験問題だって、まだとってあって……」

「うんうん、わかるよ。それで、その名簿だけど、ファックスで送ってもらえないか……」。そこで、小趙の方を見ると、小趙はすぐに電話番号を紙切れに書いて寄こしたので、そのとおりに読み上げた。「この番号に頼むよ。早ければ早いほど助かるんだ」

小趙が取調室を出ていった。ファックスのそばで待つためだ。

「範囲を狭めたいと思ってるのはわかるんだけど」と翟巡査部長が疑念を浮かべた表情で言い出した。「それで、両方に申し込んだ人を知りたいのよね。でも、だからといって、片方だけ参加した人は疑わなくていいってことにはならないはず」

「賛成だ。だが、李先生のワークショップは今年一月に開催されて、ハリウッド・シークレッツの講座はその二か月後にやっとオープンしているんだ。犯人が両方に申し込んだ確率は高いと思う。でも、心配しなくていい。おれは近道として、両方に出てくる名前を見つけ出そうとしてるが、それ以外の人をおろそかにする気はないから。だが、問題は、おれが顔は覚えてても、名前はさっぱり覚えないってことだ。だから、ここに載ってる名前もさっぱり意味がないようにみえる。まして、名前なんか、偽名を使ってる可能性だってあるんだからね」

そこまで話して、突然、ある人物を思い出した。

「すまないが、もう一回電話を借りられるかな？」

翟巡査部長と小胖が同時に「銃を抜いた」が、小胖が一瞬だけ早かった。

「ありがとう。さすがは早撃ちの小胖だ」

翟巡査部長はぷっと吹きだし、小胖は真っ赤になっておれを睨んだが、おれはいやらしい冗談を言ったことに自分でも気づいていないような、罪のない顔をしてやった。

まず、一〇四にかけて、ある劇団の番号を教えてくれるよう頼んだ。続けて、その番号につないでくれるように頼んだが、携帯の場合はそれはできないと言われてしまった。しかたないので、番号をメモして、自分でかけた。

「はい、異色劇団です」

「こんにちは、呉誠だが、演出家の小張（シャオチャン）を頼む」

「すみません、彼は今、通し稽古中です。どういうご用ですか？」

「急ぎの用なんだが、電話に出てもらうわけにはいかないか？」

「それは無理です。電話番号を教えていただけませんか？　後でかけなおすよう伝えますから」

「これは自分の携帯じゃないんで、番号がわからないんだが……」

翟巡査部長が突然、携帯をひったくった。

「すみません、こちらは信義署です。演出家の張さんに急いでお聞きしなければならないことがあります。今すぐ呼んできていただけますか？」

翟巡査部長は携帯をおれに戻した。この手はうまくいって、一分もたたないうちに、小張が息を切らせて電話に出た。きっと今まで俳優たちとウォームアップの体操でもしていたんだろう。

そのとき、手にファックスの紙を持って小趙が入ってきた。すわって、小胖といっしょに名簿を見比べている。

「呉誠、急ぎの用って、いったいなんです？　また、警察と関係あるの？」

「いま、信義署にいるんだよ」

「あ、また捕まったの？」

「違う。捜査の手伝いをしてるんだ。おまえの助けが必要なんだ」

「だめだめ。通し稽古をしてるんだけど、予定がすっかり押しちゃってるんだ」

「いい加減にしろ。劇場で押しちゃってなかったときなんてあるのか？　重大なことなんだよ。すぐ来てくれ」

「えー、おれといったい、なんの関係があるんだ？」

おれは電話を翟巡査部長に渡した。翟巡査部長は小張にひとしきり警察の規則がどうのこうのと話してきかせたので、小張もいくら嫌でもおおせに従わないわけにはいかなくなった。

「三十分くらいで来る。小胖、階下に連絡して、着いたらすぐに六階に案内しろって言ってくれる？」

「はい」。小胖は部屋を出る前に、秘密めかした声で小趙に言った。「報告しといてくれ」

「見つかりました。三人の名前が両方の名簿に載ってました。これがその三人の資料です」

小趙は三人の資料をおれに見せた。男二人に女一人、この三人は李先生のワークショップに申し込んだが、受講させてもらえず、その後でハリウッド・シークレッツの授業をそれぞれ別の学期に受講している。

陳煜興（チェンユーシン）　男　社会人　特技：なし　興味：コスプレ
劉仲麟（リウジョンリン）　男　演劇学科卒業生　特技：演出　興味：特殊造形・マスク
孫雅施（スンヤーシー）　女　映画演劇学科学生　特技：舞台設計　興味：特殊造形

李先生がどうしてこの三人を落としたのか、わかるような気がする。彼女が受講してほしかったのは、衣装やメーキャップについて少しは勉強した人であって、興味があるというだけでは不十分だと思ったのだろう。だが、ハリウッド・シークレッツはなんといっても商売だから、来る者拒まずで、授業料さえ払えば誰でも受講できる。三人のうち、一人目の陳煜興は演劇のバックグラウンドがないから、おれと接触した可能性はあまりない。三人目の孫雅施は女性だから、考慮に入れる必要はない。二番目の劉仲麟が目についた。今まで教えたことのある学生とか、劇場でいっしょに仕事をしたことのある後輩などの可能性が高い。見たことのある名前のような気がするのだ。

小張が来るのを待って、教えてもらうしかない。小張は劇場の仕事をもう六、七年やっている。楽天的な性格で、融通がきき、意地を張らない。みんなに好かれていて、先輩たちともそれなりにつきあいがあり、同輩のことはもちろん知り尽くしているし、後輩のことも面倒がらずに引き立ててやるから、「劇場小百科」というあだ名があるくらい、誰のことでも知っている。

待っている間に、ネット上でこの三人のデータを探すよう、翟が小趙に言いつけた。

陳煜興はブログを書いており、孫雅施はフェイスブックがあったが、肝心の劉仲麟に限ってたいしたものは見つからない。ますます、こいつじゃないかという気がしてきた。

「来ました！」。小胖がドアを開けて言った。

「どうして、こんなに時間がかかったの？」。翟巡査部長がたずねた。

「話があるって部長に言われたので」

「え？」。翟巡査部長はなにか考える顔で小胖を見ている。

おれはドアから出て、小張を出迎えることにした。警察内部の様子を見て怖がったらいけないと思ったのだ。一人の警察官に先導されて、小張がエレベーターから出てきた。ぽかんと口を開け、目を大きく見開いて四方をきょろきょろ見ている。まったく緊張した様子はない。

「小張！」。おれは手招きした。

「やったぜ！　ついに警察の内部を見た。いや、手錠をしてもらわないと、本当に経験したとは言えないかな」

「頼んでやってもいいぞ。こっちだ。なかへどうぞ」

「まったく、老呉（ラオウー）ったら。おれに大至急来いって、いったいどういうことなんです？」

「やってほしいことがある……」

「張さん、すわってください。わたしは翟巡査部長です」

翟巡査部長はおれが余計なことまで話してしまうのを心配して、慌てて口をはさみ、肝心の部分は避けていかにも気楽なことのように小張に説明した。

「ああ、じゃあ、老呉と知りあいかもしれない関係者を見つけたいってことですね。おやすい御用だ」

「小張、まずはこの三人の資料を見てくれないか」とおれは言った。

小張は資料をパラパラめくってから言った。「陳煜興と孫雅施っていうのは、どっちも知らないな。劇場とはなんの関係もないようだし、老呉と知りあいだっていう可能性は少ないと思う。だが、この劉仲麟なら、よく知ってるよ。老呉ももしかしたら、知ってるかもしれないな。芝居の制作に二度参加して、造型の担当だった」

「こいつか！」。おれはつい興奮してしまい、感情を隠しておくことも忘れてしまった。

「こいつ？　こいつがどうしたって？」。小張はびっくりして、顔をあげておれの方を見た。

「なんでもありませんよ。ところで、どうしたら、この人と連絡がとれるか、わかりますか？」と翟巡査部長が言った。

「ちょっと前に交通事故に遭ってね、バイクに乗ってて足を折ったんだ。今もまだ入院してますよ」

「それは確かか？」。おれはがっかりして尋ねた。

「もちろん、確かだよ。おれは二週間ほど前に見舞いにいったよ」

「どこの病院ですか？」と翟巡査部長が質問した。

「仁愛病院」

「小趙、確認してきて」

小趙はぱっと立ち上がって、取調室から出ていった。

「おれを呼んだのは、ただ、三人の名前を見せるためだけだったの？　それなら、電話で聞くだけでよかったのに！」

「まだあります」。小胖が三つの名簿をそろえて、小張に渡した。

「どうか、こっちの名簿も見てください。ここにペンがありますから、呉さんの名前を知っている可能性が少しでもある人物がいたら、印を付けてください」と翟巡査部長が頼んだ。

「巡査部長殿、あなたは老呉の名声をよく知らないんでしょう。演劇にちょっとでも関心のあるやつだったら、誰でも老呉の名前を知ってますよ」

「おおげさなことを言うなよ。小張、それなら、おれと接触した可能性のある人物の名前に印を付けてくれれば、それでいいよ」

小張は丁寧に名簿を見た。一つ目の名簿（李先生が自分のワークショップを受講させなかった人たちの名簿）には二人の名前に印を付け、次の名簿（ワークショップを受講した人たちの名簿）では四人の名前に印を付けた。第三の名簿はハリウッド・シークレッツのもので六十数名が載っており、三ページにわたって印刷されている。この名簿に載っている人たちは映画や演劇の業界とは関係のない人たちばかりかもしれない。張は二ページ目まで見ても、一つも印を付けなかった。

紙をめくって三ページ目に目をやった。「えっ！」。小張は首をかしげて考えている。顔色がちょっと変わった。

「なんだ？」

「まさか、あいつの名前がここに出てくるとは……」

「誰の名前？」

「蘇宏志（スーホンジー）」

記憶にない。

「どんな字だ？」

「宏大（こうだい）の宏に、志（こころざし）って字だよ」。小張は名簿をおれに見せて言った。「忘れたのか？あの失踪した脚本家だよ。行方を探してくれないかって頼んだのに、断ったじゃないですか」

「そいつか？」

なんと、そいつなのか？

「そうですよ」

「どんな見た目だ？」。おれは無意識のうちに、小張の左の肘をつかんでいた。

「ネット上にその人の写真はないでしょうか？」と翟巡査部長が聞いた。

「ないと思うよ。脚本家だから裏方だし、まだ新米だから、ほとんど知られていないし。あ、ちょっと待って！　パソコンを貸してくれますか？」

小胖がノートパソコンを出して、小張に渡した。小張はキーボードを打って、彼の劇団のサイトを出した。

「去年、うちの劇団で、あいつが書いた脚本（ほん）で、演出もあいつで、短い芝居をやったんだ。たしか、宣伝用の写真があったはずだ」

小張は「作品集」をクリックし、見たいページにたどり着いた。写真と紹介文が並んでいる。マウスをずっと下に引っ張った。さらに下へ行って、最後に一枚の写真の上で止まった。

「この写真だ。これがおれ、こっちが舞台設計の担当者、それから、これがあいつ、脚本家兼演出家だ」

場所はリハーサル室で、三人が一列に並び、まっすぐカメラを見ている。一番右にいるのが蘇宏志だ。顔立ちが整っていて、色白で、髪はさっぱりと短く刈りこんでいる。見たところ、まったく殺人犯にはみえない。

「あなたも覚えてるでしょう?」

「見たことがあるような気がする。でも、どこで会ったのか、覚えてない」

「偉い人は忘れっぽくて困るね。何度も会ったはずだよ。最近のことなら、亀山島（グイシャンダオ）で会ったんだ。あの日は彼も来てたから」

亀山島?

翟が指示を出すより早く小胖が立ち上がっていて、急いで出ていった。

「いったい、どういうことだ? 彼がまさか……いや、もしかして彼が……そんな!」。小張は信じられないという顔で叫んだ。

「張さん、蘇さんに関することで助けていただきたいんです。なるべく多く情報を提供してください」と翟が言った。

「その可能性が高いのです」。翟はしばらく逡巡した後、とうとう小張が考えていたことを口に出した。

「彼なんですか？」

「そんなバカな！　おれはあいつを知ってる。そりゃあ、口数が少なくて、人と距離をとりたがるところはあるけど、善良な人間だ。それに、あいつは信心深い仏教徒だぞ！」

「仏教徒？」おれと翟は同時に声をあげた。

小胖が一枚のディスクを持って入ってきた。

「張さん、これはさっきあなたがおっしゃった亀山島の様子を撮影したものです。今から見せますから、気をつけて見ていてください」

小胖はディスクを機械に入れた。あの日の、恥ずかしくて耐えられない、これきり忘れてしまいたい画面が、また目に入ってきた。

「こいつだ！」。小張が画面を指差した。

小胖がすぐに画面をストップモーションにした。

画面のなかで、おれはテーブルの上に立ち、まわりに大勢の人がいて、蘇宏志は左側の隅に立っていた。

「拡大して」と翟が言った。

小胖は蘇宏志を枠で囲んでズームインした。画面は最初はぼやけていたが、だんだんはっきりしてきた。

「そうだ、こいつだ、間違いない」。小張が言った。

四人はじっと画面を見ている。誰一人、声も出さない。

「ちょっと待ってて。すぐ戻る」と翟が言って出ていった。

「呉誠、ほんとに間違いないのか？　なんの罪もない人間に濡れ衣を着せたりするんじゃないぞ！」

「あいつが信心深い仏教徒だって、なんで知ってるんだ？」

「本人がそう言ったんだ。間違いなんか、あるはずない。忘れたのか、あいつの作品はどれも宗教と関係があった。あいつは一度、自分の脚本を読んでほしくて、あんたに送っただろ。あんたがかまってやらないから、おれからも頼んで、やっと読んでくれただろ。その後……」

「思い出した。そうか、あいつか。おれは手紙を書いて、もっと人間味のあるものを書けって言ってやった」

「それだけじゃないだろ！　あんたは長い長い手紙を書いて、あいつの作品を完膚なきまでにこき下ろした。忘れたのか？」

「忘れた」

「忘れたのか？　あの頃のあんたは本当に恐ろしかったぞ。特に酔ったときは。酔えばすぐに人を罵っていたんだから」

翟巡査部長が入ってきた。一枚のディスクを持っている。それを、なにも言わずに機械に入れた。

「それは？」。おれが聞いた。

「これは今朝、あなたが家からここまで歩いてきたときの映像」

画面が映るとすぐに、翟巡査部長は早送りした。

「ここ」。翟巡査部長は速度を正常に戻した。

画面のなかでは、哈日族（ハーリー）（日本のポップカルチャー好き）っぽい服装の若者がリュックを背負って、騎楼の下を歩いていた。

「こいつね」。翟が言った。

小張は両目を細くして、じっと見つめた。

「そうだ。間違いない」

この若者が間違いなく蘇宏志だということは、おれにもわかった。

ただ、画面のなかの蘇宏志は、頭をつるつるに剃っていた。

第十六章　王部長の首を切り落としておれの椅子にしろ

1

容疑者の身元も明らかになり、顔もわかって、みんなの士気はおおいに上がった。王(ワン)部長はただちに新しい任務の指示を出し、兵力を三つに分けて追跡を進めることにした。第一班は捜査本部の刑事たちで、六張犁(リョウチャンリ)と三張犁(サンチャンリ)一帯をローラー作戦で捜査し、なるべく早く蘇宏志(スーホンジー)が身を隠している場所を見つけ出すのが任務だ。第二班は翟(チャイ)巡査部長と小趙(シャオチャオ)で、捜査令状を持って台南に行く。蘇宏志の実家を訪ねて、蘇の両親の話を聞くとともに、DNAの比較に使える物的証拠を得るのが主な目的だ。第三班はというと、部長は小張(シャオチャン)に、どうしても警察に協力してもらわなければならない、最善を尽くして蘇の人となりについての情報を提供してもらいたい、と依頼した。部長は小張とおれを小胖(シャオパン)に託した。おれは部長に、三人でおれの家に行って、「人物プロファイリング」に取り組むのがいいんじゃないかと提案し、小張も自分のデータはすべてノートパソコンに入っていると言ったが、部長ははじめ、安全上の理由からそれはまずいと考えて、署内に残って任務に当たってほしいと言った。そのとき、小胖が進み出て、人数を増やしておれの家のまわりに潜伏させれば、安全の心配はないはずだと発言した。わたしが責任をとります、と小胖はいかにも男らしく宣言した。部長は称賛の眼差しで小胖を見ると、「いいだろう、おまえにまかせる」と言った。

「さっき、部長のオフィスに呼ばれたのは、なんだったんだ？」とおれは小胖に聞いた。

パトカーは小張の劇団の入り口に停まった。小張は一人の警察官に付き添われて、劇団のオフィスに入っていった。おれと小胖は車のなかで待った。小胖は神経を張りつめた顔つきで、ハンドルを握ったまま、頭をレーダーのように動かしては、怪しい者がいないか見張っている。

「なんでもないよ」。小胖はおざなりに答えた。

「引き続き、おれをよく見張ってろって言われたのか？」

「老呉(ラオウー)とは関係ない」

「じゃ、おまえ本人のことか？　叱られたのか？」

「その反対だよ。すごくほめられた。まじめで、客観的に仕事してるって。特に、公園の写真を見てあんただってわかったとき、すぐに警察に知らせたのが偉いって」

「警察に知らせたって、どういう意味だよ？　自分が警察官なのに」

「わかるだろ、ちゃんと上に報告したってことだよ」

「大義(たいぎ)、親(しん)をも滅す（正義のためには親兄弟をも捨てる）、だな」

「なんだよ。親でも兄弟でもないだろ」

「それだけか？　ほめられただけ？」

「この事件が一区切りしたら、信義（シンイー）署に異動させたいって言ってた」

「メジャーリーグに移籍ってことだな」

「まあ、そういうことだ」

「で、おまえは？　そうしたいのか？」

「わからない。前はなんの野心もなかったんだ。適当に毎日を過ごして、世帯調査をしたり、パトロールしたり、たまに犬が行方不明だって困ってる人がいて、見つけてやったりすれば、それで十分うれしかった。連続殺人事件にかかわるなんて、考えてみたこともなかったのに、あんたの関係で巻き込まれて、じゃない、捜査チームに入れられちゃって、実を言うと、ずっとびくびくしてるんだよ。それでも、なんだか、すごく充実してる感じがするんだ。自分は今、警察官のするべきことをやってるんだって感じるんだ」

　警官が入り口にあらわれ、左右をよく見て、問題ないと確認してから、やっと小張を出てこさせた。小張は膨らんだリュックを抱えて、緊張した面持ちのまま、車のなかに滑り込んだ。

2

「信じられない」。小張は何度も何度も繰り返し、言っている。

おれと小張、小胖はリビングにすわっている。小胖は記者のようにペンを持って、ずっとメモしている。

「蘇宏志とはすごく親しいとはいえない。でも、おそらく、おれは彼が話をしたがるごく少数の人間のうちの一人だろう。たしか、去年のはじめ頃、メールで、蘇宏志が送ってきた脚本を受け取った。ちょっと読んでみてくれないか、っていうんだ。おれは、自分は演出家だから、脚本の書き方については専門家じゃない、呉誠(ウーチェン)に見てもらったらいいんじゃないか、って返事したんだ。そうしたら、彼が言うには、呉誠にはとっくに送ってあるが、梨のつぶてで、完全に無視されたって」

おれは思わず、白目をむいた。

「そんな顔しないでくださいよ。おれたちはみんな、あんたの性格はよくわかってる。だけど、あんたのことをよく知らない若いやつらはそうじゃない。みんな、あんたのような人から目をかけてもらえたら、どんなにいいだろうって思ってるんだ」

「そんな話は聞きたくない」

「わかったよ。とにかく、おれにまで拒絶されたらかわいそうだと思ったから、その脚本を読むことにした。読んでみたら、人物、言葉遣い、作品の基調、どれをとっても、あの脚本のスタイルはほとんどあんたの作品の焼き直しだった。違いはというと、彼の場合は、笑うのも怒るのもわざとらしい感じで、辛辣さも取ってつけたようで、その結果、ユーモアもないし、ただ罵っているだけみたいな感じになっちゃってるんだ。おれは手紙を書いて、そういう感想をなるべく婉曲に伝えてやった。それから、ものを書くときは自分の道を行った方がいい、自分の心のなかにある世界を書くべきだ、とかなんとか言ってやった。それから三か月たって、また、脚本を送って寄こした。それがあの、あとでうちの劇団で制作した、あの芝居だ」

「『井戸の中の影』?」

「そう。もともと、その話は『説法経』から来ているんだ。一匹の犬が井戸のほとりで水に映った自分の影を見て、別の犬だと思い込んでわんわん吠えると、影の方もわんわん吠える。犬は怒って井戸に飛び込んで溺れ死んだという話さ。ストーリーは単純だが、彼はなかなかうまく処理していて、抽象的な語彙を使って現代人の苦境を描写していた」

「思い出したよ。七、八人の奇妙な服装の人物がそれぞれ、嗔(しん)、癲(てん)、痴、怒などを表しているとかなんとか、まるで中世の伝道劇みたいなやつだったな」

「未熟ではあったが、誠意がこもっていたし、オリジナリティーがあった。それなのに、あんたからボロクソに言われたんだ。彼はあんたの感想をおれにも見せたよ」

小張は体をひねって、そばに置いてあった紙の束から、二件の資料を出して、おれに寄こした。

「これが彼の脚本。こっちがあんたが送ってやったメールだ」

おれは脚本をわきに置いて、大急ぎで自分のメールを読み始めた。

「こんにちは。おれは多分、酔ってると思う。べろべろに酔っ払いでもしない限り、知らないやつに手紙を書こうなんて気にはなれないからな。演出家張(チャン)先生のご命令に従い、御作を拝読いたしました。と言っても、三分の一しか読んでないので、三分の一の印象について読後の感想を述べることといたします。まず、一言、指摘させていただこう。文学、あるいは演劇というものは象徴の遊戯に過ぎないわけではない。象徴は最も低級だ。三流作家のすがる杖であり、新米作家の救命浮き輪でしかない。これはなんとかを象徴してる、あれはなんとかの暗喩、そんなのはくだらん！　言いたいことははっきり言え、屁がしたければさっさとしろ、いつか、本当に味わいのあるものを書けるようになったら、そのときにはきっと屁にだって象徴的な意味が生じてくるだろう。手段を選ばず、逆のことをしてはダメだ。御作の主旨は現代人が本質から離れてしまい、正しい道理から外れてしまったことを告発することにあるようだ。しかし、文学というものは告発ではないし、まして、布教のための演壇でもない。どうやら、貴君は仏様を信仰し、すでに奥深い境地に達しておられるらしい。まったく幸甚の至りだな！　君が活躍すべき『舞台』はもしかしたら、劇場の舞台ではなく、佛光山（高雄市の有名な寺院）か、峨眉山（四川省の仏教、道教の聖地）あたりにあるんじゃないか？　どう考えても、牯嶺街（グーリンジェ）（台北市内の小劇場の多い通り）ではないだろう。正直に言うと、おれ自身の近年の作品も、まったくたいしたものじゃない。ほとんどが幻滅の後のうわ言や、罵声に過ぎない。おれは脚本を書いているというよりは、むしろ、芸術の名を借りて口業（くごう）を行っているというべきだろう。いつの日か、おれが悟りを開いたら、この世界からは足を洗う。自分にとっても、劇場の観客にとっても、解脱（げだつ）となるだろう。君にも足を洗えと勧めているわけではない。まして、出家しろと勧めているわけでもない。ただ、これだけは言っておきたいんだ。君にも解脱が必要だ。自分のことを見逃してやれ。そして、芸術をも見逃してやれ。とにかく、あまりに高尚ぶったことは、おれにはわからないし、わかろうとする気もない。いつか、もう少し『人間らしい』ものが書けたら、送ってこい。いや、もういい。おれのプライバシーを尊重してくれ。今後はもう一切、メールもなにも送って寄こさないでくれ。いいから、覚えておけ。自分の罪は自分一人の責任だ。人のおこないでもそうだし、創作でも同じだ。以上は、礼儀上言っているだけだ。本音を聞きたければ、言ってやろう。人の脚本を読んでやって一番辛いことは、自分が医者の看板を出してるわけじゃないってことだ。医者なら、人の脈もとってやれるし、まるで神様のように、虚弱体質だとか、末期癌だとかの診断を下してやることもできるだろう。医者だったら、それで殴られる心配もないし、そのうえ、報酬ももらえる。御作を拝読して、おれは本当に自分が医者だったら、と思ったよ」

自分の手による、あまりにもくどくて、あまりにも冷酷な文章を読み終わると、おれは粉々に引き裂きたい衝動をなんとか抑えて、小胖に手渡した。指がかすかに震え、それにつれて紙もカサカサ音を立てた。

おれはうつむいて、なにも言えずにいた。ただ、慚愧の念でいっぱいだった。

「怖いだろう?」。小張が皮肉な口調で言った。

「わかってるよ、そんなことは!」

信義署を出たときから、小張はすっかり暗くふさぎこんで、車に乗っているときも黙りこみ、むっつりしていた。まさか、蘇宏志が殺人の罪を犯すなんて、どうしても信じられないと思っているのだろう。そして、鬱々として、胸のなかにたぎる怒りの炎をおれにぶつけているのだ。おれはやましいことがあるから、ずっと我慢してきたが、メールの文面を読んでから、ますますいたたまれなくなった。そこへ、小張がこんな態度をとるものだから、すっかり激してしまって、自分を抑えきれず、怒鳴ってしまった。

「自分が冷酷でずるい人間だってことはよくわかってるさ！　だけど、おれはあいつに人を殺しにいけなんて言ってない！　おれのこのメールのせいで、あいつが殺生の罪を犯したっていうのか？　おれの態度だけでそんなに簡単に人を変えることができるんだったら、おれがほかのことを呼びかけても誰も相手にしないのはどういうわけだ？あの頃は、おれ自身が本当に苦しくて苦しくてしかたなかった。全世界に向かってあんなひどい態度をとっていたが、自分に対しても同じことだ。世界に唾を吐き、自分を踏みつけにし、あの亀山島（グイシャンダオ）の夜にすべての怒りが爆発してしまったんだ。あの晩以降、おれは一日だって後悔しなかった日はない。一日だって、自分を責めなかった日はない。どうしてあんなことになっちまったのか、体のどこかの筋を違えてしまったのか、脳みそに腫瘍でもできてしまったのか、あの日以来、いくら考えても、わからないんだ。中年の危機がピークに達したのか、それとも更年期の前ぶれだったのか、睡眠薬を飲みすぎたのがいけないのか、それとも、プロザックの飲み方が足りなかったのか、どうしてもわからない。だから、もう、なにもかも放り出すしかなかった。仕事も捨て、家庭も捨て、親戚や友だちも捨て、それまでの生活をすべて捨てて、傷ついた獣のように臥龍街（ウォロンジェ）の洞窟に隠れるしかなかった。そのときは、自分に科した刑のつもりだった。自分を罰すればそれですむはずだと思った。だが、それではすまなかった。外の世界には、あの蘇宏志ってやつがいて、もう四人も人を殺して、しかも、それはおれのせいなんだ。おれが平気でいるとでも思ってるのか？　こんなときに、おまえまで、そんな皮肉を言うのか！」

　全身がぶるぶる震えた。涙があふれて、頬を流れた。

　いつのまにか、小胖が後ろに立っていて、片手をそっとおれの肩に置いた。

「悪かった」。小張もそう言って、歩み寄ってきた。

「いいんだ」。おれは手を挙げて、小張を制した。「ちょっと八つ当たりしたかっただけだ」

　手で涙を拭った。気持ちがだんだん落ち着いてきた。

「酒が必要だな」とおれは言った。

「買ってくるよ」と小張が言った。

「だめだ。二人とも家のなかにいてもらわないと。外にいる同僚に頼んでくるよ」と小胖が言った。

　おれがポケットに手を入れて金を出そうとすると、小張も急いで金を出そうとした。だが、小胖が両手で空中にバツ印を作って言った。

「三八囉（サンバロー）（バカたれ）。おれのおごりだ。すわっててくれよ」。小胖はドアまで行ったが、戻ってきた。「ごめん、一言言わせてもらっていいかな。小張、老呉を責めないでくれ。たった一通のメールのせいで、人を殺そうと思いつくやつなんか、いるはずがない。必ず、別の要因があるはずだ。ヒットラーがもし、美術学校の入試に受かっていたら、あんなひどいことをしたはずはないのか？　洪秀全がもし、科挙に合格していたら、太平天国の乱なんて起こさなかったか？　頭のおかしいやつは、やっぱり頭がおかしいんだ。メールの一通や二通で人間が変わったわけじゃない」

「小胖、心配するな、小張はおれを責めてるわけじゃないから」

「ちょっと待ってて。すぐ戻るよ」

小胖は外に出ていった。

「ちょっと顔を洗ってくる」。おれは小張に言った。「すわっててくれ」

それから、長いこと、バスルームにいた。顔を洗い終わって、タオルで拭いていたら、突然、吐き気がこみ上げてきた。便器の前にしゃがみ込んで吐いた。夕方、信義署でかっ込んできた弁当を全部吐いただけでなく、酸っぱい胃液を吐き続けた。食道の内皮が傷ついたらしく、血の筋も出てきた。

吐き終わってから、顔を洗い、うがいをすると、顔をあげて、鏡のなかの自分を見た。両目は血走り、視線は朦朧としている。バスルームを出ると、小張が心配そうな顔でドアの外に立っていた。大丈夫か、と聞かれた。大丈夫だ、吐いたら楽になった、と答えた。

「それでも、飲む気か？」

「もちろん。飲んで落ち着く必要がある」

そのとき、外からドアを叩く音がした。小張に代わりに行ってもらい、小胖だと確認してから開けてもらった。おれと小張は一缶ずつ手に取ったが、小胖は絶対に飲もうとしなかった。任務があるから、酔うわけにはいかない、と言うのだ。

「小胖ときたら、たいしたもんだ」。おれはアルミ缶を挙げて、小胖に敬意を表した。

「ヒットラーと洪秀全まで出てくるんだからな！」

三人で馬鹿笑いした。

「小張、ほかにはなにか、あいつのことでおれが知っておく必要のあることは？」

「どうしてかわからないが、蘇宏志はずっとあんたに注目してた。あんたが書いた脚本も、雑文も、学術論文も全部読んでた。崇拝してたと言っていいだろう。普段は口数が少ないやつだが、誰かがあんたについてなにか言うと、寄ってきて自分の考えを言う。おれたちがしまいには、いつのまにか、一人で演説してるみたいにしゃべってるんだ。おれたちが一度、きみは呉誠の専門家だなって言ってやったら、ぼくは呉誠本人より呉誠のことを理解してるんですと言ってたよ。だが、あいつのあんたに対する態度はすごく矛盾していた。誰かがあんたを批判すると、顔を真っ赤にしてあんたの弁護をする。だが、誰かがあんたをほめれば、冷静に反論する。あいつが言うには、外から見えるのは、表層に過ぎない。本当は二人の呉誠がいるんだそうだ。一人は誠実で親切で、世界に対して正直に真心をもって接する『吾誠』。『自分』という意味の『吾』だ。もう一人は憂鬱で冷たくてなにも感じない、常に自己を隠している『無誠』。誠が『ない』という意味の『無』だ。あいつが言うには、要するに、呉誠は浮世を見通しているが、自分のことが見えていない、あの人は救われる必要がある、というのだ」

そこまで聞いて、おれはハリネズミのようにまっすぐ身を起こして、急いで反駁しようとしたが、すぐに力が抜けて下を向き、黙って受け入れた。これはあいつによる病態の解読なのだろうか、それとも、一語で言い切った診断なのだろうか？　憤怒と心細さが心のなかで同時に渦巻いた。

「さっき、車のなかでやっと思い出したことがある」と小張は続けた。「いつか、あいつはまったく突然に、こんなことを言い出したんだ。『知ってますか、呉誠は毎日、夕暮れ時にゴミを捨てにいくとき、もう家に帰りたくない、このままいなくなってしまいたいって顔をしてるんですよ』って。おれはびっくりして、『なんで、そんなこと知ってるんだ？』って言ったんだ。そうしたら、散歩してるときに、たまたま見たんだって。あのとき、あんたはまだ引っ越してなくて、新店（シンディエン）に住んでた。あいつは三重（サンチョン）に住んでたから、すごく遠い。変だと思って、聞いたんだよ。なんで、そんな所まで散歩に行くんだって。そうしたら、いや、もともと、あちこち歩きまわるのが好きなんです、と言ってた」

「ほんとに『毎日』と言ったの？」。小胖が首をかしげて聞いた。

「ああ、言った。おれも聞いたんだよ、『毎日』ってどういうことだって。そしたら、いや、一度見たから、いつもそうなんだろうって想像しただけですよ、と言ってた。だから、それ以上は追及しなかったし、そんなことはすっかり忘れていたんだ」

「老呉が新店に住んでたときから、もう尾行していた可能性が高いな。いったい、いつ失踪したのかな?」と小胖が言った。

「それはなんとも言えないな。あいつはうちの劇団の団員ではなくて、仕事があるときだけ、連絡して来てもらっていた。だから、毎日、劇団に来るわけじゃなかったんだ。一度、宣伝用のチラシを配る仕事をする人間が必要で、あいつに電話してみたんだが、ずっと電源が切られていた。そのうちに、三重に住んでる団員がついでの折にあいつの所に寄ってみて、大家から、もう、よそに引っ越したって聞いたんだ」

「それは、だいたい、いつ頃?」

「たしか、四月中のことだ」

「三重のどこか、知ってますか?」

「知らない。でも、明日、あいつの家に行ってみた団員に聞いてみるよ」

「最後にあいつを見たのはいつだった?」とおれは尋ねた。

「亀山島事件の後は全然見てないな」

「あの晩、おれはあいつのことも攻撃してたか?」

「いいや。あの晩、あそこにいた人間は全員、一人ひとりあんたから名指しで批判されて、災難を逃れた人間はあいつくらいなものだっただろう。それはたぶん、あんたはあいつが誰かということさえ、覚えていなかったせいだろうね」

「よかった」。おれはそれだけは幸いだったと思って、そう言った。

「全然、よくない!」。小胖が反論した。「それじゃあ、彼のことなど全然気にもとめてなかったってことじゃないか」

「本当かどうか、証明はできないんだが……。あの晩はみんな呉誠にすっかり頭にきて、わっと騒いだ後、すぐに解散した。あとで、団員たちに聞いたんだ。呉誠はあんなにべろべろに酔ってたのに、どうやって家に帰ったんだろうって。みんな、あんなやつ、死んじまったって知るもんかと言ってたが、一人だけ、どうやら蘇宏志が送っていったらしいと人から聞いた、と言ってたやつがいた」

「まったく記憶にない。自分では、意志の力でちゃんと帰ってきたと思ってた」

「そんなはずはない」と小張は言った。「立ってることもできないくらいだったぞ」

また、わけがわからなくなってしまった。あの晩、本当に彼が家まで送ってくれたのなら、その道中でいったいなにがあったのだろう？　おれはなにか、取り返しのつかないようなことを言ってしまったのだろうか？　必死で思い出そうとしたが、結局、徒労に終わった。

十時半頃になって、まず小張が帰ることになった。小胖は一人の警察官に小張を送らせた。おれは小胖にも、帰って休んでくれと言った。小胖は残っておれのそばにいると言ったが、とにかく帰れ、おれは一人でゆっくり考えたいから、と言い張った。

「老呉、あんまり自分を責めてはダメだよ」。小胖は家を出る前に、そう言った。

「おまえは知らないんだよ。おれが前にはどんなにめちゃくちゃだったか。どんなに残酷な人間だったか。もし、あの頃に知りあっていたら、おまえもやっぱり、おれを憎んだかもしれない」

「もし、そうだったとしても、おれは人を殺しにいったりはしない。それに、あんたはもうすっかり変わったんだから、いや、違う、ほんとの自分の性格に戻ったんだから。その頃はなにか悪いものにでも取りつかれていただけで、今はすっかり目が覚めたんだよ。過去のあんたはもう死んだんだ。それを忘れるなよ。ゆっくり休んで。鍵を掛けるのを忘れないで」

過去のおれはもう死んだ？　おれはそんなこと、信じられない。心のなかの悪魔はまだいる。邪悪な霊魂はまだ存在している。おれはただ、そいつから隠れているだけで、そいつを溶解させてもいないし、消滅させてもいない。この「死の街」での日々は平穏で自由気ままなものだったと言っていい。警戒を解いて、パニックが襲ってくるのではないかと用心するのを止めたとき、不安の症状も少しずつ減っていった。薬を飲むのを忘れるときさえあった。散歩のときは、思いやりのある目で世界を見ろと自分に言い聞かせていた。かつておれが軽蔑していた、生きとし生けるものたちとのつながりを見出していた。探偵として仕事をするときは、人助けの気持ちで依頼人の身になって考え、その喜ぶところを自分の喜びとし、その哀しむところを自分の哀しみとした。そういう気持ちは慈悲の境地というほどのものではないかもしれないが、それでもおれは人を許し、自分を許す道にゆっくり向かっていた。それだけは自信をもって言えると思う。

同時に、おれはずっと反省し、考え続けてきた。おれがこれほどまでに傲り高ぶり、徳が薄く、人情に欠けるのはどうしてなのだろう。何度も何度も理由を考え、わかったような気がしては、即座にそれを否定して考え続けた結果、ついにその原因を探し当てたと思う。原因はパニック障害と密接な関係があるのだ。長年、パニック障害に苦しめられてきたにもかかわらず、つぶれてしまうことなく生き延び、しかも一応の業績を達成してきたということを、おれは心底誇りに思っているのだ。この病と長く格闘して、そのなかからなんらかの道理を見出してきたことについては、ますます自慢に思っている。そのせいで、おれは限りなく尊大になり、自分は高く有利な位置を占めていると誤解し、山の上から他人をとやかく非難してきた。そう、確かにおれは生き延びてきたが、そのことに感謝するでもなく、他人への恨みを積み上げてきた。いつもいつも、ほかの人たちはあまりにも気楽に生きている、彼らは得をしていると思ってきた。世界は自分に対して公平ではないと思ってきたのだ。あの頃、おれはまるでギリシャの復讐の女神のように怒りと暴虐に満ちていた。仏教の言葉でいうなら、頓悟する（一足飛びに悟りを開く）ことに妄執するあまりに、ますます深い、抜け出すことのできない妄執にはまり込んでいたのだ。自分では覚醒したと思っていたが、実はますます深い眠りに沈んでいたのだ。そういうことを、おれはすでに考えたが、いつのまにか忘れていた。それが今になって、蘇宏志の理解不可能な行動によって、はやく抜け出したくてしかたのない悪夢のなかに突如として引きずり戻されてしまった。

王部長から、「自分の最も嫌われるところはなんだと思うか」、よく考えてみろと要求された。その答えは、おれが蘇宏志をどう扱ったかをみればわかる。自分に閉じこもって世界を締め出し、人を拒んで遠ざけ、にもかかわらず、たびたび、覚醒した者を気取って、ケンカを売っては、自尊心を守り、人を傷つけていた。

シャワーを浴びた後、『井戸の中の影』を拾い上げ、我慢して一度読むことにした。

たかだか四十数ページの原稿なのに、千斤の重さがあるように感じられた。一ページ目にタイトルと作者の名前があり、二ページ目には『説法経』の『井戸の中の犬』の引用が記されていた。「犬は井戸に吠え、自身の影を見、目を怒らせ、毛を逆立つ。井戸の底の影もこれと闘わんとす。犬は井戸に身を投げて死す」。ページをめくった。登場人物は九人、弁護士、政治家、ビジネスマン、配管電気工、個人投資家、屋台の商人、浮浪者、看護師、医者。場所は、密室。

第一幕は浮世絵のようなドタバタ劇で、群像の特徴を描き出している。彼らは一室にあって絶えず争っている。がやがやと騒がしい密室のなかには、木の箱が一つあるだけで、ほかにはなにもない。弁護士とビジネスマンの間には過去にある訴訟のせいでもめ事があり、政治家はその間をとりなしてかかわりがある。配管工は個人投資家のあら探しをしている。持ってもいないものを売り買いする個人投資家なんて、社会の寄生虫にほかならないと思っているのだ。配管工は弁護士も気に食わないし、ビジネスマンにも不満があり、ましてや政治家のことは鼻であしらっている。個人投資家は投機に失敗したので、政治家を腹黒いと非難し、ビジネスマンがインサイダー取引をしたと罵り、弁護士にも、口が尖って頬がこけた顔が醜いと罵声を浴びせる。屋台の商人は葱油餅《ツォンヨウビン》（葱入りのお焼き）、甜甜圏《ティエンティエンチュエン》（ドーナツ）、双胞胎《シュアンバオタイ》（二つくっついた形の揚げパン）を売ることだけ考えている。誰であっても、買ってくれる人には機械的にこうお世辞を言う。「ありがとうございます。お客様もお金がもうかりますように」。彼女は誰に対しても腰を低くしてへりくだり、偉い人のように取り扱うが、いつも腹をすかして、びた一文持っていない浮浪者には、いい顔をしない。野良犬のように扱って、厳しい声で叱りつける。みんなが押しあいへしあい、争って木の箱の上に立ち、自分の言いたいことを言おうとしていると、医者が聴診器を持って、看護師は大きな注射を持って、偉そうに登場する。実は、ここは精神病院だったのだ。

第二幕では、基調は大きな転機を迎える。喜劇から悲劇へ、そして、悲劇の極みから喜劇の極みへ。みんなは医者の威厳を恐れ、散々言いなりになり、そうなると、医者の方はますます厳しくなり、看護師の協力のもと、病人たちにあらゆる凌辱、虐待を加える。そこへ、「喝！」と厳しく叱りつける声が響きわたり、みんなわけがわからず、声が天から響いてきたと思って、次々に頭を挙げて見るが、なんの兆しも見えてこない。実は、その声はずっと片隅であぐらをかいてすわっていた浮浪者が発したものだった。彼はすっくと立ち上がると、木の箱に駆け寄ってその上に立ち、まずは「南無阿弥陀仏」と一言発した後、みんなの罪科を一つひとつ指摘していった。実は、この八人の人物はそれぞれ、嗔、癲、痴、怒、怨、悔、愛、恨を象徴しており、彼らがいる場所は精神病院ではなく、輪廻の地獄だったのだ。最後に、罪人たちは浮浪者の指摘と感化を受け、着ていた服を脱ぐと、肌色のぴったりしたタイツだけの姿になって、浮浪者にならって座禅を組み、目を閉じて瞑想に入る。照明が消える。

読んでいる間、おれはずっと、仁愛の心をもち、寛大を旨として、励ましと支援の観点から新人の作品に接しなくてはならないと自分に言い聞かせていたが、それでもやっぱり、『井戸の中の影』はひどい脚本だった。全編のなかで唯一の取り柄といえば、医者が閻魔大王に化身し、看護師が厳めしい判官となって、力を合わせてみんなを虐待するシーンで、作者がおおいに想像力を発揮し、煉獄のありさまを生き生きと表していたことだ。そこには、ＳＭの感覚に近い、残酷美というべきものがあった。その点以外は、人物の様式も、台詞も薄っぺらだし、人を教育感化してやろうという雰囲気が濃厚で、息が詰まりそうだった。

原稿を閉じて、嘆息した。寛大であることはいいことだとしても、芸術の理解は無理に強制できるものではない。

それこそが自分と小張の最大の違いだと思う。小張は「おふざけ」の世代の人間だ。「さあ、遊ぼう！」という態度なのだ。彼らにとって劇場はただ自由自在に思いつきを試し、感覚を好きなように発揮する場所でしかない。だが、おれのような古典世代の人間にとっては、基本的な技能や人文の素養が大切であり、その二つの基礎なくしては、創作などと言う資格はないと思うのだ。おれのこういう頑固な態度に対して、小張はいつもこんな若者らしい言葉で言い返す。「そんなに深刻にならなくても、いいんじゃないの？」。だから、小張はいつも、どんなにひどい作品であっても、必ずいいところを見つけてやるが、おれの方はまるで芸術警察みたいに、ここが駄目だ、あそこが駄目だとうるさくあら探しをしてしまう。とんでもない例えだが、小張は客を選ばない妓女で、おれは気難しい妓院の常連客というわけだ。

こんなことを考えていて、なんになる？　おれは激しく首を振って、我に返った。その拍子に一つ思いついたことがあって、すぐに小張に電話をかけた。

「『井戸の中の影』の録画はあるか?」

「あるよ」

「送ってもらえないか?」

「わかった。ところで、脚本はもう一回読んでみた?」

「読んだ」

「どうだった?」

「少しはいいところもある」

「なにを今さら!」

ファイルはすごく大きかったので、パソコンの前で長いこと待って、やっと受け取った。

マウスを使って早回しにし、飛び飛びに見たので、八十数分の芝居の映像をほんの二十分ほどでざっと見た。見終わったら、やっと借金を返したような、一種の解放感があった。

リビングに戻ったが、なにをしたらいいのか、わからなかった。蘇宏志の作品の映像版を見終わったら、頭がぼんやりしてしまったが、かといって眠りたいわけでもなく、本も読めそうにない。テレビをつけるのは我慢した。ここ何日かテレビを見ていないので、心を乱されることもなく、気持ちよく過ごしてきたから、ここでそれを駄目にしてしまうのはもったいない。不意に、せせらぎの水の音のような、かすかな話声が、二重のドアを通して聞こえた気がした。もう十二時を過ぎているのに、うちの外でひそひそささやいているのは、いったい誰だろう？　耳を澄まして聞くと、なんだか小胖の声らしい。なんで、まだいるんだろう？　また、耳を澄ませて聞くと、どうも小趙もいるようだ。

「そこにいるのは誰？」。おれはドアを開けて聞いた。

「おれです。小胖だ。話し声で起こしちゃったかな？」

「なんで、まだ帰らないんだ？」

　おれは外の門も開けた。

「小趙、なんで君までここに？」

「小胖と交代しに来たんですよ」と小趙は答えた。

「なんの交代？　小胖、おまえ、なんでまた戻ってきたんだ？　それとも、ずっと帰ってなかったのか？」

「外で見張りをしてたんだ」。小胖は微笑して答えた。

「小胖はあなたの安全を守るって、胸を叩いて王部長に約束したんだから、帰れるわけがないでしょ」と小趙がからかった。

「三八囉（バカたれ）」、おれは小胖の口癖をまねて言った。「そういうことなら、外で風に吹かれてないで、なかに入っておれを守ったらいいじゃないか」

　おれは二人をなかに入れた。

「翟（チャイ）巡査部長は？」。小胖が小趙に聞いた。

「なんで？　そんなに会いたい？」と小趙が言った。

「バカ、ガキのくせに余計なことを言うな。おれはただ……」

「台南に残って蘇宏志について詳しいことを調べてます。今のところ、蘇宏志の両親は口が固くてなにもしゃべらない。でも、きっとなにか隠してる」

小趙は台南行きの収穫をおれと小胖に話して聞かせた。小趙たちは台南の蘇宏志の実家に行って両親に話を聞き、かつての教師や同級生たちも訪ねた。蘇には兄が一人いて高雄（ガオション）に住んでおり、妹が一人、嘉義（ジアイー）に住んでいるが、警察はすでにその両方に人を派遣している。警察はまた、蘇の部屋で毛髪などＤＮＡの検査のできるサンプルを集めてきた。

「彼はあなたの死ぬほど忠実なファンなんですよ」と小趙が言った。

なんて気味の悪い話だ。ぞっとした。

「彼の本棚は、一列全部があなたの関係の本でした……」

そのとき、小趙の携帯が鳴り出した。

「はい」

小趙はそれきりなにも言わず、ずっと相手の話を聞いていた。顔色が一瞬で変わった。まず、暗い顔になり、それから恐懼（きょうく）の表情を浮かべたが、そのなかには幾分、強い興奮も感じられた。

「はい。わかりました」。小趙は話し終わると、おれたちに言った。「また、殺人です。蘇の犯行とみているようです。小胖、部長が二人ともすぐ署に戻れって」

「おれも行きたい」と言ってみた。

「ダメです。必ず家にいろと部長が言ってます。人を増やしてしっかり警護しますから。そうだ、部長がこれをあなたにって……」。小趙はポケットから携帯を一つ出した。「この携帯で連絡を取りあいましょう。翟先輩と小胖とぼくの番号がもう入れてありますから。部長が、必ず電源を入れておいて、肌身離さず持っててくださいって。それから、自分の携帯をチェックするのも忘れないでって。蘇ってやつはなにしろ、あなたの家に侵入して本にその痕跡を残したくらいですから、もしかしたら、携帯であなたに連絡しようとするかもしれません」

小趙と小胖は急いで去っていった。

おれはもうびっくりして、あれこれ考えることもできず、とにかく王部長の指示に従って、自分の携帯に電源を入れてみた。昨夜の十一時過ぎから今まで電源を切ってあったが、全部で三十四件の着信記録があり、そのうち二十六件は伝言を残していて、十五通のショートメッセージもあった。おれはざっと目を通して、なにも異常なものはないとわかったので、全部削除した。広告もあれば、マージャン友だちからの、元気か、またマージャンをしに来い、憂さ晴らしになるだろう、などというのもあった。添来(テイエンライ)と阿鑫(アシン)からも伝言が残っていて、どうしてるかと聞いていた。添来はおれといっしょに事件の捜査をしたがっていて、阿鑫はおれと酒を飲みたがっていた。マスコミからの伝言とメッセージもたくさんあった。独占インタビューをさせてくれというのもあれば、討論番組に出てほしい、自分の経験を話してほしいというものもあった。コメンテーターからのメッセージも来ていた。あなたとわたしの間にはいくらか誤解があるようだ、ちょっと話をすれば理解しあえると思う、などと言っていた。どうやら、涂（トゥー）弁護士の行動が効果を現しているようだ。

それから、なんだか居ても立ってもいられない気分になり、途方にくれてしまい、睡眠薬を飲んでベッドに横になって本を読むべきか、それとも、なにか行動を起こすべきか、わからなくなった。しかし、行動といったって……。おれは犯人が殺そうとしているターゲットの一人かもしれず、おれを守ることが重大事項となっており、すべては警察にまかせてある。自分で自由になにかすることなど、もうできなくなってしまった。

七月二十五日の未明、第五の殺人事件が起きたが、犠牲者はおれではなかった。いったい、どういうことなのか？

午前二時過ぎ、小趙たちが現場に急いでから、すでに二時間がたった。おれは小趙から渡された電話で、小胖に連絡してみることにした。

「小胖、どうなってる？　やっぱり、あいつなのか？」

「そうらしい。目撃者を見つけたんだ」

「場所は？」

「それが変なんだ。今回は敦化南路（ドゥンホアナンルー）二段の路上の分離帯なんだ」

「小趙はGPSを使って測量したか？」

「ちょっと待って」

少しして、小趙の声が聞こえた。

「座標は測量したんですが、衛星図面と前の事件の座標の記録は署に置いてあるから、今は比較しようにないんです。今、署で調べてもらってます」

「おれは全部の座標をメモしてある。今回の座標を教えてくれ」

小趙は座標を読み上げ、おれはそれを紙に書き記した。

「二段の分離帯って言ったが、どっちに近いほうだ？」

「ほとんど敦化と和平東路（ホーピンドンルー）の十字路です。基隆路（ジーロンルー）寄りのところです」

「わかった。すぐにかけなおす」

電話を切って、リュックからノートを取り出し、四つの座標が書いてあるページまでめくっていった。四つの座標の下に、今聞いた第五の座標を書き込んだ。五組の数字が隙間なくびっしり並んで、ちょっと見ただけで目がちかちかした。

リュックから、今度は地図を出した。大安区（ダーアン）のページで、第五の殺人事件の現場のだいたいの位置を見つけた。そのとき、こんな考えが浮かんできた。犯行の範囲はすでに六張犁からはみ出して、信義区から大安区に移っている。これはどういう意味だろう？

新しく戦場を開拓するという意味か？　別の図形を描くという意味か？

おれは信義区のページを開き、また大安区のページに戻り、何度か比べてみたが、なんの関連も見いだせなかったので、しかたなく、座標に戻って、一つひとつ比べてみた。見つけた！　第五の殺人事件の現場の緯度は、第三の楽栄街（ローロンジェ）の事件の緯度とだいたい同じくらいだ。まあ、ほんのちょっとの違いはあるが。一方、第五の事件の経度は、第一の辛亥路（シンハイルー）の事件の経度とわずかな違いしかない。これまでと異なるところは、今回の違いは前の四つの事件の間の違いよりはほんの少し大きいようだ。

電話が鳴った。

「ぼくです。小趙です」

おれは自分の発見したことを急いで小趙に話した。

「そのとおりです。署の同僚からも返事がきました。署でくわしく調べたところ、衛星地図上で、第五と第三の間の距離と、第五と第一の間の距離はほとんど同じだそうです。あ、すいません、部長が呼んでるので失礼します」

第五の事件と第三の事件の間の距離と第五と第一の間の距離がほとんど同じだって？ 視覚的な助けがないので、話を聞いただけでは、さっぱりわからない。インターネットに頼ることにした。グーグル・マップを使って、相対的な位置をはっきりさせよう。

地図をプリントアウトして、第五の事件の現場の位置を探すと、こういう図案になった。

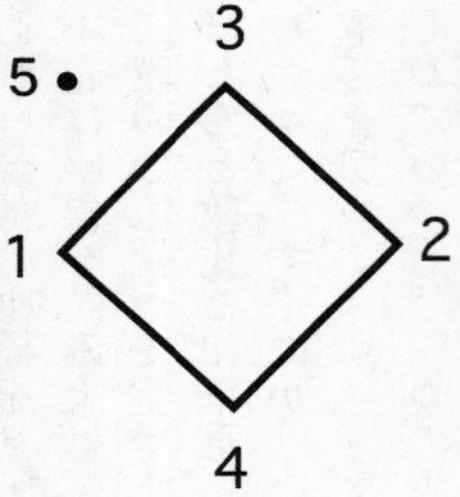

斜めにした正方形の左上方に点が一つ増えたわけだ。新しい点と正方形の上の点を結

ぶと、こうなる。

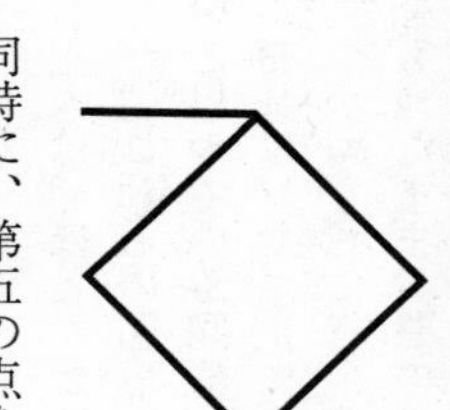

同時に、第五の点を正方形の左の点と結ぶと、こんな五角形になる。

続けて、ノートの上に点線でほかにもいろいろな図案を描いてみた。

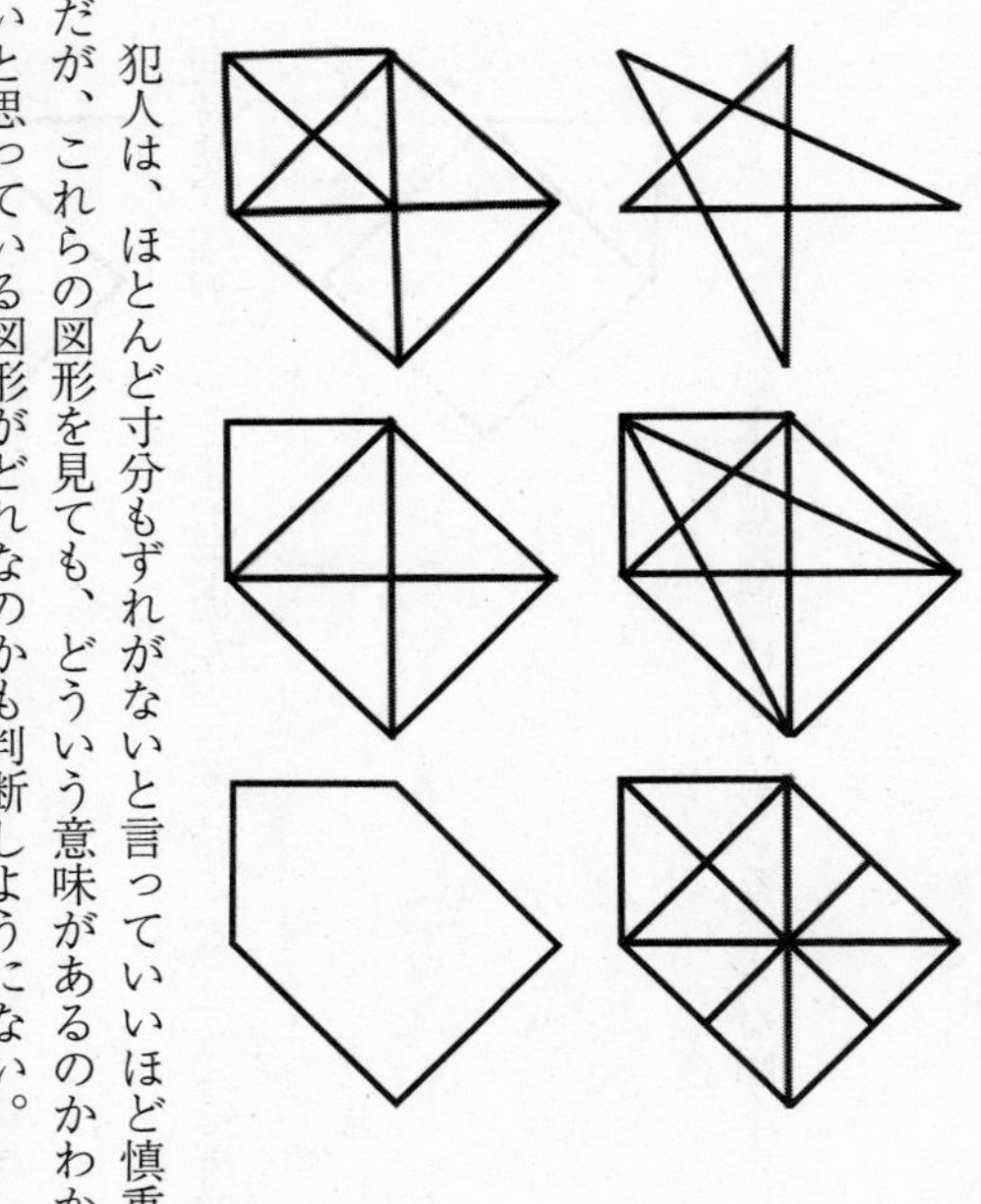

犯人は、ほとんど寸分もずれがないと言っていいほど慎重に犯行地点を選んでいるのだが、これらの図形を見ても、どういう意味があるのかわからないし、彼が完成させたいと思っている図形がどれなのかも判断しようにない。

おれはソファーに斜めに倒れて目を閉じ、頭のなかで図形をいろいろ考えていたが、気づかぬうちに、半分目覚め、半分眠った状態になっていた。覚醒と眠りの間で、意識をもったまま、夢の世界に入り、夢のなかでどんどん図形を変えていった。五つの座標を自由につなぎ、線を点線から実線に、実線から点線に変えた。図形は実際の物に姿を変え、見え隠れする天体のようになったかと思うと、一軒の家になり、煙突になり、積み木になり、ＫＫＫ（クー・クラックス・クラン）のとんがり帽子になり……。その後、きっといくらか眠りが深くなっていたのだろう、頭のなかの画面は休みなく、変化し続けた。突如として、おれは屋外にいて、網の目のように四方に散らばった、永遠に終わりのない横丁を疾走している。かと思えば、突如として屋内にいて、母親がずっとそのままにしておいてくれている実家の自分の寝室にいるようでもあり、あるいはまた、真っ暗で不気味な牢獄のなかに閉じ込められているようでもあった。おれは目を大きく見開いて、はっきり見ようとした。だが、まぶたが鉄のシャッターのように重たく降りてくる。突然、照明の光が集まって、まぶしさのあまり、目を開けていられなくなった。やっと落ち着いて目をこらすと、おれは舞台の上に立っていて、台詞を忘れてしまい、どうしたらいいかわからなくなってしまった俳優なのだった。その瞬間、突然、はっと目が覚めた。

わかった。おれは夢のなかで、『井戸の中の影』の俳優になっていた。

慌てて起き上がると、書斎に行った。パソコンはまだそのままだった。『井戸の中の影』の映像のファイルを出して、最初から最後まで丁寧に見通した。最後まで見て、謎が解けた。蘇宏志がどういう図形を完成させようとしているのか。

3

朝、目が覚めると、信義署へ行こうと急いで家を出た。

夜中の四時過ぎに新発見をした後、すぐに小趙と小胖に電話をかけたのだが、呼び出し音は鳴っても、どちらも出なかった。翟巡査部長の電話も同じだった。何度かけても同じだったので、いらいらし、興奮しながら、リビングにすわって、はやく夜が明けないかと待つしかなかった。ところが、なんとしたことか、いつのまにかすっかり眠り込んで、目が覚めたときには九時を過ぎていた。

横丁から出ようとした瞬間、一人の警察官に行く手を阻まれた。

「呉さん、部長から命令されてるんです。犯人が捕まるまでは、家にいてもらわないと」

「そうはいかない。部長に重要なことを報告しないといけないんだ。信義署まで連れてってください」

警官はおれを待たせておいて、署に電話して相談している。おれも、小趙に電話してみた。今度はやっと出た。

「小趙、なんで今まで電話に出なかったんだ？」

「すみません、捜査本部で徹夜でミーティングだったんです。電話に出るわけにもいかなくて……」

まったく、おかしなやつらだ。おれに携帯を渡して、緊急のときはこれで電話しろと言っておいて、実際にかけたら、出るわけにもいかなくて、とはなんだ。

「そっちに行く必要がある」

「老呉、家から出ないでください」

「蘇宏志がなぜ、あの場所を選んだか、わかったんだ」

「ほんとですか？　どうして、わかったんです？」

「直接会って話さないとダメだ。それに、衛星地図をもう一度見て確認する必要がある」

「部長に聞いてみます。すぐかけなおします」

携帯を切ったとき、さっきの警官が歩いてきた。

「すみません。家から出てもらうわけにはいかないという命令です」

「いや、こっちも今、署に電話しておいたよ」

「でも、わたしはなんの知らせも受けてません」

彼の携帯が鳴った。

「もしもし……。はい、はい」。警官は携帯を切って、こっちを向くと言った。「行きましょう。お送りします。荷物は全部持ちましたか？」

もちろん、全部持ってる。夜中の四時過ぎになにもかもリュックに入れておいたんだから。

信義署に着くとエレベーターに乗り、捜査本部に入った。王部長は刑事たち全員とミーティング中だ。小趙と小胖もいる。

「小趙の話では、なにか発見したそうだが」と王部長が顔をあげると言った。

「ちょっと衛星地図を見せてほしい」

おれは図表がたくさん貼ってある壁の近くに行って、あの衛星地図をじっと見た。王部長はおれの後ろにやって来た。ほかの刑事たちもついて来て、部長の後ろに集まっていた。地図にはもともと赤い画びょうが四つだけ刺してあったが、今では一つ増えて、第五の事件の位置にも刺してある。地図の右側に、いろいろな図形を描いた紙がたくさん貼ってあるのに気づいた。推測したとおり、警察もおれと同様に苦心してあらゆる可能性を考えていたわけだ。

だが、おれの心中にあるあの図形と同じものは一枚もなかった。

「王部長、もしかしたら、われわれは図形を複雑に考えすぎていたのかもしれない。誰か、鉛筆を持ってますか？」

それを聞いて、誰かが鉛筆を渡してくれた。

「悪いけど、この上に鉛筆で描きますよ」

「サインペンを使ってもらおう。そのほうがはっきり見える」と王部長は言った。

すぐに誰かが雄獅（ライオン）印の太いサインペンを持ってきた。

「まずは事件の発生した順番については考えないことにする」。おれはそう言いながら、地図の上に記号を付けた。「前の四つの事件現場を、北から時計回りに東、南、西の順で、A、B、C、Dとする。それから、AとC、つまり、北と南を結ぶ。次にBとD、つまり東と西を結ぶ」

「そうすると、十字になる。その図形はあなたがもうとっくに描いたやつだ」と小趙が言った。

「そうだ。この十字形を想定したからこそ、最後のターゲットはわたしだと考えたわけだ。うちはちょうど、ＡＣの線とＢＤの線が交差した点の上にあるから。だが、第五の点の出現で、この推論は壊れてしまった。第五の点をＥとすると、ＥからＡの距離とＥからＤの距離は同じ長さだ。それに、経度、緯度からしても、この地点は適当に選んだわけではない、緻密な計画の一部なんだ」

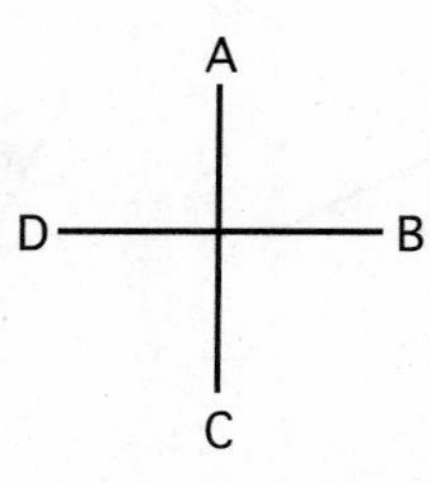

おれは地図の傍らに並んでいる、警察が描いてみた図案を指差して続けた。
「昨日の夜中、わたしも同じような図案をいろいろ描いてみた。その結果、特に意味もない幾何図形がいくつもできあがった。しばらくの間は、この星型の図形が答えだという可能性があると思っていた」

「その可能性はある」と王部長が言った。「それに、この図形内の線の交点から考えるに、犯人はあと五人殺そうとしている可能性もある」

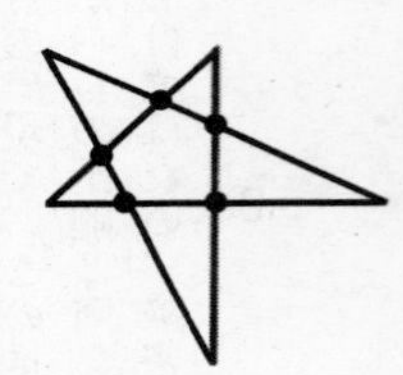

「そのとおり、星型も一つの可能性だ。だが、後になってみると、図案を複雑に考えすぎているんじゃないかという気がしてきた。まずは星型は置いておいて、AとEを結んでみる」

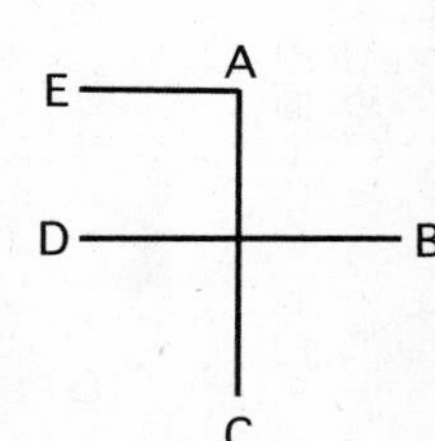

「次に、DとEは結ばない。そうではなくて……」

「そんな！」。王部長が化け物でも見たかのように真っ青になって言った。「そんなはずは……」

「おれも不思議だとは思ったんだが……。とにかく、仮にD点からまっすぐ下に向かって点線を引くとする。ずっと、C点と緯度が同じ地点まで。次に、C点から右に向かって点線を引く。B点と経度が同じになる位置までだ。その次は、もう、みんな、おわかりだろう、今度はB点から上に向かってまっすぐ、A点と同じ緯度まで線を引く」

「まさか、そんな！」。王部長が再び大声をあげた。彼の目の前に現れたのは、こういう図形だったからだ。

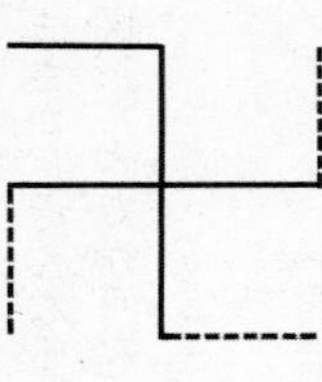

「ナチスだ！」。誰かが叫んだ。

「馬鹿たれ！」。王部長が叱りつけた。「これは仏教の『卍（まんじ）』だ」

「そう、卍なんだ」とおれは言った。「ナチスの徽章は逆の方向を向いてる。それに、全体が正方形ではなく、ななめに四十五度、傾いてる」

「こんなの、あんたの空想に過ぎない」と王部長は言った。

「おれも、そうだといいと思ってる。だが、小張の話では、蘇宏志は仏教徒だっていうじゃないか。しかも、あいつはおれの家の仏教書に印を残していった。それに……」。おれはリュックから、あの映像をコピーしてきたディスクを取り出した。「これは蘇宏志が脚本を書いて、自分で演出した芝居の映像だ。誰か、これを見せてくれないかな」

「はい」。一人の私服刑事がディスクを受け取り、近くにあった機械に入れた。

画面上で、『井戸の中の影』が始まった。

「初めのほうは飛ばして。まっすぐ最後のクライマックスのところに行って」とおれは言った。

マウス・ポインターが素早く右へ移動した。

「そう、ここだ。わかるかな？」

画面上では、九人の登場人物が卍の形に並んであぐらをかいてすわり、なにやら経を唱えている。中央の位置にいるのが浮浪者だ。

「ああ！」。王部長が声をあげた。「ディスクをくれ。詳しく見たい」

王部長はディスクを持って、暗い顔で自分のオフィスに戻っていった。おれと小趙、小胖は取調室に入って、犯人の仕組んだあの記号の意味について話しあった。

「卍は仏教を表してるってことしか知らなかった」と小胖が言った。「なんだか、『功徳』と関係があったような気もする」

「卍の記号は梵語(サンスクリット)から来ていて、『シュリーヴァトゥサ』と読む」。小趙がパソコンで見つけた資料を読み上げた。「その意味するところは『吉祥海雲相』、つまり、大海と雲天の間の吉祥のシンボルである。このシンボルは釈迦如来の胸に描かれ、仏教徒たちから瑞相と考えられており、宝光を発する。すなわち、『その光は晃昱(こういく)として（まぶしく輝き）、千百色あり』という」

「おれも調べてみた。もともと仏教の文物には、左まんじも、その逆の右まんじも、どちらもあって、どちらも瑞相なんだ。でも、第二次大戦以後、右まんじはナチスと関係があるとか、邪悪を意味しているなどと思われるようになってしまった。実は、ヒットラーが考えた符号は仏教とはまったく関係なかったんだが」

「そのとおり。このナチスの徽章は、実は二つのS字の変形で、『親衛隊』を意味するドイツ語の略号である。しかし、ほかの考え方もあり……」。小趙は突然黙り込んで、読むのに集中した。

「ナチスとかなんとか、そんなことはどうだっていい。蘇宏志の人でなしがこの記号を使ったのは、いったいどういうつもりなのか、おれたちが考えなきゃならないのは、そのことだろう」と小胖がいらいらしたように言った。

おれが卍の図形の推理を話してから、小胖は王部長と同じようにかなりショックを受けたらしく、いらだった表情で、話し方にも怒りがこもっている。

「功徳をなしているつもりなんじゃないか」とおれは言った。

「天に代わって正義をなす、ってことか？」と小胖が言った。

「そうかもしれない」

「そんなのおかしい。殺された人たちの背景はよく調べたんだ。全員が善良な人たちで、許すことのできない極悪非道な罪人なんて一人もいなかった」

「彼らは生贄にされてしまったんだ。この記号はきっと、おれに当てつけているんだと思う。蘇宏志はおれになにか言いたいことがあるんだ」

「ちょっと待って」。小趙が口をはさんだ。「この話は役に立つかもしれない。武則天より以前には……」

「これが武則天といったいどんな関係があるっていうんだ？」と小胖が言った。

「最後まで聞いてよ。この記号は、『徳』と訳した人たちもいれば、『万』と訳した人たちもいた。武則天は即位した後、欽定により、この記号の読み方を『万』と定めた。

『吉祥万徳の集まる所』という意味である」

「だから、なんなんだ？　『徳』だって、『万』だって、どっちにしろ、卍は『万徳円満』っていう意味なんだろう。読み方が違うだけじゃないか」と小胖が言った。

「『徳』っていう意味があるからには、今、呉さんが言った、犯人は自分では功徳を積んでるつもりなんじゃないか、って考えは筋が通ってるんじゃないかな」

三人でいろいろ討論したが、結局、ほとんど堂々巡りになるばかりで、具体的な突破口はなにも見つからなかった。

肝心なのは、この記号はいったい、おれとどういう関係があるのか、ということだ。おれはターゲットなのか、そうではないのか。おれの家はこの卍型の線の交差する所にある。そして、『井戸の中の影』の最後で、あの浮浪者がすわっている位置も、二つの十字の交差する所だ。おれと浮浪者に似たところがあるとすれば、おれが正業に就いておらず、一日中そこらを歩きまわっているところだが、この浮浪者は劇中では悟りを開いた肯定的な人物として描かれている。そういう意味では、おれはまったく、この人物に及ばない。彼は浮世を看破し、「四大（地、水、火、風の四元素）みな空なり」の深い真理を悟っているが、おれはどうだ？　もしかしたら、蘇宏志はこの人物とおれの違いを強調したかったのかもしれない。おれはこの浮浪者の反面だということだ。

心に住あらばすなわち、住に非ずとなせばなり。犯人の言いたいことは、おれはまだ邪念を払うことができていない、やることなすことすべて物事の表相に執着している、努力も無駄だ、ということか。ということは、つまり……。

「犯人はおれを済度しようとしてる、つまり、迷いから救い、悟りを開かせようとしているんだ」。おれはいきなり、そう言った。

「なんだって?」。小胖と小趙が同時に言った。

おれは二人に今思いついた推論を説明してやった。

「『仏は縁ある人を済度する』の『済度』だよ。犯人はおれを済度したいと思ってるんだ」

「だから、おおいに慈悲の心を発して、あんなに大勢の人を殺したっていうのか?」と小胖が言った。

「そうだ。あいつの変態的な心理では、それが慈悲の心だと思ってるんだ」

「それに、犯人はあなたと縁があると思い込んでいるんですね」と小趙が補足して言った。

「そのとおり。犯人はあんたを済度したいと思っている」

その声は王部長だった。部長は取調室の入り口に立っていて、後ろには台南から帰ってきたばかりの翟巡査部長もいた。

「おれの首を切り落としてくれ」。王部長は疲れ切った様子ですわった。椅子の足が床に擦れて、耳ざわりな音を立てた。「あの映像を見たよ。呉さんの推理は正しかったようだ。われわれはまったく新種の敵に直面している。執着のあまり、すっかり理性を失っているが、自分では仏教の真諦を悟ったと思い込んでいる、頭のおかしい敵とね」

誰も彼も黙とうでもしているかのように、無言だった。

「巡査部長」。王部長は翟に呼びかけた。「さっき、おれに報告したことを、かいつまんでみんなにも聞かせてやってくれ」

翟巡査部長もきっとほかのみんなと同様に、台南で徹夜で捜査に当たっていただろうし、移動の疲れもあるだろう、見たところ、少しやつれていたが、彼女の語る蘇宏志の物語を聞いているうちに、おれにはわかった。身体的な疲れは二の次で、本当に彼女の心を苦しめているのは、彼の物語そのものなのだということが。

4

蘇宏志は不思議な人間だ。たった二十八年のうちに、いくつもの人生の階段を経験してきている。翟巡査部長と小趙が捜査令状を持って蘇の実家を捜索に行ったとき、蘇の両親は最初から最後まで一言も発しなかった。その態度にはなにか奇妙なものがあった。こういう場合、普通の親であれば子どもをかばって無実だと騒ぎ立てるが、蘇の両親は押し黙って一言も発しないままで、まるでいつかはこういうことが起きるだろうと予想でもしていたような顔つきだった。警察が彼らを台南刑事警察局に連れていってまもなく、容疑者の高雄に住む兄と嘉義に嫁いでいる妹も警察局に連れてこられた。警察は四チームに分かれて、それぞれ別々のやり方で話を聞いた。以下は、家族四人の証言と、教師や同級生の提供した情報を翟巡査部長がまとめた容疑者のプロファイルだ。

蘇宏志は小さい頃からもの静かで無口な子どもだった。騒ぐのは嫌いで、早熟に見えた。頭がよかったので、勉強で苦労したことはない。小学校の担任によると、蘇は知能指数が非常に高く、どの科目でもすぐに理解し、一を聞いて十を知るという感じだった。担任は彼を優秀な生徒を集めたクラスのある学校に行かせたらどうかと提案し、両親も喜んで賛成したが、その後、ある事件があったために、その話はなしになった。蘇には問題が一つあり、それは小学校五年生のときに明らかになった。彼は用もないのによその家の玄関のチャイムを鳴らすのが好きだったのだ。この家と決めると、毎朝学校に行く途中でチャイムを鳴らし、なにごともなかったかのように歩き去る。あるとき、その家の主人につかまって、学校に引っ張っていかれたので、教師も問題に気づいたのだった。それからも、学校がいくら警告しても、親が叱ったり叩いたりしても、よその家のベルを鳴らすのをやめなかった。この家がダメなら、別の家に変えるだけの話だ。途方にくれた親は彼を精神科の医師に診察してもらった。医師の診断によると、蘇の行為はすでにいたずらの範疇を超えている。彼の選んだ家がすべて独立した一軒家であることから考えると、蘇はおそらくそれらの家庭をひどく羨(うらや)んで、自分がそこに住んでいると妄想していたのではないかという。また、その医師の考えでは、蘇は強迫性障害ではなく、強迫性パーソナリティー障害なのだという。両者の違いはなにかというと、強迫性障害を患う人は、自分は調子が悪いと自覚しており、状況を改善したいと希望しているが、強迫性パーソナリティー障害の患者は自分に問題があるとは思っていない。

この問題は蘇が中学生になる頃には、不思議と消滅していた。中学時代の蘇はますます無口で偏屈になり、同級生とかかわりあうこともなく、自分の世界に生きていた。そして、中学三年のとき、性格が変わった。あるとき、偶然のことから、仏教に触れる機会があり、その教義に深く感動して、学校の勉強もしなくなり、それまで熱中していた漫画やゲームにも興味をなくし、一日中仏教書をありがたがって読むようになった。授業中も読み、授業が終わっても読み、家に帰っても読み、ほとんど寝食を忘れて仏教書を読んでいるような状態で、まわりの人や物事に一切かまわなくなり、家族や教師、同級生の忠告にも耳を貸さず、ずっと非現実的な瞑想にふけっていた。そんなわけで、生徒たちは彼に「和尚(おしょう)」というあだ名をつけて虐めるようになった。

高校一年の夏のある日、リビングに家族が誰もいなかったのをいいことに、彼は神棚の上の神像を全部外に持ち出し、火を点けて燃やそうとしたのを家族が見つけてやめさせた。父親にひどく殴られたが、黙ったまま、殴られていた。母親がひざまずいて、いったい、どうしてそんなことをするの、と聞くと、やっと返事をした。神々を拝むのは正しい信仰ではなくて迷信だ、仏様の教えに背くことだというのだ。彼の話を聞いて、今度は兄が殴りつけ、家から追い出したが、何歩も歩かないうちに母親と妹に説得されて、家に戻ったという。母親が、二度と神像を壊したりしないと約束してくれと言うと、彼は頷いて承諾したが、同時に、自分は二度と神々に線香をあげて拝むことはないと宣言した。

それ以来、家族は彼を敬遠するようになった。一日中、自分の部屋にこもって経典を読んでいたり、金木犀(きんもくせい)の木の下で座禅を組んでなにやら唱えていたりしても、好きにさせておくようになった。母親に至っては、彼のために毎食わざわざ精進料理を作ってやった。ある日、彼は突然、行方不明になった。家族は必死に探したが見つからず、警察に届け出た。意外にも彼は五日後に自分で戻ってきた。顔はやつれ、着ているものも汚れていた。問いただしても一言も答えなかったが、家族があきらめたときになって、突然、口をきいた。「仏はあれども、廟はなし」と言ったのだ。つまり、仏だけが存在するのであり、寺などはない。あらゆる教派は人を騙している。これからは経典のみを信じ、他人が言うでたらめは信じないことにした、というのだ。母親があちこち聞いて回ってやっとわかったことだが、失踪していた数日間、蘇は徒歩で台南県の山奥にある寺に行っていた。一心に出家させてくれと言い張ったが、住職は時間をかけてゆっくり話しあった後、その要求を拒絶した。現地の警察がこの住職を探し出し、あのとき、なぜ蘇の願いを聞いてやらなかったのかと尋ねると、住職はこう言った。「罪深きかな！あの少年は間違った道に入り込んでおり、奥深い仏法を誤解していて、どうにもわからせることができなかった。未成年でなかったら、寺に置いてゆっくり教え諭してやりたいところだったが」。その後、蘇は仏典の原典だけを残し、それ以外の仏教の解説書は全部燃やしてしまった。

大学は成大（台南市にある国立成功大学）の哲学科に合格した。蘇は半分は実家に住み、半分は借りた部屋に住む生活をしていた。大学時代の蘇は西洋哲学の研究に打ち込み、成績は上位だった。それまでとはすっかり態度を変えて、積極的に学生団体の活動に参加した。また、学部の発行する学術雑誌にしばしば仏教と西洋哲学を比較する文章を発表したが、あまりに過激な主張なので、人と論争になることも多かった。彼の考えでは、仏法の実践の道はすでに幻想の袋小路に入って行きづまってしまっているので、むしろ、西洋哲学で強調されている個人の意志を深く信じ、それを仏法の実践に応用した方がよいというのだ。さらに彼は「仏法論壇」というウェブサイトにも文章を発表し、仏教の禁欲についての考え方を強く批判し、禁欲は人間らしさに反したものであり、仏陀の「自然に従え」という遺訓に反するものだと主張した。この文章は各方面から猛烈に批判され、そのため、蘇のアカウントはこのウェブサイトから出入り禁止にされてしまった。当時の蘇は、自分こそが仏陀の真の弟子であり、全世界の人たちに心理を悟らせる責任があると考えていた。

大学三年のときに、王（ワン）という姓の五つ年上の女性と恋愛関係になり、ほどなく、いっしょに暮らすようになった。その女性はある劇団の団員で、蘇宏志は彼女を通じて、おれの存在を知るようになった。彼女の属していた劇団がおれの書いた脚本で芝居を上演したことがあり、蘇もその芝居を見たからだ。王という女性の話では、当時の彼女はアルコール中毒とドラッグ中毒という問題を抱えており、劇団から役をもらえなくなっていた。蘇は彼女を助けようと決意した。だが、その方法が尋常ではなかった。自分に超人的な意志があることを証明するために、まず、恋人につきあって酒を飲み、ドラッグをやった。そして、自分たち二人は何月何日に酒も薬もきっぱり止めると宣言した。その日がくると、蘇は本当にどちらもきっぱりと止めた。どんなに体が辛くとも、座禅を組んだり、経文を読んだりして、耐え忍んだのだ。しかし、女性のほうはそんなことができるはずもなく、我慢ができなくなり、酒や薬を手に入れるために外に出ようとしたところ、なんと蘇は彼女をベッドに縛り付け、さらに口に布を押し込んだという。彼女はまる三日間、監禁されていた。その三日間、蘇はずっとベッドのそばにすわって、呪文を唱えていた。四日目、彼女は蘇が買い物に出たすきに、なんとか縄をほどいて、アパートを脱出した。警察は、恒春（ハンチュン）（台湾南部の半島）でこの王という女性を探し出した。すでに結婚して子どももあり、夫と民宿を経営していた。

王という女性の証言によれば、蘇はおれの作品に対して強烈に感応していたという。蘇は彼女にこう言ったそうだ。「文は人を表す」というだろう、この呉誠という人はまさに塗炭の苦しみの煉獄のなかに生きている、誰かに救ってもらう必要がある、と。さらに、彼はおれの戯曲をきっかけに演劇に夢中になり、演劇こそ、仏法を広めるための素晴らしい手段だと考えるようになった。そして、演劇の世界に飛び込み、脚本、演技、演出を勉強した。実際に演劇で飯を食っている人たちよりもなお熱心に勉強していたという。王の話によれば、蘇には模倣の才能があり、なにを演じてもそれらしく見え、女性の役でさえ難なくこなしていたという。

蘇は大学を卒業した後、高雄で兵役に就いた。兵役中の経歴、特に彼がなぜ期限前に退役したのかについては、軍が協力的でないせいで、警察はほとんどわかっていないが、なおも調査に努めているところだ。蘇は退役してすぐに台北に移り住み、その後の四年間はアルバイトで生計を立て、しょっちゅう仕事を変えている。約二年前に演出家の小張と知りあい、演劇界に足を踏み入れた。それから後のことは、みんなもう知っているとおりで、彼はずっと、おれとなんらかの関係を作りたいと思っていたわけだが、おれはまったく相手にしなかった。もしかしたら、彼はおれを済度したいと思っていたのかもしれない。あるいは、彼はおれに自分を済度してほしかったのかもしれない。そんなこと、誰にわかるだろう。とにかく今年の四月の初めに、蘇は突然、実家に帰り、両親に財産を分けてくれと要求した。断ると、脅し始めた。両親はしかたなく、三十万元を渡したが、一つ条件を付けた。今後は彼と縁を切るという条件だ。

それっきり、彼は姿を消した。

第十七章　いわゆる地獄とは、瞋恚(しんに)の覚受に過ぎないという概念

1

翟(チャイ)巡査部長による蘇宏志(スーホンジー)のプロファイルをまとめて記したノートを何度も読み返したが、それによって彼を理解できるようになったわけではなく、子どもの頃にちょっと表れた強迫性パーソナリティー障害とその後の出来事にどういう因果関係があるのか、ますますわからなくなった。子どもの頃のピンポンダッシュから宗教への熱中、宗教への熱中からガールフレンド虐待、さらには現在の無辜(むこ)の人々の殺戮……。ここに至るまでの過程にはいったいどんな進化あるいは退化があったのだろう。勝手な解釈をしてみるなら、これも宗教（あるいは偽宗教）の影響力と言っていいかもしれない。宗教は殺戮を止めさせることもできれば、殺生戒(せっしょうかい)を犯すようにしむけることもあるのかもしれない。

それにしても、おれは台湾が特に宗教意識の強いところだとは思っていない。台湾はインドやタイとは違う。これまでずっと、台湾の問題といえば宗教ではない、政治の宗教化だった。台湾は極端に世俗的で、各種の宗教団体でさえ、あさましい金儲けに夢中

になっているようにみえる。もしかしたら、これも、物事は極点に達すると必ず逆の方向へ動き出すという現象なのかもしれない。蘇の存在はまるで、なにごとについても実務を重んじ、細心に計画を立てたがる社会の裏面のようだ。社会が現実的になればなるほど、物質的になればなるほど、蘇はかえってその反対の方向に進み、抽象的な世界に入っていったのだ。彼にとっては、肉体は形に過ぎず、破壊しても惜しむに足りない幻に過ぎないのだ。

第五の殺人事件の犠牲者は若い女性で、名前は郭奕芬（グオイーフェン）、三十一歳、勤め人で、敦化南路（ドゥンホアナンルー）に住んでいた。七月二十五日の夜中の十二時過ぎ、郭という女性は道路の分離帯上で犬を散歩させていて、額を金属製の鈍器のようなもので二度殴られて死亡に至った。監視カメラの映像と目撃者の証言からわかったところでは、蘇宏志は暗い色のフード付きのカジュアルなジャケットを着て、ジョギングしているふりをして反対側から近づくと、今にもすれ違うという瞬間に突然、鉄の棒のような凶器を取り出し、ターゲットを攻撃した。郭という女性は瞬時に倒れたが、蘇は屈み込んで様子をうかがい、まだ息があるとわかると、もう一度殴った。その間、マルチーズが吠え続けていたが、蘇に蹴飛ばされると一目散に逃げ出し、それきり行方はわからない。蘇が死体を引きずって基隆路（ジーロンルー）の方向に移動していたとき、一人の通行人が遠くから見かけて叫び声をあげたので、蘇はやむなく死体を放り出した。逃げ出したときに風でフードが頭からはずれたが、犯人は頭を剃っていたと通行人ははっきりと警察に証言している。

翟巡査部長の推測では、犯人が死体を引きずって移動するというリスクを冒したのは、死体をGPSで決めておいた位置に置きたかったからだが、通行人の叫び声で計画を邪魔されてしまったのだ。そのことが、経度、緯度にそれまでよりはやや大きなずれがあったことを説明できるかもしれない。そう分析してみると、蘇はまだ目標を達成していないといえるし、彼が追い求めていた対称もわずかに壊れてしまっている。さらにもう一点、注意に値するのは、前の四件の殺人事件では被害者の後頭部を攻撃していたが、今回は正面から攻撃しているというやり方からわかるとおり、蘇はすでに新米の殺人者ではない。ターゲットにまっすぐ向き合うことができるようになったのだ。

　蘇は今も変化している。

2

鑑識の照合結果が出た。蘇の実家から見つけてきた毛髪のDNAと第四の犠牲者の指の爪から取り出した皮下組織のDNAは一致した。犯罪の証拠が確実となったので、王(ワン)部長は逮捕状を出して指名手配し、同時に記者会見を開いてマスコミに蘇の写真を提供した。

　第五の殺人事件が発生して、犯人は信義区(シンイー)だけでなく、大安区(ダーアン)でも殺人を犯したことになり、もう、「六張犁(リョウチャンリ)の殺人鬼」とは呼べなくなった。マスコミは新しい呼び名を思いつく暇がなかったので、しかたなく、「またしても、連続殺人犯の凶行」というタイトルで報道した。言うまでもなく、この事件はあらゆる新聞のページを占めた。しかし、

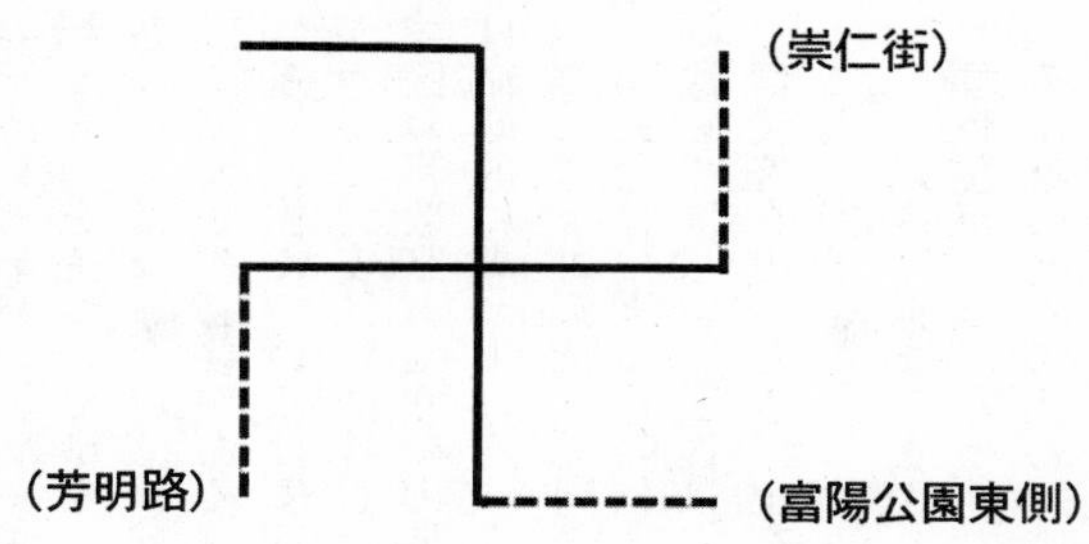

卍（まんじ）の字形についてはマスコミは一切知らされず、これは幸いだったといえるだろう。

王部長は、左卍の字形にもとづいて、今後、犯罪が起きる可能性のある三カ所に私服警官を配置した。

左側から反時計回りにいうと、芳明路（ファンミンルー）、富陽（フーヤン）公園の東側、そして、崇仁街（チョンレンジエ）だ。翟巡査部長はすでにGPSを使って正確な位置を割り出しており、芳明路と崇仁街にはどんなマンション、どんな家があるかもはっきりしていたので、水をも漏らさぬ警備体制を敷いたことに警察も自信をもっていた。

しかし、富陽公園の周辺は、人員を配置するのが難しい。隣接する福州山（フーチョウシャン）は道が四方八方に通じているうえに、草むらだらけだから、犯人が身を隠すのは簡単だ。しかも、蘇は変装が得意だから、数人で連れ立って山登りを楽しむ人たちに紛れ込んでしまえば、警察としては防ぎようにない。「山を封鎖するわけにもいかないしな！」。王部長が恨めし気に言った。もう一つの難問は、蘇宏志は座標に従って犯行を繰り返しているものの、時間表はないということだ。もし、蘇がこのまま行動を起こさず、冷却期に入ってしまったら、警察の警備体制もいつまで維持することができるだろう？

「そういうわけだから」と王部長が言い出した。「ただ、消極的に容疑者が次の犯行を起こすのを待つのではなく、こちらから動いて、やつが身を隠している場所を見つけ出さなくてはならない。以前は、六張犁、三張犁一帯のみを対象としたが、今後は捜索範囲を拡大する必要がある。容疑者はしばしば呉さんを尾行していたわけだから、そんなに遠くに住んでいるはずはない。しかし、すごく近くというほどでもないだろう。したがって、大安区に隣接した信義区の地域は徹底的に調査しなくてはならない。特に、信義区の荘敬路あたりの山地、荘敬トンネル付近の山地、および、芳仁路の山寄りの住宅は徹底的に調べ上げろ。もう調べた家も、もう一回だ」

ここまで来ると、もう、おれにできることはなにもない。

「あんたはできることはすべてやってくれた。これから何日かはじっと我慢して、家で待機してほしい。三日以内に必ず、あいつを捕まえてみせる。約束する」

信義署を出るとき、王部長はおれにそう言った。

二人、握手した。

三日以内に捕まらなかったら、どうするんだ？　おれはそう聞きたかったが、我慢して言わなかった。

そんなに遠くに住んでいるはずはない。しかし、すごく近くというほどでもないだろう。家に帰る途中、王部長のその言葉を何度も思い起こした。

家に着く前に、コンビニで大量の食料と飲み物を買い込んだ。再び、長期抗戦に備えるためだ。家から出られないほど怖がっているわけではないが、警察にも、近所にも迷惑はかけたくない。だから、なるべく外をうろうろしないことにして、運動のために歩くときも一九七巷の横丁から出ないことにした。

夜九時過ぎ、涂弁護士から電話がきた。彼のことはほとんど忘れていた。

「呉さん、ちょっと相談があるんですがね……」。元気のない口ぶりで、なにやら心配事があるみたいだ。

「なんですか？」

「ちょっと、プロブレムが出てきまして……」

「なんのプロブレム？」

「それが、実は、わたしのプロブレムなんですが……」

彼はその続きを言わないし、おれもそれ以上、聞く気にもならない。いつまでもプロブレム、プロブレムと言っていてもしかたないだろう。

「われわれはマスコミ各社とコメンテーターたちを大勢、訴えたじゃないですか。その訴えられたやつらが、みんなで手を組んでですね……」

「だからって、怖がる必要もないでしょう？」

「いや、そうではなくてですね、まあ、聞いてください。やつらは、わたしの弱みをつつき始めたんですよ」

ああ、それは考えてもみなかった。どうやら、マスコミにたてつくと恐ろしい目に遭うっていうのは本当らしい。

「それも、ちょっとやそっとじゃないんですよ」

「なにを暴かれたんですか？」

「わたしと女性の問題です。呉さん、わたしという人間はですね、なにをやっても有能な人間ではあるんですが、ただ一つ、弱点があって、それが女性というわけです。それで、ある美女と密会しているところを写真に撮られてしまったんですよ。やつらはそれでわたしを脅しにかかってるんです。告訴を取り下げるよう、あなたを説得しなければ、騒ぎを大きくしてやる、わたしが妻に顔向けできないようにしてやるっていうんです」

「そんなの、おれの知ったことじゃないな！」。本当は事の次第を聞いて助けてやる気になっていた。でも、ちょっとからかってやりたくなったのだ。

「お願いですよ、呉さん。ドゥー・ミー・ア・フェイヴァー、どうか、命を助けてください。わたしの弁護士事務所は、実は妻の実家がお金を出してくれて始めたものなんですよぉー！」

　大の男がこんなふうに「〜なんですよぉー」なんて泣きそうな声で言うところをみると、もうすっかり慌てふためいて、わけがわからなくなっているようだ。

「いいでしょう」

「ああ！　本当ですか？」

「オフ・コース！」

「おお！　ありがとうございます、ありがとうございます！　呉さん、このご恩は忘れません、いつか必ず、ご恩返しをします！」

「いいですよ、そんなことは。あなたはもう十分、わたしを助けてくれてるんだし。でも、一つ、条件があります」

「なんですか、一つといわず、十個でもいいですよ」

「ある友人が、未成年の少女にみだらな行為をしようと企てた男を告訴したいと言ってるんです。その件で、無料でサービスしてあげてもらえませんか」

「わかりました。まかせてください」

「でも、目立たないようにやってほしいのです。できますか？」

「目立たないようにですね。わかりました。ロウ・プロファイルでいきますよ」

おれは涂弁護士に陳婕如（チェンジエルー）の電話番号を教えた。

「それでは呉さん、そういうことで、お約束しましょう。今度なにか、用があったら、きっと無料サービスさせてもらいます！」

「もう、いいですよ。とにかく、しばらくはあなたのアソコもおとなしくさせておくことですね」

シャワーを浴びた後、ソファーにすわって酒を飲み、音楽を聴き、事件のことや、ここ数日間の出来事をなんとなく考えていた。スピーカーから、ブラジルのヴィルジニア・ホドリゲスの、彼女の体のように厚みがあって暖かい歌声が流れてくる。「オジュ、オバ」という、軽やかな歌声を聴いて、おれは無意識のうちに立ち上がり、ビアグラスを手に、リズムに合わせて踊り出した。くるくる回ると、グラスからビールの飛沫が飛び出したが、それにつれて、よくもなし、悪くもなしだった気分も少しずつ、浮き上がってきた。突然、あの目障りに感じた本が目に入った。一冊だけ壁から約十センチ離れている『金剛経講録』だ。おれはゆらゆら踊りながら、しゃがみ込んで、本を取り出し、あの折り曲げられているページまでめくると、折れた角を戻して伸ばしてから、また、本棚に押し込んだ。

これまでだ、とおれは言った。

次の日の七月二十六日、目を覚ますとすぐにあの言葉が思い浮かんだ。若心有住、即為非住。もし、心に住あらばすなわち、住に非ずとなせばなり。雲が散って日が出るように、そのとき突然、蘇宏志がこの言葉を借りて、おれになにを言いたかったのか、悟った。おれがすべてを捨てて、この「死の街」に越してきたことを、あいつは鼻で笑っているのだ。言い方を変えれば、おれがそういう行動をとりながらも、実はなにかを捨てられないでいることを看破し、この経典の言葉を借りて、おれを揶揄し、皮肉り、教えてやろうとしているのだ。彼が間違っているとまでは言えないが、彼が正しいとも言えない。あいつがおれをどう思っているかなんて、どうでもいい。それにしても、なんという、わけのわからない話だ。だって、過激な殺人犯が、おれの行動を過激だと思っているらしいのだから。

それとも、おれはまだすべてを捨てることができていないとやつは言いたいのだろうか？

しかしながら、なによりおれを困惑させているのは、あの箴言ではない。蘇宏志はいったいどうやって、二つの監視カメラをごまかして、姿を隠し続けていられるのか。

たとえ、カメラに死角があったとしても、どうやってそれを判断したのだろう？　目測だけで、どこが死角かわかるなんて、おれには信じられない。

午後二時過ぎ、小胖（シャオパン）に電話した。

「小胖、今どこにいる？」

「臥龍街（ウォロンジエ）派出所」

「じゃ、そっちに行くから」

一人の警察官が派出所までついて来てくれた。その途中で彼は、「ダンスが上手ですね」と言った。反射的に「どうも」と言った後で気づいた。警察がおれの家に設置した監視カメラはまだ撤去されていないわけだ。昨夜、おれがパンツ一丁で、グラスを持って、ラテンのリズムに合わせて踊っていたみっともない姿は、全部警察のやつらに見られてしまったということだ。

小胖は派出所の入り口に出て待っていた。

「いったいなに？　これからすぐ、信義署に行かなきゃいけないんだ」

「行く前にちょっと頼むよ。警察の誰かに頼んで、臥龍街のうちの横丁の入り口のそばの監視カメラをいっしょに見てほしいんだ」

「なんで？」

「蘇宏志がうちに忍び込んだ日のビデオを見たいんだ」

「見る必要はないよ。死角があるんだ。王部長が初めのうち、老呉（ラオウー）が犯人じゃないかって疑ったのも、二台のカメラに死角があるからだよ。夜中の暗くて見えにくい時間に、監視カメラに映らないように横丁を出入りしていたんだって考えたんだ。もし、カメラに死角がなかったら、最初から容疑者のうちには入らなかったはずだよ。空を飛べるわけじゃないんだからね」

「それでも、死角がどこにあるか、確かめたいんだ」

「なんで？　家を抜け出したいから？」

「抜け出せるはずないだろ。横丁の入り口にいつも二人の警官がいるんだぞ。どうやって抜け出すっていうんだ？」

「しばらく家でお利口にしていたほうがいいな」

「心配するな。横丁のなかだけで散歩してるから」

小胖は大熊（ダーション）というあだ名の同僚を呼んできてくれた。

「大熊、よろしく頼みます。コントロール・ルームに行って、臥龍街と一九七巷の角のあの二台の監視カメラのモニターを見ていてもらえないだろうか。おれは外に出てカメラの近くを歩いてみるから。死角がどこにあるのか、知りたいんだ」

「わかりました。それじゃ、トランシーバーで連絡を取りあいましょう」

大熊は二台のトランシーバーを持ってきて、片方をおれに渡し、使い方を教えた。おれにとっては珍しくて、おもちゃみたいに思えた。

「しゃべり終わったら、『オーヴァー・エンド・アウト』って言えばいい？」

大熊は冷たい目でおれをみると言った。「われわれは普通、『以上』って言ってますけどね」

おれはトランシーバーを持って、一九七巷の入り口まで戻り、そこで警備に当たっている二人の警察官に説明した。

「大熊、今から、一九七巷の入り口から出ていく。角まで行ったら、右に曲がって、派出所の方向に歩くから。モニター上でおれの姿が見えたら、教えてください。以上」

「はい」

大熊ときたら、プロ意識が足りないようだ。「以上」って言わなかったじゃないか。

「見えましたよ」

横丁から出た途端に大熊の声が聞こえてきた。おれは足を止めて、位置を確かめた。おれは横丁の幅の真ん中に立っていて、右側の建物からの距離は約二メートルだ。

「これから右に移動するから、見えなくなったら言ってください。どうぞ」

「はい」

おれはゆっくり右に移動し、建物からの距離が一メートル半ほどになったとき、大熊が反応した。

「まだ体は見えるけど、頭は見えなくなりました」

一メートルだと、モニターには下半身しか映らない。右側の建物に全身でぴったり張り付けば、やっと、監視カメラに映る範囲を完全に抜けることができる。つまり、蘇宏志が横丁を出入りするときには、ずっと壁に張りついて進まないと、監視カメラを完全に逃れることはできないというわけだ。

その後、おれは方向を変えて、横丁の角から左に曲がり、富陽（フーヤン）公園の方角に歩いてみた。それでわかった結論は、いくら体を建物にくっつけても、大熊はずっとおれの姿を見ることができるということだ。

実験を終えてみると、臥龍街派出所の方のカメラには確かに死角があった。蘇はもしかしたら、この通り道を使って出入りし、カメラで姿を見られずにいたのかもしれない。おれは振り返って、派出所の方向に歩き出した。一九一巷の角を通り過ぎるとき、午後の日の光がおれの影を左側の地面に落としているのに気づいた。

「大熊、最後の問題だ。今、一九一巷の角にいるんだけど、おれの姿が見えるよね？以上」

「はい」

おれは右側に移動した。

「今は見える？」

「見えません。でも、影は見えますよ」

「よし」

家に戻ってくる前に、大熊から、七月二十三日、蘇宏志がおれの家に印を残していった日の横丁の入り口の二台のカメラのビデオを借りてきた。この二枚のディスクは、前にもう信義署で見たものだが、もう一度丁寧に見直して、蘇宏志がどうやって神出鬼没に一九七巷を出入りしたのか、はっきりさせる必要がある。まず、富陽公園の方向を映しているカメラの映像を見た。蘇がこの道を出入りしたとすれば、カメラに映らないでいることは不可能だ。見終わっても収穫はなかった。怪しげな人物はいないし、まして、蘇が化けた老人の姿はなかった。蘇はこの左に曲がる道を使ったのではないと確信した。続いて、もう一台の監視カメラのディスクをチェックした。こっち側には確かに死角があり、蘇は完全に隠れたままで通ることができる。臥龍街を右に進み、一九一巷の角まで来たときには、二つの選択肢がある。まっすぐ臥龍街派出所の方に行くか、右に曲がって一九一巷に入るかだ。いくら彼が細心の注意を払っても、体が日光から逃れることはできない。本人の姿が見えなくても、少なくとも西日に照らされた影が見えるはずだ。

ネットで七月二十三日の天気を調べた。快晴だ。あの日の午後は二時半に家を出て、七時近くに戻った。蘇はその間に家に忍び込んだわけだ。蘇が変装にたけているとわかったので、一九七巷を出入りする人を一人残らず、細かく観察した。意外なことに蘇の形跡はまったくなく、全員が見たことのある隣人たちだった。そこで、一九一巷に注意力を集中することにした。二時半から七時までの間に、画面には四人の影があらわれた。しかし、影だけでは、なんの手がかりも得られなかった。絡みあっている影もあれば、長々と伸びた影もあり、影の持ち主の身体的特徴は判別できず、まして性別などわかりようになかった。

紀元前のギリシャの天文学者エラトステネスは、同じ地点で物体の影を測量し、毎年同じ日、同じ時間の影の変化を記録して、そこから、地球の円周を計算したという。おれがもし、天文学と幾何学がわかっていたら、日照時間と人の影の長さから、その影の持ち主の身長を推測することができたかもしれない。だが、残念ながら、おれにはまったくわからないし、たとえ、わかる人に頼んで身長を計算してもらったとしても、正確な科学的証拠が得られることになるだろうか。

蘇が死角を利用して一九七巷に出入りしていた可能性はある。あの日、おれは家にいなかったし、横丁の入り口の警備を担当していた警察官も引き上げていたから、彼にとっては、誰もいない所に入るのと同じようなものだったはずだ。だが、ここまで考えて、またさっきの問題に戻ってしまう。二つの監視カメラのうち、どっちに死角があるか、そして死角がどこにあるか、やつはどうしてわかったんだろう？

おれは翟巡査部長に電話して、自分の思いついた疑問点について話した。

「それは簡単ね」。翟はしばらく考えてから、言った。「わたしだったら、監視カメラに映らないようにしたかったら、目測なんかしない。とにかく、できるだけ端っこを歩きさえすれば、隠れられるってことでしょ？　それに、蘇があなたの家に忍び込んだとき、わたしたちはまだ、あのお爺さんが彼だとは知らなかったし、あのときは横丁の入り口にも警察官はいなかったわけだし、彼は死角を探す必要なんか、なかったわけでしょ」

「君の推理には、欠点があると思う」。おれは疑問を呈した。「君の考えでは、蘇は死角を探す必要はなかった、堂々と出入りしていたということだが、それなら、なぜ、監視カメラになんの記録も残ってないんだ？　それに、われわれがまだ、爺さんの正体に気づいてないとどうして確信がもてたんだ？」

「確信はなかったでしょうね。でも、忘れないで。蘇はお爺さんでなくて、別の人間に変装することもできたはず。それなら、たとえ、あのとき、横丁の入り口で警官が見張っていたとしても、あいつだとはわからなかったかもしれない」

「しかし、録画を丁寧に見たんだが、あの日の二時半から七時までの間に横丁を通った人のなかに怪しい人間はいないんだ。みんな、見たことのある近所の人なんだよ」

「だとすると、やっぱり監視カメラに映らないように通ったということになるのかな」

電話を終えた後、自分も翟巡査部長もまだ重要な点をつかんでいない気がした。二人とも、同じ仮説によって推理の道筋に枠をはめられ、進めなくなっている気がする。だが、二人とも見落としている決定的な点とはなんなのか、それがどうしてもわからない。

3

七月二十九日。三日たったが、蘇宏志はまだ捕まっていない。

なにもすることがないので、横丁で体を動かして運動する以外は、ほとんど家で本を読んでいる。最大の収穫は、これまで何度も読みかけてはすぐに放り出し、次に読む気になったときにはもう前に読んだところを覚えていなくてまた最初から読まなければならなくなる『戦争と平和』を一気に読み終えたことだ。なにしろ、時間だけはある。この調子でいくと、『失われた時を求めて』も一気に読み終わるという快挙を成し遂げるかもしれない。

この期間に記しておく価値のある事件が一つあった。

おれのほうは静まり返っていたわけだが、王部長のほうは賑やかなもので、みんなしゃかりきになって働いていた。小胖が毎日、捜査の進捗状況をおれに知らせてくれた。小胖によると、一昨日の夕方、七月二十七日、富陽公園で、蘇に似た人影が目撃されたという。蘇は登山の服装をして、登山客のグループに紛れ込んでいた。グループのなかに一人、勘の鋭い老人がいて、自分たちのグループの人数がなんだか一人増えているようだと気づいた。老人はすぐに、歩き疲れたふりをして、ちょっと休みましょう、とみんなに言った。その機会に、グループの構成人員をチェックしながら、人数を数えた。十二、十三、十四、十五、確かに一人多い。詰問しようとした瞬間に、突然、中年男の姿をした一人が隣にいた女性を突き飛ばし、斜面の上方向の草むらに飛び込んで姿を消した。登山グループの面々が大声で叫んだので、ほどなく、近くに隠れていた私服刑事たちが駆けつけた。警察は夜も捜索を続けたが、範囲が広いこともあり、なんの収穫もなかった。

「みんな、がっかりすることはない。少なくとも、犯人が再び犯行をおこなうのをちゃんと阻止することができたんだから」。王部長はそう言って、疲れ切った同僚たちを激励した。

今朝になって、涂弁護士から電話がきた。彼はまたも礼を繰り返し、マスコミの件は片付いたから、と言った。

「陳婕如さんの件は？」

「台北地検がすでに捜査を始めていて、問題の男はすでに勾留されました。安心してください。最後までちゃんとやりますから。それに、この件は絶対にマスコミには漏らしませんよ」

「ありがとう」

「実はお聞きしたいことがあって電話したんです。わたしのところに、あなたに関するニュースの映像を集めたディスクが山のようにあるんです。削除しようと思ったんですが、もしかしたら、あなたが取っておきたいかもしれないと思って」

「わたしがそんなゴミを取っておいて、どうするんです?」

「そうですよね。じゃ、デリートしますよ」

そのとき、ある考えがひらめいて、気が変わった。「待ってください。やっぱり、こっちに送ってくれませんか」

「それで決まりですか?」

「決まりです」

午後三時、ディスクがいっぱい詰まった小包が速達宅急便で送られてきた。一枚一枚にラベルが貼ってあって、日時、場所、テレビ局の名前が記入されている。そのなかから、必要なディスクを探し出した。記者が現場で取材レポートしている映像だ。

連続殺人犯のなかには、殺人現場を再び訪れる者もいるという。一つには、なるべく現場の近くで自分の傑作を鑑賞し、賛美するためであり、もう一つには、警察を挑発する意味がある。なかには、マスコミが犯行現場から生中継しているときに、まわりの野次馬に紛れ込んで冷笑する者もあるという。統計によれば、連続殺人犯の大部分は大衆の反応とマスコミの報道に夢中になるという。

パソコンでディスクを一枚一枚丁寧に見ていった。カメラはだいたい記者に向けられているが、たまに周囲の群衆をさっと映すことがある。そんなときにはすぐに一時停止キーを押して、身長や顔の特徴を詳しく見た。事前に小張の異色劇団のサイトの『井戸の中の影』の宣伝写真で、蘇宏志の身長と顔立ちをよく見ておいたのだ。面長で細い目、鼻根はやや平らで、身長は一メートル七十センチちょっとだ。鼻の形は変えることができるが、いくら技術があっても、顔の長さを短くすることはできないし、目だって大きく丸い目にすることはできないだろう。

二、三時間かかって、蘇宏志は映っていないとわかった。

だが、たとえ、彼の姿を見つけることができたとしても、なんの役にも立たなかっただろう。今見た映像はどれも以前の報道だ。彼が殺人現場のうちのどれかに姿を現していたとしても、隠れ家がこの近所だということにはならない。そこまで考えたら、突然、自分がまったく無駄なことをしていたような気がした。

もう、やめよう。ディスクを片づけていたら、ほかにまだ、目を通していない録画がいくつかあることに気がついた。おれが勾留されていた間に、テレビが一九七巷のおれの家の前で撮影した映像だ。

インスタントラーメンで晩飯をすませた後、また、パソコンの前にすわって、これでもない、あれでもないとディスクを見続けた。記者やキャスターがまことしやかに「呉容疑者」と言うのを聞いても、もう腹も立たず、なんだか笑えた。それでも、彼らがおれの病歴について話すのを聞くと、ぐさりと胸が痛んだ。面白かったのは、記者やカメラマンがひっきりなしに、おれの私立探偵の看板について大げさに騒ぎたて、おれのことを頭のおかしいやつだと視聴者に思わせようとしていたことだ。それから、彼らの後ろや横には、いつもこの横丁の住人たちが立っていた。なかには大喜びでインタビューを受け、「呉容疑者」について好き勝手なことを言ってるやつらもいた（いいことを言うやつは一人もいない）。一方、テレビに映りたいだけで、インタビューには応えたくないので、記者になにか聞かれると逃げ出すやつもいた。

知っている顔も多かったが、見たことのない顔もかなりあった。

おれは見慣れない顔を観察した。ディスクを一枚見終わると、次の一枚を見て、十一枚目まで見たときに発見があった。

記者がある男に質問しているときに、その男を後ろから五人が取り囲んでいた。二人は大人、三人はずっとカメラに向かって変な顔をしているガキどもだ。画面の右上の角あたりで、一人の女が二十四号の入り口に立っている。ちょうどおれの家の斜め向かいだ。女は入り口の柱に寄り掛かって、カメラの方を睨んでいる。

女は数秒間立っていただけで、くるりと身をひるがえして建物に入っていった。

変だ。おれはこの女を見たことがない。巻き戻して、もう一度見て、その女が出現したところで、画面を止めた。髪は肩までの長さ、長袖のブラウスに長めのスカート、両腕を体の前に巻きつけて胸を隠している。

これがあいつだということが、ありうるだろうか？

「女性の役さえ難なくこなしていた」という、当時、蘇と同居していた女性の言葉を翟巡査部長が紹介していたのが、今も耳に残っている。

入り口の柱と比べてみると、女の身長はかなり高く、百七十センチ以上ある。

おれは女の顔を観察した。

あいつだろうか？　可能性はきわめて低い。警察はとうにローラー作戦で全戸を訪問して調査したが、怪しい人間はいなかったのだから。

派出所に電話して、大熊を呼んでもらった。

「大熊、すまないが、もう一つ、聞きたいことがあるんだ。一九七巷の住宅を訪問するのは誰の担当だった？」

「小郭（シャオグオ）でしたよ。ちょっと待って、代わりますから」

間もなく、小郭が電話に出た。

「郭（グオ）さん、どうも。呉誠（ウーチェン）です」

「こんにちは、呉さん。なにごとですか？」

「一九七巷の訪問調査をしたのはいつだったか、教えてもらえませんか？」

「ちょっと待ってください。ああ、二回、行ってるんですよ。一回目は七月十五日。あの日、われわれは六張犁一帯の世帯を全部調べましたからね。二回目は七月二十四日。つまり、あなたの家に犯人が潜入したかもしれないっていう日の次の日です」

「小胖こと陳耀宗（チェンヤオゾン）の話では、この横丁の住人はほとんどが古くからいる人たちだが、二軒だけ、最近越してきたばかりの家があるとか？」

「そのとおりです。一軒は王（ワン）という苗字で、大人二人、子ども二人。三十五号の四階です」

「その王という男性に会いましたか？」

「会いましたよ。あの人なら、よく覚えてます。ずっと不平たらたらでしたよ。子どもの教育を考えて、新竹（シンジュー）から台北に越してきたのに、まさか、引っ越したばかりで殺人事件に出くわすなんて、とかなんとか。四十ちょっとで、われわれが探している人間ではありませんよ」

「もう一軒は？」

「独身女性です。二十四号の三階です」

二十四号？　ビデオに映っていた見知らぬ女は二十四号の入り口に立っていた。

「本人に会いましたか？」

「会いましたよ。わりと美人です。でも、すごく恥ずかしがり屋で、ちっちゃい声で話す人でしたね。翻訳の仕事をしていて、在宅勤務だと言ってました」

「年齢は？」

「三十前後ですね」

「苗字は？」

「王（ワン）です」

「フルネームは？」

「王嘉瑩（ワンジアイン）。嘉義（ジアイー）の嘉（ジア）、それに、火が二つにワ冠に玉の字の瑩（イン）です。あの人は問題ないですよ。コンピューターで身分証明証もチェックしましたから。実家は高雄（ガオション）で、四月二十四日に引っ越してきてるんで、呉さんより一週間早いですからね」

郭警官は何度も、それ以外の世帯に蘇が紛れ込んでいる可能性もないとうけあった。この三年というもの、一九七巷の世帯調査はずっと彼の担当だったので、どの家の様子も、構成人員もよくわかっているという。

解答なしだ。

4

それでも、おれはまだあきらめていない。

まず、「王嘉瑩」らしい女が映っている画面を縮小し、それから、小張の劇団のサイトに行って、『井戸の中の影』の宣伝写真を出した。両方を比べてみて、この自称翻訳者の女が蘇宏志に違いないと確信した。蘇は濃い眉を剃り落とし、化粧をしているが、それでも、面長の顔、鼻根が低い鼻、細い目という特徴は完全に一致している。それに、どちらも冷ややかな両目から、ゾッとするような冷たい光を発していた。

おれより一週間前に越してきた。郭警官はそう言った。

だが、もし、おれがここに引っ越してくるより前から、蘇宏志がおれをつけていたとすれば、おれが大家と約束してこの一階のマンションを見にきたときに、やつにはもう、おれがここに越してくるのがわかったかもしれない。あいつも家を探しているという口実で大家に会いに行くこともできたわけだし、おれがいつ越してくるのか聞いて、おれより一週間早く、女性のふりをして向かいの三階に入居すれば、誰にもわかりはしない。間違いない。蘇宏志はおれの向かいに住んでいる！　道理で、いつもおれの行き先をわかっているわけだ。道理で、監視カメラに姿を映されずにおれの家に忍び込むことができたわけだ。おれは小胖に電話しようと思って携帯のボタンを押しかけたが、やめた。いや、違う。郭警官はその女の身分証明証を調べたのだから、その女はちゃんと存在する。王嘉瑩。高雄出身。蘇宏志はコンピューターの達人にはみえない。警察のデータベースにハッキングして、身分証明のデータを改ざんするなんてできるはずはないだろう。

王嘉瑩……。そうつぶやいてみたら、たちまち、思い出したことがあったので、翟巡査部長に電話した。

「翟巡査部長、呉誠だ」

「呉さん、大丈夫ですか？」

「大丈夫だよ。ちょっと教えてほしいことがある」

「手短かにお願いします。これから、富陽公園に行くところなので」

「蘇宏志が大学生のとき、彼女がいたと言ってたよね。その女性はなんて名前？」

「苗字は王でした。名前は忘れたので、調べてみないとわかりません」

「その人が蘇宏志のところから逃げ出したとき、身分証明証は持って出ただろうか？」

「さあ、わかりません。なにか、問題があるんですか？」

「いや、たんなる好奇心だ」

「誰かに調べてもらいます。なにかわかったら、すぐにそちらにメッセージを送るようにします。すいません。わたしはもう行かないと」

連絡を待っている間、次の一手はどうすべきか考えた。

もしも、蘇宏志の大学時代のガールフレンドが王嘉瑩という名前だったら、蘇が彼女の身分証明証を使って郭警官を騙したのは百パーセント確実だ。台湾には戸籍調査があるとはいえ、それほど精密なものではない。コンピューターではただ、王嘉瑩という人間がいるかどうか、身分証明証の番号があっているかどうかを調べることができるだけで、その人がどこに住んでいるか断定することはできない。蘇が昔の彼女の姿を模倣していれば、郭警官が疑う理由はない。

行動を起こさなければ。翟巡査部長にすぐ電話して、蘇の隠れ家がどこかわかったと知らせるべきだ。だが、おれは躊躇した。蘇が確かにマンションのなかにいると確認できないうちは、電話をしたくない。警察が総動員で一九七巷を包囲したときには、もう姿を消していたのでは困るからだ。

そんなことをして、藪蛇になったらまずい。

おれは服をきちんと着て、帽子をかぶり、リュックの中身をチェックした。ノートと懐中電灯はちゃんと入っていた。携帯を二つともリュックに入れた。一つは自分ので、もう一つは小趙がくれたやつだ。ついさっき、翟巡査部長と連絡したときに使ったのは、警察が貸してくれたほうだ。

スニーカーを履いて、前庭に出た。大家が付けておいた雨除けのひさしにまったく隙間がないのには感心せざるを得ない。どの角度から見ても、二十四号を覗き見ることはできないじゃないか。しかたがないので、外に出た。連絡を待ちながら、横丁を行ったり来たりした。もうじき横丁の出口に着くところで、向きを変えた。そうしないと、警備している警官がびっくりするからだ。

二十四号の三階は真っ暗で、内部の様子はまったくわからない。

リュックのなかでメッセージ着信音が鳴った。リュックから、携帯を取り出して見た。違う。こっちは自分の携帯で、新しいメッセージはなにも来ていない。しまいなおして、もう一つの携帯を取り出した。メッセージが来ている。「名前は王嘉瑩。そのときには逃げることとしか考えられず、身分証明証は持たずに出たとのこと。なにか、問題がありますか？　翟」

大当たりだ！　翟に電話をしようとしたが、その瞬間、二十四号三階の左側の寝室に灯りがついたことに気づいた。少し近づいて、よく見た。窓の前に髪の長い人影がいる。まるで、女の幽霊を見ているようだ。影は固まってでもいるように動かない。おれのほうは驚きおののいて、凍りついてしまった。

「やっと悟ったようだな」。黒い影が口をきいた。網戸を通して、耳ざわりな声が聞こえてきた。

おれが電話をかけようとすると、その瞬間にまた影が口を開いた。「警察に電話すると、おれはすぐに消えるぞ」

そんなの、はったりだ。消えるにしたって、おれのいる前を通らないわけにはいかないんだから。いや、違う。屋上からでも逃げられる。もし、ここで逃げられたら、その後で捕まえるのはもっと難しくなる。このチャンスを逃してはならない。冷静にならなければ。

黒い影をにらみながら、おれはゆっくり携帯をリュックにしまった。しまいながら、こっそりダイヤルキーを押した。押し間違えていないといいが、と心のなかで祈った。無意識のうちにもう一度リュックを見てから、顔をあげた。窓辺の影は消えていた。どこかへ飛んでいったのか？

カチャッと音がして、二十四号の階段の入り口のアルミ格子のドアが開いた。あいつはいったいどういうつもりだ？　降りてきて、おれと決着をつけるつもりか？十数秒待ったが、足音は聞こえない。自分の心臓のドキドキいう音が聞こえるばかりだ。

上ってこいというつもりか？　おれはもう考えるのはやめて、唯一の武器、懐中電灯を取り出し、階段を上り、三階に到着した。左側のマンションのドアは隙間を少しあけてある。入っていくべきか……。

「上だ」。階段の上から蘇の声が聞こえた。

思ったとおり、屋上から逃げるつもりだ。だが、どこへ？

おれは屋上階まで上がった。外に出るアルミ格子のドアは半分開いている。ドアを押して開け、屋上に足を踏み出した。だが、何歩も歩かないうちに気が遠くなりそうになった。高所恐怖症が突然襲ってきて、足の力が抜けてしまい、急いでしゃがみ込んだ。

「どうした？　まさか、高所恐怖症か？」

頭をあげて声のする方を見ると、あいつはおれの方を向いて、屋上の端に立っている。あと一歩下がったら、真っ逆さまに落ちて、木っ端みじんだ。

やつは後ろに半歩ほど移動した。

「やめろ！」

やつが飛び降りるのが怖かったわけではない。ただ、自分の恐怖でいっぱいになっていた。自分をやつに重ね合わせてしまっていたのだ。ほんの少しでもうっかりすれば、落ちていくのはやつではなくて、自分のような気がした。

「おれが高所恐怖症だって、なんで知ってるんだ？」

「おまえのことで、おれが知らないことなんてないだろう？」

黒雲が月を覆って、懐中電灯をつけないとまわりが見えなくなった。蘇はかつらを被って、ゆったりした白いブラウスに暗い色のスカートを穿いている。髪の毛とスカートの裾が風でひらひらして、本物の幽霊を見ているみたいだ。

「どうするつもりだ？」。おれは無理して立ち上がり、給水タンクの下の壁に手をついて体を支えた。

「捕まえに来いよ」

蘇は両腕を伸ばし、右手にリュックを引っ掛けてぶらぶらさせている。おれはすっかり眩暈（めまい）がして、身動きすらできなくなった。

「さあ、来い」

そう言うと、蘇はリュックを背負い上げ、屋上の左側に向かって歩いていく。わざと屋上の縁を歩いている。おれは相手の動きに合わせて平行に移動するほかない。なるべく屋上の中央を歩く。やつは端まで行ったと思ったら、いきなり飛び降りた。おれは驚いて悲鳴を上げた。躊躇していると、声が聞こえた。

「来いよ！」

おれは半分しゃがむようにして、やつが消えた場所に向かって前進した。端近くまで行ったところで頭を出して下をうかがうと、一九七巷の左側と裏のマンションの間には隙間が少ししかなく、こっちの方が一メートルちょっとだけ高いとわかった。

「まさか、これっぽっちの高さも怖いわけじゃないだろうな？」

挑発されて、おれの気持ちは恐怖から怒りに転じ、余計なことは言わずに即座に飛んだ。おれが飛び降りたときには、やつはすでに給水タンクの下の階段に通じるアルミ格子のドアのそばまで行っていた。身を屈めると、ドアの右側の床の上にあらかじめ隠してあったらしい鍵を拾い上げて、ドアを開けた。おれがドアに突進していったときには、すでに階段を駆け下りていた。おれは必死で追いかけ、二人の間の距離は二階分だけだ。やつは一階に着くと、ドアを開けて外に出た。おれもすぐに続いて外に出たが、相手の不意打ちを警戒することはすっかり忘れていた。そのまま飛び出していって、やっと、自分たちが一九七巷にいるのではないことに気づいた。ここがどこなのかもわからないし、蘇の姿も見えない。急いでまわりを見まわすと、大きく開いたアルミ格子のドアがある。きっとあのドアのなかに姿を消したのだと思ったので、おれも飛び込んでやつの後から階段を駆け上がった。そのまま、屋上まで追いかけた。振り返って見まわすと、もう、一九七巷から通りを二本隔てた所にいた。さっきと同じ悪夢がまた始まった。蘇はまた屋上の端に立って、おれが来るのを待っていた。だが、今度は右手になにか持っている。おれの家から盗んだ懐中電灯だ。

静まり返った闇夜に、懐中電灯の光線が二本、重なりあった。おれはやつを照らし、やつはおれを照らしている。

「それはおれの懐中電灯じゃないのか?」。おれはしゃがんで言った。

「そうだ」

「なぜ、盗んでいった?」

「これを使って、おまえを陥れるつもりだった」

「それで?」

「ヘルパーを殴ったのは、気を失わせるだけのつもりだった。だが、強く殴りすぎたのか、いつまでたっても意識不明のままだ。もし、あのまま死なれていたら、おれの計画はすっかり駄目になっていただろう。それでも、なにも恐れる必要はなかった。おれの手にはおまえの指紋がいっぱい付いたこの懐中電灯があるからな。結局、ヘルパーは奇跡的に意識を取り戻したから、この懐中電灯も使う必要がなくなった。だから、記念品として持ってるんだよ。なにしろ、おまえはずいぶんこの懐中電灯を頼りにしてるからな」

「おれが懐中電灯を頼りにしてるのが、なんだっていうんだ?」

「おれの脚本について、おまえがどんなことを書いたか、覚えてるか？」

「たくさん書いたな」

「象徴は三流作家のすがる杖だとおまえは書いてた。おまえが三流作家だ。杖がなければ生きていけないだろう」

「なにを馬鹿げた、わけのわからんことを言ってるんだ？」

「それなら、どうして、ここに越してきてから、いつも懐中電灯を持ってるんだ？ ゲス野郎の頭をぶちのめすためだけに持ってるんじゃないだろう？」

「懐中電灯はただの懐中電灯だ」

「それはこっちが言いたいことだ。そうだ、懐中電灯は懐中電灯でしかない。そういうなんの意義もない物に盲目的にすがりつくのは哀れなことじゃないか。残念なことに、おまえは頭が悪すぎて、それなのに自分には探偵の才能があるなどと思い込んでいる。自分自身の行為を、たとえば懐中電灯を買うという行為でさえ、まったく理解していない人間なのに、他人のために謎の真相を突き止めるなんてことができると思ってるのか？ まったく、哀れなやつだな！」

そこまで聞くと、おれは高所恐怖症も忘れて、全身から怒りが噴き出し、やつを突き落としてやりたくなった。大声で叫びながら、前に出ていくと、やつは左の方向に進み、もう逃げる場所はないと思ったところで、再び姿を消した。おれはあわてて自分にブレーキをかけたが、あやうく落ちそうになった。なんと、やつはひらりと飛んで、一メートルちょっとしか離れていない別のマンションに着地していた。ついにわかった。

こいつはずっとこの方法で自由にあちこちに移動し、配置された警察官の目をくらましていたのだ。

おれは屋上の縁から下を見た。一瞬、頭がくらっとして、足の裏から鼠蹊部まで嫌な感覚が上がってきた。

「大丈夫か？」。蘇がまた挑発してきた。「高所恐怖症克服のための地獄の特訓だと思うんだな」

絶対に捕まえてやる。ここで逃げられて、これからもずっとびくびくして暮らすのは嫌だ。誰かにつけられているんじゃないかとしょっちゅう振り返ってみなくてはならない生活はもう嫌だ。

おれは半分だけ目を開けて、力を振り絞って飛んだ。無事に着地はしたが、左膝に刺すような激痛が走り、何度か転げまわって、立ち上がったときには、蘇の姿はまた消えていた。おれはもう、高所恐怖症のことなど忘れていた。屋上を走り回って、蘇の姿を探した。反対側の端まで行ったとき、この建物の右側の壁面に鉄パイプと板を組んだZ型の階段があるのを見た。

これで自分がどこにいるかわかった。楽安街（ローアンジエ）にある、外壁リフォーム工事をやっていて近隣から非難囂々（ごうごう）のあの独立したマンションの屋上だ。

足音がガンガン響いた。蘇宏志は階段を駆け下り、おれも追いかけた。途中で一度足を止め、欄干をつかんで階段の下の方を見て、やつの姿を探した。そのとき、やつもちょうどこっちを見上げて、懐中電灯で照らしてきた。ぞっと寒気がした。水に逆さまに映った自分の影を見た気がした。

下まで降りたら、やつの姿はみえなかった。探していると、工事現場の右側でなにか音がした。音がした方に見当をつけて、ブルーシートを開き、外壁がぼろぼろのマンションの内部に入った。あいつはまだ階段を上っていったのか？　おれはもうこんなゲームには飽き飽きした。

突然、階段室の左側から物音がした。懐中電灯で下を照らすと、中にまだなにかある。地下室に続く階段だ。降りていくと一面の闇で、懐中電灯だけでは全体を見とおすことはできない。周囲は危険に満ちており、撤退すべきだと気づいた瞬間、ドンと音がして、真っ暗になった。

5

気がつくと、頭が割れるように痛い。おれは木の椅子に縛り付けられ、手足も上半身も銀灰色のダクトテープでぐるぐる巻きにされている。

蘇宏志はおれの正面にすわっている。

地面に置かれた二つの懐中電灯の光が交差し、彼の顔の半分だけが見える。あとの半分は影のなかに隠れている。驚いたことに、やつは服装を変えていた。今、目の前にいる蘇はまるでおれの分身だ。

蘇宏志はサファリハットを被り、顎には付け髭を貼り付けている。濃い青のTシャツにカーキのパンツ、履いているのは焦げ茶の革のスニーカー。なにからなにまで、おれのいつもの散歩のときの格好と同じだ。

「似てるだろう？」と蘇が言った。

「似ている」

おれはまわりを見回した。狭くて湿って空気の薄い貯蔵室だが、なかにはなにも置いてない。ただ、やつの右足の前に、鉄の棒とリュックがあるだけだ。

「ついにおれを見ることができたな」

「おまえを見ているわけじゃない。おれが見ているのは、別人の真似をした可哀そうなやつだ」

やつは飛び出してきて、手のひらで力いっぱい殴った。おれは大声でわめいた。左の頬がしびれて痛い。うるさくわめく必要がある。できるだけ大声を出して近所の住人を起こさなくては。

「やっぱり、おまえなんか見えないな」

右の頬をひっぱたかれた。これでバランスが取れた。両方の頬が同時に痛くてしびれている。

「おまえはついにおまえ自身を見ているんだよ！」。やつは野獣のように吠えた。

「いいや、道化が見えるだけだ！」。おれは弱気を見せずに怒鳴った。

やつは拳でおれの顔の正面を殴った。鼻に命中した。おれは哀れな叫び声をあげて、後ろに倒れていく。もちろん、椅子も倒れ、後頭部を地面に打った。激痛をこらえ、大声で罵った。

「いくらでも叫べ。ここはもとは地下駐車場だった貯蔵室だ。誰にも聞こえないよ」。やつはそう言いながら、おれの体を椅子ごともとに戻した。

「これでゆっくり話ができるな」。やつはもとの位置にすわった。

鼻の下が冷たく感じられる。鼻血が出ているに違いない。

「おまえはどうしてそんなに、ずっとおれに興味をもってるんだ?」

「おれに気に入られて光栄に思うべきだよ。おれには子どものときから、特別な能力があるんだ。意識のうえで簡単に自分が興味をもった人間に成り代わることができる。その人間の考えに入り込み、その人間の生活をし、ついに忘我の境地に至れば、おれの体さえもその人間の家のなかに住めるような気がしてくる。そのことで教師にはやめろと叱られ、父親にはめちゃくちゃに殴られ、やぶ医者には病名までつけられた。あんなやつらになにがわかる! おまえも知らなかっただろう、おれのじいさんは錠前職人だったんだ。おれはごく小さいころから、じいさんに鍵づくりを習った。じいさんはただ、身につけておけば食っていける技を伝えてやりたいと思っただけだろうが、おれには別の考えがあった。じいさんが死んだ後も、おれは隠れて研究を続けた。そのうちにじいさんよりも腕前を上げて、いろいろなドアの鍵を開けることのできる万能鍵をいくつも作った。それからは、どこでも自由に出入りできるようになった。もう、ブザーを押す必要もない。主が留守の間に入り込んで、そいつのスリッパを履き、そいつの新聞を読む。おれは実際におまえに会う前から、おまえのことはもうすっかりわかっていたんだ。

初めておまえの脚本を読んで、読み終わったときにはもうおまえの意識のなかに入っていた。脚本をとおして、おまえの怒りに強烈に感応することができた。おれにはおまえの叫び声が聞こえた。助けを求めるおまえのSOS信号が聞こえた。だから、おまえの命を救ってやることにしたんだ」

「あの人たちを殺したことが、おれを救うこととどういう関係があるんだ？」

「おまえに教訓を与えるためだよ」

「なんの教訓だ？」

「話は亀山島（グイシャンダオ）から始めないといけない。あの日、おまえはみんなに本音の話をした。刃（やいば）のように切れ、匕首（あいくち）のように鋭く、まっすぐ物事の核心をついていたよ。あの偽善的なやつらがみんな、おまえに怒って騒いでいたとき、ただ一人、あんたのそばにいて、密かに拍手をしていたのがおれだ。わからないのか？　おまえは強者であり、おれの英雄だった。おれにできないことができる人間だった。みんながおまえをほったらかして帰っていったとき、おれだけがおまえのそばに残って家まで送った。タクシーのなかで、おまえはおれが誰かなんてまったくわかっていなかった。おれが『井戸の中の影』の話をしても、なんの反応もなかった。だが、そんなことはどうだっていいんだ。おれはおまえに言った。二人で力を合わせて、この腐りきった世界をやっつけようって。おまえは言ったよ。よし！　天は万物を生じて人に与え、人は一物として天に与えるなし、殺せ、殺せ、殺せ、殺せ、殺せ、殺せ、殺せ！」（明末清初の混乱期に四川省に独立政権を樹立した張献忠が大虐殺をおこない、民間では、「殺すべし」を七回繰り返した碑文が伝わり、

「七殺碑」と呼ばれた）

「覚えてない。もし、本当に言ったとしても、そんなのは酔っ払いのたわごとだ」

「違う！　おまえはあのとき、本気だった。おれが喜んでおまえについていくと言ったら、おまえは感動しておれを抱きしめたんだ。ただ、全部忘れてしまっただけだ。後になって、おまえは家の近くで、おれはわざとおまえの目の前を通り過ぎた。おまえはまったくおれに気がつかなかった。おれはおまえにとって空気と同じらしい」

「なんで、そのとき声をかけなかったんだ？」

ぱしっ。やつは手のひらでおれの額をひっぱたいた。

「おれたちは革命の契約を結んだ義兄弟じゃないか。声をかけなきゃ、おれがわからないなんて、そんなことがあっていいと思ってるのか？　あのとき、おれはやっとわかった。おまえは自分が偽善的だと糾弾したやつらよりも、もっと偽善的だってことが。おまえがみんなに出した謝罪の手紙を読んで、臆病者がドタバタ劇をやってるだけだと確信した。せっかく同志を見つけたと思ったのに、戦友だと信じていた男がただの意志薄弱な道化だったとはな。おれは意志のない人間が大嫌いだ。おれに言わせれば、そんなやつは生きている値がない」

「なんでさっさとおれを殺さないで、罪もない人たちを殺したんだ？」

「だから、それはおまえのための教訓なんだよ。おまえはあの悔い改めの手紙に、今後は修行に専念し、自分のやったことを償いますと書いていた。はじめのうちは、あれはおまえがよく使ってきた自嘲的なユーモアなんだろうと思ってた。まさか、本気だったとはな。本当に間違った道に行ってしまったとは、考えてもみなかったよ」

「おまえは仏教徒なんじゃなかったのか？」

やつは容赦なくおれの横っ面を張り飛ばして、大声で吠えた。

「仏教徒なんかじゃない！　昔はそうだった。だが、とっくに目覚めたんだ。功徳だとか、罪業だとか、因果だとか、そんな言葉はみんな、仏教が信者を愚弄して使ってる言い逃れに過ぎない。ましてや、いわゆる『地獄は自身の瞋恚（怒りと恨みの感情）の覚受に過ぎない』なんていう概念はまったくのでたらめだ。おれたちには地獄しかない。瞋恚しかない！　それ以外はすべて幻想だ。博愛、憐憫、仁慈なんて全部嘘っぱちだ。おまえは心の安らぎを得たいと言いはってるが、教えてやろう、自分がもって生まれた瞋恚を受け入れてこそ、心の安らかさを得ることができるんだ。おまえはいつも孤高を気取って、自分は真理を追求している人間だって態度をとってきた。だが、おれと比べたら、おまえなんか、アマチュアの探検家に過ぎない。おれこそが真の追求者だ。それにおれは実践者でもある。おれはかつて出家しようとしたことがある。ドラッグをやって、止めると決めたら、きっぱり止め、それだけでなく、人が薬断ちするのも助けてやった。軍隊では銃を持つことを拒否して何日も営巣入りになった。兵隊仲間に『酒色を遠ざけろ、口業による悪をなすなかれ』と説教して、ばかにされ、死ぬほど殴られた。おれがなんで早期除隊になったか、知ってるか？　除隊命令には『公務による負傷』と書いてあるが、そんなの大嘘だ。仏教の教えを守っていたせいで、上官からは怪物あつかいされ、兵隊仲間からは虐げられた。まあ、聞いてくれよ、ある日、本来は生死を共にするはずの戦友たちが、おれがぼんやりしていた隙に後ろから捕まえて持ち上げ、おれの両足を開かせて、そのまま電信柱に激突させたんだ。おれは泣き叫んだが、あのケダモノたちは何度も何度も激突させた。しまいに睾丸が破裂して血が流れるまで続けたんだ。その後、誰一人、罰を受けなかった。誰一人、営巣入りにはならなかった。上官は見て見ぬふりをして、おれをゴミのように追い出した。あの頃のおれは仏のように慈悲深かったから、人を恨むこともなかったよ。一度は出家しようと思った人間だ、睾丸が一つ減ったくらい、なんだっていうんだ。後になって、おまえに感化されたおれは芸術の形で仏法を広めようと試みた。だが、おまえからの返事はまるで醍醐灌頂のように（醍醐は乳製品のなかで最高級のものを意味し、それを浴びせてもらうように、ありがたい知恵を授かるという意味）……」

「あれはおれが間違っていた。あんな手紙を書くべきじゃなかった……」

「間違ってなんかいないさ。わかるか？　全然間違ってなんかいなかったよ！　おまえからの返事を読んで、おれは目が覚めた。あの手紙はおれを宗教の幻覚から残酷な現実に引き戻してくれた。そうだ、世界はこんなにも残忍で、人はこんなにも悪辣だ。これこそが本質なんだ。おまえはおれの英雄だった。おれはおまえを崇拝していた。なのにまさか、おれがついに目覚めたとき、おまえがかえって宗教の泥沼にはまっていくとは考えてもみなかったよ。おれの英雄が本当はそんな情けない臆病者だったとは！　おまえはかつて世界を敵に回していた。それなのに、今では尻尾を振って世界が自分を許してくれるのを待ち望んでいるとはな。おまえがいわゆる償いの道を進むことに決めて、一人でここに来て隠居生活を始めたとき、おれはおまえに永遠に忘れられない教訓を与えてやろうと決めたんだ」

「それであの人たちを殺したのか？」

「あのとき、おまえがおれに書いてくれたありがたい助言を覚えてるか？　自分の罪は自分一人で背負え、と書いてあったよ。そんな普通の無知な信者たちがよく言うような馬鹿げたことまで、おまえが口にするとはな。おまえがもし、本当に仏法を理解しているなら、因縁果の借りがそんなに簡単なものだと思うのか？　おれがあいつらを殺したのはおまえに覚悟させるためだ。おまえ一人の行為によって作り出される波動は永遠におまえだけに関わるものではありえない。おまえが仏教を誤って信じたから、おまえがそんなに愚鈍だから、公園でおまえと偶然に出会った、いや、縁があって出会ったというべきだろう、そういう人間が一人、殺されることになったわけだ」

「第一の被害者と第二の被害者のことを言っているのか？」

「第二の？」。彼はなんだか、おれの言っている意味がわからない様子だった。

「梨弘公園で死んだ人のことだ。警察は、おれとその人が捷運の駅のそばの四阿に同時にすわっている写真を見つけてきたんだ」

「それじゃあ、やっぱり、おまえと縁があるってことだな。まだ、わからないのか？　おれが注意深く選んだのは一人目の鍾崇献って男だけだ。それ以外の人間はただ、卍の図形の上に現れたから殺しただけだ」

「どうして鍾崇献なんだ？」

「あいつはおまえと同じく、毎日必ず嘉興公園に来ていた。ある日、おれはふと思いついてあいつの後をつけてみて、素性も調べてみた。そうしたら、あの男はほとんどおまえの複製品といっていいことがわかったよ。以前は教師だったし、妻子とは別れて、一人でむさ苦しい横丁に住んでいる。友だちもいない。だから、あいつがおれの第一のターゲットになった。あいつの死はすなわち、おまえの死なんだ」

あの人たちはおれのせいで死んだ……。ぞっとして、気分が悪くなった。

そのとき、外からかすかにカサカサとなにかが擦れるような音が聞こえた。

「おまえの論理なんか、さっぱりわからない」。おれは時間を稼ぐために言った。

「論理なんかないさ」。やつは地面から鉄の棒を拾い上げた。

「もう仏教を信じてないんだったら、どうして卍の図形にする必要があったんだ？」

「まだ、わからないのか？　おれが人を殺すのはおまえに仏教を信じさせるためじゃない。仏教も、それ以外のすべての宗教も、そんなものは一切、虚妄だとわからせるためだ。輪廻だの、来世だの、そんなものはすべて人を騙すための概念だ。おれたちには今生しかない。この世界しかない。この地獄しかないんだ」

ドアの外のカサカサいう音がだんだん近づいてくる。だが、蘇は聞こえているのかいないのか、すっかり自分の狂った意識に耽溺して、音に気づいていないようだ。

「こんな話を聞いたことがあるか？」。おれは大声を出した。外の音をかき消すためだ。

「なんの話だ？」

「自分の無明（真理に暗いこと）の外には地獄道など存在しない！」

「黙れ！　おれの前で仏教の知識などひけらかすな！」

「自分の無明の外には地獄道など存在しない！」。おれは力の限り、大声で叫んだ。

「黙れと言ってるんだ！」

怒り狂い、赤鬼のように顔を紅潮させた蘇宏志は、鉄の棒を振り上げ、おれに突進してきた。

「動くな！」

ドアがバンと開いた。小胖が姿勢を低くして、両手で銃を持っている。蘇は一瞬、ポカンとした。小胖はまず蘇を見て、それから、おれを見たが、その表情からすると、どっちが誰かわかっていないらしい。

「小胖！」。おれは大声で叫んだ。

蘇は鉄の棒を振り上げ、小胖のほうに飛びかかっていった。

小胖は即座に撃った。

パン！

銃声が壁に何度もこだました。

蘇はその音とともにくずおれ、小胖の上に倒れていった。

小胖が叫んでいる、アヒルの卵のような形に大きく開けた口だけが見えた。

だが、なにも聞こえなかった。

第十八章　あとで喉が渇くに決まってるから、未来のために今飲むんだ

1

おれも王部長（ワン）も間違っていた。蘇宏志（スーホンジー）はおれを済度してやろうと思っていたわけではない。彼の意図は、「逆済度」することにあった。つまり、おれを宗教の渡し場から、善もなく悪もない、無明無暗の虚無の深淵に引きずり戻すことだ。

警察は蘇の住み家から、たくさんの証拠物件を見つけた。変装道具（ラテックス、シリコン、かつら、つけまつ毛、特製ブラジャー）、ノートパソコン、GPS、それに血のような赤で卍を記した地図、おれの日課表と散歩路線図などだ。それから、プロの錠前職人必携の専門器具とさまざまな鍵もあった。

一連の事件はマスコミをおおいに騒がせたが、二週間もしないうちに、政界の次世代のホープが乱交パーティーを開いていたというニュースに関心は移った。蘇宏志の凶行の動機については、警察はあまり詳しく明らかにしなかったし、卍の図形については一言も触れなかった。警察は仏教界に迷惑をかけたくなかったし、世論の焦点が再びおれ

に集中することも避けたかったからだ。信義署は王部長の提案にもとづき、蘇を反社会的連続殺人犯と位置づけ、彼の狂気が善良な五人の市民を殺したものであり、なぜ、この五人を選んで凶行に及んだかについては、蘇が指名手配中に撃たれて死ぬ結果になったので、これ以上詳しく理解することは不可能だとした。

法医学検査によって、蘇の死体の左側の睾丸が破裂していることが確認されたが、どういう原因でそうなったかを明らかにすることは不可能だった。翟巡査部長は軍に対して、蘇の早期除隊の真相を知らせるよう再三要求したが、軍は回答せず、続いて「公務により負傷」という公式見解を記した公文書を送ってきた。翟はあきらめずに追及したが、最後には軍の上層部から、警察の上層部に直接、秘密文書が送られ、翟は調査の停止を命じられた。

おれは王部長のやり方に完全に賛成ではない。この事件が仏教界に迷惑をかけるかもしれないということは、おれにとっては重要な考慮点ではない。仏教界には仏教界の対処のしかたがあるだろうし、「公式見解」があるだろうから。おれは蘇の事件が仏教界の発展の妨げになることもないと思うし、この事件のせいで、人が仏法に対してわだかまりを感じたりすることもないと思う。蘇は犯行時にはすでに反仏教の狂人だったわけだし、卍の文字で殺人図形を作ろうという考えは彼の変態的な意識の産物に過ぎない。間違いなく言えることは、蘇宏志はまったくのニュータイプだということだ。彼の心が旅してきた道や、反社会的傾向、これまでのあらゆる行為については、台湾社会はさらに一歩進んで理解する必要がある。しかし、真相がいったんマスコミに明らかにされれば、あることないこと、でたらめが広がって、理性的な探求はおこなわれなくなってしまうだろう。そういう意味では、王部長の配慮にも道理があると言わざるをえない。

2

死の街は少しずつ、賑やかな台北の街並みの辺境に忘れ去られていった。おれはまた、山に登り、散歩し、お茶を飲み、公園にすわり、新聞を見て本を読む規則正しい生活に戻った。たまには太平洋を越えて妻に電話する。懐かしいが、恋しく思うわけではない。おれにもやっと、妻にはとっくにわかりきっていた事実がわかった。この結婚はもうとっくに終点まできていたのだ。

精神状態はあいかわらずだ。三食ごとに薬を飲み、今も毎日懐中電灯を持って歩いている。

これまでの出来事は、おれにたいした啓示を与えてくれたわけではない。啓示といえるものがあるとすれば、それは簡単に啓示などを信じてはいけないということだ。この死の街に越してくれば、あらゆる束縛から逃れることができるなどと考えたのは、それこそ、一連の誤った啓示の結果なのかもしれない。それでも、逆戻りする気はない。おれはここから引っ越さないし、学術界にも戻らないし、まして演劇の世界に戻る気はない。とにかく、ただの私立探偵として生きていきたいのだ。以前のような懺悔の動機からではなく、償いを望むのでもなく、ただの単純な私立探偵として。

母親は民生（ミンション）社区に引っ越して自分といっしょに暮らせというが、おれは断った。しまいには、また演技力を発揮して、あたしももう年なんだから、息子に面倒みてもらわないと、と泣き出したが、本当は母のほうがおれの面倒をみたがっているだけだ。おれの意志が固いとみると、逆にこんな提案をした。「ほんとに私立探偵になるつもりなら、それなりの格好をしないと。近いうちに日本に行って、トレンチコートと西洋風の帽子を買ってきてやるから。そういう服装じゃないと、本物の私立探偵だって人様は思ってくれないよ」。おふくろはまったくテレビの見過ぎだ。

若心有住、即為非住。もし、心に住あらば、すなわち、住に非ずとなせばなり。その道理はおれにも少しずつわかってきた気もする。だが、仏教についても、人生についても、考えているうちに、それとは似て非なる幻想に落ち込むことは二度としたくない。規則正しい毎日の生活のなかで、少しずつ、少しずつ、理解していきたいと思うのだ。

3

陳婕如（チェンジエルー）に会いたかった。どうしても会いたかった。ある日、とうとう、こちらから電話をしてみた。

「会えるかな？」

「山登りに行きましょう」。彼女はさっぱりと即答した。

二人で福州山（フーチョウシャン）から中埔山（チョンプシャン）の東峰まで歩き、以前、彼女に自分のこれまでの人生の話をした四阿まで来た。遊歩道を歩きながら、彼女と手をつなぎたかったが、できずにいると、おれのためらいを感じ取って彼女のほうから手をつないでくれた。あのゲス野郎を訴えた件は順調に進んでいて、涂弁護士が尽力してくれていると彼女は話した。それから、すでに通化街からは引っ越して、今では大直に住んでいるという。

「大直にも山があって、街の通りがある。今度は君が案内してくれるといいな」。おれは半分冗談で言った。

彼女は振り向いて、おれを見た。

「呉誠、わたしはあなたが好き。それにあなたといっしょにいると楽しい。でも、わたしにはほかに考えなければならないことがあるの。娘のために、自分のために、ほかのことも考えなければならないの。わたしはまだ、未来に希望をもってる。だけど、あなたは……。どう言ったらいいかわからないけど……。未来に幻滅しているとまでは言わないけど、でも、期待もしていないでしょう?」

おれはなにも言わず、それを認めた。彼女は右手を上げた。おれの頰を撫でて、永遠の別れをする恋人のように切々とした深い愛情をこめて、いや、むしろ、別れていく親友のこれからを気づかい、案ずるような目つきで、おれのことをじっと見た。

「もう、自分を憎むのはやめてね」

ほんの一瞬、まさに彼女を失おうとしているこの瞬間に、いや、もともと彼女を自分のものにしたいなんて思ったことはなかったんだと気がついたこの瞬間に、おれはついに陳婕如その人を見ていた。彼女はもうポニーテールに髪を結った依頼人でもなければ、夫に裏切られた女性でもない。彼女は陳婕如だ。おれには彼女が見えた。同時に彼女の眼のなかに自分が見えた。ちょうど、父親が机の前で姿勢を正しておれに字を教え、おれが顔をあげて父を見つめたあのときのように。あるいは、母親がかつて日本統治時代に蘭陽高等女学校を受験するため、家族に黙って一人、八堵（バードゥ）から宜蘭（イーラン）まで汽車に乗った話をおれにしたときのように。あるいは、妻が去る前の晩にリビングで心を尽くして話をした、あのときのように。ああいうときはいつも、彼らのことがちゃんと見えた。自分自身も見えた。

4

おれは亀山島（グイシャンダオ）海鮮料理店に戻ってきた。

大勢、招待している。阿鑫（アシン）一家、添来（ティエンライ）夫婦、小胖（シャオパン）、小趙（シャオチャオ）、翟巡査部長。

みんなで大テーブルを囲んで、食べては飲み、話しては笑っている。お祝いすることがたくさんある。まだまだ話すことがある。まだまだ飲める。

「さあ、注いでくれ！」

「まあ、飲め！」

「乾杯だ！」

フランソワ・ラブレーの『ガルガンチュワとパンタグリュエル』で、一人の大酒飲みがこう言う。「おれは罪人だ。喉が渇かなければ、飲みはしない。でも、今は喉が渇いていなくても、将来は必ず喉が渇くことになる。だから、今飲むのは未来に備えるためだ。それはおまえにもわかるだろう。おれは未来のために飲んでいる。永遠に変わらず飲み続ける。つまり、永遠に変わらないために飲み続けるということだよ」。もう一人の大酒飲みが調子を合わせてわめく。「乾いたところでは、霊魂は耐えられないからな」また、夕方には阿鑫といっしょに自動車修理工場の入り口にすわって、ビールを飲みながら、まるで二匹の番犬のように、通りを歩いてるやつらを横目で監視するようになった。ミニ英語塾も再開した。英語の漫画を教材にしたので、おおいに小慧（シャオフィ）と阿哲（アジャー）の称賛を得ている。

添来の女房の小徳（シャオダー）は阿鑫のカミさんの実家の火鍋店で働き始め、今ではすっかり仕事にも慣れて、阿鑫のカミさんとはなんでも話せる仲になっている。添来は正式におれの相棒になり、私立探偵の仲間入りをした。探偵としての常識を頭に叩きこむために、うちにあった推理小説を全部持っていって仕事の後に一冊一冊勉強し、重要点はノートもとっている。以前はまったく興味がなかった「ＣＳＩ：科学捜査班」シリーズを見逃すこともない。

「『ＤＮＡ』ってなんの略だか知ってる？」。添来はいかにも神秘的なことを聞くような顔でおれに質問した。

「そんなの、おれが知るはずないだろ」

「『デオキシリボ核酸』のことさ」

おれは崇拝のまなざしで添来を見つめた。

小胖は負傷してはいなかった。蘇宏志が倒れてきたはずみに、鉄の棒は彼の右の耳もとをシュッと音を立てて飛んでいった。小胖が悲鳴を上げたのは、初めて銃を撃ったので銃声に驚いたうえに、蘇が自分の上に倒れてきたので、ますます肝をつぶしてしまったからだ。

あの日、一九七巷で蘇の黒い影と対峙したとき、携帯をリュックに放り込む際にこっそり発信ボタンを押した。だが、押し間違えていたので、電話はかからなかった。そのとき、翟巡査部長は富陽公園の東側に警官を配備する任務で忙しく、異常には気づかなかった。おれが家にもいないし、一九七巷からも出てしまっていると最初に気づいたのは小胖だった。もともと、小趙がおれに渡した携帯にははじめから小型発信機が取り付けてあったので、小胖はその信号を追跡して、手遅れにならないうちに、あの外壁工事中のマンションを見つけることができたのだ。小胖はおれに電話もかけてみたが、そのときにはおれはもう殴られて気絶しており、二つの携帯はどちらも電源を切られていた。蘇が着信音を聞いて電源を切ってしまったに違いない。

もしかしたら、細かいところまで考えの行き届く王部長が、おれには知らせずに携帯に発信機を装着させておいたのは、実はおれの無実を完全には信じていなかったからかもしれない。本当にそうだったとしても、彼の職業病的な疑い深さがおれの命を救ってくれたわけだから、やっぱり感謝しないわけにはいかないだろう。

小胖は殺人犯を射殺して人質を救出しただけでなく、事件解決におおいに手柄を立てたから、「一本線に四つ星」に昇進した。今では名実ともに「陳(チェン)上官殿」というわけだ。

それでも、彼は信義署への異動を断り、今でも臥龍街(ウォロンジエ)派出所に勤務している。

「どうして、あっちに行かないんだ?」とおれは聞いてみた。

「ちゃんとした規則があってね、同じ職場の警察官どうしの恋愛は禁止されてるんだ」

外に出て騎楼の下で煙草を吸っていると、窓をとおして中にいるみんなの姿が見える。阿鑫と小趙は、隣近所の住人が見守りあい、助け合う隣人精神を復活させなくてはならないと熱く語っている。添来は子どもたちと、箸を使って「猫が虎食い、鶏は虫食う」の遊びをしている。陳巡査部長は翟巡査部長に料理を取ってやったり、海老の殻を剝いてやったりしている。阿鑫のカミさんと小徳はしゃべっては笑い、しゃべっては笑いている。

おれの意識はやっぱりときおり脱線することがあるが、それでも、はやくみんなの仲間に入りたい。

煙草を一服、また一服と急いで吸った。もう、待ちきれない。

携帯が鳴った。

「はい?」

「もしもし、私立探偵の呉誠さんですか?」

訳者あとがき

船山むつみ

台湾から、新しい名探偵の登場である。主人公の呉誠（ウーチェン）は大学で演劇学や英語を教える教師で、名の知られた劇作家でもあったが、妻に去られたこと、酒の席で人間関係をぶち壊したことなどから、自分に嫌気がさして、突然、私立探偵への転職を決意する。

本書は『私家偵探　PRIVATE EYES』という原題で、二〇一一年八月に発表され、二〇一二年の台北国際ブックフェア小説部門大賞など数々の賞を受賞して、ロングセラーになっている。日本語版より早く、フランス、トルコ、イタリア、韓国、タイで翻訳出版が決まり、中国で簡体字版も出版されている。

私立探偵を表すprivate eye(s)は、この小説では、主人公のめざす職業の名前だけでなく、別の意味も暗示している。呉誠は大学一年のときに突然不眠症に苦しむようになり、それ以来、ほかの人にはない特別な目、物事の表象を貫通できる「秘密の目」をもつようになったとうそぶいているからだ。

この小説は典型的なハードボイルド（中国語では「冷硬派（ロンインパイ）」）として楽しめるのと同時

に、台湾社会を鋭く観察していて、台湾人論にもなっている。

呉誠が住まいに選んだのは、台北市街の南端に位置する、火葬場が近くて、葬儀用の紙細工の店や自動車修理工場、古いマンションが並ぶ臥龍街の横丁だ。地図を見ると、それより北の一帯は碁盤の目のように整然としているのに、臥龍街だけがぐねぐね曲がっている。南側の丘陵地帯のふもとを巡ってできた道であり、かつてはこのあたりが台北の辺縁だったに違いない。「臥龍街」という名前を聞くと、中国語のわかる読者であれば、「臥虎藏龍（ウォフーツァンロン）」（伏せている虎と隠れた龍）という四字成語を連想するのではないだろうか。隠れた英雄、埋もれている優秀な人材を意味する言葉だ。この小説にも、いかにもやる気がなさそうでいて、だんだん能力を発揮する小胖（シャオパン）など、「臥虎藏龍」と呼ぶべき人物たちが登場するし、自分の心のなかの闇と対峙して苦しみながら、人を助ける仕事をしたいと願う呉誠自身も、暗い淵にわだかまる龍なのかもしれない。なぜ、この一帯を舞台に選んだのか、作者に質問してみた。

私は台湾大学戯劇学系（演劇学部）で教えていたので、長興街の大学宿舎に住んでいた。臥龍街まで歩いてすぐだが、長興街と臥龍街はまったく違う。長興街は上品で教養の感じられる通りだ。辛亥路を過ぎればもう六張犁だが、六張犁は古い台北で、小説のなかで「死の街」と書いたとおり、葬儀関係の店が多くて、雑多な商店が並び、いろいろな人たちが住んでいる。六張犁からさらに進めば、台北のランドマーク「台北１０１」があり、高級な信義区になる。その中間に挟まって、新しくもなく、古くもなく、玉石混交の一帯なので、推理小説の舞台にふさわしいと思った。

さて、この作品はもちろん中国語で書かれているのだが、かなりの量の台湾語の単語、台湾語の会話が混ざっている。ご存じない読者のために説明しておくと、台湾語（台湾では「台語」という）は、十七世紀以降、福建省南部から移住してきた人たちの話す閩南語（びんなんご）をもとにした言葉で、中国語とは発音がまったく異なる。統計によれば台湾人の約七割が台湾語を話せることになっており、子どもや若者より高齢者、北部より南部の人が多く話している。

この小説の登場人物のなかでは、呉誠の母親がよく台湾語を話す。日本統治時代（一九四五年まで）が終わる前に高等女学校の入学試験に合格した話が出てくるから、子どもの頃は自宅では台湾語を、学校では日本語を話していた世代である。呉誠、呉誠の妹、添来、小胖も、悪態をつくときなどに少し台湾語を使う。彼らの話す台湾語にはなんともいえない暖かさがあり、その雰囲気を伝えたいと思ったので、一部を日本語訳のなかにも残し、その発音をなるべく正確にカタカナで書き記しておいた。

また、標準語という位置づけの中国語（台湾では「国語」という）のほうも、台湾の発音は中国とは少し違う。中国北方のような鼻にかかる音や、舌を巻く音はあまり聞こえず、ねっとりと粘る感じの発音だ。たとえば、呉誠の名前の「誠」は、中国のピンインでは「cheng」の二声であり、ルビを振るとすれば、「チョン」あるいは「チャン」がふさわしいと思うが、台湾人はこの字を、「陳」と同じく、「chen」と発音する。あきらかに「チェン」と聞こえるので、呉誠の名前も「ウーチェン」というルビにしておいた。

作者の紀蔚然さんは基隆に生まれ、私立の名門の輔仁大学を卒業し、アメリカに留学後、大学の教師となり、数多くの戯曲を書いて演劇界で活躍している。主人公の呉誠の経歴はまったく同じだし、紀さんも呉誠と同じく髭を生やして、サファリハットを被って歩きまわっているから、呉誠は作者そのものではないかと思えてくる。呉誠はいったいどこまで作者本人なのか、そして、長年戯曲を執筆してきて、突然、推理小説を書くことにしたのはなぜか、質問してみた。

呉誠は私とそっくりなんだが、もし、「呉誠はあなたなんですね?」と聞かれたら、否定するよ。呉誠はひとつの総合体なんだ。私自身からきている部分もあり、これまで読んできた欧米や日本の推理小説の探偵たちからきている部分もある。それに台湾の文化的背景を加えて、このキャラクターを創造した。

あの頃、私はスランプに陥り、戯曲を書けなくなっていた。どうして自分の書くものはいつも怒りと幻滅に満ちているのか、変えなければダメだ、脚本のスタイルだけでなく、自分の内心を変えなければ、と思った。それで、とにかく歩き始めたんだ。六張犁を歩き、三張犁を歩き、台北全体を歩いた。歩いているうちに、推理小説の構想が浮かんできた。戯曲に書くのには向いていないことを、小説に書いてみよう。最初はそう思った。だが、書き終わってみたら、ハッとわかったんだ。実は推理小説の形で、日記を書いていたんだ。あの頃の自分の気持ちを書き、台湾社会を観察してわかったことを書いていたんだ。

この作品を初めて読んだのは、二〇一六年ごろだったと思う。あまりにおもしろかったので、最初の部分を翻訳して、文藝春秋の荒俣勝利さんに見ていただいた。私は長年、英語の翻訳をしていて、中国語の翻訳の実績がほとんどなかったのに、話を聞いて下さったことに深く感謝している。そのときには、すでに他の出版社に決まっているという情報が入って、あきらめていたが、二年以上たってから、他社の計画は白紙に戻っていたことがわかった。この本とは不思議な縁があったという気がしている。

本書の刊行に先だって、二〇二一年三月に台湾で続編の『私家偵探２　ＤＶ８』が出版された。呉誠は風光明媚な海辺の街の淡水（タムスイ）に住まいを移し、本書とはまた異なるタイプの犯罪に立ち向かっていく。

＊本文中の『金剛般若経』の読み下し文は、『般若心経・金剛般若経』（中村元・紀野一義訳註　岩波文庫）から引用しました。

単行本　二〇二一年五月　文藝春秋刊

地図制作　上楽藍

DTP制作　エヴリ・シンク

私家偵探 by 紀蔚然
Private Eyes © Chi Wei-Jan, 2011
Original Complex Chinese edition published by INK Literary Monthly Publishing Co., Ltd.
Japanese translation rights arranged with Chi, Wei-Jan through Tai-tai books, Japan

文春文庫

台北(たいぺい)プライベートアイ

定価はカバーに表示してあります

2024年5月10日　第1刷

著　者　紀(き)　蔚(うつ)　然(ぜん)
訳　者　舩山(ふなやま)むつみ
発行者　大沼貴之
発行所　株式会社　文藝春秋

東京都千代田区紀尾井町 3-23　〒102-8008
TEL 03・3265・1211(代)
文藝春秋ホームページ　http://www.bunshun.co.jp

落丁、乱丁本は、お手数ですが小社製作部宛お送り下さい。送料小社負担でお取替致します。

印刷・萩原印刷　製本・加藤製本
Printed in Japan
ISBN978-4-16-792223-8